JULIE PETERS

Mein wunderbarer Buchladen am Inselweg

atb aufbau taschenbuch

JULIE PETERS, geboren 1979, arbeitete einige Jahre als Buchhändlerin und studierte ein paar Semester Geschichte. Anschließend widmete sie sich ganz dem Schreiben. Sie lebt mit ihrer Familie im Westfälischen.

Frieke sitzt schon auf gepackten Koffern, als sie ein letzter Auftrag nach Spiekeroog führt. In der kommenden Woche will sie ihrem langjährigen Freund nach Boston folgen. Auf der Nordseeinsel angekommen, trifft sie als Erstes ausgerechnet auf ihren Vater, dem sie, seit er die Familie vor Jahrzehnten verlassen hat, aus dem Weg gegangen ist. Um altem emotionalen Ballast erst gar keine Chance zu geben, stürzt sie sich in die Arbeit: eine Reportage über den Vogelforscher Bengt Gerjets. Allerdings gestaltet sich das komplizierter als gedacht, denn Bengt hält weder etwas von neuen Medien, Großstadtmenschen noch von Journalisten, sorgt jedoch für ziemlich viele Schmetterlinge in ihrem Bauch. Gut, dass sie direkt über der kleinen Inselbuchhandlung wohnt, um das zu machen, was sie am besten kann: das Buch für jede Lebenslage finden. Aber ob das auch bei ihr selber klappt?

JULIE PETERS

Mein wunderbarer Buchladen am Inselweg

ROMAN

atb aufbau taschenbuch

MIX
Papier aus verantwortungsvollen Quellen
FSC® C083411

ISBN 978-3-7466-3413-5

Aufbau Taschenbuch ist eine Marke
der Aufbau Verlag GmbH & Co. KG

2. Auflage 2018

Umschlaggestaltung www.buerosued.de, München
unter Verwendung von Motiven von

Gesetzt aus der Whitman durch Greiner & Reichel, Köln
Druck und Binden CPI books GmbH, Leck, Germany
Printed in Germany

www.aufbau-verlag.de

KAPITEL 1

Frieke hasste Überraschungen. Aber sie liebte ihre Hamburger Kollegen und Freunde. Nur deshalb war sie an diesem verregneten Montagmorgen Ende Mai auf dem Weg in die Redaktion der Zeitung, für die sie die letzten zehn Jahre als freie Journalistin gearbeitet hatte. Sie hielt dem grauen Himmel ihr Gesicht entgegen, ein bisschen trotzig: Mich kriegst du nicht, Schietwetter, nächste Woche bin ich weg.

Unterwegs hielt sie bei einem Bäcker und kaufte zwei große Tüten Franzbrötchen. Das war ihre Beteiligung an der Nicht-Abschiedsparty, die hoffentlich auf sie wartete. Also keine Party. Sie hatte nichts geplant, weil sie es albern fand. Schließlich war sie nie fest angestellt gewesen, auch wenn sie zuletzt immer mal einen Arbeitsplatz in der Redaktion gehabt hatte, je nachdem, weil sie an einer großen Enthüllungsstory über Offshore-Konten von Fußballern und deutschen Unternehmern mitgearbeitet hatte. Aber das rechtfertigte nicht, dass heute irgendwer mehr Aufregung als nötig um sie machte.

An was sie nicht dachte, passierte auch nicht. Punkt.

Weil sie auf den Aufzug warten musste, zog sie das Smartphone aus der Tasche und fotografierte die beiden Bäckertüten in der anderen Hand.

Heute Abschiedstour beim KOMET, nach zehn Jahren. Morgen packen und am Wochenende geht's über'n Teich!

Sie schickte den Tweet ab und steckte das Smartphone wieder ein. Ihre tausendvierhundert Follower würden vermutlich nicht übermäßig auf diese Kurznachricht reagieren. Bis auf die

Hamburger, die sich sofort in einer Diskussion darüber auslassen würden, wo es die besten Franzbrötchen gab. In der vierten Etage wurde sie von Emma erwartet, die ihren dicken Bauch vor sich herschob wie ein Frachtschiff, das in den Hamburger Hafen einfuhr und die Containerladung vor sich Richtung Docks schob.

»Meine Güte, wo soll das denn enden?«, fragte Frieke.

Emma grinste. »Hoffentlich in sechs bis acht Wochen in einem Kreißsaal mit zwei gesunden Babys.«

»Ich hab was mitgebracht.« Etwas linkisch hob Frieke die Bäckertüten hoch. Aber neben Emma fühlte sich jeder linkisch. Ihre beste Freundin arbeitete in der Buchhaltung und kümmerte sich um die Reisekostenabrechnungen der vielen Reporter und Journalisten, die für den KOMET Jahr für Jahr die besten politischen Artikel und Reiseberichte schrieben und dafür in alle Ecken der Welt reisten. Frieke hatte zwischen ihren vielen Reisen in den vergangenen Jahren immer wieder mit ihr zu tun gehabt, und aus einem anfänglich rein professionellen Verhältnis war inzwischen eine innige Freundschaft geworden, und das, obwohl sie so unterschiedlich waren. Emma war die Besonnene, die nichts dem Zufall überließ. Sie war sehr penibel und besaß eine natürliche Eleganz, die Frieke so gänzlich fehlte. Vermutlich hatte sie nicht nur ihre Schwangerschaft generalstabsmäßig geplant, weil es jetzt der richtige Zeitpunkt war, sondern auch die Vorbereitungen für die Zeit nach der Geburt bereits vor Monaten abgeschlossen.

Frieke hingegen kam zu ihrem letzten Tag nach acht wundervollen Jahren mit zwei Tüten Franzbrötchen. Was bei jemand anderem vielleicht ein Statement gewesen wäre, musste man ihr schon hoch anrechnen.

»Oh, damit komme ich bis zum Mittagessen.« Emma war trotz ihres Kugelbauchs irgendwie immer noch dünn, und sie konnte essen, was und so viel sie wollte. »Willst du die etwa in der Teeküche abstellen? Die Meute wird die so schnell verputzen, dass die meisten gar nichts davon mitbekommen.«

Ratlos schaute Frieke auf die Tüten. Es sollte eine nette Geste sein, mehr nicht. Immerhin musste sie nachher noch in der Redaktionssitzung ihren letzten Artikel vorstellen. Der Redaktionsleiter Florian, der zugleich ihr bester Freund war, wollte später noch etwas mit ihr besprechen, das hatte er ihr gestern Abend geschrieben, und im Anschluss wollte sie mit Emma einen alkoholfreien Prosecco auf der Dachterrasse trinken. Das war schon mehr Abschied, als sie vertragen konnte. Und danach wäre das Kapitel Hamburg geschlossen. Für immer.

»Wir machen es so, ich bringe die Franzbrötchen in die Küche, und du gehst in die Redaktionssitzung.«

»Ist es schon so spät?« Hektisch tastete Frieke nach ihrem Smartphone, das ihr als Armbanduhrersatz diente, aber Emma hakte sich bereits bei ihr unter und zog sie Richtung Konferenzraum.

»Hast du die E-Mail nicht bekommen? Florian hat den Beginn vorverlegt auf halb elf.«

»Hm, nee. Komisch …«

Die Gänge zwischen den Büros waren zu ihrer Überraschung völlig leer. Sonst herrschte hier immer Betrieb wie in einem Bienenstock. Das Redaktionsteam schien nie zu ruhen.

Erst als Emma die Tür zum Konferenzraum öffnete, der in völliger Dunkelheit lag, schoss Frieke durch den Kopf, was dahinterstecken könnte. Vor allem aber, dass sie Überraschungen hasste. Dass sie in den letzten Wochen immer wieder betont hatte, an ihrem letzten Tag möge bitte niemand irgendwas veranstalten, keinen Empfang, keine Party, auf gar keinen Fall eine Überraschungspar…

»Überraschung!«, schallte es ihr aus Dutzenden Kehlen entgegen, und im selben Moment ging das Licht an. Frieke war auf einmal umringt von den Kollegen, über deren Köpfen ein pinkes Spruchband »Bye-bye Frieke!« verkündete. Sie trugen alberne Partyhütchen und warfen mit Glitzerkonfetti, das auf das üppige Büffet regnete, in das sie den Konferenztisch verwandelt hatten.

»Aber…«

Bevor sie weiter protestieren konnte, schloss Florian sie in die Arme. »Ich weiß«, flüsterte er. »Sie ließen sich nicht davon abbringen. Lächle einfach! Du musst da jetzt durch.«

Frieke lächelte. Etwas verkrampft, aber es war ein Lächeln. Jemand drückte ihr einen ebenfalls pinken Pappbecher mit Sekt in die Hand, Emma war mit einem türkisen Partyhütchen zur Stelle, das sie auf Friekes dunkelbraune Haare setzte und mit einem Gummiband unter ihrem Kinn festzurrte. Irgendwo formierten sich ein paar Kollegen und skandierten »eine Rede, eine Rede!«. Frieke warf Florian einen bösen Blick zu, warf auch Emma einen bösen Blick zu, aber beide hoben verlegen die Schultern, tut uns wirklich leid, schienen sie zu sagen, aber da musst du jetzt durch. Du hast hier Wurzeln geschlagen, ob du es willst oder nicht.

Frieke räusperte sich. Sie zog ihr Smartphone hervor, filmte die lachenden Gesichter ihrer Kollegen, die ihr ja doch irgendwie ans Herz gewachsen waren, die sich um sie drängten und ihr alles Gute wünschten. »Okay«, sagte sie. »Ihr Verrückten. Ihr seid wirklich ein toller Haufen. Ich danke euch.«

Sie schickte den Videoschnipsel über Instagram ab und stürzte den ersten Becher Sekt runter, bevor sie anfing zu reden.

Sie hasste Überraschungen. Aber noch mehr hasste sie es, Abschied zu nehmen. Mit einem schiefen Grinsen sah sie in die vielen Gesichter rings um sich und konnte nicht anders: Sie liebte diese Menschen, die ihr den Abschied so schwer machten.

Fünf Stunden später war die Party fast zu Ende. Nur der harte Kern um Florian und Emma hatte sich in der Küche um die letzten Franzbrötchen geschart. Nach Bier und Frikadellen mit Kartoffelsalat war das der krönende Abschluss.

»Wann geht's denn los?«, erkundigte sich Daniel und stopfte sich ein halbes Franzbrötchen auf einmal in den Mund. Es war ein glücklicher Zufall, dass er heute hier war. Eigentlich reiste Daniel noch viel mehr als Frieke, er war Reporter für Krisengebiete und war erst vor zwei Tagen aus dem Nordirak zurückgekehrt.

»In einer Woche.«

»Dann lebst und arbeitest du also in Trumpland.«

Sie zuckte mit den Schultern.

»Du wirst uns großartige Reportagen liefern. Ist bestimmt eine spannende Zeit.«

Es war Haralds Idee gewesen, nach Amerika zu gehen. Ihr Freund hatte genug davon, durch die Welt zu reisen, behauptete er. Für ein anderes Nachrichtenmagazin schrieb er seit Jahren von den Krisenherden der Welt und machte damit im Prinzip denselben Job wie Daniel. In den USA wollte er nun mit Frieke eine Agentur aufbauen, die journalistische Arbeit und Magazine – sowohl Print als auch Online – zusammenbrachte. Darin lag die Zukunft, behauptete er. Und sie mussten nach Amerika, um auch den US-Markt zu bekommen. Europäische Agenturen nehme in den USA keiner ernst, außerdem seien die USA der wichtigste Markt. Und Harald dachte in großen Dimensionen.

Frieke hatte gezögert. Doch dann war alles ganz einfach geworden, denn Florian hatte ihr signalisiert, dass er auch weiterhin ihre Reportagen veröffentlichen wolle. Eine Art »Bulletin aus Amerika«, nannte er es, eine feste wöchentliche Rubrik, mit der sie Beobachtungen aus einem veränderten Land schrieb, das schon unter normalen Umständen für europäische Maßstäbe schwer zu begreifen war. Und machte es einen Unterschied, ob sie aus Hamburg oder aus Boston berichtete? Sicher nicht.

Nach diesem anfänglichen Zögern freute sie sich auf die neue Aufgabe.

»Kommst du gleich noch in mein Büro?« Florian schob sich neben Daniel. »Es geht um deinen letzten Auftrag.«

»Oh, ich dachte… Äh…« Frieke geriet ins Stottern. Der Sekt war ihr zu Kopf gestiegen. Sie hatte mit jedem angestoßen, das machte sich bereits bemerkbar.

»Was denn? Dass es nur ein Vorwand war, damit du dich heute nicht vor dem Abschied drückst?«

Sie nickte verlegen.

»Ja doch, es gibt diesen letzten Auftrag.« Florian grinste, denn er wusste genau, was sie dachte. »Und es ist wirklich etwas, das nur du machen kannst.«

»Wir sehen uns.« Daniel nickte ihr zu. »Wenn ihr mal was für mich habt, melde dich einfach.«

»Nein, Daniel.« Frieke hielt ihn am Ärmel seines verschlissenen Hemds fest. »Melde du dich. Auch wenn du mal keine Lust mehr auf die Gefahr hast. Okay? Versprichst du es mir?«

Daniel umarmte sie fest. Sie spürte in dieser Umarmung so vieles – seinen Mut ebenso wie die Erschöpfung, die seine Arbeit mit sich brachte. Er schob sich an Emma vorbei, deren Bauch von zwei Kolleginnen andächtig gestreichelt wurde. Sie quiekten überrascht und vergnügt, als einer der Zwillinge sich bewegte. Daniels Blick war abfällig, beinahe angeekelt.

»In einem halben Jahr sind die beiden auch schwanger«, murmelte Florian. Sie verließen ebenfalls die Teeküche.

»Schlimm?«, fragte Frieke. Sie gingen zu seinem Büro. Unterwegs trafen sie ein paar Kollegen, die sich noch mal persönlich von ihr verabschiedeten. Darum antwortete er erst, als sie die Tür seines Büros hinter sich geschlossen hatte.

»Schlimm nicht. Ich hätte ja gesagt, jeder ist ersetzbar. Und du siehst doch – die Guten gehen auch ohne Kind.«

Sie ließ sich in einem der breiten Clubsessel nieder, die vor dem Glasschreibtisch standen. Florians Büro war ein einziger Stilbruch – zusammengewürfelt aus IKEA-Regalen, Designschreibtisch und alten Ledersesseln. Der schwarze Schreibtischstuhl, auf dem er sich nun niederließ, hatte Gerüchten zufolge schon in seiner Studentenbude und davor in seinem Jugendzimmer gestanden. Er warf sich nach hinten und sah Frieke lange an.

»Nun?«, fragte sie, als sie es nicht mehr aushielt. »Was für einen Auftrag hast du für mich?«

»Wie lange kennen wir uns jetzt schon, Frieke?«

Sie zuckte mit den Schultern. »Keine Ahnung, fünfzehn Jahre?«

»Es sind achtzehn Jahre.« Er nickte.

Sie blinzelte erstaunt. »Verdammt, wir werden alt«, murmelte sie.

»Du warst sechzehn, weißt du noch? Schülerpraktikantin beim Abendblatt, jung und idealistisch …«

»Den Idealismus hast du mir schnell ausgetrieben.«

Damals hatte Florian gerade bei der Lokalredaktion angefangen, er war einige Jahre älter als Frieke. Von ihm hatte sie das Handwerk gelernt, und als sie einige Jahre später nach Abitur und Journalistenschule wieder bei ihm anklopfte, bot er ihr sofort ihren ersten Auftrag beim KOMET an.

»Wir haben gemeinsam eine Menge erreicht.«

Florian zog die Schublade seines Schreibtischs auf. Er stellte zwei Tumbler und eine Flasche von seinem besten »Gesöff«, wie er es gern nannte, auf den Tisch.

»Für mich nichts mehr.« Frieke hob abwehrend die Hände.

»So billig kommst du nicht davon.«

Sie gab sich geschlagen.

»Außerdem kommen wir so jung nicht mehr zusammen.«

Bevor sie die Augen verdrehen konnte, weil Florian das immer sagte, wenn er ihr was zu trinken anbot, schob er ihr das Glas zu, in dem ein Fingerbreit einer bernsteinfarbenen Flüssigkeit kreiste.

So hatten sie oft zusammengesessen in den vergangenen Jahren. Spätabends, manchmal auch schon frühmorgens, wenn sie eine große Geschichte gemacht hatten. Oder wenn einfach einer von ihnen vom anderen Halt brauchte. Florians Scheidung. Die Krebserkrankung von Friekes Mutter. Der Tod eines Kollegen, der in Syrien umkam. Ereignisse, die Spuren hinterließen, die sie nicht so schnell zurückkehren ließen in den Alltag.

Sie nahm das Glas, trank aber nicht.

»Auf die Stimme der Freiheit.« Er prostete ihr zu und nahm einen tiefen Schluck.

»Auf die Zukunft.«

»Und auf die.« Er trank aus und schenkte sich nach. Frieke genehmigte sich nur ein winziges Schlückchen und beobachtete Florian scharf. Aber sie sagte nichts. Manchmal waren Freunde nicht die Richtigen, um etwas zu sagen, und sie wollte Florian nicht so kurz vor ihrer Abreise gegen sich aufbringen. Etwas Harmoniesucht sei ihr gestattet.

»Der Auftrag?«, fragte sie stattdessen.

»Ja, warte.« Er zog aus einem unglaublich hohen Stapel Unterlagen, der sich schon gefährlich neigte, eine rote Mappe.

»Spiekeroog. Du warst ja mal dort?«

Sie zuckte mit den Schultern. »Du kennst die Antwort.«

»Ja, richtig. Wir sprachen kürzlich erst darüber.«

Er hatte offenbar den Faden verloren, und Frieke nutzte diese halbe Minute, in der er auf die Mappe in seinen Händen starrte, um an ihm vorbei aus dem Fenster zu sehen.

Spiekeroog … Sie hatten sich tatsächlich erst vor wenigen Tagen über die kleine Ferieninsel unterhalten. Keine angenehme Erinnerung, denn es war dabei auch um ihren Vater gegangen. Sie hatte beides – das Gespräch und ihren Vater – seither lieber verdrängt.

»Und was ist dort? Aufstand der Friesen? Ein neuer Stern am politischen Himmel?«, fragte sie jetzt in Florians Schweigen hinein.

Er grinste. »Weder noch. Ein Ornithologe.«

»Ein Vogelkundler, im Ernst? Klingt nicht besonders aufregend.«

»Du wolltest immer die aufregenden Aufträge, ich weiß. Aber wenn ich dich nach Aleppo geschickt hätte, hätte Harald mich wahrscheinlich erwürgt.«

An ihrer Stelle war Daniel nach Syrien geflogen, und sie hatte gesehen, was diese Monate aus ihm gemacht hatten. Die zitternden Hände. Die Erschöpfung im Gesicht.

Dass Florian sie vor den richtig spannenden Aufträgen fernhielt, lag vermutlich an einem verdrehten Beschützerinstinkt. Er verhielt sich manchmal, als wäre er ihr großer Bruder.

»Der Ornithologe heißt Bengt Gerjets. Ich habe bei dem Auftrag an dich gedacht, weil der Vogelmann auf der Insel ohne Internet und Telefon lebt. Quasi eine Art Anti-Frieke.«

Sie seufzte. Er wusste schon, wie er sie ködern konnte. »Eine nette kleine Reportage. Quasi wie Urlaub, bevor du in deinen Flieger steigst. Du fährst hin, redest einmal mit ihm, machst ein paar hübsche Fotos, und schon haben wir wieder drei Seiten mit schönster Frieke-Prosa gefüllt.«

Wenn Florian von etwas oder jemandem besonders begeistert war, verwendete er solche komischen Ausdrücke. Anti-Frieke, Frieke-Prosa – das war sein Stil. »Hm«, machte sie. »Dafür habe ich eigentlich keine Zeit. In einer Woche …«

»Drei Tage, maximal«, unterbrach er sie. »Und du kannst deinen Flug zur Not auf unsere Kosten umbuchen, falls du doch länger brauchst.«

»Und das hat zufällig nichts damit zu tun, dass vor ein paar Wochen jemand einen Leserbrief an den KOMET geschrieben hat, weil angeblich mein Vater auf der Insel lebt?«

Der Leserbrief hatte es selbstverständlich nicht in den KOMET geschafft. Dafür war er dann doch zu abgedreht. Es war eine Kritik an Friekes Artikel über die Unverpackt-Läden, die seit einiger Zeit in vielen deutschen Städten eröffneten. Aber eigentlich ging es über zwei Seiten nur darum, dass Kinder sich um ihre Eltern kümmern müssten und wie es da zusammenpasse, dass eine Journalistin, die um Nachhaltigkeit besorgt war, sich nicht nachhaltig um ihren Vater kümmerte. Ein Spinner unter vielen. Trotzdem hatte Florian ihr den Brief gezeigt, und Frieke hatte sofort abgewunken. Die Sache mit ihrem Vater war simpel: Er hatte sich früher nicht gekümmert. Warum sollte sie sich jetzt kümmern?

Florian breitete in gespielter Unschuld die Hände aus. »Du kennst mich.«

»Ja eben«, sagte sie. »Du willst die Menschen immer zu ihrem Glück zwingen.«

»Aber was spricht dagegen? Vermutlich läufst du ihm überhaupt nicht über den Weg. Der Auftrag ist wie für dich gemacht. Ich lass auch ein gutes Hotel springen.«

Nichts sprach gegen den Auftrag. Florian wusste, wie gut er zu Frieke passte. Sie hatte schon viel gemacht über diese verschrobenen Typen, die sich dem 21. Jahrhundert verschlossen. Eine Woche hatte sie auf dem Hof eines Selbstversorgers im Brandenburgischen gewohnt, war aber nach zwei Tagen in den nächstgelegenen Ort geflohen, um Handy und MacBook aufzuladen. Nicht, dass sie da draußen in der Ödnis Netz gehabt hätte. Aber sie hatte es an den absurdesten Plätzen gesucht – und schließlich auf dem Misthaufen gefunden, was sogar dem Selbstversorger gefallen hatte.

»Ich weiß nicht. Ich sitze auf gepackten Koffern.«

»Umso besser. Dann brauchst du die letzten Tage nicht in der leeren Wohnung hocken. Dir ist doch Stillstand verhasst. Was willst du denn mit deiner Zeit anfangen?«

Im Grunde hatte Florian recht, sie wussten das beide. Trotzdem sträubte sich bei Frieke etwas gegen diesen Auftrag, ohne dass sie so genau sagen konnte, was der Grund dafür war.

»Gut, dann ist das also entschieden.« Florian schwenkte den letzten Schluck im Glas und trank. Frieke nahm die rote Mappe an sich und stand auf. Den Whiskey ließ sie stehen.

Auf dem Weg nach draußen kam sie an der Teeküche vorbei. Bis auf Emma war niemand mehr dort; die Party war vorbei. Ihre Freundin räumte gerade die Spülmaschine ein und rieb sich den schmerzenden Rücken.

»Alles okay?«, fragte sie, als Frieke sich in die Tür lehnte, die Mappe an sich gedrückt.

Frieke schüttelte den Kopf. »Das ist komisch«, sagte sie. »Florian hatte noch einen Job für mich. Du weißt schon, so eine ganz harmlose Sache, wie man sie jemandem gibt, der bald nicht mehr für einen arbeitet. So ein Freundschaftsdienst. Weißt du, was ich meine?«

Emma runzelte die Stirn. »Ich weiß, was du meinst. So wie Ronald, den er noch mal auf die Reeperbahn geschickt hat.«

»Ah, Reeperbahn-Ronald.« Auch so eine Legende der Redaktion. Ronald sollte kurz vor seinem Ruhestand noch einmal über einen Transvestiten schreiben, Spesenkonto ohne Limit. Er *sollte* sich vergnügen, und das hatte er offenbar auch getan, denn zwei Tage später erfuhren sie, dass er bei seinen »Recherchen« einen Herzinfarkt erlitten hatte und gestorben war.

»Wenigstens hatte er Spaß dabei.« Nachdenklich blätterte Frieke in der dünnen Akte. Viel stand ja nicht darin über ihren Ornithologen. »Was soll ich drei Tage auf Spiekeroog? Ich meine, Florian hat so getan, als wäre das ein großer Gefallen, und ich denke nur … Puh, langweilig.«

»Aber schon irgendwie dein Thema, oder? Du wirst einen richtig guten Artikel daraus machen. Das ist deine Kunst. Man setzt dir etwas Langweiliges vor und du machst daraus was Tolles.«

»Aber wieso? Ich hab keine Lust, mich kurz vor der Hauptferienzeit auf so einer kleinen Insel mit allen Touristen zu drängeln.«

»Ich war mal mit Torben auf Juist, das war sehr schön. Wir hatten nach zwei Tagen alles gesehen und waren froh, dass wir beide genug zu lesen dabeihatten.«

»Sag ich doch, es wird langweilig dort.« Frieke atmete tief durch. Wenigstens war das leicht verdientes Geld, dachte sie. Und sie konnte es brauchen. Natürlich kam Harald für einen Großteil aller Kosten auf. Seine Idee, seine Agentur, sein Geld. Es blieb trotzdem genug, was sie bezahlen musste. Allein das Einlagern ihrer Möbel hier in Hamburg verschlang einiges.

»Umso schneller bist du wieder hier. Sehen wir uns nächstes Wochenende noch mal?«

»Ja, klar.« Zerstreut winkte Frieke und ging nach draußen. Sie hielt immer noch die Mappe an die Brust gedrückt.

Spiekeroog, verdammt. Warum hatte sie das Gefühl, dass es nicht nur um einen Auftrag ging, der wie jeder andere auch war?

KAPITEL 2

Harald war alles andere als begeistert.

»Wir fliegen in einer Woche nach Boston«, sagte er.

Sie hatten sich zum Abendessen bei Frieke getroffen und saßen zwischen gepackten Kisten an ihrem Küchentisch und aßen Spaghetti Aglio e Olio. Viel mehr gaben ihre Vorräte nicht her, aber zusammen mit einer Flasche Rotwein – auch der letzte Rest vom Vorrat – war es sehr lecker und erinnerte ihn an seine Tage als Student. Damals, als er noch nichts vom Leben wusste und glaubte, er wisse längst alles.

»Ich bin Freitag wieder da. Morgen hin, ein paar Tage mit dem Vogelkundler über die Insel streunen, Freitag zurück. Hier ist doch alles erledigt. Samstag kommt die Umzugsfirma und holt meine Sachen ab. Ist doch kein Problem.«

»Ich dachte, du hilfst mir bei meinen Sachen.« Er rollte die Spaghetti am Tellerrand zu einem perfekten Türmchen.

»Du hast noch nichts gepackt?« Sie starrte ihn entgeistert an, als hätte er ihr gerade eröffnet, dass sie allein nach Boston gehen müsste. Meine Güte. Als wäre es so ein Drama, ein paar Dinge in eine Tasche zu werfen.

Harald zuckte mit den Schultern. »Ich habe mich auf dich verlassen.« Irgendwie ärgerte er sich.

Sah sie nicht, wie anstrengend sein Job war? Wie sehr er an den Erlebnissen zu knabbern hatte? Er war Kriegsreporter, kein Bankdirektor. Sein Job ließ ihn nicht los, wenn er das Notebook ausschaltete und das Satellitentelefon aus der Hand legte. Die Bilder, die er dort sah … Sie ließen ihn nicht los. Niemals.

Frieke war seine Rettung.

Es war nicht so, dass er richtig *unorganisiert* war. Er hatte eben nicht den Blick für diese Alltagsdinge. In Boston wollten sie gemeinsam eine Firma gründen. Frieke hatte sich von seiner Begeisterung anstecken lassen, auch weil er dann nicht mehr in Krisengebiete reisen müsste – sie stellte sich das spannend vor, Geschichten, Autoren, Fotografen und kreative Köpfe zu verknüpfen.

»Ich helfe dir Freitag mit deinen Sachen.« Frieke räumte den Tisch ab und begann zu spülen. Dann trocknete sie die Teller ab und schlug sie in Zeitungspapier ein, ehe sie in den letzten offenen Karton wanderten. Sie arbeitete effizient und schweigend. Bei Frieke war Schweigen immer ein schlechtes Zeichen. Auch diese penible Sorgfalt, die sonst nicht ihrer Art entsprach, sollte ihn alarmieren. Harald verteilte den restlichen Wein auf die beiden Gläser und stand auf. Er stellte sich neben sie und hielt ihr das Glas hin.

»Willst du drüber reden?«

Sie blickte überrascht auf.

»Was denn? Meinst du, ich kenn dich nicht?« Er gab ihr einen Nasenstups. »Wenn du so brütest, ist da noch mehr.«

Frieke nahm das Weinglas und trank. Sie verschränkte die Arme vor der Brust. »Vielleicht«, sagte sie.

»Schieß los.«

»Ich hab das Gefühl, dass dieser letzte Auftrag, keine Ahnung … Klingt blöd, aber Florian hat ihn mir vielleicht nicht nur gegeben, weil er mir damit einen Gefallen tun wollte. Sondern vor allem, damit ich nach Spiekeroog fahre.« Sie seufzte.

»Was ist denn auf Spiekeroog? Ich dachte, du warst dort noch nie? Das ist doch – deine Worte – eine spießige Ferieninsel für Familien.«

»Mein Vater ist dort.«

Jetzt verstand Harald gar nichts mehr. »Ich dachte, dein Vater sitzt bei deiner Mutter auf dem Sofa und genießt den Vorruhestand?«

Er mochte Friekes Eltern. Sie waren unaufgeregt und interessiert. Sie Lehrerin, er pensionierter Direktor einer Haspa-Filiale, was spießiger klang, als die beiden tatsächlich waren. Martin züchtete Bonsais und malte Aquarell, und auch das wäre an Spießigkeit kaum zu überbieten, wenn man mit ihm nicht wunderbar über alles reden könnte.

»Nicht ganz. Martin hat mich adoptiert, da war ich gerade vier Jahre alt. Für mich war er immer mein Vater, da gab's nichts dran zu rütteln.«

Davon hatte er nichts gewusst. Harald runzelte die Stirn. Drei gemeinsame Jahre, und sie hatte es nie als nötig empfunden, ihm davon zu erzählen? Schien also wirklich ganz selbstverständlich zu sein, dass Martin ihr Vater war.

Trotzdem war das doch etwas, was man irgendwann erzählte, oder?

»Wusstest du von deinem Vater? Also deinem leiblichen Vater?«

Sie nickte nachdenklich. Dann drückte sie ihm das Weinglas in die Hand und verschwand im Wohnzimmer. Harald folgte ihr etwas langsamer.

Frieke fand schnell, wonach sie suchte, was in ihm den Verdacht weckte, dass sie den Bilderrahmen beim Einpacken nicht nur achtlos in einen Karton gestopft, sondern länger in der Hand gehalten hatte, bevor sie ihn auf die anderen Sachen legte.

»Hier«, sagte sie. »Mehr habe ich nicht von ihm.«

Er sah ein gelbstichiges Farbfoto, entstanden in den frühen Achtzigern. Ein Mann um die dreißig und mit Vollbart lag auf einer karierten Picknickdecke, den Kopf auf die Hand gestützt. Neben ihm saß ein kleines Mädchen, etwa ein Jahr alt, schätzte er; aber was wusste er schon, mit Kindern kannte er sich überhaupt nicht aus. Sie gehörten nicht zu seiner Lebenserfahrung. Das kleine Mädchen aber mit den Pausbäckchen und den roten Händchen von den Erdbeeren, die in einer Schüssel auf der Decke standen, erkannte er. Das Lächeln hatte sie noch heute.

»Er hat sich nie viel gekümmert. Die Ehe meiner Eltern ging wohl schon vor meiner Geburt in die Brüche. Er fuhr zur See, war nie da. Irgendwann hatte meine Mutter davon genug, und sie verlangte von ihm eine Entscheidung. Er hat sich gegen sie entschieden. Als sie dann Martin kennenlernte und die beiden heirateten, hatte mein Vater nichts dagegen, dass Martin mich adoptierte. Er hat sich nie für mich interessiert.«

»Ich habe das Foto nie hier gesehen. Ich wusste ja nicht…«

Sie nahm es ihm wieder ab. »Ich hab es nicht aufgestellt.«

Trotzdem hatte sie gewusst, wo es war. »Hattest du seitdem wieder Kontakt mit ihm?«

Frieke schüttelte mit dem Kopf. Das Bild packte sie zurück in den Karton und klappte ihn zu. Sie nahm ihm ihr Weinglas ab und genehmigte sich zwei große Schlucke.

»Woher weißt du dann, dass er auf Spiekeroog ist?«

»Jemand hat mir geschrieben. An die Redaktion vom KOMET, vermutlich hat derjenige einen Artikel von mir gelesen. Mein Vorname ist ja nicht so häufig…«

»Jemand? Wer denn, wenn nicht er selbst?«

Sie ignorierte seine Frage, stellte den Karton auf den Boden und stapelte zwei weitere darauf.

»Jedenfalls weiß ich jetzt, dass er auf Spiekeroog lebt, und ich will nicht nach Spiekeroog. Vor allem nicht, wenn Florian mich hinschickt.«

»Was könnte denn schlimmstenfalls passieren?«

Sie trank ihren Wein aus und ging in die Küche. Als Harald ihr folgte, stand sie schon am Spülbecken und spülte das Glas.

»Schlimmstenfalls? Nichts. Ich meine …« Sie hielt inne, das Glas in der einen Hand, den Spülschwamm in der anderen. »Wenn nichts passiert, ist alles gut. Aber wenn ich ihm über den Weg laufe …«

»Dann sag Florian, du kannst den Auftrag nicht annehmen. Dein Freund braucht nämlich jemanden, der seine Sachen packt.« Er umarmte sie von hinten. Frieke wurde ganz weich in seinen Armen, und die Anspannung wich mit ihrem nächsten Atemzug. Ein, aus, alles wieder in Ordnung.

»Ich habe ihn ja schon angenommen. Das Thema klingt nicht besonders interessant, aber du weißt ja, wie das mit diesen Aufträgen ist, bei denen ich erst glaube, sie geben nichts her.«

Er glaubte vielmehr, dass sie sich etwas beweisen wollte, wenn sie auf die Insel fuhr. Dass sie nämlich die Begegnung mit ihrem leiblichen Vater nicht fürchtete.

»Du wirst ihn nicht suchen?«

»Warum sollte ich?«

»Weil er dein Vater ist?«

»Das verstehst du nicht«, erwiderte sie scharf.

Natürlich verstand er das. Aber sie ließ sich auch nicht auf eine Diskussion ein. »Ich hätte meinen Vater gerne kennengelernt«, sagte er nur.

»Ja, aber dein Vater starb, als du noch klein warst. Das ist etwas anderes. Du hattest nie eine Chance. Ich will diese Chance überhaupt nicht, ich habe nicht darum gebeten.«

Zornig trocknete Frieke die Gläser ab. Sie zog das Smartphone aus der Hosentasche und tippte darauf herum.

»Was machst du da?«, fragte er unwirsch.

»Ich twittere«, sagte sie nur.

Er wartete, bis sie den Blick vom Handy hob.

»Fertig?«, fragte er, und den Sarkasmus konnte er nicht aus seiner Stimme heraushalten.

»Du klingst so angefasst.«

Er warf gespielt hilflos die Hände in die Luft. »Merkst du gar nichts mehr?«

Frieke verdrehte die Augen und steckte das Smartphone ein. Sie wusste, dass sie ihn damit nervte, und umso typischer war es, dass sie damit genau jetzt anfing, während sie dieses wichtige Gespräch führten.

Nachdenklich packte sie die Weingläser in Seidenpapier und verstaute sie ebenfalls im Karton. Jetzt war von ihrer einst so gemütlichen Wohnung gar nicht mehr viel übrig, es fühlte sich komisch an. In den letzten Jahren hatten sie sich meist in ihrer Wohnung aufgehalten, wenn Harald in Hamburg war. Sie schloss den Karton und trug ihn von der Küche ins Wohnzimmer, sie war viel zu aufgeregt, um ruhig zu sitzen. Harald folgte ihr.

»Ich finde einfach, wenn du schon so kurz vorm Auswandern diesen Auftrag annimmst, solltest du auch nach deinem Vater suchen. So groß ist die Insel nicht, soweit ich weiß.«

Wieder dieser Blick, halb über die Schulter. *Was weißt du schon?*, sagte er, und natürlich wusste Harald gar nichts, aber so leicht ließ er das nicht auf sich beruhen.

»Ich wäre nämlich froh gewesen um so eine Chance.«

»Und darum soll ich es machen? Weil *du* froh gewesen wärst, wenn dein Vater nicht so früh gestorben wäre?«

Er biss die Zähne zusammen, damit er sie nicht anschrie. Es war ihr erster echter Streit, soweit er sich erinnern konnte. Zumindest der erste, bei dem er sich fühlte, als würde zwischen ihnen ein Riss entstehen. Und sie hatten bereits viele Auseinandersetzungen geführt. Aber nichts wie das hier.

»Ich gehe wohl lieber.« Er klimperte mit dem Münzgeld in seiner Hosentasche. »Morgen muss ich früh raus.« Was gelogen war.

»Ich auch. Ich muss noch meine Tasche packen.« Sie stand mit vor der Brust verschränkten Armen neben den Kartonstapeln, in denen ihr ganzes Leben verpackt war. Verdammt, sie wollte mit ihm etwas Neues anfangen, noch dazu am anderen Ende der Welt. Wenn sie jetzt stritten, war sie dann Montag noch am Flughafen?

Sie gab sich einen Ruck. »Wir sehen uns Freitag«, versprach sie. »Das hier ändert doch nichts, oder?«

Er trat zu ihr, und sie umarmten sich zum Abschied. Sein Mund streifte ihren Scheitel, ihre dunkelbraunen Haare kitzelten. »Alles wieder gut«, versicherte Frieke ihm. Ihre Arme umschlossen ihn, sie drückte sich an ihn. Diese Versöhnung war ganz leise, für Sex oder mehr Nähe kein Platz. Das musste warten. Freitag. Oder dann später in Boston, wenn sie ihre gemeinsame Wohnung bezogen.

KAPITEL 3

Dienstagfrüh, halb sechs. Es war so ziemlich die schlimmste Uhrzeit für Frieke, zu der man aufstehen konnte. Nachts um zwei, damit man den ersten Flieger nach Istanbul erwischte? Kein Problem. Nachts um vier, weil der Zug nach Prag so früh ging? Kein Drama. Aber um halb sechs war irgendein Teil von ihr auf Weiterschlafen programmiert. Darum quälte sie sich aus dem Bett. Am Fußende stand ihre gepackte Reisetasche. Für vier Tage brauchte man ja nicht viel, so schlau war sie nach vielen Jahren als Journalistin auf Reisen. Ein paar Klamotten, ein Kulturbeutel mit einer Grundausstattung, ein Buch, die Reiseunterlagen. Letztere befanden sich in der roten Mappe, die Florian ihr gestern ausgehändigt hatte. Außerdem das Ladekabel für ihr Smartphone, ihre Kamera mit zwei Objektiven, das kleine, schlanke Notebook nebst Akku, fertig.

Die Zeit reichte theoretisch für ein gemütliches Frühstück. Praktisch genehmigte sie sich im Stehen in der Küche einen Espresso, denn der Kühlschrank war bis auf eine Tube Senf leer. Jedes Geräusch, das sie in der Wohnung machte, klang lauter.

Sie bedauerte es nicht, als sie um Viertel nach sechs die Tür zu ihrer Wohnung hinter sich zuzog. Sie lief die Stufen herab, trat auf die Straße und machte sich auf den Weg zum Bahnhof.

Um halb elf ging die Fähre von Neuharlingersiel nach Spiekeroog. Da Frieke kein Auto besaß – in einer Großstadt wie Hamburg war es schon schwierig genug, eine erschwingliche Wohnung zu finden, geschweige denn eine mit eigenem Parkplatz, außerdem war sie ohnehin das halbe Jahr unterwegs –, musste sie mit Bus und Bahn anreisen. Die Verbindung, die Emma ihr ausgedruckt hatte, war … nun, kompliziert wäre das falsche Wort. Aber herausfordernd mit den vier Umstiegen und Halten in Bremen und Oldenburg. Sah ganz so aus, als würde sie ans Ende der Welt fahren.

Frieke hatte vor zwei Jahren mal einen Bericht über ein entlegenes Bergdörfchen im Apennin geschrieben. Idyllisch, aber für Touristen nur schwer erreichbar, weshalb es vermutlich niemals massentouristisch erschlossen werden würde. Frieke hatte ihren Aufenthalt sehr genossen und hatte sich an der dortigen Küche kugelrund gefuttert.

Hoffentlich war Spiekeroog auch so ein vom Tourismus vergessener Ort wie diese italienischen Bergdörfer. Was konnte dort schon los sein? Wenn die Insel wirklich so ein beliebter Urlaubsort war, wie Emma behauptete, wäre sie doch besser zu erreichen, oder? So wie Sylt zum Beispiel, das an Hamburg mit einer direkten Zugverbindung über den Hindenburgdamm angebunden war.

Ob es auf Spiekeroog auch Mammas gab, die ihre ganze Familie mit typisch ostfriesischer Küche verwöhnten? Was war eigentlich typisch ostfriesisch?

Während sie in der Hochbahn saß, schaute sie im Internet nach. Viele Hülsenfrüchte, Speck und Pökelfleisch seien typisch für die ostfriesische Küche. Frieke verzog das Gesicht. Okay, vielleicht war die ostfriesische Küche doch nicht zum Verwöhnen geeignet.

In den Unterlagen fand sie auch einen Zettel mit der Adresse der Unterkunft, die Emma für sie gebucht hatte. Emma hatte in ihrer akkuraten Buchhalterinnenhandschrift auf einem pinken Post-it notiert: Sorry, gab nichts Besseres mehr! Die Auskunft auf dem Zettel war dann auch ziemlich spärlich: *In der Inselbuchhandlung (Norderloog) nach Ebba fragen. Preis: Verhandlungssache.*

Sie hatte das Smartphone schon in der Hand, um nach der Inselbuchhandlung zu googeln, ließ es dann aber wieder sinken. Vermutlich hatte sie nicht mal eine Webseite. Ob es Internet auf der Insel gab?

Stattdessen öffnete sie daher Twitter und schrieb: *Auf dem Weg nach Spiekeroog, ein letzter Auftrag für den KOMET. Wollt ihr Bilder? Was muss ich unbedingt ansehen? Hoffentlich gibt's auch WLAN auf der Insel …*

Mit einem Seufzen ließ Frieke sich gut vier Stunden später auf einer Polsterbank im Bauch der Fähre Spiekeroog I nieder. Sie stellte die Reisetasche zwischen ihre Füße und rieb sich die müden Augen. Der Streit mit Harald ging ihr nicht aus dem Kopf, aber sooft sie ihr Telefon auch in der Hand hatte und ihm etwas schreiben wollte, steckte sie es auch wieder weg.

Der erste Teil ihrer Reise war erstaunlich ereignislos verlaufen. Sie hatte alle Anschlüsse bekommen und am Fährhafen ein Ticket auf die Insel gebucht. Die Fähre stand bereit, und kurz vor Abfahrt durften alle Fahrgäste an Bord gehen. Sie war überrascht, dass es nicht bloß eine Handvoll Touristen waren, die sich auf der Gangway drängten. Es mehrten sich die Anzeichen, dass sie Spiekeroogs Anziehungskraft unterschätzt hatte.

Der Motor der Fähre begann zu dröhnen, und plötzlich geriet das Schiff in Bewegung. Die meisten Leute rings um Frieke schienen das gar nicht zu registrieren. Nur ein kleiner Junge mit Pottschnitt und dicken Brillengläsern kniete auf der Bank und starrte aus dem Bullauge auf die Betonwand des Hafenbeckens, das sich nun rasch entfernte.

Sie saß eingezwängt zwischen einer Oma, die über den Rand ihrer Halbmondbrille auf das Strickzeug in ihren Händen schielte und Maschen zählte, wobei sie lautlos die Lippen bewegte, und einem Rocker mit Jeansweste und nackten Armen, der aus der Innentasche eine zerlesene Ausgabe von Hemingways »Die grünen Hügel Afrikas« zog und anfing zu lesen. Frieke hatte wieder ihr Smartphone in der Hand. In den letzten Stunden waren über zwanzig Antworten auf ihren letzten Tweet eingegangen. Sie las erstaunt, wie viele ihrer Follower schon mal auf Spiekeroog Urlaub gemacht hatten. *Auf jeden Fall zum Oostend spazieren!*, schrieb einer. Ein anderer gab ihr den Tipp, im Inselcafé eine der Sahnetorten zu probieren. Und noch ein paar Vorschläge, was sie sich nicht entgehen lassen durfte. Frieke antwortete auf ein paar Kommentare, doch sie hatte hier draußen kein Netz. Die Oma neben ihr lächelte nachsichtig, als Frieke leise fluchte. Sie versuchte noch, auf die Seite vom KOMET zuzugreifen, weil sie wissen wollte, ob es etwas Neues in der Welt gab. Aber die Seite baute sich so langsam auf, dass sie genervt aufgab.

Also steckte sie das Handy wieder ein und schaute sich um.

Wirklich erstaunlich, wie voll die Fähre war. Das mussten ja mindestens hundert Leute sein, die sich hier unten in dem Raum unter Deck drängten. Sie saßen beisammen, plauderten angeregt miteinander und schienen sich alle zu kennen. Kamen die von der Insel? Oder waren das alles Urlauber? Es war erst Ende Mai. Fuhren so viele Leute zu dieser Jahreszeit auf die Insel?

Sie merkte jetzt erst, wie wenig sie über die Ostfriesischen Inseln wusste. Schon griff ihre Hand wieder zum Smartphone, aber diesmal fiel ihr früh genug ein, dass sie ohnehin nichts erfahren würde. Sie ließ das Handy stecken. Es fühlte sich irgendwie komisch an, so abgeschnitten zu sein. Das kannte sie sonst nur von wirklich entlegenen Orten. »Haben Sie nichts zu lesen dabei?«, erkundigte sich die Oma und ließ das Strickzeug sinken.

»Doch, schon.«

Frieke las nicht. Dafür blieb ihr keine Zeit neben dem stressigen Beruf, ihrer Beziehung, der Wohnung, den Freunden … Irgendwann musste sie schließlich auch mal schlafen! Sie packte zwar immer ein Buch mit ein – die Macht der Gewohnheit –, aber sie könnte nicht sagen, wann sie zuletzt mal eins zu Ende gelesen hatte.

»Dann lesen Sie's«, riet ihr die Oma.

»Ich weiß nicht, es ist eigentlich ein ziemlich anstrengendes Buch.«

Um nicht zu sagen: Es war todlangweilig. Sie schleppte es bereits seit Monaten überall mit hin, aber über die ersten knapp hundert Seiten war sie bisher nicht hinausgekommen.

»Hier, ich hab was für Sie.« Die weißen Löckchen der alten Dame wippten, als sie in ihrer abgewetzten, braunen Handtasche wühlte. Sie zog ein Taschenbuch hervor, das aussah, als hätte der Rocker es mit dem Hemingway schon eine ganze Weile mit sich herumgetragen. Es war ein Liebesroman.

»Lassen Sie sich nicht vom Cover abschrecken«, sagte sie. »Der ist wirklich gut. Schenke ich Ihnen.«

»Danke«, sagte Frieke überrascht. Sie las den Klappentext und musste sich sehr beherrschen, nicht das Gesicht zu verziehen.

»Das ist wirklich ein toller Roman.« Die Oma nahm ihr Strickzeug wieder auf. »Man kann nie genug Liebe im Leben haben.«

Eher zögerlich schlug Frieke das Buch auf. Der Rocker neben ihr knurrte und zog die Nase hoch, doch er blickte nicht auf.

Mit dem ersten Satz nahm das Buch sie gefangen. Einfach so. Weil es eine Geschichte erzählte. Und vielleicht brauchte sie gerade das. Innehalten, Atem schöpfen. In eine andere Welt eintauchen, während ihr Leben sich von der Überholspur so plötzlich aufs Abstellgleis bewegt hatte.

Es sind nur vier Tage, sagte sie sich. Vier Tage, und dann fuhr sie zurück nach Hamburg, packte die letzten Sachen zusammen und startete mit Harald in ein ganz neues Leben.

Florian hatte recht; sie fand Gefallen an dem Auftrag.

Und danach dachte sie für den Rest der Überfahrt nichts mehr, denn die Geschichte von Lady Julianna nahm sie völlig in Beschlag.

Wenn Emma ihre Reisen organisierte, konnte Frieke sich darauf verlassen, dass alles perfekt durchgeplant war. Das traf sowohl auf die Reiseverbindungen zu, die sie selbst genauso gewählt hätte, wie auch auf die Unterkünfte.

Diesmal hatte Frieke leider das Gefühl, dass Emmas Schwangerschaftsdemenz ihnen einen gehörigen Strich durch die Rechnung gemacht hatte. Oder dieses Inselkaff hatte einfach nicht genug Unterkünfte.

Sie stand vor der Inselbuchhandlung. Vom Fährhafen war es ein Fußweg von knapp zehn Minuten in den Ortskern. Man konnte das Dorf gar nicht verfehlen, denn sobald die Fähre anlegte, setzte sich eine kleine Völkerwanderung in Bewegung. Die Container mit den Koffern wurden ausgeladen, und überaus diszipliniert suchten die Leute ihre Koffer zusammen, während Frieke ihre Reisetasche schulterte und gemächlich denen folgte, die zielstrebig die einzige Straße entlangliefen. Neben der Straße wartete ein halbes Dutzend Bollerwagen, daneben das Schild eines Kurhotels für Mütter und Kinder, die sich dort versammelten.

Frieke blieb kurz stehen. Sie fotografierte den Fährhafen und die Bollerwagen. Kein Netz. Spiekeroog machte ernst mit ihrem kalten Internetentzug. Dann erst machte auch sie sich auf den Weg.

Und nun stand sie vor der Buchhandlung; ein schmuckes

Eckhaus direkt im Ortskern, weiß gestrichen mit grün lackierten kleinen Fenstern, in denen regionale Literatur ausgestellt war. Die Neuankömmlinge hatten sich inzwischen verstreut. Offenbar wusste jeder, wo er hinmusste.

Zwei Postkartenständer flankierten die grün gestrichene Sprossentür, die weit offen stand. Im Innern drängten sich erstaunlich viele Kunden um Tische und Regale.

Zögernd betrat sie die Buchhandlung. Von der Ruhe auf der Straße war hier nicht mehr viel zu spüren. Die Kasse ratterte, eine helle Stimme nannte einen Preis, eine Papiertüte raschelte, als ein Stapel Bücher reingeschoben wurde. Frieke schloss kurz die Augen. Ah, Bücherduft! Fast hätte sie vergessen, wie gut es in Buchhandlungen roch, warm und etwas stickig.

»Moin.«

Ohne es zu merken, war Frieke an den Kassentisch getreten und stand nun direkt davor. Die kleine, alte Dame dahinter trug einen Norwegerpulli, auf dem ihre Lesebrille an einer goldenen Kette baumelte; die silbrigen Haare trug sie raspelkurz. Ihre grauen Augen waren nicht unfreundlich; nur eine Spur Ungeduld glaubte Frieke in ihnen zu erkennen.

»Guten Tag, ich suche Ebba. Es geht um das … Zimmer?«

»Ah, Sie kommen von der Presse.«

Also, na ja. Presse? So würde Frieke es nicht nennen. Florian hätte vermutlich die Augen verdreht. Presse! Der KOMET war doch kein lokales Provinzblättchen, sondern eines der führenden Nachrichtenmagazine des Landes. Fehlte noch, dass die Frau von Journaille sprach, dann wäre ja mal alles vorbei. Aber sie sagte lieber nichts.

»Ja, das Zimmer. Zeige ich Ihnen gleich, ich muss nur gerade … Könnten Sie zur Seite gehen?«

Frieke machte verwirrt Platz. Eine Mutter mit ihren beiden Kindern wartete geduldig hinter ihr. Sie legte einen Stapel Bücher auf den Tresen, die von der Buchhändlerin in die Kasse eingetippt wurden.

»Das passt gut«, sagte die Buchhändlerin – Ebba, vermutete Frieke – und hielt das Buch hoch. Die Mutter lächelte etwas verkniffen und schaute sich verstohlen um, als wäre das, was sie da kaufte, irgendwie anrüchig.

»Meine Mama liest sonst nie«, bemerkte der ältere der beiden Söhne an Frieke gewandt, als wäre das eine wichtige Erkenntnis. Er mochte ungefähr neun sein und hielt den ersten Band der Percy-Jackson-Reihe an die Brust gedrückt, sobald das Buch in die Kasse eingegeben war.

»Stimmt gar nicht«, sagte der Jüngere. »Sie liest immer abends, wenn wir schlafen. Und dann weint sie im Bett, weil das Buch so traurig ist.«

Ebba nickte, als würde das alles erklären. Frieke wandte sich verlegen ab. Plötzlich fiel ihr auf, wie intim das war, ein Buch zu kaufen. Sie musste an den Rocker von der Fähre denken. Ob er wohl voller Sehnsucht nach Afrika war? Oder genoss er Hemingways knappe Prosa? Steckt in ihm ein heimlicher Großwildjäger, der das Abenteuer sucht?

Da sich nun weitere Kunden rings um die Kasse drängten und ihre Einkäufe bezahlen wollten, trat Frieke zurück und zog ihr Handy aus der Gesäßtasche. Hier im Dorf hatte sie zum Glück wieder Empfang. Nicht auszudenken, wie sie vier Tage ohne Twitter, E-Mails und Co. überleben sollte!

In der Zwischenzeit hatte sich auch Harald gemeldet. Er schrieb nur »vermisse dich«, mehr nicht. Sie seufzte, aber weil sie nicht wusste, was sie darauf antworten sollte, schickte sie nur einen Smiley mit Kussmund und Herzchen.

Bei Twitter waren wieder einige Antworten an sie eingegangen. Einige Nutzer sendeten sogar Direktnachrichten. @winterhuderer schrieb, er sei gerade auf der Insel unterwegs und man könne sich ja ganz unverbindlich mal treffen, Zwinkersmiley. Grinsend löschte sie die Nachricht. Ungeduldig klopfte sie mit den Fingern auf ihre Tasche, wenn Ebba endlich mal fertig war, könnte sie auch ihr Zimmer beziehen und sich anschließend auf die Suche nach Bengt Gerjets begeben. Vor allem wollte sie schleunigst wieder von der Insel verschwinden. Am besten ohne ihrem Vater über den Weg zu laufen.

Sie tippte einen Tweet – *Auf Spiekeroog muss man sich jedenfalls keine Sorgen um das Buchhandelssterben machen* – und schickte ihn zusammen mit einem Foto der Kunden, die sich vor der Kasse drängten, wobei sie darauf achtete, dass niemand von vorne zu sehen war. Dann trat sie aus dem Laden. Vielleicht war in einer halben Stunde weniger los.

Sie rückte die Messengerbag auf ihrer Schulter zurecht und marschierte los – Richtung Dorfausgang, was in diesem kleinen Ort hieß, dass man in irgendeine Richtung marschierte und keine fünf Minuten lang unterwegs war. Sie sehnte sich nach dem Meer. Ob es weit war dorthin? Vorhin auf der Fähre hatte es sie nicht interessiert; die Fahrrinne war so zahm und ruhig, dass es für sie nichts mit dem Meer zu tun hatte.

Ich will das Meer sehen, dachte sie. Natürlich hatte sie es schon »gesehen«, als sie am Fährhafen wartete und später, als sie auf der Fähre hockte und an dem kleinen Brillenjungen vorbei aus dem Bullauge sah. Aber sie wusste, dass hier an der Nordsee das Meer anders war als zum Beispiel an der Atlantikküste. Durch die Ostfriesischen Inseln, die wie an einer Perlenkette dem Festland vorgelagert waren, brandete die größte Wucht der Wellen nur im Norden an Land – und nur dort gab es Strand. Die Südseite wurde von den Salzwiesen bestimmt. Wikipedia hilft, wenn man mit der Recherche für einen Artikel beginnt.

Wann immer sie einen Ort am Meer besuchte, zog es sie als Erstes zum Wasser. Dann erst kann sie sich ihrer Aufgabe widmen. Und als sie gestern Nacht nicht einschlafen konnte, hatte sie in einem Forum für Ostfrieslandurlauber geschmökert und wusste daher, dass es einen kleinen Fußweg vom Dorfkern zum Strand gab. Aber erst einmal musste sie diese lästige Tasche loswerden. *Ich will wissen, warum die Insel die Menschen so verzaubert.*

Und dann, wie ein Nachsatz, kam ihr der Gedanke, dass sie wissen wollte, warum das Meer ihren Vater nie losgelassen hatte. Warum es ihn auf diese Insel verschlagen hatte und nicht auf eine andere. Warum er sesshaft geworden war nach so vielen Jahrzehnten da draußen auf den Weltmeeren.

Die alte Inselkirche lag im Schatten der Bäume versteckt, doch nicht gut genug versteckt, dass man hier ungestört war. Ole Hansen, von den wenigen, die ihn Freund nennen durften, oft liebevoll »der olle Hansen« genannt, sank mit einem leisen Seufzen auf seinen Platz in der Kirchbank. Hinten links, direkt am Ausgang. Dort fühlte er sich schon immer am wohlsten, und dort hatten sie ihm all die Jahre seinen Platz frei gehalten, selbst wenn er in der Weltgeschichte unterwegs war. Am Rand der Dorfgemeinschaft, aber ohne den Kontakt zu den Familien zu verlieren, die auf der Insel das Sagen hatten.

Der alte Kapitän war von Bord gegangen, und das Rentnerdasein hatte ihn an Land gespuckt. Keine großen Fahrten mehr über die Weltmeere, keine salzige Brise wehte ihm um die Nase. Kein Schweiß, der sich im Nacken sammelte, wenn er auf die Häfen starrte, die sich unter tropischer, schwüler Hitze duckten. Ging er den Weg zum Strand, dauerte es gefühlt einen halben Tag, bis er die Düne erklommen hatte, und die Urlauberfamilien, die ihn auf ihrem Hinweg überholten, waren fast schon auf dem Rückweg, bis er den Dünenkamm erreichte und aufs Meer blickte. In der Ferne zogen die dicken Kähne vorbei, Containerschiffe, wie er selbst zuletzt eins unter seinem Kommando gehabt hatte. Der Strandhafer raschelte im Wind, und er beobachtete die Möwen, die von der Sandbank aufstiegen, die ein Stück weiter im Meer aufgeschwemmt wurde und wo sie reichlich Krebse und Muscheln fanden.

Nun war er hier gestrandet. Nach über vierzig Jahren auf hoher See und in den Häfen dieser Welt war er ein letztes Mal an Land gegangen. Sein lahmer Körper machte zusehends schlapp. Selbst der Besuch beim Arzt war für ihn inzwischen eine Tagesaufgabe, denn danach fühlte er sich noch schwächer und ein bisschen zittrig von den schlechten Nachrichten, die sich da häuften.

»Die Lunge wird's nicht mehr ewig mitmachen«, sagte Dr. Tossens mahnend, wenn Ole sich im Behandlungszimmer eine Pfeife ansteckte. Er hielt sich schon gar nicht mehr damit auf, dass Rauchen in seiner Praxis verboten war. »Reicht's nicht, dass wir dir fast das Bein abnehmen mussten?«

Nein, das reichte nicht. Genauso wenig reichten all die anderen Hiobsbotschaften, denn so eine Raucherlunge war ja nix gegen das, was sich in seine Eingeweide fraß.

»Diät halten muss ich wohl nicht mehr auf meine alten Tage.«

»Nein, das wohl nicht.«

»Dann lass mir auch das Rauchen, Doktor. Ich kenn eben kein Maß, so ist das mit den alten, sturen Böcken. Die ersticken lieber an ihrem Stolz als an einer nicht gerauchten Pfeife.«

Dr. Tossens hatte es sportlich genommen, das tat er immer. Er verschrieb Ole was gegen die Schmerzen und ermahnte ihn, sich zu melden, falls er noch was brauchte. Zum Abschied gaben sie sich die Hand, und es war ein Handschlag von der Sorte, als wüssten beide nicht so genau, ob es noch viele davon geben würde in diesem Leben.

Auf dem Weg nach Hause war ihm die Puste ausgegangen, obwohl es nicht mehr weit war bis zum Kapitänshaus. Darum hatte er sich in die Kirche zurückgezogen, denn draußen war's ihm schon wieder zu warm. Der erste warme Frühsommertag, dem noch viele folgen würden. Er wusste nicht, ob er sie alle erleben würde. Ob er's bis zum Herbst schaffte, wenn die Stürme über die Insel fegten. Wenn er sich wieder ganz fühlte, weil Sturm so viel mehr seinem Wesen entsprach als heller Sonnenschein.

Traurig ist's schon, dachte er müde. Das Leben war ja gar nicht so schlecht zu ihm gewesen. Sicher, er hätte einiges anders machen können. Sich mehr um die Menschen kümmern. Aber das bereute wohl jeder am Ende, dass er nicht genug für die anderen da gewesen war. Zumindest hatte er nicht gehört, dass sich mal ein Todkranker beklagte, dass es mit der Familie Zeit seines Lebens so anstrengend gewesen sei und es ja gut wäre, wenn das mit den Menschen dann mal vorbei wäre nach dem Tod.

Und wenn er sich so hier umschaute, in dem kühlen Altarraum, wo sich jede Woche die Gemeinde versammelte … Vielleicht wär's eine Überlegung wert, auch mal zum Gottesdienst zu gehen. Nicht, weil er mit Jesus viel am Hut hatte. Der half ihm jetzt auch nicht mehr. Aber auf hoher See hatten seine Leute im stärksten Sturm ihre Gebete in den Himmel gerufen, und das hatte ihn irgendwie getröstet. Er war eher von der anpackenden Sorte. Hatte nicht gebetet, sondern geackert, um sie heil durchs Wetter und in den nächsten Hafen zu bringen. Konnte es Trost geben für einen, der alt und einsam auf einer Insel wartete, dass sein Leben vorbei war?

Die Tür hinter seinem Rücken knirschte leise, als sie aufgezogen wurde, und er lauschte den Schritten, die den Gang entlangkamen. Eine junge Frau ging an ihm vorbei, sie schaute flüchtig in seine Richtung, sie murmelte etwas und lief bis vorne, wo der Bürgermeister sonst seinen Platz hatte, mit Frau und den beiden erwachsenen Kindern. Dort trat sie in die Kirchbank und setzte sich. Ihre Hände hielten ein Smartphone, das sie jetzt hob und das Altarbild fotografierte – Jesus beim Abendmahl, kurz bevor er das Brot teilte. Ole fand das Bild grässlich verkitscht, aber das sagte man ja nicht laut.

Sie kam ihm bekannt vor. Die Art, wie sie den Kopf neigte, die krausen dunkelbraunen Haare, die sie zu einem Knoten hochgebunden hatte. Im Vorbeigehen hatte er ihr Gesicht gesehen – klare, helle Augen und eine schmale Nase, die Lippen etwas zu breit.

Vor über fünfzig Jahren hatte Ole mal einen Bruder gehabt, der so aussah. Genauso. Der hatte nicht das blonde Haar der Familie, nicht die dunkelblauen Augen, die bei Ole inzwischen zu einem verwaschenen Hellblau verblasst waren, das vom Alter langsam trüb wurde. Auch die Knollennase der Hansens war an Rupert vorbeigegangen. Er war ein hübscher Junge gewesen mit seinen kirschroten Lippen und dem frechen Mundwerk.

Leider hatte er nicht nur eine vorlaute Klappe gehabt, sondern auch eine Vorliebe für schnelle Autos, weshalb er mit achtzehn Jahren gegen einen Baum fuhr und starb.

Komisch. An Rupert hatte Ole schon seit Jahren nicht gedacht.

Die junge Frau tippte etwas in ihr Smartphone. Er hätte ihr gern gesagt, wie respektlos es war, in einer Kirche mit dem Handy … Aber, ach. Sollte sie doch machen. Sie tat damit ja keinem weh, und er fand es gar nicht so respektlos.

Aber dass sie Rupert so ähnlich sah, das verwirrte ihn. Vielleicht lag es auch an der hochgeschlossenen Bluse und der hellen Hose. Beides erinnerte ihn ebenfalls an Rupert, der sich immer »fein« gemacht hatte. Weil die »Damen« das mochten.

Je länger er über Rupert nachdachte, umso mehr verschüttete Erinnerungen kamen hoch.

Ole gab sich einen Ruck. Nee, so ging das nicht weiter. Wenn er noch länger hier hocken blieb, glaubte er am Ende noch, eine Tochter seines Bruders vor sich zu haben. Na ja, oder seine Enkelin.

Ole kniff die Augen zusammen. Das kam davon, dass er nicht auf Dr. Tossens gehört hatte. Seit Wochen lag der ihm in den Ohren, er müsse mal aufs Festland zu einem Augenarzt. Verschwommenes Sehen sei nicht nur Altersermüdung, dagegen könnte eine Brille helfen, und Dr. Tossens wollte nichts davon hören, dass so eine Brille für ein halbes Jahr ja Schwachsinn sei und sich nicht lohne. Ole genügte es, wenn er weit draußen das Meer sah, und dafür reichten seine Augen, für das Ferne.

Jetzt hätte Ole diese Brille jedoch sehr gern, denn in ihm keimte ein Verdacht auf, den er gern unauffällig bestätigt hätte. Aber vorher suchte er lieber das Weite, denn er sah schon Gespenster. Ganz bestimmt sogar. Dieses ganze Nachdenken über seine Familie machte das, davon wurde man ja ganz weich in der Birne.

Fast lautlos stand Ole Hansen auf und schlich aus der kleinen Inselkirche. Die Tür schepperte hinter ihm ins Schloss, und draußen atmete er erst mal durch. Es fühlte sich ein bisschen an, als wäre er einer Falle entkommen, die ihm jemand gestellt hatte. Aber wer? Und warum?

Viel wahrscheinlicher war, dass es sich um einen dummen Zufall handelte. Die Ähnlichkeit mit Rupert in Kombination mit seinen Gedanken über die Endlichkeit des Lebens und den Umstand, dass er bereute, nicht genug Zeit mit seiner Familie verbracht zu haben – da musste man doch anfangen, in einer jungen Fremden die eigene Tochter zu sehen, die man seit über dreißig Jahren nicht gesehen hatte, oder?

Sie erkannte ihn sofort.

Oder spielte ihr da der Wunsch einen Streich, die Begegnung mit ihrem Vater möglichst schnell hinter sich zu bringen, von der sie glaubte, dass sie unausweichlich war?

Frieke saß in der Kirchenbank. Sie hatte das Altarbild fotografiert – ein schrecklich kitschiger Jesus beim Abendmahl – und schrieb einen Tweet darüber. Dann hielt sie das Handy umklammert und lauschte. Das Knacken einer Bank, dann schleppende, leise Schritte.

Er ging.

Sie war erleichtert. Denn was, wenn es tatsächlich ihr Vater war, der hier in der kleinen Inselkirche saß? Sie war keine halbe Stunde hier, und schon lief sie dem Menschen über den Weg, den sie ihr Leben lang nicht vermisst hatte.

Vermutlich hätte sie ihn nicht erkannt, wenn sie gestern Abend nicht mit Harald über ihren Vater gesprochen hätte. Nachts lag sie dann wach; ihr ging das Gespräch nicht aus dem Kopf, und auch nicht, wie Florian sie angesehen hatte, als er sagte: »Spiekeroog. Warst du schon mal dort?«

Hatte er mit ihrem Widerstand gerechnet? Vermutlich nicht. Dafür war Florian nicht der Typ; er dachte immer, das, was er vorschlug, sei für alle das Beste. Und in den meisten Fällen traf das auch zu; er war sehr reflektiert und klug. Aber hier war sich Frieke ausnahmsweise nicht sicher. Dass er sie zu ihrem »Glück« zwang, war sonst nicht seine Art. Er mischte sich ein. Warum?

Trotzdem war sie hergekommen. Sie hatte gedacht, so eine Insel würde schon groß genug sein für ihren Vater und sie.

Er sah schlecht aus. Eingefallen und grau. Das Wenige, was

sie von ihm aus dem Augenwinkel gesehen hatte, wirkte müde, kränklich, erschöpft. Als würde er auf etwas warten – und zwar nicht, dass das Leben weiterging. Seine Schritte waren die eines alten Mannes, der wusste, dass sie gezählt waren.

Ihr kam der Gedanke, dass sie in ein paar Monaten vielleicht nicht mehr ihrem Vater auf der Insel über den Weg gelaufen wäre, sondern nur der Erinnerung an ihn bei den Leuten, die ihn kannten. Das war eine komische Vorstellung, und sie hatte schon das Handy wieder gestartet, die Twitteranwendung lief noch, und ihre Finger tippten schneller, als sie denken konnte *(Wie bleibt die Erinnerung an einen Menschen lebendig außer in den Erzählungen derer, die ihn kannten?)*, und dann löschte sie den Tweet, klappte die Hülle zu und stand auf.

Sie verließ die Kirche. Draußen empfing sie der kühle Wind – und ihr Vater, der unter einer Kastanie stand, die Hand an den Stamm gelegt, windschief und knorrig waren sie beide.

»Du bist Frieke.« Seine Stimme war rau.

»Und du Ole.« Sie konnte nicht weglaufen. Und komischerweise wollte sie das auch gar nicht mehr, jetzt, da er sie angesprochen hatte.

Er nickte, als würde sich damit eine Vermutung bestätigen, mehr nicht. Denn dann stieß er sich vom Baumstamm ab, als müsste er Schwung holen, und er marschierte vom Kirchhof. Etwas hüftsteif, sehr müde. An dem Törchen blieb er stehen, beugte sich vor und hustete, dass ihr angst und bange wurde.

Sie sah ihm nach und wusste nicht, was sie tun sollte. Oder ob sie überhaupt irgendwas tun sollte.

Schließlich zuckte sie mit den Schultern und ging zurück zur Buchhandlung, doch die Begegnung ging ihr nicht mehr aus dem Kopf. Sie hatte die Antwort auf ihre Frage schon gefunden.

Die Erinnerung bleibt lebendig. Egal wie.

Sie würde diesen Moment jedenfalls nie vergessen, in seiner

Kürze und Absurdität. Dreißig Jahre, und alles, was blieb, war ein kurzes Nicken. Du bist … Ja. Sie hatten einander erkannt, und mehr hatten sie sich offenbar nicht zu sagen.

Frieke wusste noch nicht, ob das gut war oder schlecht.

KAPITEL 4

Als sie die Buchhandlung wieder betrat, hatte der Ansturm sich gelegt und Ebba balancierte gerade auf einer Trittleiter und holte einen Stapel Bücher von einem Lagerplatz über dem Regal hinter der Kasse. Sie stieg von der Leiter, legte die Bücher auf den Kassentisch und wischte die Hände an ihrer Hose ab, bevor sie Frieke die Hand gab. »Da sind Sie ja wieder. Tut mir leid, dass es vorhin so voll war.«

»Ist doch schön, wenn Sie viel zu tun haben«, sagte Frieke.

»Ach, das ist noch gar nichts. Warten Sie mal die Hauptsaison ab, dann geht's hier richtig rund. Warten Sie, ich sag nur gerade meinem Mann Bescheid.«

Sie verschwand hinter einem Vorhang aus Plastikstreifen, der etwas deplatziert wirkte. Während sie weg war, schaute Frieke sich um. Ihr gefiel das Geschäft. Jetzt erst, nachdem die ganzen Leute verschwunden waren, fielen ihr die liebevollen Details der Einrichtung ein.

Auf dem Kassentisch stand ein Büchernörgeli, daneben eine Schale mit Fruchtbonbons. Frieke nahm sich eins und wanderte durch die Regalreihen. In der Mitte des Raums befand sich ein halbhohes Rondell, auf dem Romane und Krimis im Stapel präsentiert wurden. Es gab Postkarten, eine kleine Ecke mit Geschenkartikeln, in einem Regal standen regionale Literatur, ostfriesische Küche (sie schaute gar nicht rein, Bohnen und Speck, mehr gab's ja nicht), Spiekerooger Sagen, Krimis. Bücher, Bücher, Bücher.

Irgendwo im Hinterzimmer hörte sie Ebbas Stimme. Im Moment war kein Kunde im Laden. Frieke schloss kurz die Augen und ließ die Atmosphäre auf sich wirken.

Buchhandlungen besaßen einfach einen ganz eigenen Zauber. Früher hatte sie sich immer mittwochs mit ihrer Oma getroffen. Oma Elfriede war eine wundervolle, sehr gepflegte alte Dame gewesen, die sich einiges auf ihre Kultiviertheit einbildete und diese auch an ihre Enkelin weiterzugeben gedachte. Da mittwochs die Ärzte am Nachmittag zu hatten und sie deshalb nicht mit ihren Zipperlein und einem dicken Buch in der Tasche in den Hamburger Wartezimmern sitzen konnte (»Diese Klatschblätter sind nichts für mich, meen Deern, davon habe ich beim Friseur am Freitag schon mehr als genug!«), holte sie Frieke von der Schule ab. Nach einem Mittagessen im Ratsweinkeller ging es in eine Buchhandlung. Im Laufe der Jahre lernte Frieke so alle Buchhandlungen der Hansestadt kennen, ihre Omi ging in ihnen allen ein und aus, in den kleinen Bücherstuben genauso wie in großen Buchkaufhäusern oder linken, verrauchten Klitschen. Und sie kaufte Bücher, stapelweise. Jeden Mittwoch füllte sie einen Leinenbeutel mit Lektüre für die kommende Woche (»Plastiktüten sind was für bequeme Leute, und wir sind nicht bequem!«). Dass Frieke bei der Wahl der Lektüre kein Mitspracherecht hatte, störte sie nicht. Denn Oma wusste, was ein Mädchen lesen wollte. Es ging los mit Pippi Langstrumpf, mit Bullerbü und dem Fliewatüüt, es folgte Laura Ingalls »Unsere kleine Farm« ebenso wie die antiken Sagen von Gustav Schwab, »Anne auf Green Gables«, und so weiter. Mit vierzehn verschlang sie »Vom Winde verweht«, und mit sechzehn hatte sie sich quer durch die Weltliteratur gelesen. Die Bücherregale daheim in dem kleinen Einfamilienhaus ihrer Eltern bogen sich unter den wöchentlichen Geschenken ihrer Oma.

Als Frieke siebzehn war, starb Oma Elfriede, und es war vorbei mit den wöchentlichen Ausflügen in die Buchhandlungen.

Aber jedes Mal, wenn Frieke seitdem wieder in einer Buchhandlung stand, dachte sie an die vielen Nachmittage mit ihr. Und daran, wie sehr sie ihre Oma vermisste, die sie beim Mittagessen im Ratsweinkeller mit strengem Blick über die randlose Brille musterte und fragte, was sie aus der Lektüre der vergangenen Woche gelernt habe. Stets mit einem Augenzwinkern, doch sie hatte auch auf diesem Ritual bestanden, weil nicht nur Bücher wichtig waren, sondern auch das Gespräch darüber.

In Gedanken versunken wandte Frieke sich dem nächsten Regal zu, zog wahllos einen Titel hervor und schlug ihn auf, weil sie dieses Kribbeln in der Nase spürte, das sie immer dann bekam, wenn sie in Tränen auszubrechen drohte.

Sie vermisste ihre Oma. Sie vermisste die Stunden in den Buchläden, die Gespräche, das Lachen und die Vertrautheit. Und sie vermisste auch die Bücher selbst, denn seit sie zu Hause ausgezogen war, hatte sie ihre Bestände immer mehr reduziert. Hamburg war ein teures Pflaster für Mieter, und zuletzt hatte sie nur noch ein Bücherregal gehabt. Viel zu wenig, um all die Schätze zu beherbergen, die sie in ihrer Jugend angesammelt hatte. Manche hatte sie gespendet, die meisten aber waren noch im Haus ihrer Eltern, in Kartons verpackt auf dem Dachboden.

»Da bin ich wieder.« Ebba trat hinter dem Plastikvorhang hervor, dicht gefolgt von einem alten Mann mit brauner Strickjacke, einem dünnen Haarkranz und einer altmodischen Hornbrille. Er musterte Frieke und murmelte »Moin«. Sie erwiderte den Gruß.

»Ich zeige Ihnen das Zimmer.«

Frieke stellte das Buch zurück ins Regal und folgte Ebba. Sie passierte den Plastikvorhang und stand in einem winzigen Flur, von dem eine Tür abging. Eine Treppe führte ins Obergeschoss.

»Hier ist unsere Küche.« Ebba stieß die Tür auf. Die gemütliche Wohnküche war modern eingerichtet, riesige Fenster gaben den Blick auf den Garten frei. Auf dem Tisch lag eine karierte Decke, die Eckbank hatte hellblaue Polster. »Wir haben für unsere Feriengäste keine zusätzliche Küche, also können Sie unsere mitbenutzen. Wenn Sie Fragen haben, melden Sie sich einfach. Es gibt auch einen extra Kühlschrank.« Sie zeigte auf ein Ungetüm in der Ecke. »Aber im Moment sind Sie unser einziger Gast. Wir nehmen nicht allzu oft jemanden auf.«

Frieke fragte sich, warum wohl. Es müsste doch eine einträgliche Einnahmequelle sein, wenn man mitten im Ort wohnte?

»Es sind die Menschen«, sagte Ebba lapidar, als hätte Frieke die Frage laut gestellt. »Wir nehmen nicht jeden.«

Sie ging voran die Treppe hoch. Dort gab es zwei Türen – eine führte in die Wohnung des Buchhändlerpaars, die andere in eine kleine Ferienwohnung, die nur aus zwei Zimmern und einem Bad bestand. Das eine Zimmer war ein Schlafzimmer, das andere …

»Oh«, sagte Frieke.

»Ich hoffe, das gefällt Ihnen. Ihre Kollegin sagte, Sie seien sehr belesen.«

Es war kein Wohnzimmer. Oder doch – wenn man gerne an drei Seiten von deckenhohen Bücherregalen umgeben wohnte. In diesem Fall ließen die dunklen Holzregale den Raum allerdings kleiner wirken, als er war, denn in der Mitte war großzügig Platz für zwei Sofas und den Couchtisch dazwischen. Kein Fernseher, stellte Frieke fest. Vielleicht war das auch ein Grund, weshalb die Wohnung kurz vor der Hauptsaison in dieser ausgezeichneten Lage frei war.

»Das sind … viele Bücher«, sagte Frieke. Sie betrat den Raum. Was vermutlich problemlos als zweites Schlafzimmer hätte hergerichtet werden können, war als Bibliothek eingerichtet. Es kam ihr ein bisschen dekadent vor, dass es so etwas mitten im Dorf eines Ferienorts gab, der in der Hauptsaison angeblich schon ein Jahr im Voraus ausgebucht war.

»Gefällt es Ihnen? Das freut mich. Ich habe mir erlaubt, für Sie schon ein paar Bücher herauszusuchen.« Ebba zeigte auf einen Stapel auf dem Tisch. »Die dürften bis Freitag reichen, oder?«

Es waren drei Bücher, und keins sah aus, als hätte es unter fünfhundert Seiten. Frieke hob die Augenbrauen. »Ich bin nicht zur Erholung hier«, sagte sie.

»Dann wird es reichen«, antwortete Ebba unbeeindruckt. »Und wenn sie nicht Ihren Geschmack treffen, nehmen Sie einfach was anderes.« Sie zögerte und schien noch etwas sagen zu wollen, doch dann schüttelte sie den Kopf. »Handtücher und Bettwäsche sind im Schlafzimmer, und wenn Sie noch was brauchen, finden Sie uns unten oder nebenan. Willem und ich gehen selten mal weg. Und hier auf der Insel sind wir schnell wieder zurück.«

»Danke. Ich glaube, ich komme zurecht.«

»Ich weiß.« Ebba lächelte geheimnisvoll. Als wüsste sie mehr als Frieke. »Es ist gut, dass Sie hier sind.«

In Frieke machte sich ein Unbehagen breit, das sie nicht genau benennen konnte. Und obwohl sie wusste, dass es klüger wäre, wenn sie den Mund hielt, konnte sie sich die Frage nicht verkneifen. »Wieso ist es gut, dass ich hier bin?«

Beinah rechnete sie damit dass die alte Frau sagen würde: *›Wegen Ihrem Vater. Der braucht Sie. Und den Brief habe übrigens ich an Ihre Zeitung geschrieben‹*, aber stattdessen entgegnete sie nur: »Weil Sie hierhergehören. In die kleine Inselbuchhandlung.«

Und das war nun so überhaupt nicht das, womit Frieke gerechnet hatte. Bevor sie etwas sagen konnte, war Ebba schon verschwunden, und Frieke war allein mit Hunderten Büchern, zwei Sofas und einer Müdigkeit, die sie bisher den ganzen Tag nicht gespürt hatte. Es war erst mittags um zwei, und sie wünschte, sie könnte sich jetzt auf eines der Sofas legen und den ganzen Tag verschlafen. Oder in eins der Bücher abtauchen, die Ebba ihr rausgelegt hatte.

Stattdessen musste sie einen Vogelkundler auftreiben, über den sie erschreckend wenig wusste. Bengt Gerjets, der analoge Ornithologe … Sie schüttelte den Kopf. Nein, an der Überschrift musste sie noch arbeiten.

Ein letzter, sehnsüchtiger Blick auf die Bücher – sie waren auch zu verlockend! –, und sie schloss die Tür hinter sich. Auf dem Weg nach unten tastete sie nach ihrem Handy. Es wurde Zeit, sich um ihren Auftrag zu kümmern.

Sie hörte das Meer, bevor sie es sah. Ein zartes Rauschen, das wie der Untergrund war, auf dem sie lief. Zum Meer, das war gerade ihr einziger Gedanke – und dann auf die Suche nach dem Ornithologen. Aber auch wenn sie diesen Auftrag schnell ausführen wollte, gab es Prioritäten.

Der Weg zum Strand war um diese Zeit erstaunlich belebt, und nicht zum ersten Mal fragte sie sich, was es mit dieser Insel auf sich hatte, dass offenbar so viele Urlauber schon vor der Hauptsaison hier Erholung suchten. Sie lief den sanft ansteigenden Weg zum Dünenkamm hinauf, passierte dabei eine kleine Familie, Vater, Mutter, zwei Kleinkinder im Bollerwagen. Frieke lächelte, denn die vier gaben so ein idyllisches Bild ab, dass sie am liebsten losgeheult hätte. Lächeln war ihre Verteidigungsstrategie, weil die Nase wieder kribbelte. Das musste aufhören. Familieninsel hin oder her, nicht ihre Familie hatte sie hergeführt.

Und als wäre das nicht genug, klingelte in diesem Moment,

kurz bevor sie den Dünenkamm erreichte, ihr Handy. Sie fischte es aus der Tasche und sah aufs Display.

»Mensch, Mama«, murmelte sie resigniert.

Ute Wallgren besaß ihn – den Mutterinstinkt, der sie immer im unpassendsten Moment anrufen ließ.

»Kind, wo steckst du denn?«, begrüßte sie ihre einzige Tochter.

»Ich … wieso?« Frieke drehte sich einmal um die eigene Achse. Die Familie hatte sie bereits überholt und war hinter den Dünen verschwunden. Dort, wo auch sie hinwollte. Wo das Meer flüsterte.

»Es ist so laut bei dir.«

»Ach so, das. Der Wind, Mama. Das ist der Wind.«

»Welcher Wind?«

Frieke verdrehte die Augen. Als wäre ihre Mutter keine Hamburgerin, die mit Wind durchaus was anfangen konnte. »Ich bin nicht in Hamburg.«

»Das weiß ich. Hier sitzt nämlich gerade ein ziemlich bedröppelter Harald auf unserem Sofa. Du bist auf Spiekeroog, sagt er. Und mehr muss ich gar nicht wissen. Darum sag ich's dir in aller Deutlichkeit, auch wenn Harald vielleicht was anderes denkt: Lass es, Frieke.«

»Mama?« Kurz glaubte sie, die Verbindung sei abgerissen, aber dann hörte sie wieder die Stimme ihrer Mutter, so eindringlich und mit so vielen Worten, wie Frieke es von ihr nicht gewohnt war.

»Komm nach Hause, Frieke. Wenn dir in deiner Wohnung die Decke auf den Kopf fällt, hast du immer noch hier ein Zimmer.«

Die Mansarde, vollgestopft mit ihren Büchern. Nicht zum ersten Mal dachte Frieke heute sehnsüchtig daran.

»Mama, ich hab hier zu tun.«

»Du suchst deinen Vater.«

»Nee!« Frieke ging weiter Richtung Meer. Die sanfte Steigung tat ihr gut, sie hatte zu viel herumgesessen an diesem Tag. Ihre Schritte beschleunigten sich nicht nur, weil sie endlich das Meer sehen wollte. Aber solange sie das Handy ans Ohr drückte, konnte sie der Stimme ihrer Mutter nicht entkommen.

»Du suchst deinen Vater, ist es das? Kurz bevor du auch verschwindest, wie er's getan hat? Ich hab dazu bisher nichts gesagt, Frieke. Du bist erwachsen, und dass dir seine Reiselust in den Knochen steckt, das hab ich gewusst, seit du damals zur Zeitung gegangen bist. Aber bitte, lass ihn in Ruhe. Tu dir das nicht an.«

»Ich versteh nicht, was die Aufregung soll, Mama.«

Sie hörte, wie ihre Mutter tief durchatmete. »Dann suchst du ihn nicht?«

»Nein.« Sie erreichte den Dünenkamm, die Holzbohlen unter ihren Füßen knarzten leise. Der Wind frischte auf und riss an ihren Locken. Sie sah das Meer, den endlosen Strand, die Schaumkronen, sie schmeckte das Salz und die Weite im Wind … »Mama?«

»Ja, mein Kind.« Ihre Mutter klang jetzt besänftigt, und Frieke verschwieg ihr lieber, dass sie ihren Vater schon gesehen, sogar ein paar Sätze mit ihm gewechselt hatte. Ganz erwachsen, wie sich das gehörte.

»Ich sehe gerade das Meer. Können wir später reden?«

»Ja, mein Kind. Natürlich. Sieh du nur das Meer.«

Frieke legte auf. Sie steckte das Smartphone ein, obwohl sie sonst immer zuerst ein Foto machte. Aber dieser Anblick, so weit und groß, wie sie ihn auf dieser kleinen Insel nicht erwartet hatte, riss die Tür zu ihrem Herzen ganz weit auf. Sie wusste, was ihre Mutter dachte, und das schmeckte ihr nicht.

Ich bin nicht wie mein Vater.

Er ist auch gar nicht mein Vater. Das war immer Martin.

Sie stand da und schaute, sie wartete einfach, bis dieses Trommeln in ihrer Brust nachließ. Das tat es nicht. Das Meer und sie, in all den Jahren ihrer Reisen hatten sie eine Freundschaft gepflegt, immer hatte sie es begrüßt, wohin sie auch kam – an den Vulkansandstränden von Lanzarote, den Steilküsten von Cornwall, bei den grönländischen Eisbergen und in den Sümpfen des Mississippi. Sie war ein Hamburger Deern, aufgewachsen mit dem Meer vor der Haustür, mit dem Hafen am Horizont. Aber das hier? Das Meer, das ihr hier begegnete, war *ihr* Meer.

Und sie begriff, warum ihr Vater hier war. Sie begriff es und verspürte plötzlich nur den Wunsch, mit ihm dieses Wissen zu teilen.

Wenn man die Menschen nicht länger hasste, sondern ihnen mit einer gepflegten Gleichgültigkeit begegnete, ging es eigentlich. Dann konnte Bengt Gerjets sich einreden, dass er diesen Menschen, die ihm so egal waren, auch gepflegt am Arsch vorbeiging.

Er hockte auf den Stufen des restaurierten Bauwagens, der ihm in den Sommermonaten als Wohnung draußen am alten Anleger diente. Früher hatten hier die Fähren vom Festland festgemacht, die seit der Mitte des 19. Jahrhunderts immer mehr Feriengäste auf die Insel brachten. Aber mit zunehmendem Tourismus hatte man umgedacht und Anfang der achtziger Jahre den neuen Hafen eröffnet, den alten hatte man versanden lassen und zurückgebaut. Inzwischen sah man nicht mehr viel davon, nur ein paar Holzpfeiler ragten in gerader Schnur ins Watt, vom Tidenhub zweimal täglich freigelegt.

Bengt starrte auf die kleine Figur, die quer über die Salzwiesen rannte. *Quer durchs Naturschutzgebiet. Durchs Brutgebiet.* Ab

Anfang April bis Ende Juli war das Betreten dieses Teils der Insel strikt verboten, um die Brutpaare nicht zu stören, die hier am Boden nisteten. Und jetzt kam so eine Touristin oder vielleicht sogar Tagesbesucherin und trampelte mittendurch, sie nahm nicht mal den Weg, den er immer nahm, wenn er mal vom Bauwagen Richtung Dorf ging, um sich im Supermarkt einzudecken oder seinen Müll zu entsorgen.

Er schnaubte. Seine Laune war ohnehin nicht die beste. Die Leute meinten, das wäre seine normale Laune, dieses miesepetrige, aber das stimmte natürlich nicht. Die Leute kannten ihn überhaupt nicht und sollten einfach die Klappe halten, wenn sie keine Ahnung hatten.

Er kniff die Augen zusammen und trank einen Schluck Kaffee. Diese Frau da vorne jedenfalls, mit den geleckt sauberen Wanderschuhen und der Cargohose, mit dem hellblauen Blüschen und dem Schulterriemen ihrer Messengerbag aus Leder quer über der Brust, der gerade die dunkelbraunen Locken ins Gesicht gepustet wurden – die musste er sich vorknöpfen. Fehlte noch, dass sie einfach geradeaus weiterlief ins Watt, die Leute hatten heutzutage ja keine Ahnung mehr davon, wie das Meer sein konnte. Sie hatten den Kontakt zur Natur verloren, weil sie immer nur … Hielt sie da etwa ein Smartphone in der Hand?

Sie streckte den Arm nach oben, drehte sich einmal im Kreis, ohne den Blick vom Display ihres Handys zu lassen. Dabei kam sie den Brutpaaren seiner Brandseeschwalben gefährlich nahe. Verdammt, wenn sie die Vögel aufschreckte, konnte das gefährliche Folgen für den Bestand haben. Bengt stand auf und stellte den Becher auf die Stufe. Er wollte schon zu ihr gehen, da entdeckte sie ihn und Erleichterung war auf ihrem Gesicht abzulesen.

Sie kam in seine Richtung.

Na wundervoll. Vielleicht hatte sie sogar nach ihm gesucht?

Er konnte sich kaum vorstellen, warum so eine schickes Weibchen aus der Großstadt – nichts anderes konnte sie sein – nach ihm suchte.

Sie lief geradewegs auf den Bauwagen zu und winkte. »Hallo!«, rief sie. »Sind Sie Bengt Gerjets?«

Wer sollte er sonst sein? Da sie offensichtlich nach ihm gesucht hatte, musste sie wissen, dass er irgendwo hier draußen hauste – und wie viele allein lebende Vogelkundler im Bauwagen gab es auf dieser Insel? Genau, einen. Ihn. Die Insulaner waren ein Völkchen für sich, es gab genug Einzelgänger unter ihnen, aber sie rotteten sich doch alle im Dorf zusammen, wie die Küken unter den Fittichen der Henne.

»Moin!«, rief er, sobald sie nahe genug heran war. Dann sprang sie über ein dürres Priel und stand auf seiner Wiese. Bengt blieb stehen: »Sie dürfen da nicht durch.«

Sie blieb sofort stehen und drehte sich um. »Da meinen Sie?«

Er zeigte auf den Weg, den sie gekommen war. »Über die Salzwiesen. Da brüten meine Vögel.«

»Oh, das tut mir leid.« Sie wirkte ehrlich zerknirscht, und das hielt Bengt ihr zugute. Aus der Nähe betrachtet sah sie gar nicht mehr so geleckt aus. Zumindest trug sie keine dicken Schichten Make-up, was ihm schon mal gefiel, denn er mochte natürliche Frauen. Und die dunklen Locken um ihr Gesicht mochte er auch irgendwie.

»Dann sind Sie Bengt Gerjets?«

»Jo, der bin ich wohl.«

Sie war erleichtert. »Ich habe Sie gesucht.«

Bengt nickte. »Dann haben Sie mich wohl jetzt gefunden.«

Sie standen schweigend voreinander, und er nutzte die Zeit ihres Schweigens, um sie sich noch etwas genauer anzusehen. Doch nicht so ein Stadtmäuschen, dachte er, denn die Wanderstiefel sahen aus, als hätten sie schon weite Strecken hinter sich gebracht. Die Messengerbag war auch abgegriffen, und das Smartphone, das sie in der Hand hielt, steckte in einer Klapphülle, die auch nicht mehr ganz frisch war.

Geizig. Oder geht pfleglich mit ihren Sachen um. Jedenfalls pfleglicher als mit dem Naturschutzgebiet.

»Nun?«, fragte er, weil ihm ihr Schweigen zu blöd wurde. Sie scharrte mit den Füßen. »Was wollen Sie von mir?«

Jetzt erst kam sie näher und streckte ihm die Hand hin, die er nicht nahm. Sie zog die Hand zurück und räusperte sich verlegen. »Frieke Wallgren. Ich arbeite für den KOMET. Hat man Sie informiert? Wir wollen eine Story über Sie machen.«

»Nee, davon weiß ich nichts.«

KOMET? War das nicht dieses unsägliche Wochenblatt aus Hamburg, das auf Hochglanz machte, viele Reportagen und so? Lag in jedem Wartezimmer und beim Friseur aus. Beide suchte er selten auf, wenn er nicht grad im Winter bei seiner Tante in Wittmund wohnte. Dann fuhr er sie jeden Freitag zum Friseur und unter der Woche manches Mal zum Arzt, weil sie mit ihrer kaputten Hüfte so das Taxi sparte. Und er hatte ja die Zeit dafür und nahm sie sich auch ganz gern.

Er hatte auch mal einen Artikel gelesen, der ihm gefiel, weil er sein Buch im Auto vergessen hatte und hoffte, er müsse nicht zu lang warten. Über einen Eigenbrötler im Brandenburgischen ging es, der ganz autark leben wollte. Das hatte ihm gefallen, weil es ein bisschen so war, wie er selbst gern lebte. Er kam mit wenig aus und achtete darauf, nicht zu viel Müll zu produzieren. Was er hier draußen an Müll machte, musste er selbst wieder zum Dorf schleppen, und von dort wurde der Müll mit der Fähre aufs Festland geschafft. Das Leben auf der Insel hatte ihn für solche Themen sensibilisiert.

Sie runzelte die Stirn, und das … na ja, nein, das sah nicht *süß* aus, Frauen mögen es nicht, wenn man sie süß findet, zumindest nicht die Frauen, für die Bengt sich interessiert. Und gerade wünschte er sich, sie möge das tatsächlich nicht gut finden, denn dann könnte er sie gut finden, weil sie nicht zu diesen Frauen gehörte. Er schüttelte kurz den Kopf, weil er ganz durcheinander war von seinen eigenen Gedanken. Vielleicht aber auch davon, wie sie ihn ansah, den Kopf leicht zur Seite geneigt, die Augen zusammengekniffen, weil die Sonne schon den ganzen Tag schien. Der Sommer kam dieses Jahr früh auf die Insel.

»Sie haben keinen Brief bekommen?«

»Ich bekomme nicht so oft Post.«

»Ach so. Dann … hm.«

Ob sie sich zu viel darauf einbildete, wenn er ihr einen Becher Kaffee anbot? Oder glaubte sie dann, sie würde ihren Artikel oder ihre »Story« bekommen?

Er war leider ziemlich aus der Übung, wenn es um Frauen ging. Ach was, wenn es um Menschen ging. Das hatte er vielleicht verlernt in den letzten Sommern hier draußen. Und Tante Mette, die war ja auch nicht gerade dazu geeignet, sich das anzueignen, was man neumodisch »Social Skills« nannte.

Er lebte zwar ohne moderne Medien, aber das hieß nicht, dass er von der Moderne nichts mitbekam. Wartezimmer sei dank.

Sie kam noch zwei Schritte näher. »Wie gesagt, es geht um eine Story. Über den Mann, der hier draußen mit seinen Sandseeschwalben lebt und ganz ohne die Moderne auskommt. Das interessiert die Leser.«

Er schnaubte, schniefte und zog ein Stofftaschentuch aus der Gesäßtasche. »Die Leser, soso.«

Sie schwieg wieder, und er schaute in die Ferne, als gäbe es dort Antworten auf seine Fragen. Schließlich gab er sich einen Ruck. »Wenn Sie schon mal hier sind, können Sie ’nen Kaffee haben«, sagte er.

Sie lächelte.

Nun, gar nicht mal so übel, dieses Lächeln. Davon hätte er gern noch mehr.

Aber erst der Kaffee. Dann … mal sehen. Aber eins wusste er auf jeden Fall: Eine Story durfte sie über ihn nicht machen.

Oje, dachte Frieke. Oje, oje, oje.

Das lief ja mal überhaupt nicht gut.

Okay, der Reihe nach. Was half ihr in Krisensituationen am besten? Genau. Eine Liste. Eine Aufzählung der Dinge, die gerade richtig schiefliefen. Damit sah sie klarer und konnte ihr weiteres Vorgehen planen.

Erstens: Offensichtlich hatte Mr Analogvogelkundler keinen Briefkasten, der regelmäßig vom Inselpostboten mit Rechnungen und Postkarten befüllt wurde, weshalb er auch noch nicht den Brief von der KOMET-Redaktion bekommen hatte, in dem ihr Kommen angekündigt wurde. Das war schlecht.

Zweitens: Sie hatte ihn nicht nur mit ihrer Anwesenheit verärgert, sondern auch damit, dass sie quer über die Salzwiesen gelaufen war, auf denen »seine« Vögel brüteten. Das Schild, das auf das Naturschutzgebiet hinwies, hatte sie natürlich gesehen, aber da hatte sie auch schon den rot gestrichenen Bauwagen entdeckt, der einige Hundert Meter weiter stand und auf dessen Treppe er saß.

Drittens: Verdammt! Anders, als sie erwartet hatte, war Bengt breitschultrig, hatte dichtes blondes Haar und einen rötlichen Vollbart und war, wie sie dank des weißen T-Shirts wusste, das er zur Jeans und den Stiefeln trug, auch mit bewundernswert muskulösen Oberarmen gesegnet. Das war schon fast zu viel des Guten, aber er hatte auch noch graue Augen von der Sorte, wie Frieke sie nicht ignorieren konnte. Dunkel umwölkt. Bisschen geheimnisvoll.

Viertens: Er kochte göttlichen Kaffee.

Gut, der letzte Punkt dauerte ewig, denn nachdem er sein Angebot ausgesprochen hatte, verschwand er im Bauwagen, und sie hörte ihn dort rumoren. Als sie sich der Tür näherte, sah sie ihn an einer Anrichte stehen, die ihm offenbar als Küche diente. Er mahlte die Kaffeebohnen frisch und von Hand mit einer alten Kaffeemühle, an der Räuber Hotzenplotz seine helle Freude gehabt hätte, nur mit dem Unterschied, dass Bengt Gerjets Kaffeemühle nicht »Alles neu macht der Mai« spielte. Der köstliche Kaffeeduft zog nach draußen, wo Frieke sich auf die Treppe gesetzt hatte und in ihrer Twittertimeline zu lesen versuchte (vergeblich – kein Netz!), und vermischte sich mit dem würzigen, leicht modrigen Geruch nach Watt, das in einiger Entfernung von der Ebbe freigelegt worden war.

Es dauerte eine Viertelstunde, bis das Wasser, das er in einem Topf über dem Campingkocher erhitzte, simmerte. Dann goss er den Kaffee in einer Frenchpress auf, Frieke wartete geduldig eine für sie gefühlt unendliche Zeit, dann erst drückte er den Stempel herunter, füllte den Kaffee in zwei Becher, wo er fast wie Teer schillerte, was Frieke nun doch skeptisch machte. Aber dann drückte er ihr einen der Emaillebecher in die Hand und sagte lapidar: »Milch und Zucker hab ich nicht.« Seine ersten Worte nach knapp zwanzig Minuten. Sie nahm einen vorsichtigen Schluck, auf so ziemlich alles war sie vorbereitet, nur nicht darauf, wie verflixt lecker dieser Kaffee war. Sie hatte bestimmt noch nie besseren getrunken.

Fünftens: Der Blick, mit dem er sie bedachte, als sie mit dem Smartphone ein Foto von ihrem Kaffeebecher machte, schwankte zwischen Unverständnis und Mordlust. Peinlich berührt steckte sie es ein, ohne auch nur zu versuchen, einen Tweet zu schreiben. Das musste dann wohl warten, bis sie wieder von hier wegkam.

»Also …«, sagte sie. »Erzählen Sie doch mal.«

Wieder dieser Blick.

»Vorbereitet sind Sie ja nicht besonders gut.«

»Wieso?«, fragte Frieke.

»Es sind Brandseeschwalben, keine *Sand*seeschwalben«, murmelte er. »Und Sie sind vorhin so dicht an den Nestern vorbeigestolpert, dass es mich wundert, wenn noch Brutpaare da sind.«

»Oh.« Sie starrte peinlich berührt auf ihre Hände.

Sechstens: Das lief alles gar nicht gut. Am liebsten hätte sie sich im Watt eingebuddelt.

»Der Kaffee ist sehr gut.«

Er brummelte etwas, das sie nicht verstand.

»Wohnen Sie das ganze Jahr hier draußen?«

»Ist das jetzt schon für Ihre Story oder privates Interesse?«

Jetzt wurde Frieke doch langsam ärgerlich. Was dachte er sich eigentlich? Okay, sie hatte einen Fehler gemacht, wenn es nach ihm ginge, offenbar sogar zwei: Sie war an seinen blöden Vögeln vorbeigestapft und war *überhaupt hier*, was, wenn sie seine lustlose Art richtig deutete, an Majestätsbeleidigung grenzte. Und dann wollte sie auch noch etwas über ihn wissen, ihn kennenlernen, sie bemühte sich doch wirklich, freundlich und zivilisiert ein Gespräch mit ihm zu beginnen. Und er verhielt sich wie so ein … analoger Vogelkundler eben. Genau das, womit sie gerechnet hatte, als Florian ihr den Job zuschusterte. Sie bekam dafür gutes Geld? Pah. Das Geld würde sie sich sauer verdienen müssen. Glaubte er, dass sie aus Spaß hier war? Spaß machte das mal überhaupt nicht. Am besten knipste sie drei Fotos mit dem Smartphone, das er ja so abscheulich fand, einmal Bauwagen, einmal Watt ohne Menschen, einmal Ornithologe, den Kaffee hatte sie ja schon fotografiert, dann schusterte sie vier Seiten Text zusammen, die sie mit irgendwelchen Allgemeinplätzen und Klischees pflasterte, das merkte doch keiner, wenn sie die Erwartungen der Leser erfüllte, war das umso besser, und den schickte sie Samstag an Florian. Hatte er nicht besser verdient, und dieser Bengt Gerjets auch nicht. Der würde das doch nie merken, wenn sie sich irgendwas aus den Fingern saugte.

Sie war in Gedanken dermaßen in Rage, dass sie das Nächste, was er sagte, nicht mitbekam.

»Wie bitte?«

»Ich habe Sie gefragt, ob Sie noch Kaffee wollen.« Er nickte zu ihrem Becher, der inzwischen leer war.

»Oh. Ja, wenn noch was da ist.« Auf keinen Fall würde sie weitere zwanzig Minuten auf einen zweiten Kaffee warten. Sie holte tief Luft. So kannte sie sich gar nicht. So emotional und ungerecht.

Also noch mal von vorne, dachte sie. Er weiß ja gar nichts von dir, wie soll er da deine Fragen beantworten wollen?

Er goss den Rest aus der Glaskanne in die beiden Becher und hob seinen wie zu einem stummen Gruß.

»Ist das für Sie okay?«, fragte Frieke. »Wenn ich eine Story über Sie mache.«

Bengt Gerjets zuckte mit den Schultern. »Kann ich's denn verhindern?«

Klar konnte er das. Aber sie lächelte nur entwaffnend (zumindest hoffte sie, dass das Lächeln entwaffnend war, es fühlte sich nämlich eher wie eine Grimasse an) und erklärte: »Wenn Sie wollen, dass ich gehe, mache ich das. Ich verspreche auch, dieses Mal Ihren Anweisungen zu folgen und nicht quer über die Wiese zu laufen.«

»Hm«, machte er. »Habe ich Bedenkzeit?«

»Ich bin nur bis Freitag auf der Insel.«

Er dachte nach. Dann traf er eine Entscheidung, er stand von den Stufen seines Bauwagens auf und kippte den letzten Kaffeerest aus. »Na dann«, sagte er. »Ich bringe Sie erst mal zurück zum Dorf. Und was den Rest betrifft, da können wir morgen drüber sprechen, ja?«

»Ja, okay.« Sie war erleichtert, weil er sie nicht einfach fortschickte. Warum eigentlich? Denn sie wäre ja aus dem Schneider, wenn der Ornithologe rundweg ablehnte, mit ihr zusammenzuarbeiten.

»Kommen Sie?« Er lief voran, und sie beeilte sich, ihm zu folgen. Jetzt sah sie auch den schmalen Trampelpfad, der sich durch die Salzwiesen wand. Vorhin war er ihr nicht aufgefallen. Nun fragte sie sich, wie sie ihn hatte übersehen können.

Bengt Gerjets führte sie bis zu der Straße, die vom Westend zwischen den Dünen zurück zum Dorf führte. In der Ferne sah sie bereits die Hausdächer aufblitzen. Er drehte sich zu ihr um, Hände in den Hosentaschen tief vergraben.

»Tja«, sagte er. »Dann bis morgen.«

»Bis morgen. Danke für Ihr … Verständnis.«

Seine Schultern zuckten eine Winzigkeit hoch, dann drehte er sich bereits um und stapfte zurück zu seinem Bauwagen, seinen Vögeln, seinem Leben.

Sie hatte so viele Fragen. Und sie ahnte, Antworten würde sie darauf frühestens morgen bekommen.

Egal, redete sie sich ein. Nicht jeder Auftrag verlief so linear, wie sie sich das wünschte.

Erst als sie ihm nachblickte, wie er mit hochgezogenen Schultern zurück Richtung Bauwagen lief, ging ihr auf, dass sie nichts vereinbart hatten – keine Uhrzeit, keinen Treffpunkt.

Woher sollte sie wissen, wann sie sich trafen?

Aber wie sich herausstellen sollte, war das gar keine Frage, die sie sich hätte stellen müssen.

KAPITEL 5

Auf dem Küchentisch lag der Prospekt, als Willem an diesem Abend aus dem Laden kam. Er stellte die Kassenschublade daneben, in der leise das Kleingeld klirrte, die Geldtasche mit den Scheinen legte er obenauf.

»Was ist das?«, fragte Willem, und sie hörte das Stirnrunzeln heraus, dafür brauchte sie sich nicht umdrehen. Sie rührte weiter in dem Topf mit Sauerampferrahmsuppe, obwohl es da nichts zu rühren gab.

»Ein Prospekt«, sagte sie bloß.

»Das sehe ich.« Er schnüffelte, und sie drehte sich um.

Vierunddreißig Jahre, dachte sie. Das ist eine lange Zeit für zwei Menschen, um aufeinanderzuhocken. Und sie hat es keinen Tag bereut, dass sie sich für Willem und das Leben auf der Insel entschieden hatte. Dass sie dort arbeitete, wo andere Urlaub machten. Dass sie so gut wie nie wegfuhren, immer hier waren, weil es auch so viel zu tun gab. In den letzten zehn Jahren war es etwas schwieriger geworden. Der Buchhandel steckte in der Krise, hieß es immer, aber davon hatten sie nicht so viel mitbekommen, denn im Urlaub lasen die Leute gern, sie kauften sich ein, zwei Taschenbücher und waren bei den Wünschen der Kinder großzügiger als im Alltag. Das war das Fundament ihres Erfolgs, und Ebba hatte das immer geliebt. Viele Feriengäste kamen jedes Jahr wieder, und wie die Insulaner waren auch sie der Inselbuchhandlung treu. Manche packten schon keine Bücher mehr ein, sondern kauften direkt bei Ebba und Willem.

Sie hörte Willem rascheln, als er den Prospekt durchblätterte. Sie hatte ihn schon seit Monaten in einer Schublade versteckt, weil sie auf den richtigen Moment wartete, Willem die Häuser darin zu zeigen. Die Maklerin, die Ebba den Prospekt geschickt hatte, war sehr freundlich gewesen. Fast euphorisch. Denn das Haus, das sie mit einem rosa Post-it gekennzeichnet hatte, sei schon seit Jahren in ihrem Portfolio, und bisher hatte sich niemand dafür interessiert.

Blieb nur zu hoffen, dass sich daran seitdem nichts geändert hatte. Aber das ließ sich mit einem Anruf herausfinden. Und erst mal musste sie ja Willem überzeugen.

Sie hatten schon oft darüber geredet. Willem war vierundsechzig, Ebba drei Jahre jünger. Sie hatten keine Kinder, Verwandtschaft war auch kaum mehr vorhanden. Hier auf Spiekeroog hatte sie zwar Wurzeln geschlagen, aber nicht so, wie es jene taten, die hier geboren wurden und aufwuchsen. Ebba fühlte sich nicht fremd; immerhin war sie vor einigen Jahren sogar in den Gemeinderat gewählt worden und gestaltete damit aktiv die Zukunft der Insel. Aber die Vorstellung, sich hier zur Ruhe zu setzen, war komisch. Es widerstrebte ihr. Und Irland …

»Du wolltest ja immer schon weg«, hörte sie Willem sagen.

Ebba drehte sich um. Er blickte von dem Prospekt auf, die Seite mit ihrem Traumhaus war aufgeschlagen.

Es war eher ein Häuschen. Cottage nannte man das dort wohl, am Rande eines Dorfs in der Nähe von Cork gelegen, küstennah, aber nicht direkt am Meer. Drei Zimmer, Küche, Bad, wenig Luxus. Aber dort hätten sie es gut und genug Platz für sich und die Bücher. Mehr brauchten sie doch nicht.

»Ich wollte nicht immer weg«, sagte sie nun. »Aber du weißt, was wir ausgemacht haben.«

Natürlich wusste er das. Sie brauchte ihn nicht daran zu erinnern. Willem war ein Insulaner, ein Spiekerooger. Geboren und aufgewachsen war er hier, nur zum Studium für ein paar Jahre weggegangen. Er hatte Ebba hergebracht, und sie hatte ihm das Versprechen abgenommen, nicht auf der Insel alt werden zu wollen. Sie fürchtete das Altwerden an so einem Ort, der zu weit weg war von Ärzten und anderen Annehmlichkeiten.

»Aber die Buchhandlung.«

Sie lächelte still, während sie die Teller und Gläser aus dem Schrank holte.

»Für die ist gesorgt«, sagte sie.

Willem schwieg lange.

Sie schnitt derweil das Brot auf, stellte aufgesprudeltes Wasser auf den Tisch, den Topf mit der Suppe, den Brotkorb, Teller und Besteck. Er schaute zwischen ihren emsigen Händen und dem Prospekt vor sich auf dem Tisch hin und her.

»Die Journalistin«, fügte sie hinzu. »Sie heißt Frieke.«

»Hm«, machte Willem.

Natürlich hatte sie sich über Frieke Wallgren schlaugemacht, als die Anfrage von der Redaktion des KOMET kam, ob die Ferienwohnung für ein paar Tage frei sei. Es war eine glückliche Fügung, das stand für Ebba spätestens in dem Moment fest, als die junge Frau vor ihr stand. Leicht zerzaust die Lockenmähne, die blauen Augen hell strahlend, und etwas an ihr kam Ebba seltsam vertraut vor, ohne dass sie es genau benennen konnte.

Aber das war nicht der Grund, weshalb sie in Ebbas Augen genau die Richtige war.

»Sie hat's«, sagte sie.

»Im Ernst?« Willem blickte auf. Sie setzte sich ihm gegenüber, goss Wasser in die Gläser und tat Suppe auf, bevor sie sprach.

»Wenn ich's dir doch sage. Sie hat's. Ich habe es sofort gespürt. Aber wenn du mich fragst, weiß sie gar nichts davon.« Ebba runzelte die Stirn.

Und Willem war ebenso wenig überzeugt. »Das reicht aber nicht, damit wir ihr einfach unsere Buchhandlung anbieten.«

Sie muss sie auch wollen, dachte Ebba. »Wir könnten sie fragen, ob sie aushilft. Weil du zum Arzt musst oder so. Aufs Festland.«

»Ich muss aber nicht zum Arzt.«

»Dann geh halt in die Wirtschaft oder triff dich mit dem ollen Hansen. Der braucht Gesellschaft. Bring ihm ein gutes Buch mit, dem ist im Moment langweilig.«

»Der olle Hansen wartet nur auf seinen Tod«, bemerkte Willem düster.

»Ich weiß, ich weiß.« Seit einem knappen Jahr war der alte Kapitän dauerhaft auf der Insel, und seitdem schwand er dahin, er ging nicht mehr oft ans Meer, alles war ihm mühsam. Man brauchte nicht regelmäßig im Wartezimmer beim Inselarzt Dr. Tossens sitzen, um zu wissen, dass etwas im Argen lag mit dem ollen Hansen.

»Meinetwegen, geh ich ihn halt besuchen.«

»Ich suche dir morgen ein Buch für ihn raus.«

Ebba wusste auch schon, welches.

Nach dem Abendessen schlich Ebba noch mal in die Buchhandlung.

Die Bücher schliefen schon. So nannte sie es insgeheim, wenn alle Lichter aus waren und für die Nacht alles dunkel war. Für das Buch, nach dem sie suchte, brauchte sie auch kein Licht, das fand sie auch so, weil sie es oft schon verschenkt hatte.

»Der verlorene Horizont« von James Hilton erzählte die Geschichte von vier Reisenden, die zwischen den Weltkriegen in das sagenumwobene Shangri-La entführt wurden – wo sich ihnen eine höhere Bewusstseinsebene bot, aber auch, wie es der Erzähler Conway beschrieb, unendliche Langeweile. Der Kreis des Lebens war genau das im Rückblick, wenn er sich schloss – eine Reihe sich in ihrer Eintönigkeit wiederholender Tage, aus denen man nicht ausbrechen wollte. Und die man doch hinter sich lassen musste. Ob man nun sein Leben lang die Weltmeere bereist oder hinter dem Verkaufstisch einer Buchhandlung gestanden hatte. Alles wiederholte sich unendlich, bis es dann doch vorbei war.

Dieses Buch empfand Ebba als tröstender für die Sterbenden als zum Beispiel »Hundert Jahre Einsamkeit« von Gabriel García Márquez. Und bisher hatte sich niemand über ihre Wahl beschwert, wobei sie manchmal nicht wusste, ob die Beschenkten überhaupt noch Zeit fanden für die Lektüre.

Ole Hansen war ein zäher Kerl. Er würde schon noch ein paar Wochen durchhalten. Dass es nicht mehr Jahre so weiterging, obwohl das Klima auf der Insel seinen Lungen guttat, war ja auch kein Geheimnis. Mit knapp tausend Einwohnern war Spiekeroog eine kleine Gemeinde. Man kannte sich nicht nur, man nahm Anteil.

Und ginge es nach Ebba, würde diese Gemeinde bald Zuwachs bekommen in Form der jungen Journalistin Frieke.

Sie hat's.

Mehr musste Ebba nicht sagen. Willem hatte sofort gewusst, was sie damit meinte.

Sie hat's.

Ebba nannte es selten beim Namen, aber müsste sie es, würde sie von einer Gabe reden. Ein Geschenk, ein Ärgernis, eine Last, das alles traf es auch, irgendwie. Aber vor allem eben eine Gabe.

Im Dunkeln riss sie einen Bogen Geschenkpapier von der Rolle. Einpacken war ihr inzwischen so vertraut, dass sie es ohne hinzusehen hinbekam. Das zweifarbige Papier, rot und blau, faltete sie schräg an einer Seite, schlug das Buch ein und legte es dann auf die Seite mit dem roten Keil auf blauem Papier.

Sie knickte das Papier oben und unten ein, das waren jeweils zwei Handgriffe, mit Tesafilm festgeklebt, fertig. Zum Schluss noch ein Stück Tesa zu einem Ring formen, die Klebeseite nach außen, damit sie ein Schokotäfelchen auf dem Geschenk festpappen konnte. Die Täfelchen ließen sie einmal im Jahr in einer Schokoladenfabrik herstellen, eingeschlagen in Papier, auf dem ihr kleiner Buchladen gezeichnet war. Die Täfelchen kosteten ein Vermögen, aber Ebba ließ da nicht mit sich handeln. Man musste den Lesern was zurückgeben. Nicht nur Bücher, sondern auch Nahrung für die Nerven. Und Willem mischte sich inzwischen nicht mehr ein. Anfangs hatte er das noch getan, bis er merkte, dass das Bücherverkaufen ihr mehr im Blut lag als ihm. Er hatte den Laden geerbt, unwillig zu Anfang, weil er sich das nie hatte vorstellen können, sein Leben in einer Buchhandlung zu verbringen. Er hätte sie lieber verkauft, aber das wollten weder seine Eltern noch Ebba. Denn sobald sie in dem Lädchen stand, wusste sie, dass sie hierher gehörte und nicht auf Weltreise oder in eine Großstadt. Und Willem? Der hatte auf sein Herz gehört, das mit ihrem schlug. Außerdem war es ihre gemeinsame Existenz auf der Insel. Es gab nicht viele Möglichkeiten als Spiekerooger zum Geldverdienen, und er hatte keinen Sinn für den Tourismus.

Sie wusste noch ziemlich genau, wann ihr das erste Mal der Gedanke gekommen war, blitzartig, dass sie vielleicht mehr konnte als andere Buchliebhaber. Was machen Buchmenschen? Sie empfehlen einander Bücher, immer wieder, gerne die eigenen Lieblingsbücher. Aber Ebba empfahl auch, was ihr gar nicht gefallen hatte, weil sie glaubte, es könnte dem anderen besser gefallen als ihr. Kurz darauf stand der Käufer vor ihr und erklärte, das Buch sei genau das Richtige für ihn gewesen, ob sie noch mehr Tipps dieser Art hatte. So fing es an in ihrem ersten Sommer in der Inselbuchhandlung vor über dreißig Jahren. Ein Schlüsselerlebnis hatte sie, als sich Maria, die heute Frau des Bürgermeisters war und damals noch seine Verlobte, sich von ihr etwas empfehlen ließ. Ebba dachte nicht groß nach und drückte ihr Goethes Werther in die Hand. Am nächsten Tag kam Maria wieder, die Augen verheult, aber lachend. Sie erzählte Ebba, dieses Buch habe sie zur rechten Zeit gelesen, denn ihr Bruder, den sie immer sehr geliebt und nie so richtig verstanden habe, sei vor einem halben Jahr tot aufgefunden worden. »Selbstmord«, sagte Maria lapidar, »und ich hab nie verstanden, warum einer das tut. Sein Leben beenden. Vielleicht hat mir das Buch ein bisschen dabei geholfen.«

Später erfuhr Ebba von Maria, die sich auf die Suche nach den Freunden ihres Bruders Fiete gemacht hatte, dass es da eine Frau gegeben habe, und die habe ihn unglücklich gemacht. Was nur ein Teil seines Dramas war. Darum war der Werther wohl zu dem Zeitpunkt viel passender, als Ebba oder Maria geahnt hatten. Maria war es dann auch, die als Erste von einer Gabe sprach. Sie schickte zukünftig ihre Freundinnen zu Ebba, später kamen auch die Männer. Das hatte Ebba im ersten Jahr den Neuanfang auf der Insel leichter gemacht, wo sie sich wie eine Fremde gefühlt hatte, die in eine eingeschworene Gemeinschaft eingedrungen war.

Inzwischen war sie Teil dieser Gemeinschaft, aber es gab immer noch diese Vereinbarung mit Willem. Die hatten sie getroffen, nachdem sie ein paar Jahre später erfuhren, dass sie sich nicht jeden Wunsch im Leben würden erfüllen können. Das zu akzeptieren fiel ihm schwerer als ihr, das wusste Ebba.

Und nun gab es diese Journalistin. Frieke.

Ebba wusste nicht mal, ob Frieke literaturinteressiert war. Oder ob sie las. Aber sie schrieb für den KOMET, und das war zwar ein Revolverblatt – fand Ebba –, aber wer schreibt, kann nicht ohne regelmäßige Lektüre leben, oder? Außerdem spürte sie nicht nur die Gabe bei Frieke. Sondern auch etwas Ruheloses, das endlich ankommen wollte.

Nun, hier war der perfekte Platz dafür.

Sie musste Frieke nur noch davon überzeugen.

»Gute Nacht«, flüsterte Ebba. Sie klemmte sich das Buch unter den Arm und verließ den Verkaufsraum. Die Bücher blieben stumm, kein Seufzen, kein leises Rascheln der Seiten. Sie schliefen weiter, als wäre nichts geschehen.

KAPITEL 6

Mittwochmorgen. Frieke hatte sich keinen Wecker gestellt, und als sie aufs Smartphone schaute, war es schon halb neun. Höchste Zeit, aus dem Bett zu hüpfen und sich um ihre Reportage zu kümmern.

Das Schlafzimmer ihrer kleinen Ferienwohnung gefiel ihr. Nordisch helle Massivholzmöbel, ein Sessel unter der Dachschräge mit Hocker, darauf eine karierte Omadecke. Sie hatte gestern Abend noch lange im Wohnzimmer gesessen, erst mit Harald telefoniert, dann mit Emma hin- und hergeschrieben, die über ihre Elefantenfüße klagte, das aber so sympathisch tat, dass Frieke sogar Mitleid mit ihr hatte. Nebenbei schmökerte sie in einem Buch, das sie aus dem Regal gezogen hatte, und als Emma sich Richtung Bett verabschiedete, ging auch Frieke schlafen. Dachte sie jedenfalls, denn als sie irgendwann tief in der Nacht hochschreckte, ruhte ihr Kopf auf dem Buch, das sie halb gelesen hatte und offensichtlich im Schlaf langsam einspeichelte wie ein Bernhardiner. Wie peinlich.

Jetzt machte sie sich rasch fertig, lief die schmale Treppe nach unten und betrat schwungvoll die hellblaue Küche. Aber ihr Elan wurde sofort ausgebremst, als sie sah, dass sie nicht allein frühstücken würde.

Am Küchentisch saß Ebba und las bei einem Pott Kaffee Zeitung. Sie tat das so intensiv, als würde sie in Wahrheit auf etwas anderes warten. Als Frieke eintrat, blickte sie hoch, und ihr Lächeln, leutselig und breit, verriet, dass Frieke diejenige war, auf die sie gewartet hatte.

»Moin«, sagte sie, fast ein bisschen enthusiastisch.

»Morgen«, murmelte Frieke.

»Hunger?«

Sie nickte. Ebba stand auf und zeigte auf die Bank.

»Setzen Sie sich. Ich mache Ihnen was. Haben Sie besondere Wünsche?«

Die hatte Frieke nicht, und während Ebba sich an Kaffeemaschine, Herd und Toaster zu schaffen machte, wünschte sie fast, sie hätte behauptet, ein Apfel würde ihr genügen. Denn Ebba fuhr groß auf: frischer Orangensaft, göttlicher Kaffee – offenbar waren die Insulaner begnadete Kaffeekocher, was war aus dem guten, alten Ostfriesentee geworden? –, Toast mit Rührei und Speck. Ebba setzte sich wieder zu Frieke, auch in ihrem Becher Kaffee, der heiß dampfte.

»Ich hab da noch eine Bitte.« Sie räusperte sich fast verlegen.

»Mh, das Frühstück ist echt köstlich«, versuchte Frieke, sie abzulenken. Sie wusste, was jetzt kam. Irgendwie glaubten die Leute immer, sie müssten mit einer Journalistin reden, als hätten sie das interessantere Leben, sie stellten ihre Errungenschaften und Leistungen heraus. Jeder wünschte sich insgeheim fünfzehn Minuten Ruhm. Man sagte zwar, nichts sei vergänglicher als die Zeitung von gestern, nichts schneller vergessen als die Nachrichten der vergangenen Woche. Trotzdem schien ein Wochenmagazin wie der KOMET, der sich immerhin früher millionenfach verkauft hatte und selbst jetzt, in Zeiten der Krise, genug Leser und Anzeigenkunden fand, dass der Name noch etwas bedeutete, die Leute magisch anzuziehen.

Darum war Frieke darauf vorbereitet, Ebba eine vorsichtig formulierte Abfuhr zu erteilen. Sie hatte die Sätze schon im Hinterkopf parat, doch auf die Bitte, die nun an sie herangetragen wurde, war sie überhaupt nicht vorbereitet.

»Können Sie heute Nachmittag im Laden aushelfen?«

»Äh, tu… was?«, machte Frieke. Was sie eigentlich hatte sagen wollen: *Tut mir leid. Ich kann der Redaktion gern vorschlagen, eine Geschichte über Sie zu machen, aber normalerweise entscheiden wir das nach Nachrichtenlage, und im Moment ist so viel los in der Welt …*

»Im Laden aushelfen. Willem hat keine Zeit. Er muss … weg.«

Frieke erkannte eine Lüge, wenn sie ihr aufgetischt wurde. Aber es gab verschiedene Arten von Lügen, und diese hier war eine, von der sie nicht wusste, wie sie einzuordnen war. Denn es war keine Notlüge, kein Flunkern. Eine Lüge, die einen wahren Kern hatte – denn Willem schien tatsächlich keine Zeit zu haben –, die aber von etwas ummantelt war, das sie nicht verstand.

»Oder müssen Sie wieder raus zu Bengt?«

Aha. Die stille Inselpost funktionierte tadellos. Offenbar hatte es sich zu Ebba herumgesprochen, dass Frieke sich gestern beim Postamt nach dem Ornithologen erkundigt hatte. Und ihr Blick verriet noch mehr: Sie wusste, was für ein Typ Bengt Gerjets war. Dass er es Frieke nicht leichtmachte.

Dumm nur, dass seine muschelige Art sie nur noch mehr anstachelte. Sie wollte die Story über ihn schreiben. Ihn und seine Strand-, Sand-, wie auch immer Seeschwalben. Und sei es nur, um den brummigen Kerl besser kennenzulernen.

»Eigentlich wollte ich das, ja«, sagte Frieke vorsichtig. Jetzt bloß nichts Falsches sagen. Ruckzuck stand sie in dem Buchladen an der Kasse und packte Bücher in Papiertüten.

»Ich kenne Bengt gut. Er kauft bei uns seine Bücher. Willem könnte ja ein gutes Wort für Sie einlegen. So von Mann zu Mann.«

Fast hätte Frieke die Augen verdreht. Von Mann zu Mann, im Ernst? War sie nicht nur an einen technophoben Vogelkundler geraten, sondern auch mit der Fähre in eine Zeitmaschine gestiegen, die sie ins 19. Jahrhundert katapultiert hatte, wo Männer die Dinge für Frauen regelten?

»Danke, das kriege ich schon ohne die Hilfe Ihres Manns hin.«

»Aber Sie helfen heute aus.«

Sie fragte nicht mal, sondern schien wie selbstverständlich davon auszugehen.

»Wie kommen Sie darauf?«, fragte Frieke fast ein bisschen aufgebracht. So langsam nervte Ebba sie.

Aber das Frühstück war wirklich phantastisch. Daran könnte sie sich gewöhnen. Schade, dass sie spätestens Freitag wieder abreiste.

»Ich dachte nur. Sie lieben Bücher, ich brauche Hilfe – das passt doch, oder?«

»Ich habe noch nie in einem Buchladen gearbeitet«, sagte Frieke. Aber sie spürte selbst, wie ihr Widerstand schwand. Ein paar Stunden umgeben von Büchern, während sie darauf wartete, ob Bengt sich noch mal meldete? Warum eigentlich nicht? Was war so schlecht daran?

»Dann wird's Zeit. Es gibt nichts Besseres.«

Ebba stand auf. Für sie war das Gespräch beendet, und zwar so, wie sie es wollte.

Frieke seufzte theatralisch, dabei fand sie die Vorstellung gar nicht mehr so abwegig. Und es ergab auch einen hübschen Aufhänger für ihre Story, dachte sie. Die Insel, auf der die Uhren anders tickten, wo die Menschen mehr lasen als anderswo. Ein Ort, an dem man nicht ständig sein Frühstück fotografierte … Verdammt.

Sie hatte soeben das beste Frühstück seit Langem genossen und es nicht vorher fotografiert. Oder zwischendrin. Wie hatte ihr das denn passieren können? So konnte sie gar kein Foto bei Instagram posten.

Aber immerhin konnte sie genau das schreiben.

Hatte soeben das beste Frühstück meines Lebens und werde heute Nachmittag in der Inselbuchhandlung stehen und Bücher verkaufen.

Dazu ein Foto vom leeren Teller, kurz bevor Ebba ihn abräumen konnte.

»Also sehen wir uns dann um drei?«, fragte Ebba.

Um drei also. Genug Zeit, dass sie vorher nach Bengt suchen konnte.

Ins Dorf ging Bengt nur, wenn es sich nicht vermeiden ließ. Im Sommer plante er diese Ausflüge besonders sorgfältig, weil ihn die ganzen Inselgäste nervten. Draußen bei seinen Brandseeschwalben störten sie ihn nicht, da kam ja keiner hin. Aber im Dorfkern drängten sie sich, und besonders schlimm war es rings um den Supermarkt ungefähr zwei Stunden nach der Ankunft der Fähre.

Dann hatten sie nämlich bereits ihre Hotelzimmer und Ferienwohnungen bezogen und schoben sich hungrig durch die schmalen Gänge und luden die Einkaufskörbe mit Limonade, Chipstüten, Dosenravioli und Gummibärchen voll. War ja Urlaub, da konnte man noch die dritte Tafel lila Schokolade mitnehmen, wer wollte sich denn im Urlaub gesund ernähren, dafür hatte man doch in Neuharlingersiel das Krabbenbrötchen am Hafen gegessen.

Darum musste er frühmorgens los. Sein erster Weg führte ihn zum Postamt am Ende des Dorfs, direkt neben dem Inselarzt gelegen. Dort wartete er geduldig in der Schlange, bis die Rentnergruppe aus Gütersloh mit Briefmarken versorgt war, ehe er vortrat. Der Postbeamte Frans blickte auf und schob sich die

Prinz-Heinrich-Mütze in den Nacken, die er vermutlich nicht mal zum Schlafen abnahm und unter der seine wilden, grauen Locken in alle Richtungen abstanden.

»Moin«, begrüßte Bengt ihn.

»Moin.« Frans fragte nicht, was Bengt hier wollte, sondern tauchte unter den Tresen ab und holte ein Körbchen mit Briefen hervor. Postlagernd – das hieß hier auf der Insel eben auch, dass man kein Postfach hatte, denn das lohnte ja nicht. Frans sammelte seine Sendungen, und Bengt kam vorbei, wann immer es ihn ins Dorf verschlug.

Frans händigte ihm die Post aus, und Bengt tippte sich an die Stirn, schönen Tag noch, moin, schon war er draußen. Auf der Bank vor dem Postamt, wo er sich sonst immer hinsetzte und seine Briefe las, saß der olle Hansen und schnaufte wie eine Dampflok. Bengt nickte ihm nur zu. Mit dem hatte er nicht viel am Hut, und er wusste auch nicht viel mehr als seinen Namen und dass er ein paar Jahrzehnte zur See gefahren war. Jedenfalls kannte er ihn nicht gut genug, dass er sich mit seiner Post danebengesetzt hätte, und selbst wenn er ihn besser gekannt hätte, wäre er auch weitergegangen. Also marschierte er den gepflasterten Zuweg zurück zur Straße und klemmte im Laufen die Briefe unter die Klappe seines Rucksacks.

Im Supermarkt am Westerloog stand der Inhaber Tammo vorn im Eingang, wo er immer große Wagen mit Blumen parkte. Was Bengt nie verstanden hatte, aber Tammo versicherte ihm, es gebe genug Feriengäste, die sich erst mal schönes Grünzeug in die Wohnung holten. »Damit es sich wie was Eigenes anfühlt wohl.«

Was Eigenes, aha. Das waren vermutlich die Leute, die jedes Jahr zur selben Zeit zurückkamen und im Vorjahr bereits buchten, damit ihnen ja niemand die Ferienwohnung wegschnappte.

Bengt hielt nichts davon, sich immer auf ausgetretenen Pfaden zu bewegen. Aber was wusste er schon? Er war viel rumgekommen, bevor er vor drei Jahren alles hinter sich gelassen und auf der Insel sesshaft geworden war.

»Moin«, begrüßte Tammo ihn, als Bengt sich neben ihn stellte. »Alles klar?«

Bengt zuckte mit den Schultern. »Muss ja. Selber?«

»Jo.«

»Frau und Kinder?«

»Bestens.«

Tammo war auch einer, der erst spät sesshaft geworden war, aber er hatte es gleich richtig gemacht: den Supermarkt gekauft, seine Jugendliebe geheiratet, drei flachsblonde Jungs in die Welt gesetzt. Zufrieden betrachtete er die Auslagen, alles bereit für den Mittwochsansturm, der nicht so schlimm war wie der samstags, wenn in der Saison Bettenwechsel auf der Insel war.

Bengt wollte schon weiter, aber Tammo, für den das vorangegangene Gespräch schon unter Plauderlaune abgelegt werden konnte, hielt ihn am Hemdsärmel fest. »Sonja«, sagte er. »Meine Schwester.«

»Was ist mit der?«

Natürlich kannte er Tammos Schwester Sonja. Jeder kannte sie. Die beiden waren immerhin die Kinder des Bürgermeisters, dem darüber hinaus ein halbes Dutzend Häuser mit Ferienwohnungen gehörten.

»Ach nichts. Vergiss es.«

Bengt fragte nicht nach. Wär's wichtig gewesen, hätte Tammo ja mehr gesagt, redete er sich ein. Aber vor allem wollte er sich nicht in die Probleme anderer reinziehen lassen. Er hatte selbst genug am Hut.

Nachdem er seinen Einkauf erledigt hatte, marschierte Bengt mit vollem Rucksack zurück zum alten Anleger. Er verstaute das frische Gemüse, Butter und Milch im kleinen Kühlschrank, den er über eine Solarzelle auf dem Dach seines Bauwagens betrieb, kochte Kaffee und setzte sich wieder auf die oberste Stufe im Eingang. Der Himmel zog sich zu, über dem Dorf ging bereits Regen nieder; in einer halben Stunde würde es auch bei ihm regnen, schätzte er. Neben ihm auf der Stufe lag der Briefstapel, ganz oben der Umschlag vom KOMET, von dem die Journalistin gestern gesprochen hatte. Frieke irgendwas, den Nachnamen hatte er schon wieder vergessen. Er riss den Umschlag auf, links oben der weiße Schriftzug auf dem roten Rechteck, sowohl auf dem Umschlag als auch dem Briefkopf. Er begann zu lesen.

… von Ihrer Arbeit gehört … möchten wir einen Bericht über Sie … Leben ohne neue Medien … Arbeit als Ornithologe … bla, bla, bla. Der KOMET war nicht das erste Magazin, das einen Artikel über ihn bringen wollte. Aber bisher hatten die Redakteure nicht so eine hübsche Journalistin auf ihn gehetzt, sondern versucht, ihn telefonisch oder per E-Mail zu erreichen. Was bei einem Vogelkundler, der nichts von Handys und dem Internet hielt, eher schwierig war.

Da er kein Handy besaß, riefen sie beim Postamt an oder versuchten anderweitig, sich nach ihm durchzufragen. Aber in solchen Dingen stand die Dorfgemeinschaft eng beisammen. Auch die Versuche, ihn per E-Mail zu erreichen, liefen ins Leere. Es gab eine Mailadresse, ja. An der Universität, für die er hier draußen forschte. Aber die rief er nur alle paar Monate mal im Postamt ab, überflog dann die eingegangenen Mails und löschte alle.

So, und der KOMET versuchte es nun auf diese krumme Tour. Glaubten die etwa, er würde sich darauf einlassen? Einen Brief schreiben und gleichzeitig eine Journalistin zu ihm schicken?

Bengt nahm einen Schluck Kaffee und dachte nach. Der Brief war auf Anfang Mai datiert. Gut möglich, dass er so lange nicht mehr im Dorf gewesen war. Kurz nach Ostern war er mit dem Bollerwagen hingegangen und hatte einen Großeinkauf gemacht. Beim Einkauf vor zwei Wochen hatte er wohl vergessen, zum Postamt zu gehen. Und da hatte er den Salat.

Wobei er sich auch fragte, ob sich etwas geändert hätte, wenn er sofort eine Absage geschickt hätte. Ob sie ihn dann in Ruhe gelassen hätte, diese Frieke.

Ihm gefiel sie, das war das Problem. Ihre Unwissenheit und Ignoranz, nun gut, das war das eine. Darüber musste er wohl hinwegsehen. Vielleicht tat es ihr ja ganz gut, wenn sie mal ein bisschen aus ihrer digitalen Komfortzone herauskam. Und er hatte auch schon eine Idee, wie er das bewerkstelligen konnte.

Pünktlich um kurz vor drei betrat Frieke die Inselbuchhandlung. Sie war sauer. Ihr Vormittag war alles andere als erquicklich verlaufen.

Sie war wieder zum Westend gelaufen, zum alten Anleger. Schon von Weitem hatte sie gesehen, dass der Bauwagen verriegelt war, der Vogelkundler ausgeflogen. Weil er sie beim letzten Mal zurechtgewiesen hatte, als sie quer über die Salzwiesen lief und sie nicht wusste, wo genau der Pfad war, auf dem sie beim letzten Mal zurückgelaufen war, blieb sie in einiger Entfernung stehen. Sie rief seinen Namen, aber da rührte sich nichts.

Also kehrte sie um und lief Richtung Strand. Das Meer sehen, ein paar Fotos machen. Mittags wäre sie zurück im Dorf, konnte im Inselcafé eine Kleinigkeit essen (die Torten würden bis morgen warten müssen), und danach blieb genug Zeit, um ein wenig zu lesen, bevor sie Ebba half.

Inzwischen freute sie sich sogar schon auf diese Aufgabe. Es war etwas anderes, und Oma Elfriede hätte es gefreut, wenn sie ihr davon erzählt hätte.

Trotzdem nagte an ihr, wie *unproduktiv* sie war. Das war nicht gut. Wenn sie heute nichts schaffte, blieb ihr nur noch der morgige Donnerstag, denn Freitag wollte sie schon zurückfahren.

»Da sind Sie ja, Frieke.«

Ebba lief leichtfüßig durch den Laden; man spürte bei jeder Bewegung, wie sehr sie es liebte, hier zu sein. Sie drückte Frieke einen Stapel Bücher in die Hand. »Die kommen da vorne hin«, zeigte sie auf das Rondell. Frieke legte die Bücher aus. »Das oberste immer aus der Folie nehmen. Die Leute wollen reingucken.« Auch das machte sie. Dabei klappte sie das Buch auf, ein dünnes Bändchen, Inselgedichte. Sie schloss für einen Moment die Augen, schnupperte. Frische Bücher hatten einen ganz eigenen Geruch. Papier, Druckerschwärze, Leim. Geschichten und Ideen.

Ebba brachte mehr Bücherstapel. Gerade waren nur ein paar Kunden im Laden, und während sie gemeinsam die Auslage neu bestückten und ein paar andere Bücher in die Regale sortierten, erklärte sie Frieke, was ihre Aufgaben sein würden. »Kassieren und beraten. Mehr nicht.«

»Wie soll ich denn jemanden beraten?«

Ebba richtete sich auf und legte die Hände ins Kreuz, wo sie sich massierte. Sie war ganz schön klein und schmal, aber in ihr war ziemlich viel Kraft. Vom Bücherschleppen, vermutete Frieke. Oder davon, dass diese Arbeitsumgebung sie beflügelte.

»Fragen Sie einfach, ob derjenige nur schauen möchte oder Beratung wünscht. Und dann, was er gerne liest oder ob es ein Geschenk ist.« Ebba zeigte auf die Regale. »Sie sind doch etwas belesen, oder?«

Frieke nickte zögernd. Wobei, galt das auch, wenn sie seit Jahren kaum mehr las?

»Sehen Sie. Das wird schon klappen. Wenn ein Buch nicht da ist, fragen Sie mich. Wir können fast alles bestellen, es kommt dann spätestens übermorgen.«

Damit war ihre Einweisung als Jungbuchhändlerin der Inselbuchhandlung bereits beendet. Frieke bekam noch ein Schildchen an die Brust geheftet, auf dem ihr Name stand, und schon gehörte sie zum Team.

Bevor die nächsten Kunden kamen, schlich Willem aus der Küche kommend nach draußen. »Denk an die Blumen!«, rief Ebba ihm nach, und er hob nur die Hand, mit der er einen kleinen Blumenstrauß und ein verpacktes Geschenk hochhielt. Verdächtiges Format, dachte Frieke. Bestimmt keine Pralinenschachtel.

»Wohin geht er denn?«, fragte sie.

»Einen Freund besuchen.« Ebba war plötzlich sehr beschäftigt, als fürchtete sie noch mehr Fragen.

Aber jetzt kamen tatsächlich mehr Kunden in den Buchladen, und bevor Frieke wusste, wie ihr geschah, stand sie hinter dem Kassentisch, sie tippte Preise ein, nahm Geld entgegen, zählte das Wechselgeld und bekam von Ebba das Kartengerät erklärt. Dann löste Ebba sie an der Kasse ab, und Frieke stand einen Moment ziemlich verloren neben dem Rondell, bis ihr eine Frau auffiel, die mit roter Nase und leise schniefend vor dem Regal stand, in dem die Neuerscheinungen präsentiert wurden.

Frieke verzichtete darauf, sie zu fotografieren (*»Meine erste Kundin! Ob sie das Buch kauft, das ich ihr gleich empfehle?«*), sondern näherte sich ihr vorsichtig von der Seite.

»Hallo. Schauen Sie nur oder kann ich weiterhelfen?«

Der blonde Kopf ruckte hoch. Die Augen waren hellgrün und verheult, die Nase also nicht verschnupft. Frieke erkannte die

Frau. Sie hatte gestern für ihre beiden Jungs Bücher gekauft. Jetzt suchte sie etwas für sich – oder wollte einfach nur in Ruhe heulen.

»Alles in Ordnung?«, fragte Frieke besorgt.

Ihr Gegenüber schniefte, fuhr sich mit dem Blusenärmel über das Gesicht und nickte. »Ich suche was … zur Ablenkung.« Ihre Stimme war dunkel und rauchig, vermutlich vom Weinen.

»Oh, okay.« Ratlos stand Frieke vor den Büchern. Die meisten Autoren sagten ihr nichts, und der neue Grisham war wohl kaum die richtige Lektüre für eine Frau, die Kummer hatte.

»Hm, ich schaue mal dort drüben.« Sie zeigte etwas unbestimmt auf das Regal, in das sie vorhin die überschüssigen Bücher vom Rondell einsortiert hatte. Auch da war sie eher ratlos und ging an der Regalreihe entlang, bis sie zu einem kam, in dem die Klassiker versammelt standen. Frieke sah die Bücher an, doch dann entdeckte sie eines, das irgendwie passte. Sie zögerte. Wer las schon gern Schullektüre?

Aber zu verlieren hatte sie nichts, denn wenn ihr Gegenüber mit dem Vorschlag gar nichts anfangen konnte, brauchte sie ja nur ablehnen.

»Kennen Sie das?« Frieke drückte ihr das Buch in die Hand. Die Blonde nahm es, las den Klappentext und runzelte die Stirn.

»Gelesen habe ich es nie«, sagte sie.

»Machen Sie das mal. Es ist … hm.« Wie sollte sie das formulieren? »Es beruhigt.«

»Warum?«, fragte ihre Kundin.

Darüber musste Frieke nicht lange nachdenken. »Das liegt am Erzähltempo. Und an der Stimme des Erzählers, die sehr zurückhaltend ist. Das Drama findet eher zwischen den Zeilen statt.«

Die Kundin gab sich einen Ruck. »Ich versuch's. Aber wenn's blöd ist, bringe ich es Ihnen morgen wieder.«

»Okay.« Frieke wollte schon zur Kasse gehen, aber Ebba bedeutete ihr, sie solle einem älteren Herrn helfen, der bei den Neuerscheinungen stand und ratlos auf die Bücher mit bunten Lilienblüten auf dem Cover schaute.

»Können Sie ihm was für seine Frau empfehlen?«

»Ja, natürlich.«

Die Blumencover waren sicher nichts für die werte Gattin, denn hinter diesen Covern verbargen sich Erotikromane mit ziemlich derber Sprache und teilweise recht expliziten Liebesszenen.

Die nächste halbe Stunde verbrachte Frieke mit Beratungsgesprächen. Und obwohl sie hin und wieder ins Schwimmen geriet, war in solchen Fällen sofort Ebba zur Stelle und half aus. Sie verkaufte dem älteren Herrn lieber keinen Erotikbestseller, sondern den neuen Roman von Jodi Picoult, und danach fragte einer nach dem neuen Stephen King, das war ja leicht. Es war nicht hektisch oder anstrengend, im Gegenteil. Frieke hatte Spaß daran und merkte, dass es darum auch den Kunden Spaß bereitete, mit ihr zu reden.

»Interessante Wahl«, sagte Ebba, als Frieke schließlich hinter den Kassentisch schlüpfte. So viel hatte sie lange nicht am Stück geredet, und sie trank durstig ein halbes Glas Wasser.

»Was denn?«

»Das Buch für Sonja.«

Frieke runzelte die Stirn. »Wer ist Sonja?«

»Ihre erste Kundin. Warum haben Sie ihr Effi Briest verkauft?«

»Ach so. Keine Ahnung. Das passte irgendwie«, sagte sie. »Ich habe da nicht groß drüber nachgedacht.« Weil Ebba irgendwie komisch war, hakte sie nach: »War das falsch?«

»Nein, gar nicht.«

Der nächste Kunde betrat den Buchladen, und dabei beließen sie es. Aber wann immer Frieke in Ebbas Richtung schaute, wunderte sie sich. So zufrieden hatte sie die Buchhändlerin bisher nicht erlebt. Sie machte durchaus den Eindruck, als wäre sie mit sich im Reinen, aber seit diesem kurzen Gespräch grinste sie in sich rein wie eine Katze, die den Sahnetopf auslecken durfte.

KAPITEL 7

Die Tage wurden ihm lang. Hin und wieder zum Arzt, danach gelegentlich in die Apotheke. Im Frischemarkt holte er eine Packung Toast und ein Glas Erdbeermarmelade. Hunger hatte er so recht keinen, aber von irgendwas musste der Mensch ja leben.

Gesellschaft hatte er auch wenig. Als er an diesem Nachmittag unter der Kastanie im Gärtchen vor seinem Haus saß, war Ole Hansen darum überrascht, als Willem Froelke vor ihm stand. Der verstaubte Kerl mit der Krämerseele und dem Bücherwissen stand ihm nicht nah; Ole ließ sich lieber den scharfen Wind um die Nase wehen. Dass Willem auch noch mit Blümchen und einem Geschenk winkte, etwas linkisch zudem, nun ja.

Aber wer war er, sich über Besuch zu beklagen? Seit gestern war ihm das mit der Einsamkeit auch unangenehm geworden. Er hockte im Garten statt hinter dem Haus auf der kleinen Bank, und die Spaziergänger, die raus zum Ostende der Insel an ihm vorbeiliefen, musterte er finster.

Es hatte ein bisschen gedauert, bis er sich eingestand, dass er nach dem braunen Lockenkopf seiner Tochter Ausschau hielt.

Sie hier auf der Insel – das war schon komisch. Und die kurze Begegnung auch, als hätte sie von ihm gewusst, aber nicht nach ihm gesucht, sondern nach jemand anderem. Er war zu stolz sich einzugestehen, dass ihn das verletzte.

Nu mach dir mal nicht auf den letzten Metern noch ins Hemd. Bist bisher doch auch prima ohne sie ausgekommen.

Willem jedenfalls ließ sich schwer aufatmend auf dem zweiten Gartenstuhl nieder, den er sich selbst aus dem Schuppen holen musste, einem kleinen Anbau, der sich an das Häuschen schmiegte, das Ole schon vor Jahrzehnten gekauft hatte. Damals, als die Preise noch nicht so unverschämt waren, dass sich keiner das Leben hier leisten konnte und niemand ihn schräg ansah, weil er ein Haus besaß, in dem er nur zwischen den langen Monaten auf See wohnte. Jetzt konnten sie auch aufhören, ihm deshalb ein schlechtes Gewissen zu machen. Er blieb jetzt hier, so lange es eben dauerte.

»Meine Frau meinte, ich soll mal nach dir schauen.«

Willems Ebba war ’ne ganz andere Geschichte. Eine, die anpackte. Ole mochte sie, und bisher hatte er gern Bücher bei ihr gekauft. Jetzt war ihm auch das zu mühsam, und in seinen Regalen standen genug, die er noch nicht gelesen hatte oder die er noch ein zweites Mal lesen wollte, bevor er nicht mehr lesen konnte.

»Sind keine Pralinen drin.« Ole beäugte das Päckchen und machte keine Anstalten, es zu öffnen.

»Die Blümchen waren dann wohl deine Idee.«

»Nee, die hat sie mich auch kaufen geschickt. Aber ich bin nicht gut drin bei Blümchen.«

»Nelken sind ja auch eher was für die ganz traurigen Fälle.« Und weil Willem nicht verstand, fügte Ole hinzu: »Trauerfälle. Ganz so weit ist es noch nicht mit mir gekommen.«

Da brummelte Willem nur was, das Ole lieber nicht verstehen wollte. Er gab sich versöhnlich. »Du kannst uns Kaffee kochen. Irgendwo im Küchenschrank steht noch ’ne Dose mit dänischen Butterkeksen, die kannst du dazuholen.«

Willem verschwand erstaunlich flink dafür, dass er vorhin in den Garten geschlichen war wie ein Greis. Wie alt war er überhaupt? Musste doch auch bald Zeit für seine Rente sein.

Ole schloss die Augen. Die Sonne wärmte, das passierte ja

nicht so oft. Meist wehte der Wind so scharf über die Insel, dass sie ihre Kraft verlor. Er hörte Willem im Haus rumoren. Geschirr klapperte, die Maschine brummte.

Vielleicht war er eingenickt, während er so wartete. Die Schmerzmittel machten ihn ganz duselig, aber immerhin taten sie ansonsten das, was sie sollten, deshalb war das Duselige etwas, womit er zurechtkam.

»So.« Willem stellte ein Tablett auf das Tischchen, zwei Pötte Kaffee mit Milchschaum, die blaue Keksdose, eine Zuckerdose, die so alt war, dass Ole noch wusste, woher sie kam. Sie gehörte zu dem Service, das seine Frau und er damals zur Hochzeit ausgesucht hatten, nun gut, eigentlich hatte Ute alles ausgesucht und er hatte sich mit allem einverstanden erklärt, weil solche Dinge ihm nicht wichtig waren, die er nur alle Monate zu Gesicht bekam. Vielleicht war das der Fehler gewesen, als er ihr einen Antrag machte, denn sie bekam er auch nur alle paar Monate zu Gesicht, wenn er Landurlaub hatte, und deshalb machte sich schon bald dieselbe Gleichgültigkeit bei ihm breit. Er erfüllte nur seine Pflicht, weil es dann schon nicht mehr nur Ute gab, sondern auch das kleine Mädchen. Das war ihm nicht gleichgültig, aber da war es schon zu spät, dass er Entscheidungen traf, für die Familie, für Ute und Frieke. Letztlich setzte Ute ihn vor die Tür, und er verstand das, damals wie heute. Er fuhr weiter zur See, kaufte sich auf Spiekeroog das Haus, immer auch mit dem Gedanken, Frieke in den Ferien zu sich zu holen. Erst traute er sich das nicht zu, er wusste ja gar nicht, wie man mit einem kleinen Kind umging, und dann war er ihr fremd geworden. Als Ute ihren neuen Mann kennenlernte, hatte Ole bereits begriffen, dass er seine Tochter an den Mann verlieren würde, der als Nächstes kam; er sträubte sich auch gar nicht, als Ute und Martin heirateten und dieser Frieke adoptieren wollte. Weil es für alle besser sei, sagte er sich. Das waren nicht Utes

Worte, aber er wollte wenigstens einmal im Leben etwas richtig machen. Natürlich konnte das auch falsch ausgelegt werden – und weil die Fronten so verhärtet waren damals, hatte Ute das bestimmt auch getan – nämlich als ultimative Gleichgültigkeit. Aber das stimmte nicht. Vergessen hatte er seine Tochter nie.

Das alles ging ihm durch den Kopf. Nicht nur, weil er beim Auszug als einziges Erinnerungsstück an seine Familie die Zuckerdose eingepackt hatte, weil damit wenigstens *etwas* fehlen würde. Vermutlich hatte Ute das Fehlen bemerkt und die Dose nachgekauft, ersetzt, wie sie ihn bald ersetzt hatte. Aber ein neues Stück Porzellan kann ein anderes nicht ersetzen, selbst dann nicht, wenn sie identisch sind.

»Meine Tochter ist hier«, hörte er sich, bevor Willem irgendwas übers Wetter sagen konnte. »Frieke.«

Willem war überrascht. Zum einen, weil Ole keiner von denen war, die viel von sich preisgaben, weshalb die Tatsache, dass er eine Tochter hatte, schon für sich überraschend war.

»Ach guck. Die wohnt bei uns. Frieke Wallgren, so eine hübsche Journalistin. Kam mir gleich so bekannt vor.«

Ole rutschte auf seinem Gartenstühlchen herum. Er umklammerte seinen Becher mit beiden Händen, die plötzlich zitterten. »So ist das also.«

»Wusste gar nicht, dass du eine Tochter hast.«

Ole zuckte mit den Schultern. Er wusste, Willem versuchte gerade, das Gespräch in die Richtung zu lenken. Der Buchhändler war nicht gerade der größte Tratschkopf auf der Insel, da gab's Schlimmere, aber was Willem wusste, trug er in den Frischemarkt zu Tammo, das brachte der nach Hause zu seiner Frau Enke, und morgen wusste es ganz Ostfriesland bis rüber nach Emden. Nee, das musste nicht sein. Es war ihm schon peinlich genug, dass ihm das rausgerutscht war.

Trotzdem redete er weiter. Vielleicht lag's daran, dass er so wenig Leute zum Reden hatte. Dr. Tossens reichte da nicht, bei dem ging es ja auch die meiste Zeit nur um die Schmerzen, wohin sie sich ausgebreitet hatten und was sie dagegen noch tun konnten.

»Ich wusste auch nicht, dass sie hier ist«, sagte er. »Hab sie zufällig an der Inselkirche getroffen.«

»So«, sagte Willem. »In die Kirche gehst du jetzt auch?«

»Nur, um die Bank abzusitzen.«

Willem brummte.

»Deine Frau hat mir noch nie ein Buch geschenkt.« Mit dem Finger fuhr Ole über das Geschenkpapier. Hübsch, so rot und blau. Gefiel ihm. Kein Schnickschnack.

»Sie meinte, es wird Zeit. Und sie wollte mich für ein paar Stunden aus dem Haus haben, weil ...«

»Weil?«, fragte Ole, denn Willem verstummte urplötzlich, als ob ihm eingefallen wäre, dass er nicht alles verraten sollte, was er wusste.

Willem stopfte sich den Mund mit Keksen voll. Ole nahm auch einen. Hunger hatte er ja nicht, aber so ein gestippter Butterkeks mit Zucker, das war schon was Feines. Das würde ihm fehlen, wenn er nicht mehr war.

Aber ob einem dann überhaupt was fehlte?

»Na, weil sie wohl mal genug hatte von mir. So.« Willem spülte den Keks mit Kaffee runter und nahm sich gleich noch einen, als könnte er Nachfragen damit unterbinden. Oder er mochte einfach Kekse, die viel zu süß waren.

Ole kaute auf seinem gestippten Keks herum, dessen Süße ihm bis in die Kiefermuskulatur zog. Eklig traf es nicht ganz. Es gab schon einen Grund, weshalb er die Dose bisher nicht angebrochen hatte.

»Und was hat sie gesagt?«, fragte Willem. »Als du sie in der Kirche getroffen hast.«

»Meine Tochter? Nicht viel. Wir kennen uns ja gar nicht.«

»Erkannt habt ihr euch trotzdem«, stellte Willem fest.

»Sie sieht meinem Bruder ähnlich. Darum. Und sie hat mich zuerst angesprochen.« Komisch, das fiel ihm jetzt erst auf. Da vor der Inselkirche war ihm die Frage gar nicht in den Sinn gekommen, sich nach dem Grund zu erkundigen, weshalb sie sofort wusste, wer er war. Hatte sie damit gerechnet, ihn hier zu treffen? Oder suchte sie sogar nach ihm? Letzteres war eher unwahrscheinlich, dann hätte sie ja das Gespräch nutzen können, das sich ergab. Ihm war es eher so vorgekommen, als wäre ihr die Begegnung genauso unangenehm wie ihm. Nein, nicht unangenehm – eher dieses Unwohlsein, wenn man nicht weiß, wie das Gegenüber reagiert.

»Dann trefft ihr euch noch mal?«

Ole schüttelte den Kopf. »Wohl nicht. Sie hat ihr Leben, und meins … na ja. War aber ein schöner Zufall, dass ich sie gesehen habe.«

Willem hüstelte. Er beugte sich vor und nahm noch drei Kekse. »Ebba sagt immer was, das fand ich bisher komisch«, fing er nach kurzem Schweigen an. »Sie meint, Zufälle gibt es nicht. Alles findet sich. Ob das richtige Buch den Leser, den es verdient, oder Menschen einander, weil sie sich noch was zu sagen haben. Weil ihre Geschichte noch nicht fertig erzählt ist ohne den anderen. So.«

»Und?« Ole wusste, worauf Willem hinauswollte, aber das wollte er hören und nicht denken. Vielleicht schaffte er's dann ja, Ebbas Glaubenssatz als seinen anzunehmen.

»Ich sag's ja nur. Es gibt keine Zufälle. Punkt.«

»Du meinst, es ist kein Zufall, dass sie hier ist.«

Sprach er es eben selbst aus, wenn's ihm keiner abnahm.

»Wie lange hast du sie nicht gesehen?«

Da brauchte Ole nicht rechnen, weil er sich das gestern Abend schon gefragt hatte. »Zweiunddreißig Jahre.«

»Verdammt lange Zeit. Du hast nie was von ihr gehört?«

»Es ergab sich nicht.«

Anfangs hatte Ute ihm noch Briefe geschrieben, als sie sich gerade getrennt hatten. Sie hatten es nicht mal eine Pause genannt, sondern festgestellt, dass ab hier jeder allein weiterging. Er zog aus der gemeinsamen Wohnung aus, und da Frieke noch so klein war und ihn ohnehin kaum kannte, trafen sie keine Besuchsvereinbarung, er bestand halt nicht drauf. Er hätte sie schon gerne noch mal gesehen, aber dann war er unterwegs, er bekam einen interessanten Job angeboten und war ein Dreivierteljahr in Asien, und als er zurückkam, wartete ein Stapel Briefe auf ihn und in einem war ein Foto von Frieke mit Martin, dem neuen Mann in Utes Leben. Da wusste er, dass er verloren hatte.

»Ich frag mich, wie das ist«, sagte er leise. »Ein Kind aufwachsen sehen.«

Willem sagte dazu nichts. Er hatte ja keine Kinder. Ob das so geplant gewesen war, fragte sich Ole. Damals sprach man darüber ja nicht, wenn so was nicht klappte. Frieke jedenfalls hatte sich schnell eingestellt, schneller vielleicht, als für Ute und ihn gut gewesen war.

Aber das war kein Vorwurf, an niemanden. Manchmal machte das Leben halt, was es wollte.

Und jetzt hatte es ihm seine Tochter zurückgebracht. Wer war er eigentlich, wenn er diese Chance nicht nutzte? Wenn er nicht diese Gelegenheit am Schlafittchen packte? So viel Zeit hatte er nicht mehr, um sie kennenzulernen.

Du bist ein alter, selbstsüchtiger Hund, dass du ihr das zumutest. Weißt ja gar nicht, ob sie dich näher kennenlernen will. Wahrscheinlich nicht. Und wenn doch, wird sie dann nicht enttäuscht sein? Da gibt es nur zwei Möglichkeiten. Sie mag dich nicht – die ist wohl wahrscheinlicher. Oder sie mag dich wie durch ein Wunder, und dann verpisst du dich schon bald.

Sterben ist nichts für Feiglinge, sagt man.

Leben auch nicht, dachte Ole.

»Okay«, sagte er. »Wir machen's.«

Frieke blickte auf. Vor ihr stand der Vogelkundler, wie aus dem Nichts war er aufgetaucht, wenige Minuten vor Ladenschluss. In den letzten zwanzig Minuten hatte sie Ebba geholfen, Bücher nachzuräumen und Ordnung zu machen. Drei Stunden Buchladenseligkeit lagen hinter ihr. So sehr war sie in das Arbeiten vertieft gewesen, dass sie gar nicht mehr daran gedacht hatte, warum sie ursprünglich hergekommen war. Auch ihr Handy steckte unberührt in der Gesäßtasche. Die Arbeit hatte sie völlig absorbiert, die Gespräche mit den Menschen hatten sie beglückt.

Und nun dieser unverschämt hübsche Kerl, der sie anschaute, als wüsste er genau, was sie gerade dachte.

Wir machen's? Also, mal langsam … Moment!

»Die Story«, sagte sie etwas steif.

»Natürlich. Was sonst.« Sein Mundwinkel zuckte, und sie musste sich auch ein Grinsen verkneifen. »Aber ich habe ein paar Bedingungen.«

»Okay«, sagte Frieke. »Können wir das gleich besprechen? Ich würde Sie gern zum Essen einladen.«

Er war einverstanden, und sie verabredeten sich für sieben Uhr in einem kleinen Fischrestaurant drei Häuser weiter.

»Gehen Sie ruhig schon«, sagte Ebba. »Sie haben mir heute sehr geholfen.« Dabei schaute sie Frieke an, als wollte sie noch mehr sagen, doch dann drückte sie Frieke nur ein Buch in die Hand. »Für Ihre Mühe. Ich glaube, das könnte Ihnen gefallen.«

Frieke sah das Buch an. Also, eigentlich fand sie das eher unpassend, denn der Klappentext verriet, dass es sich um zwei Auftragsmörder im Wilden Westen handelte. »Die Sisters Brothers?« Sie runzelte die Stirn.

»Kennen Sie es?«

»Nein, nie davon gehört.« Was nichts heißen musste.

»Lesen Sie es. Darin geht es um zwei Männer, die mit ihrem bisherigen Leben nicht so ganz einverstanden sind. Ich fand es inspirierend.«

»Vielen Dank«, murmelte Frieke nachdenklich. Sie ging nach oben in die kleine Ferienwohnung. War sie mit ihrem Leben unzufrieden? Nein, überhaupt nicht. Ihr stand Großes bevor. Endlich konnte sie die Früchte ihrer bisherigen Arbeit ernten. Eine Aufgabe, auf die sie sich unbändig freute.

Es war kurz nach sechs. Wenn sie vor dem Treffen mit Bengt Gerjets noch unter die Dusche springen wollte, musste sie sich beeilen.

Doch als sie nur in Unterwäsche im Bad stand und gerade das Wasser aufdrehen wollte, klingelte im Schlafzimmer ihr Smartphone. Sie lief über den kleinen Flur und nahm den Anruf an.

»Hallo?«

»Hallo Liebste.«

Haralds Stimme klang leicht verzerrt.

»Hi«, sagte sie.

»Ich dachte, ich melde mich mal. Wie kommst du voran?«

Sie hockte sich aufs Bett. »Geht so. Ich treffe gleich den Vogelkundler zum Essen. Danach bin ich schlauer. Was macht das Kistenpacken?«

»Ach, es geht voran«, sagte er leichthin. »Wann kommst du zurück?«

»Immer noch Freitag.« Fast hätte sie die Augen verdreht. Was dachte Harald? Dass sie morgen schon zurückkam?

Das dachte er tatsächlich. »Ich dachte nur, wir könnten morgen Abend was Schönes essen gehen.«

»Habe ich unseren Kennenlerntag vergessen?« Der Scherz misslang, das hörte sie daran, wie Harald schwieg. »Entschuldige. Morgen schaffe ich es auf keinen Fall. Ich muss noch Fotos machen und nach dem heutigen Abend mindestens noch einen großen Interviewtermin. Freitag wird auch knapp genug, die Fähre geht am Vormittag. Keine Ahnung, ob das klappt.«

»Du lässt mich also im Stich.«

Sie hätte fast die Augen verdreht. »Das tue ich nicht.«

»Du hättest den Auftrag nicht annehmen dürfen.«

Das dachte Frieke zwischendurch auch immer wieder, doch sie würde Harald nicht die Genugtuung gönnen, indem sie ihm recht gab.

»Ich bin spätestens Samstag zurück.«

»Da kommen deine Möbelpacker um neun.«

Das hätte sie tatsächlich fast vergessen. »Ich schicke Emma oder meine Mutter hin.« Ihn zu bitten traute sie sich nicht. »Hast du schon alles gepackt?«

»Herrgott, Frieke. Hör endlich auf, mich so zu kontrollieren. Weißt du nicht, wie sehr ich das hasse? Ständig dieses Nachfragen. Dauernd kontrollierst du mich. Ich komme klar, okay? Ich kriege das hin.«

Völlig perplex starrte sie ihr Handy an. Harald schimpfte weiter wie ein Rohrspatz. Das war nicht der Mann, den sie so sehr liebte. Der in ihren Armen Halt suchte. Er wütete. Etwas war in diesen zwei Tagen seit ihrer Abreise passiert.

»Ich versuche, Freitag zu kommen«, sagte sie, weil es die einzige Möglichkeit zu sein schien, dass er sich beruhigte. Und tatsächlich konnten sie das Gespräch ganz vernünftig beenden, wie zwei Erwachsene.

»Hab dich lieb«, sagte sie zum Abschied, in Gedanken schon

drei Schritte weiter, denn das Telefonat hatte länger gedauert und hatte sie aufgeregt. Sie würde zu spät zu ihrer Verabredung kommen oder musste auf die Dusche verzichten. Dabei taten ihr die Füße weh, drei Stunden stehen und laufen war sie nicht gewohnt.

»Ich liebe dich, Frieke«, sagte Harald unvermittelt.

»Ich …« Fast hätte sie automatisch gesagt »ich dich auch«, aber das fühlte sich falsch an. Nicht richtig auf jeden Fall, wie ein Automatismus, der an dieser Stelle unangebracht war. Harald wartete, und schließlich rang sie sich ein »ich liebe dich« ab, das sich fremd anfühlte, obwohl sie doch so empfand.

Denn sie liebte ihn doch.

Sie legte auf. Das Smartphone drückte sie an die Brust, sie dachte darüber nach, wie merkwürdig er klang. Erst so beherrscht, dann explodierte er. Sie machte sich Sorgen.

Ich liebe dich, Frieke.

Das war auch nicht Harald, wie sie ihn kannte. Der Harald, der in der Welt unterwegs war, der von den Kriegsschauplätzen berichtete, immer ganz dicht dran an den Dramen der Menschheit. Der einen Sommer im Tschad verbracht hatte, wo die Menschen hungerten, der darüber einen so beseelten Artikel für den KOMET geschrieben hatte, dass danach viele Menschen Frieke fragten, ob es Harald gut gehe.

Das hatte sie nicht eindeutig beantworten können. Sie wusste es nämlich selber nicht so genau.

»Entschuldigen Sie. Ich hatte noch einen Anruf.« Atemlos ließ Frieke sich auf den Stuhl gegenüber von Bengt fallen. Er hatte ein Tischchen in der dunkelsten Ecke des kleinen Fischrestaurants ergattert, das zu dieser Tageszeit natürlich bis auf den letzten Platz besetzt war. »Haben Sie schon bestellt?«

»Nur ein Getränk.« Er zeigte auf ein Glas Weißwein.

»Das nehme ich auch. Können Sie etwas Bestimmtes empfehlen?« Sie schlug die Speisekarte auf.

»Der Fisch soll hier sehr gut sein.«

»Okay, dann nehme ich den.«

Weil er darauf nichts antwortete, blickte Frieke hoch. Sein belustigter Blick schaffte es, sie aus dem Tunnel zu reißen, durch den sie raste. Es dauerte einen Moment, bevor sie begriff, was sie da gerade gesagt hatte.

Fisch. In einem Fischrestaurant.

Sie atmete tief durch. Ganz ruhig, sagte sie sich. Das hier ist wichtig.

»Jetzt muss ich mich noch mal entschuldigen«, sagte sie. »Ich habe Ihnen nicht zugehört.«

»Das habe ich bemerkt.«

»Ich war in Gedanken woanders.«

Er machte eine Handbewegung, als wollte er diese Tatsache beiseitewischen.

»Also noch mal von vorne.« Sie spürte, wie sie rot wurde. »Welchen Fisch können Sie empfehlen?«

»Nehmen Sie die Scholle.«

Erleichtert klappte sie die Karte zu. Sie bestellten, und sobald Frieke ihren Wein hatte, nippte sie daran und atmete tief durch. Konzentration, bitte. Sie war doch sonst immer so professionell.

»Danke, dass Sie sich mit mir treffen. Darf ich unser Gespräch als Gedächtnisstütze aufzeichnen?« Sie legte ihr Smartphone auf den Tisch und aktivierte die Diktierfunktion.

Bengt lächelte. »Nein.«

Sie blickte zu ihm hoch. Er saß leicht zurückgelehnt, trotz seines Lächelns war die Stirn gerunzelt.

»Oh«, machte sie und wusste kurz nicht, wie sie darauf reagieren sollte.

»Sie können sich gern Notizen machen.«

»Hm, ich hab leider keinen Block dabei.« Einen Stift auch nicht. Bengt beugte sich nach hinten, er saß mit dem Rücken zum Raum und hob die Hand. Der Kellner war sofort zur Stelle, und auf Bengts Bitte brachte er ihr einen Kugelschreiber und einen kleinen Gastroblock.

»Also …« Sie suchte nach den richtigen Worten. Seine Bitte, auf das Diktiergerät zu verzichten, hatte sie kurz aus dem Konzept gebracht. »Wie lange sind Sie schon Vogelkundler? Wie kam es dazu?«

»Der Fachbegriff ist Ornithologe«, sagte er amüsiert. Frieke kam sich ein bisschen vor wie einer der Vögel, die er beobachtete. »Ich habe mich über Sie schlau gemacht, Frau Wallgren.«

»Ach«, sagte sie.

Wie denn? Ohne Internet und Telefon?

»Ja, und wenn Sie die Geschichte machen möchten, habe ich ein paar Bedingungen.«

Sie konnte sich gerade noch das Augenverdrehen verkneifen. Klar. Es war wie bei dem brandenburgischen Misthaufenbauern in der Pampa. Der hatte sie gebeten, ihr Handy während ihres Aufenthalts in Alufolie zu wickeln, damit es ihn nicht verstrahlte. Angeblich bekam er davon Kopfschmerzen. Als sie mal vom Misthaufen auf der Suche nach Netz – und damit Kontakt zur Außenwelt, Zuspruch von ihren Followern, Nachrichten, die nicht älter als vierundzwanzig Stunden waren – zurückkehrte, hatte er ihr mit Leichenbittermiene erklärt, bei ihm ziehe eine Migräne auf, ob sie vergessen habe, ihr Handy wieder fachgerecht zu verpacken. Sie musste ihren Fehler eingestehen, und er »konfiszierte« es und rückte es maximal zehn Minuten am Tag heraus. Das war mit Abstand der schlimmste Auftrag gewesen – aber auch ihr erfolgreichster, denn die Reportage beeindruckte bis heute sowohl Technikfreaks als auch Leute, die sich der neuen Welt völlig versperrten.

»Okay.« Sie legte den Stift neben den Block. »Die da wären?«

Er zählte an den Fingern ab: »Erstens: kein Smartphone. Ich halte nichts von den Dingern, sie halten uns nur von der Wirklichkeit fern.«

Sie nickte ergeben und ließ das Handy in ihre Tasche gleiten. »Einverstanden.«

»Zweitens: keine Digitalkamera.«

Frieke wollte protestieren, doch er hob die Hand und brachte sie damit zum Schweigen.

»Ich erkläre es Ihnen gern. Sie können zurück in Hamburg mit den Fotos machen, was Sie wollen. Digitalisieren, bearbeiten, weglassen, alles nicht mein Bier. Aber hier draußen will ich, dass Sie analog fotografieren.«

Sie schob den Gastroblock nebst Stift ein bisschen von sich weg. Bengt bemerkte es nicht, sondern redete weiter.

»Drittens: Schreiben Sie den Artikel nicht auf dem Computer. Ich weiß, die Dinger machen uns das Leben so verflucht leicht. Aber darum geht es nicht. Es muss nicht immer leicht sein.«

»Wie soll ich ihn denn sonst schreiben? Mit dem Füller auf handgeschöpftem Büttenpapier mit Wasserzeichen?«

Sein Blick war ein bisschen mitleidig. »Es gibt etwas, das sich Schreibmaschine nennt. Und meinetwegen darf die auch gern elektrisch sein. Aber das sind meine Bedingungen.«

»Die ich unmöglich erfüllen kann, und das wissen Sie.«

Er zuckte mit den Schultern. »Ehrlich gesagt ist mir das egal.«

Frieke spürte, wie sich in ihr Widerstand regte. Kein Smartphone, okay, darauf konnte sie sich einlassen. Das fiel ihr schwer, aber es war keine so unmögliche Aufgabe, wie die brandenburgischen Bauern und ostfriesischen Vogelkundler – Entschuldigung, Ornithologen! – dieser Welt glaubten. Eine analoge Kamera – nun, da wurde es schwierig, wie sollte sie die so schnell auftreiben? Und wie wollte er denn kontrollieren, ob sie den Artikel auf einer Schreibmaschine verfasste? Ganz abgesehen davon, ob sie tatsächlich eine fand, denn da stellte sich ihr dasselbe Problem wie beim Fotoapparat.

Verdammt, was machte sie überhaupt hier? Hatte sie nicht schon genug an den Hacken mit ihrem bevorstehenden Umzug und Harald, der so *erschüttert* war, ohne dass sie genau sagen konnte, was mit ihm nicht stimmte? Musste es jetzt auch noch dieser Ornithologe mit seinen verfluchten Brand-Sand-Strand-Seeschwalben sein?

Frieke schluckte. Ihre Unterlippe bebte. Sie blickte beiseite, denn ihre Augen wurden feucht, und sie würde auf gar keinen Fall, wirklich *auf gar keinen Fall* jetzt in Tränen ausbrechen. Dann würde nämlich Bengt Gerjets glauben, dass seine Bedingungen für sie völlig unerträglich waren, und er würde sich in seiner Vermutung bestätigt sehen, dass nämlich Frieke eine smartphonesüchtige Frau aus der großen Stadt war, die, wenn man sie von sämtlichen modernen Hilfsmitteln »befreite«, diese Befreiung als Zumutung oder gar Strafe empfand.

Und das war sie nicht.

Der Kellner brachte den Fisch, und allein aus Trotz zückte Frieke ihr Smartphone, machte ein Foto vom Teller und lud es in der Instagram-App hoch.

Fisch mit dem Interviewpartner.

Sie bemerkte seinen finsteren Blick, wie er die Stirn runzelte, während sie aufs Smartphone tippte.

Natürlich war das, was sie machte, total unhöflich und unprofessionell. Aber sie hatte gerade keine Lust mehr, es allen recht zu machen. Florian. Harald. Bengt Gerjets. Ebba. Alle wollten was von ihr, für jeden sollte sie das Pferdchen spielen, das über irgendwelche Hindernisse hüpfte.

War sie bereit, für einen Artikel über Bengt so viele Zugeständnisse zu machen?

Sie wusste es nicht. Sie hielt sich für einen Profi, aber jegliche Professionalität wurde gerade von diesem Gefühl überdeckt, dass alles sie nervte und müde machte.

Sie legte das Smartphone beiseite. Bengt Gerjets hatte mit dem Essen gewartet, und als sie jetzt aufsah, fragte er: »Fertig?«

Nicht feindselig oder wütend, sondern ganz neutral.

Sie nickte nur, weil sie nicht wusste, ob sie sich einen giftigen Kommentar verkneifen konnte, wenn sie jetzt den Mund aufmachte.

Stattdessen aß sie den Fisch.

Der übrigens hervorragend war.

Aber das war ihr jetzt nur ein schwacher Trost.

KAPITEL 8

Kein Smartphone, keine Digitalkamera, kein Computer.

Frieke starrte auf ihr Equipment, das sie im Wohnzimmer auf dem Couchtisch und dem Sessel ausgebreitet hatte. Dann seufzte sie und packte alles zurück in ihre Tasche.

Bengt Gerjets' Bedingungen waren unmöglich zu erfüllen. Aber sie wollte es trotzdem versuchen, irgendwie.

Problematisch war daran vor allem, dass sie vermutlich länger bleiben musste. Sie konnte nicht an einem Tag einen ganzen Artikel recherchieren, das Interview ohne Gedächtnisstütze durch die Aufzeichnung schreiben, analoge Fotos machen, diese entwickeln …

Sie seufzte. Die Fotos. Ob Bengt etwas dagegen hatte, wenn sie ein, zwei Fotos mit dem Smartphone machte? Denn Notizen konnte sie ja machen – aber woher sollte sie so schnell einen alten Fotoapparat bekommen? Soweit sie wusste, wurden die Filme dafür inzwischen gar nicht mehr produziert. Vor ein paar Jahren hatte sie einen Artikel über Kodak gelesen – lange Zeit einer der großen Hersteller von Filmen für Fotografie hatte die Firma schließlich die Produktion eingestellt und die Sparte verkauft, weil kaum jemand noch analog fotografierte. Früher hatte es in jedem Geschäft ein ganzes Regal mit unterschiedlichen Filmen gegeben – daran erinnerte sie sich noch. Jetzt waren diese vermutlich sogar auf einer Ferieninsel verschwunden.

Bevor sie ihre Überlegungen weitertreiben konnte, klingelte ihr Handy. Frieke wühlte sich durch den Stapel ihrer Technikspielzeuge und ging dran.

»Guten Morgen, Lieblingsjournalistin!«

»Moin.«

Florian am anderen Ende lachte. »Du bist ja schon voll angekommen auf der Insel«, stellte er fest, und sie hörte, wie zufrieden er damit war. »Wie geht's voran?«

»Schlecht«, jammerte Frieke. »Ich fürchte, das war kein easy Auftrag, den ich in zwei Tagen erfüllen kann. Wusstest du, wie technophob der Vogelkundler ist? Jetzt soll ich ihn ohne Diktiergerät interviewen. Das ist so steinzeitlich!«

Florian lachte. »Aber du liebst …«

»Ja, ich liebe die Herausforderung«, fiel sie ihm ins Wort. »Aber doch keine, die mich ins vorletzte Jahrhundert katapultiert. Oder weißt du, wo ich auf die Schnelle eine analoge Kamera und dazu passende Filme herbekomme?«

»Im Zweifelsfall von mir«, sagte er schlicht.

Das verschlug Frieke für einen Moment die Sprache.

»Das hättest du nicht gedacht, was? Aber ich besitze immer noch meine alte Leica, und in meinem Kühlschrank habe ich ein Fach nur für die Filme. Manchmal ziehe ich am Wochenende los und mache Schwarz-Weiß-Fotos. Handy aus, Kopf freipusten lassen. Das kann sehr entspannend sein.«

»Davon hast du mir noch nie was erzählt.«

»Ich dachte, es interessiert dich nicht.«

War sie wirklich so ignorant? Hing sie ständig am Smartphone, dass selbst ihr guter Freund Florian dachte, sie sei für alles jenseits ihres eigenen Kosmos' nicht aufgeschlossen? Früher hatten sie sich doch auch alles erzählt. Ihr fuhr der Gedanke durch den Kopf, wie viel sie wohl darüber hinaus *nicht* über ihn wusste.

»Ich dachte, wir sind Freunde.«

»Das sind wir auch. Also, willst du die Leica haben?«

»Das bringt mir nichts«, sagte Frieke bedauernd. »Bis du sie mir geschickt hast, will ich eigentlich schon wieder von der Insel runter sein.«

»Verstehe. Tut mir echt leid, dass es nicht so läuft. Wenn du merkst, dass du es nicht schaffst, komm zurück. Dann gebe ich den Auftrag jemand anderem.«

»Das geht nicht«, hörte Frieke sich sagen.

»Warum nicht?« Florian war überrascht.

»Weil ...« Sie überlegte.

Weil ich mich gerade an die Insel gewöhne. Hier ist es gar nicht so übel. Im Gegenteil.

Weil mein Vater hier ist. Weil ich ihn noch mal sehen will, bevor ich nach Boston fliege. Weil ich Fragen an ihn habe.

Okay, das ist etwas, worüber ich bisher nicht nachgedacht habe, aber es stimmt. Ich habe Fragen an ihn.

»Der Vogelkundler ist sehr ... kauzig.«

Florian stöhnte genüsslich, und zu spät fiel Frieke auf, dass sie ihm damit die perfekte Überschrift für ihren Artikel geliefert hatte. Den legte sie zwar selbst fest, aber wie sie Florian kannte, würde er sie so lange bequatschen, bis sie ihn zu »Der kauzige Vogelkundler vom Watt steht nicht unter Strom« oder ähnlichen Quatsch änderten. Und sie würde schließlich nachgeben, weil sie in der Zwischenzeit einen ganzen Ozean zwischen sich und ihre letzte Arbeit für den KOMET gebracht hatte.

»Er ist schwierig«, fügte sie hastig hinzu. »Ich habe noch nichts für den Artikel, weil er erst Vertrauen zu mir fassen musste.« Das war ein bisschen übertrieben, aber sie wollte nicht jetzt aufgeben. Auch wenn es verlockend wäre – sie könnte direkt die nächste Fähre nehmen, Harald beim Packen helfen und Samstag persönlich die Abholung ihrer Möbel überwachen. Auch zu Hause trug sie eine Verantwortung.

Aber was sie auf der Insel hielt, kam ihr gerade wichtiger vor als ihr Leben daheim in Hamburg. Oder ihre Zukunft.

»Steht das Angebot noch, dass ich meinen Flug auf eure Kosten umbuchen kann?«, fragte sie.

»Das steht. Also soll ich dir die Leica schicken?«

Die Kamera wäre selbst mit viel Glück und Express vermutlich nicht vor Samstagmittag hier.

»Zu spät. Ich muss versuchen, hier eine aufzutreiben. Oder mit ihm handeln. Wo ich eine Schreibmaschine herkriegen soll, weiß ich auch noch nicht …«

»Na, du schaffst das schon. Bist doch unsere Impro-Frieke.«

»Vielen Dank für dein Vertrauen.« Es sollte sarkastisch klingen, doch sie hörte sich tatsächlich dankbar an. »Ich habe ihn übrigens getroffen.«

»Deinen Vater?« Wenigstens versuchte Florian gar nicht, sich dummzustellen.

»Ich war keine Stunde auf der Insel, als ich ihm vor der Kirche über den Weg lief.«

»Du hast ihn sofort erkannt?«

»Umgekehrt. Ich sehe wohl seinem jüngeren Bruder ähnlich.«

Sie überlegte kurz, weil ihr ein Gedanke durch den Kopf ging, der sich nicht einfach fassen ließ. Doch bevor sie sich einen Ruck gab, fragte Florian: »Wirst du ihn noch mal treffen?«

»Bestimmt nicht.« Sie lachte, als Florian genau das Thema ansprach, über das sie grübelte. Ihr Lachen kam etwas zu schnell, ein bisschen schrill. Aber das zumindest konnte sie mit Überzeugung sagen – mit ihrem Vater verband sie nichts, deshalb musste sie ihn auch nicht treffen.

»Schade.«

»Ja, vielleicht.« Sie seufzte. »Ich muss jetzt los. Irgendwo auf dieser Insel muss es doch einen Fotoapparat geben.«

Auf dem Weg nach draußen machte sie einen Abstecher in

die Küche. Willem saß am Tisch, die Augen müde, der Kaffee vor ihm sah schon kalt aus.

»Moin«, grüßte Frieke. Sie bediente sich bei der Kaffeemaschine. »Darf ich?«

»Nur zu.« Er zeigte auf einen freien Stuhl, und sie setzte sich. Beide schwiegen.

»Sie kennen doch viele Leute hier im Dorf, oder?«

»Schon.« Er kratzte sich im Nacken. Dabei sah er Frieke merkwürdig an.

»Gibt es darunter einen Hobbyfotografen, der noch analog fotografiert?«

»Wie bitte?«

»Ich brauche eine Kamera. Analog. Und Filme dazu. Ich mache da diese Story und …«

»Ah.« Jetzt hellte sich seine Miene auf. »Wofür brauchen Sie eine analoge? Haben Sie nicht Ihr Handy zum Fotografieren? Und Ihre Ausrüstung?«

»Schon. Aber Bengt Gerjets hält nichts von Digitalfotografie. Ich muss analog fotografieren oder bekomme nichts von ihm.«

Und das ließ ihre Professionalität nicht zu. Ein Artikel ohne Fotos? Selbst mit ein paar Schnappschüssen aus der Ferne mit ihrem Handy wäre ihrem eigenen Anspruch nicht Genüge getan.

»Da brauchen Sie nicht lange suchen.« Willem stand auf und verließ die Küche. Frieke wartete gespannt. Als er zurückkam, hielt er ein abgegriffenes Lederetui in der Hand, über die Schulter hing eine ebenso alte Fototasche aus Leder.

Er reichte ihr das Etui, und sie erkannte jetzt erst, dass es sich um das Futteral für eine Kamera handelte.

»Mit der bin ich immer noch unterwegs«, erklärte er und bedeutete ihr, sie solle das Futteral ruhig öffnen. Frieke knöpfte es auf und ließ die Kamera auf ihre Hand gleiten. Sie lag gut in der Hand, fühlte sich stabil und wertig an und war überraschend schwer.

»Das ist noch Wertarbeit«, murmelte Willem. »Heutzutage machen sie auch gute Kameras, aber mal unter uns – so was Analoges ist schon was Besseres.«

Sie staunte. Eigentlich hatte sie gedacht, analoge Fotografie sei völlig abgemeldet. Aber nun erfuhr sie innerhalb von kürzester Zeit, dass die analoge Fotografie weiterlebte. Im Verborgenen, quasi.

»Warum?«, fragte sie.

Willem packte aus der Fototasche verschiedene Objektive und legte sie behutsam auf den Tisch. »Ah, eine gute Frage. Weil analoge Fotografie nicht so beliebig ist? Man kauft einen Film, legt ihn ein und fängt an zu fotografieren. Vierundzwanzig oder maximal sechsunddreißig Fotos sind auf so einem Film. Danach bringt man ihn zum Entwickeln. Oder man entwickelt selber. Das alles braucht Zeit. Man wählt die Motive mit mehr Bedacht. Wenn Sie was fotografieren, geht's immer klick-klick-klick.« Er nickte zu ihrem Smartphone auf dem Tisch. »Praktisch, so ein kleines Ding, nicht wahr? Aber Sie produzieren damit so viele unschöne Fotos. Sie denken nicht nach, Sie drücken einfach auf einen Knopf. Und gucken später die Fotos durch. Wenn überhaupt. Die meisten Leute haben Tausende Fotos auf ihren Handys. Die werden ja nicht schlecht, aber in den meisten Fällen *sind* sie das von vornherein. Also schlecht. Kein Handwerk, keine Mühe. Und die wenigen, die richtig gut sind, gehören eher in die Kategorie Zufall.«

Er klang bekümmert.

Frieke wollte schon zu einer Verteidigung ansetzen, aber dann hielt sie lieber den Mund. Hier bot sich ihr eine Möglichkeit, die sie lieber nicht ungenutzt lassen wollte. Über die Vor-

und Nachteile digitaler Fotografie konnten sie immer noch diskutieren, wenn sie die Fotos hatte, die sie brauchte.

»Würden Sie mir den Apparat leihen?«, fragte sie betont ruhig. Hoffentlich merkte er nicht, wie aufgeregt sie war.

»Könnte ich schon.« Willems Blick ging zärtlich über die aufgereihten Objektive.

Frieke hielt den Atem an.

»Wissen Sie was? Wenn Sie mir versprechen, dass Sie vorsichtig sind, so richtig vorsichtig, meine ich. Dann könnten wir darüber reden.«

»Das wäre wunderbar«, sagte sie leise. Sie drehte die Kamera in den Händen. »Erzählen Sie mir von dieser Kamera?«

Er holte noch einen Becher Kaffee für sich und stellte ein Schälchen mit Keksen zwischen sie auf den Tisch. Kekse zum Frühstück, warum nicht. Manche Eigenarten der Inselbewohner fand Frieke durchaus sympathisch.

»Ich habe sie Anfang der Achtziger gekauft. Habe lange drauf gespart, wir hatten damals gerade renoviert. Aber manche Dinge lohnen das Warten.«

Sie stellte die Kamera zu den Objektiven, und Willem nahm sie. Seine Hände strichen über den Korpus, verharrten an dem Filmspanner, mit dem der Film weitergedreht wurde.

»Seitdem habe ich viel damit fotografiert. Vor allem schwarzweiß, viel Landschaft. Die Landschaft hier oben lädt ja dazu ein.«

»Das würde ich mir gerne mal ansehen«, sagte Frieke.

»Können Sie. Wir haben Ende der Achtziger mal einen Bildband gemacht mit meinen Fotos. Inselimpressionen. Hat sich jahrelang super verkauft, bis die Digitalfotografie aufkam. Dann interessierte das keinen mehr, weil die Fotos nicht so perfekt sind, wie es die Leute gern hätten.« Er schüttelte traurig den Kopf. »Habe zuletzt oft überlegt, ob wir es noch mal auflegen. Ist ja mit Digitaldruck nicht mehr so teuer heutzutage, und inzwischen fragen viele danach, die es noch mal verschenken möchten. Gibt so ein Umdenken. Weg vom Einheitsbrei hin zu individuellen, schönen Dingen.«

Frieke hörte aufmerksam zu. Das alles war eine für sie völlig fremde Welt. Sie besaß selbst eine digitale Spiegelreflexkamera von Canon, und sie musste zugeben, dass Willem mit manchem recht hatte. Sie machte tatsächlich irre viele Fotos, die sie dann nicht mehr brauchte und die auf irgendwelchen Festplatten verschimmelten. Das sah sich dann nie mehr jemand an. Und wenn sie eines Tages nicht mehr war, würde man die Festplatten einfach wegschmeißen.

Mit Fotos und den Negativen könnte man dasselbe machen. Aber die sah man wenigstens, und vielleicht schaute jemand die Fotos noch mal durch, bevor sie in den Müll wanderten. Vielleicht blieb ja doch etwas von ihr.

Frieke fröstelte. Diese morbiden Gedanken waren sonst gar nicht ihre Art. Das lag vermutlich an dem Buch, das sie von Ebba für ihre Aushilfsdienste geschenkt bekommen hatte. Gestern Abend hatte sie angefangen zu lesen, sie hatte auf den ersten Blick schon gemerkt, dass der Titel nichts für sie war, und das bestätigte sich schon nach zwei Kapiteln. Zwei Brüder zur Zeit des Goldrauschs im Westen Amerikas, die einen Auftragsmord begehen sollten? Was bitte schön passte daran so gut zu ihr? Sie hatte keine Geschwister, jedenfalls nicht, soweit sie wusste, und sie hatte auch noch nie jemanden getötet. Und die Epoche interessierte sie auch nicht besonders.

Trotzdem las sie weiter, und die anfängliche Skepsis wich immerhin dem Gefühl, sich vortrefflich zu unterhalten. Denn gut geschrieben war das Buch. Und das war die Hauptsache. Ihr »Lesemuskel«, wie es ihre Oma früher genannt hatte, war noch ein bisschen eingerostet. Aber sie merkte, wie der sich langsam streckte und wieder an Kraft gewann.

Außerdem war es das zweite Buch, das sie seit ihrer Ankunft auf der Insel las. Das dritte, wenn sie die Schmonzette mitrechnete, die ihr von der alten Dame auf der Fähre vererbt worden war.

»Na ja«, sagte Willem nun. Er hatte ihre Nachdenklichkeit genutzt und den Inhalt der Fototasche bis zum Boden inspiziert. »Damit könnten Sie schon was tun.«

»Können Sie mir die Kamera leihen?«, fragte sie.

Er wiegte den Kopf. »Schon.«

»Aber?« Frieke wurde ungeduldig.

»Tun Sie mir einen Gefallen?«

Sie hätte fast aufgestöhnt. Was war los mit diesen Inselmenschen, dass nichts ohne Gegenleistung oder Bedingung ging? Sie kam sich vor wie ein Gaul, der immer höher springen musste. Dabei wollte sie nur diese Story machen und dann schleunigst heim zu Harald!

»Und wie sieht der aus?«

»Besuchen Sie einen alten Freund von mir.« Sie wollte schon protestieren, doch er hob die Hand und brachte sie zum Schweigen. »Und bevor Sie jetzt sagen, Sie hätten mit so einem alten Knacker ja nichts zu schaffen – doch, haben Sie. Gehen Sie zum ollen Hansen. Der braucht jemanden, der mit ihm redet.«

Sie brauchte einen kurzen Moment, bis sie begriff, wen er mit dem »ollen Hansen« meinte.

»Sie wollen, dass ich meinen Vater treffe.«

»Ganz genau.« Willem nickte glücklich.

»Dafür habe ich keine Zeit.«

»Das ist schade. Sehr schade.« Willem zuckte mit den Schultern und begann, die Objektive wieder in der Tasche zu verstauen. »Sie hätten sich eine Menge zu erzählen, glaube ich.«

Sie war fassungslos. »Das können Sie nicht machen!«, protestierte sie.

»Was?« Verständnislos sah Willem sie an.

Frieke zeigte auf den Tisch, der inzwischen fast leer war. Nur ein Putztuch und ein paar Polfilter lagen dort noch. »Jetzt packen Sie das wieder weg? Sie wären meine Rettung gewesen.«

»Aber so wichtig ist es offenbar nicht.« Er legte die letzten Gegenstände in die Tasche und streckte die Hand nach der Kamera aus, die Frieke immer noch festhielt. Sie stellte sich kurz vor, wie sie ihm die Kamera nicht zurückgab, sondern den Spieß umdrehte – ihm drohte, das wertvolle Stück fallen zu lassen, wenn er sich nicht besann und ihr bedingungslos half. Aber dann gab sie ihm die Canon und sah zu, wie er sie wieder verstaute.

»Ich kann das nicht«, flüsterte sie.

»Das ist mir, ehrlich gesagt, egal. Wissen Sie eigentlich irgendwas über den ollen Hansen?«

Frieke schüttelte den Kopf. »Nur dass er mein Vater ist. Aber woher wissen Sie das?«

Hatte Willem etwa den Brief an die Redaktion geschrieben?

»Er hat mir von Ihrer Begegnung erzählt. Und er hat's jetzt nicht so offen gesagt, aber ich habe gemerkt, dass das etwas ist, woran er zu knabbern hat. Ihm bleibt nicht unendlich viel Zeit, Frau Wallgren. Gehen Sie zu ihm. Danach kriegen Sie jede nur erdenkliche Unterstützung von mir. Vermutlich nicht nur von mir, sondern von der ganzen Insel. Der olle Hansen ist ein komischer Kerl, aber wir mögen ihn alle. Ist schon eine Schande, dass er gehen muss.«

»Ich verstehe nicht. Verlässt er die Insel?«

»Gewissermaßen.«

Willem machte auf Frieke ohnehin nicht den Eindruck, als wäre er ein Schwätzer. Aber er war jetzt schon recht zugeknöpft.

»Brauchen Sie sonst noch was?«, fragte er.

»Ja«, sagte sie leise. »Eine mechanische Schreibmaschine soll's sein.«

Jetzt brachte sie ihn doch noch zum Grinsen. »So eine habe ich. Kriegen Sie, wenn Sie beim Hansen waren.«

Frieke ließ prustend die Luft entweichen, die sie unwillkürlich angehalten hatte. »Sie lassen mich nicht vom Haken, was?«

»Nee«, sagte er nur.

»Okay.« Sie gab nach. »Ich besuche ihn.«

Was blieb ihr auch anderes übrig? Aber von der Idee, vor Samstag nach Hause zu fahren, konnte sie sich schon mal verabschieden. Vielleicht war das gar nicht so schlimm. Es war jedenfalls nicht so schlimm, wie sie befürchtet hatte. Harald kam schon irgendwie klar, es gab für sie keinen Menschen, der lebenstüchtiger war als er. Und um die Möbel konnte sich ihre Mutter kümmern.

KAPITEL 9

Nichts war offenbar so einfach, wie sie sich das vorgestellt hatte. Bevor Willem ihr die Kamera aushändigte, sollte sie also ihren Vater aufsuchen.

Sie stand nun vor dem kleinen Törchen, das in den verwilderten Garten des Kapitänshauses führte. Die Hundsrosen blühten, die Kastanienkerzen reckten sich dem Himmel entgegen, und der Rasen darunter war länger nicht gemäht worden und hatte sich von der Idee einer gepflegten Fläche vermutlich schon vor Jahren verabschiedet. Sie sah aber vor allem das Häuschen, das sich hinter den Bäumen duckte. Typisch friesisch, roter Backstein mit Reetdach, die Fenster und die Haustür weiß gestrichen. Die Farbe blätterte schon ab, alles machte einen etwas verlebten, müden Eindruck auf sie.

Bevor sie den Garten betrat, schaute sie auf ihr Handy. Auf ihren letzten Tweet waren einige Antworten eingetrudelt. (*»Ich brauche eine analoge Kamera. Zum Glück hilft mir der Vermieter meiner Ferienwohnung aus. Hurra!«*) Sie scrollte darüber hinweg, schloss die Twitter-App und wählte aus dem Telefonbuch die Nummer ihrer Eltern. Sie wollte sich irgendwie auf die Begegnung mit Ole Hansen vorbereiten.

»Moin, Töchterchen.« Martins Bariton dröhnte ihr im Ohr, und sie konnte sich ein Lächeln nicht verkneifen. Guter, liebster Papa Martin.

»Moin Papa«, sagte sie. »Ist Mama auch da?«

»Moment!« Ein Rascheln, dann hörte sie die sanfte Stimme ihrer Mutter.

»Kind, wo steckst du? Ich habe versucht, dich zu erreichen. Du fliegst doch erst nächste Woche?«

Wenn ich das überhaupt schaffe, fuhr es Frieke durch den Kopf.

»Immer noch auf Spiekeroog, Mama. Hab ich doch erzählt.«

»Oh.«

Dieses eine Wort genügte, dass Frieke Bescheid wusste.

»Du weißt, wie es um ihn steht?«, fragte sie leise.

»Moment, Kind.« Rascheln, dann hörte sie die helle Stimme ihrer Mutter, die so ruhig war, so ruhig.

»Frieke?«

»Mama, ja. Weißt du, dass er krank ist?«

Ein Moment Stille, die so viele Antworten in sich trug, so - viele.

»Ja«, gab Ute Wallgren endlich zu.

»Und hast mir nichts erzählt.«

»Dafür gibt es gute Gründe.« Sie klang angefasst.

Frieke hakte nicht weiter nach. Denn sie ahnte die Gründe.

Martin war ihr Papa. War es immer gewesen. Auch eine Frau jenseits der dreißig konnte es aus dem Takt bringen, wenn sie erfuhr, dass ihr leiblicher Vater todkrank war. Die Wurzeln wurde man nicht los, auch wenn man nicht wusste, dass es sie gab. Oder sie nur ein gerahmtes Foto waren, das in einer Kommodenschublade lag.

Darum ging sie nicht weiter darauf ein.

»Ich hab eine Bitte an dich.« Rasch umriss sie ihr Problem.

»Machen wir alles, kein Problem.« Ihre Mutter klang jetzt fast wieder fröhlich. »Und wie geht's dir sonst so?«

»Gut«, behauptete Frieke. Sie wollte das Gespräch möglichst rasch beenden, bevor ihre Mutter zu viele Fragen stellte.

»Wie lange bleibst du noch auf Spiekeroog?«

Sie schloss die Augen. Verdammt. War sie nicht schnell genug.

»Bis Freitag«, gab sie widerstrebend zu.

»Besuchst du ihn?«

»Sollte ich?« Sie blickte zu dem Häuschen. Irrte sie sich oder hatte sich da gerade eine Gardine bewegt? Wenn er daheim war, hatte er bestimmt bemerkt, dass jemand vor der Tür stand. In dieser Ecke des Dorfs gab es kaum Touristen, dahinter erstreckte sich nur noch der Ostteil der Insel mit den sanft geschwungenen, teils sogar recht hohen Dünen, dicht bewachsenen Salzwiesen und kleinen Wäldchen.

Frieke drehte sich vom Häuschen weg.

»Du bist erwachsen. Du kannst machen, was du willst.« Ihre Mutter klang wieder seltsam angespannt. Es war also *nicht* in Ordnung.

»Mama, wenn es dich stört …«

»Nein, nein.« Ihre Mutter sprach hastig, dabei überschlug sich fast ihre Stimme. »Wenn du ihn siehst, grüß ihn von mir.«

»Das mache ich«, versprach Frieke. Sie verabschiedete sich nachdenklich.

Ihr Blick ging zum Kapitänshaus. Es wäre leicht, jetzt noch einen Rückzieher zu machen. Sie könnte zum Buchladen zurückgehen, unterwegs Florian anrufen und ihm erklären, dass aus dem Artikel doch nichts wurde, dann ihre Sachen packen, zum Fährhafen laufen und vielleicht noch die Fähre am Mittag erwischen. Dann wäre sie am Abend zurück in Hamburg.

Aber sie blieb stehen. Und dann gab sie sich einen Ruck.

Der kleine Weg aus roten Ziegelsteinen war uneben, in den Ritzen wucherten Gras und Unkraut. Als Frieke vor der Tür stand, rückte sie die Messengerbag auf ihrer Schulter gerade und steckte das Smartphone ein. Das hier war eine Begegnung, bei der sie keine Ablenkung brauchte.

Sie hob die Hand und wollte klopfen.

Die Tür öffnete sich, bevor ihre Hand das Holz der Haustür berührte.

»Du bist gekommen«, sagte ihr Vater.

»Hallo Ole«, hörte sie sich sagen.

Er hatte in der Küche gestanden und Kaffee gekocht, als er sie kommen sah.

Ole beobachtete, wie sie telefonierte. Ihr Gesicht war wie ein offenes Buch; manche Menschen zeigten ihre Emotionen so unmittelbar, dass man nicht hören musste, was sie sagten. Rupert war auch so gewesen.

Sein Bruder war nur schon lange tot und dieses Mädchen da draußen, diese junge Frau – sie war inzwischen über dreißig, war das alles wirklich schon so lange her? –, auf dem Weg zu ihm. All die Jahre hatte er sich nicht erlaubt, sie zu vermissen. Seit er sie vorgestern bei der Kirche getroffen hatte, ging sie ihm nicht aus dem Kopf, und er hatte schon überlegt, ob er heute zum Buchladen laufen sollte und nach ihr fragte.

Aber sie war selbst gekommen.

Ole wartete, bis sie das Telefonat beendet hatte und über den schmalen Weg zur Haustür lief. Ihre Schritte wirkten seltsam entschlossen, ein bisschen abgehackt. Als würde sie etwas zurückhalten, als wollte sie gar nicht hier sein.

Aber sie war hergekommen.

Freiwillig, dachte er. Sie hat jemanden gefragt, wo ich wohne.

Er war ihr nicht gleichgültig.

Ole lief, so schnell er konnte, in den kleinen Flur und öffnete die Tür, bevor sie klopfen konnte.

Er machte die Tür weit auf. »Hallo Frieke. Mein Deern.«

Sie runzelte die Stirn, ganz leicht nur, als wäre es in dieser Situation zu viel, dass er sie so ansprach. Vielleicht war das so, aber irgendwohin musste er mit diesem Gefühlsdurcheinander, das sich in seinem Bauch ballte. Dort, wo sonst immer alles so schwarz und hart war, wo er alles, das über reines Denken hinausging, spürte. Obwohl er wusste, dass ja Gefühle im Kopf entstanden, vielleicht noch im Herz, wenn man ein bisschen gefühlig dachte. Im Bauch, das war Quatsch. Nur fühlte es sich für ihn so an, und er war keiner, der sich dafür entschuldigte, wie er empfand.

Frieke trat ein, und im Flur war es auf einmal ganz schön eng. Sie war groß, fast eins achtzig, dabei schlank. Ihm gefiel, wie sie den Kopf leicht einzog, als er ihr den Weg zur Küche wies. So bewegte er sich auch durch das Haus, sie ähnelte ihm darin.

Wie viel Ähnlichkeit entwickelt ein Kind, wenn es nicht mit einem leiblichen Elternteil aufwächst? Wie viel ist Prägung, wie viel lebt schon vorher in dem Kind und lässt sich nicht durch Erziehung oder Umweltfaktoren übermalen?

Er folgt ihr in die Küche. Frieke stand mitten im Raum, ein bisschen ratlos. Er zeigte auf die Eckbank, und sie schob die - Zeitungen zusammen, die er jeden Morgen dort deponierte, bis die Entsorgung den Papiermüll holte und er alle stapelte und mit Paketschnur bündelte. Müsste bald wieder so weit sein, dachte er.

Wie oft er das wohl noch machen würde?

»Hübsch hast du es hier«, sagte sie. Ihre Hand strich über das rote Wachstuch auf dem Küchentisch. Ole goss Kaffee in zwei Becher, den Rest in eine Thermoskanne. Er schaltete die Kaffeemaschine aus, ganz froh darüber, ein bisschen beschäftigt zu sein, weil er dann nicht dieses Gespräch beginnen musste, von dem er keine Ahnung hatte, wie man es führte.

Schließlich versuchte er es ganz unverfänglich. »Willem hat mir erzählt, du arbeitest als Journalistin?«

Sie griff die Frage begierig auf. »Ja, beim KOMET.«

Die Zeitschrift kannte er, und er pfiff anerkennend. »Das ist ja schon was. Magst du erzählen, wie es dazu kam?«

Er setzte sich zu ihr. Sie umschloss ihren Kaffeebecher mit den Händen und begann zu erzählen, während er die Keksdose in ihre Richtung schob. Sie nahm einen und stippte ihn in ihren Kaffee. Sie trank ihn schwarz, so wie er.

Hör auf, dich wie ein verrückter Kerl zu verhalten. Das ist Zufall. Sie hat nicht alles von dir, nur weil sie's so macht wie du.

Während sie sprach, machte er gelegentlich ein anerkennendes Geräusch, er stellte ein paar Fragen, sie antwortete. Das alles ließ ihm genug Zeit, dass er sie betrachten konnte. Seine Tochter. Das fühlte sich komisch an, weil er den Gedanken an seine Tochter so viele Jahre verdrängt hatte.

Sie berichtete gerade von einer Reise nach Schweden, wo sie ein paar Wochen bei Wikingern verbracht hatte, die nicht nur auf gelegentlichen Treffen mit Gleichgesinnten noch lebten wie vor tausend Jahren, als Ole von einem Hustenanfall geschüttelt wurde.

Er versuchte aufzustehen, fiel aber kraftlos zurück auf den Stuhl, er hörte, wie Frieke ihn etwas fragte, doch er winkte nur ab. Das war nichts, wobei sie ihm helfen konnte.

Er hievte sich wieder hoch, stolperte aus der Küche zum Bad und riss die Kiste mit den Medikamenten von der Waschmaschine, wo er sie gesammelt hatte. In seinem Haus gab es weder Tiere noch Kinder, weshalb sollte er sie also in irgendeinem Schrank verstecken? Die fünf Sekunden, die ihm das ersparte, empfand er als lebensrettend.

Das wird nicht immer so sein.

Frieke war ihm trotz seiner abwehrenden Haltung gefolgt und stand im Flur, während er eine Tablette einwarf und mit gesenktem Kopf darauf wartete, dass sie wirkte. Der Schmerz schwand, das Gefühl, dass ein tonnenschwerer Zug auf seiner Brust lastete, ließ nach. Er wischte mit dem Handtuch Speichelfäden von seinem Mund, ignorierte das Blut darunter und schob es in den Wäschekorb unter dem Waschbecken. Erst dann drehte er sich zu Frieke um.

»Alles okay?«, fragte sie.

Ihre Blicke trafen sich.

Nichts ist okay, mein Deern. Und das wissen wir beide. Du bist nicht dumm, das hast du von mir. Und du kannst eins und eins zusammenzählen.

Sie gab sich einen Ruck und fragte, ob sie ihm ein Glas Wasser holen könne. Er nickte dankbar; während sie in der Küche rumorte, starrte er auf den Zahnputzbecher und den Wasserhahn und war ihr dankbar für diesen Moment der Ruhe. Es war ihr unangenehm, dass sie ihn bei etwas gestört hatte, bei dem er sich ungern stören ließ.

»Hier.« Sie drückte ihm ein Wasserglas in die Hand. Er nahm einen Schluck, wobei seine Hand nicht mehr so stark zitterte. Das Medikament entfaltete seine Wirkung. »Besser?«

»Geht gleich wieder«, log er.

»Kann ich was für dich tun?«

Ja. Sei für mich da. Besuche mich. Rede mit mir.

Stattdessen sagte er: »Ich nehme noch einen Kaffee.«

Sie ging voran Richtung Küche und ersparte ihm damit die Peinlichkeit, dass sie sah, wie wacklig er auf den Beinen war. Ole starrte sich im Spiegel über dem Waschbecken an. Das Bad war klein, wie alles in diesem Haus. Die Fliesen weiß, es stand nichts herum. Er besaß nicht viel, hatte er nie. Jetzt aber kam es ihm trotzdem vor, als wäre es zu viel.

Vor allem die ganzen Pillenschachteln. Die hätte er am liebsten ins Meer gekippt, im Watt vergraben, egal. Hauptsache, er müsste sie nicht mehr sehen. Vor allem: nicht mehr nehmen.

Aber das war aussichtslos, und das wusste er.

Zeit für eine unangenehme Wahrheit.

Frieke saß am Tisch und wartete auf ihn. Die Kaffeemaschine

blubberte und gurgelte bereits vor sich hin. Sie hielt ihren Becher umklammert, die Ärmel ihrer Bluse über die Handgelenke gezogen, als wäre sie ihr zu groß. War sie geschrumpft? Er schüttelte träge den Kopf. Die Tabletten machten ihn immer ganz duselig im Kopf, deshalb versuchte er, so selten wie möglich eine zu nehmen.

Aber das hier war wichtig. Und es war immer noch besser, von dem Medikament duselig zu sein, als vor Schmerz verrückt zu werden.

Frieke sprang auf und schenkte den Rest aus der Thermoskanne in seinen Becher. Erst als beide saßen, räusperte er sich.

»Du kannst es dir schon denken?«, fragte er. Vielleicht war sie so schlau und konnte sich die ganze Wahrheit zusammenreimen, das würde es ihm ersparen, etwas auszusprechen, das er immer noch als ungerecht empfand.

Verdammt, er war achtundfünfzig. Viel zu jung zum Sterben.

»Du bist sehr krank«, sagte sie vorsichtig.

Er nickte. »Krebs. Ziemlich übel.«

»Das tut mir leid. Kann man dir denn gar nicht helfen?«

Ole schüttelte den Kopf.

»Oh.«

Sie saßen eine Weile schweigend beisammen, jeder hing seinen Gedanken nach. Es überraschte Ole, was ihm durch den Kopf ging; er hätte gedacht, er wäre verbittert oder erbost, weil das Leben ihn reingelegt hatte. Jetzt erst, da seine Lebenszeit sich eher in Wochen oder Monaten berechnete, traf er seine Tochter wieder. Gut, er hatte sich auch nie darum bemüht, mit ihr in Kontakt zu treten, aber er empfand ihren Besuch als angenehm. Ute und Martin hatten da wohl einiges richtig gemacht, dass sie zu einer so freundlichen, jungen Frau herangereift war.

Oder sie war einfach höflich.

»Ich wollte eigentlich nicht herkommen«, sagte sie leise. »Willem hat mich quasi gezwungen.« Sie lachte auf, doch es klang gar nicht fröhlich. Das Fröhliche hatte die Nachricht von seiner Krankheit ihr ausgetrieben. »Er hat eine mechanische Schreibmaschine und eine alte Kamera, die ich für meinen Artikel über Bengt Gerjets benutzen will. Kennst du ihn?«

Der Vogelkundler. Natürlich kannte Ole ihn. Die Insel war zu klein, dass man nicht jeden kannte.

»Du schreibst einen Artikel über ihn?«

»Ja, genau. Und er will, dass ich dafür auf altmodische Hilfsmittel zurückgreife. Vermutlich nervt ihn mein Smartphone.« Sie runzelte die Stirn. »Komisch, mich nervt es auch immer mehr, seit ich hier bin. Ich hab es sonst ständig in der Hand, ich bin in den sozialen Medien aktiv und schreibe über meine Arbeit …«

Mit solchen Dingen kannte er sich nicht aus, aber ihm gefiel, wie ihre Augen dabei strahlten.

»Und darum bist du hier. Wegen dem Buchhändler.«

Hätte er sich ja denken können, dass sie nicht freiwillig hier war. In ihm machte sich Enttäuschung breit, die er mit einem Schluck Kaffee runterspülte.

Sie war hier, das sollte ihm doch genügen …

»Wie lange bleibst du noch?«

»Auf der Insel? Puh …« Sie pustete sich eine Locke aus der Stirn. »Keine Ahnung. Eigentlich wollte ich morgen zurück, weil ich nächste Woche mit meinem Freund nach Boston fliege. Dort wollen wir eine Agentur eröffnen.«

Natürlich wird sie ihr Leben nicht umkrempeln, nur weil sie an seinem Küchentisch sitzt.

»Wie geht es …« Er zögerte. *Deinen Eltern,* hatte er fragen wollen, aber das klang auf einmal falsch. All die Jahre war es ihm richtig vorgekommen, dass er nicht für sie da war. Jetzt fühlte es sich falsch an.

»Mama und Papa? Gut.« Sie atmete tief durch. »Vor ein paar Jahren hatte Mama Krebs, aber sie hat ihm gehörig in den Arsch getreten. Wir hoffen, er kommt nicht wieder.«

»Hm. Das darf ich wohl nicht mehr hoffen.«

»Ja.«

Sie schwiegen wieder, aber in diesem Schweigen näherten sie sich einander. Es war ein schöner Besuch. Überraschend angenehm. Nichts lag zwischen ihnen, das es unschön machte.

»Ich muss jetzt leider los.« Frieke trank ihren Kaffee aus und stand auf. »Ich könnte morgen wiederkommen. Wenn du magst«, fügte sie hinzu.

Er wollte aufstehen, doch sie winkte ab. »Ich weiß, wo's rausgeht. Wie wäre es, wenn ich morgen noch mal komme? Zum Frühstück? Dann können wir noch ein bisschen reden.«

»Ja, gerne.« Er nickte. Blieb sitzen und lauschte, wie sie in den Flur ging, ihre Jacke anzog, wie sie die Tür hinter sich ins Schloss zog. Durchs Küchenfenster beobachtete er, wie sie auf die Straße trat. Sie hatte ihr Handy in der Hand, steckte es dann mit einem Kopfschütteln wieder ein und lief los.

Er wäre ihr gern gefolgt, hätte sich ihr an die Fersen geheftet und hätte nicht lockergelassen. Jede verdammte Minute, die ihm blieb, wollte er mit ihr verbringen.

Zu spät, alter Narr. Das hast du vor dreißig Jahren weggeworfen.

Sie rannte fast.

Bitte schön, ich hab's getan, dachte sie. Und Ole versprochen, dass ich morgen wiederkomme, warum auch immer. Dafür habe ich doch gar keine Zeit, so ein Unsinn.

Als sie in die Hauptstraße vom Dorf einbog, hörte sie jemanden nach ihr rufen. Frieke fuhr herum.

Eine blonde Frau in Norwegerstrickjacke und Cordhose kam auf sie zu. »Sie sind die Buchhändlerin«, sagte sie, und da erkannte Frieke sie.

Es war ihre erste Kundin von gestern. Die, der sie »Effi Briest« verkauft hatte.

»Sie haben gestern bei mir ein Buch gekauft.«

»Ja, genau. Ich bin Sonja, aber das hat Ihnen Ebba bestimmt schon erzählt.«

»Sie erwähnte was, ja.«

Sonja schaute sich nach allen Seiten um, als fürchtete sie, dass man sie beobachtete. »Können wir reden?«, fragte sie.

Frieke bekam einen Schreck. War ihre Buchempfehlung so schlecht gewesen?

»Ich bin sicher, Ebba nimmt das Buch zurück, wenn es Ihnen nicht gefällt«, sagte sie hastig. »Ich habe nur ausgeholfen.«

»Nein, das ist es nicht.« Sonja schaute auf ihre Füße. »Also, haben Sie Zeit?«

»Ich …« Verdammt. Diese Insel war wie ein Urwald, der mit Schlingpflanzenfingern nach ihr griff. Erst Bengt, dann Ebba und Ole. Jetzt auch noch diese Frau, die Frieke so sympathisch war, dass sie sich durchaus mal einen Cocktailabend mit ihr vorstellen konnte. Aber nicht hier, nicht, solange sie noch einen Auftrag hatte.

Und sei es nur, damit sie ihre Unterschiede ausloten konnten.

»Nicht jetzt«, sagte sie daher nicht ohne Bedauern. »Ich muss was erledigen.«

Sonja nickte, als hätte sie keine andere Antwort erwartet. »Und heute Abend?«, fragte sie. »Haben Sie da Zeit? Mein Mann ist für ein paar Tage auf dem Festland, und die Kinder gehen ja auch irgendwann ins Bett. Ich könnte uns was zu essen machen.«

»Ich …« Wieder geriet Frieke ins Stottern, weil sie nur an einen Wein in einer Bar dachte – neutrales Terrain! – und ihr Gegenüber ihr bereits das eigene Heim öffnete. Was stimmte nicht mit den Menschen auf der Insel? Hatte sie nicht irgendwas darüber gelesen, dass Ostfriesen sehr verschlossen waren, zwar gastfreundlich, aber ihr Privates blieb privat …?

»Es liegt am Buch«, sagte Sonja. »Das Sie mir verkauft haben.« Also doch. Bevor Frieke etwas sagen konnte, fügte Sonja hinzu: »Das war genau das Richtige, zur richtigen Zeit. Ich bin Ihnen dafür sehr dankbar. Und … Das klingt jetzt echt komisch, aber ich fühle mich, Ihnen dadurch irgendwie nahe. Als wüssten Sie mehr über mich als ich eigentlich weiß. Warum haben Sie es mir empfohlen?«

»Das weiß ich nicht«, gab Frieke ehrlich zu.

»Jedenfalls würde ich mich gerne irgendwie erkenntlich zeigen. Ich hoffe, ich trete Ihnen damit nicht zu nahe.«

Das klang schon eher nach jemandem, der nur ungern sein Haus für eine Fremde öffnete.

»Wir können uns gern in einem Café oder so treffen«, schlug Frieke vor.

Sonja schüttelte entsetzt den Kopf. »Nein, das geht nicht. Erstens muss ich bei den Kindern bleiben, und zweitens kennt mich hier jeder.«

Bengt hatte das nicht daran gehindert, sich mit ihr zu treffen. Aber der hatte auch keine hektischen roten Flecken auf den Wangen und so tiefe Schatten um die Augen.

»Bitte«, sagte Sonja. »Ich habe sonst niemanden, mit dem ich über das Buch reden kann.«

»Also gut.« Frieke gab nach.

»Heute Abend um acht? Dann sind die Kinder schon im Bett. Wir wohnen am Süderloog. Das große Haus mit dem grünen Giebel, Sie können es gar nicht verfehlen.«

»Ich werde da sein«, versprach Frieke. Sie blickte Sonja nach, die mit zwischen die Schultern gezogenem Kopf davoneilte, als fürchtete sie, man könnte sie im Gespräch mit einer Fremden ertappen. Als hätte sie etwas Verbotenes getan.

Wie recht Frieke mit diesem Vergleich hatte, sollte sie am Abend erfahren.

KAPITEL 10

Da kam sie wieder, die Journalistin. Die Tasche quer über der Schulter, die heute offenbar schwerer war als sonst, denn sie hatte ein bisschen Schlagseite.

Bengt legte das Buch beiseite, in dem er gelesen hatte. Er stand auf und winkte ihr. Sie bemerkte ihn, und als sie fragend auf die Salzwiese zeigte, bedeutete er ihr, sie solle auf ihn warten.

Nicht, dass sie wieder an seinen Brandseeschwalben vorbeitrampelte. Die Brutpaare waren, soweit er es beurteilen konnte, ruhig geblieben. Aber es dauerte nur noch wenige Tage, bis die Jungvögel flügge wurden. Es wäre fatal, wenn sie dabei aufgeschreckt wurden.

Er nahm den Pfad am Rand der Wiese. Während er auf Frieke zulief, beobachtete er sie. Anders als beim letzten Mal hielt sie nicht sofort ihr Smartphone in der Hand, um sich die Zeit zu vertreiben. Gut so. Sie schaute sich um, als wollte sie das, was um sie war, sehr bewusst wahrnehmen. Es war doch erstaunlich, wie sich die Menschen veränderten, sobald man ihnen dieses Weltverbindungskästchen abnahm.

Für ihn war diese Ecke der Insel – abgeschieden, weit weg von den Menschen, weit weg auch vom tosenden Meer, da er auf der Seite Richtung Süden lebte, dem Watt zugewandt – die Rettung gewesen, als er vor einigen Jahren hierher zurückgekommen war. Der Bauwagen war das Relikt einer emsigen Bautätigkeit vor langer Zeit, übrig geblieben und dann vergessen worden. Er hatte den Wagen von Zora vom Ponyhof und ihren unermüdlichen Isländern herschleppen lassen. Besucher? Nur, wenn es sich vermeiden ließ. Es war gerade still genug hier für einen allein.

Seine Stiefel quatschten durch die feuchte Erde. Viel Regen die letzten zwei Tage, und der Himmel da drüben im Westen verhieß neuerlichen Regen, keine halbe Stunde mehr. Er sah seine Besucherin an – hellblaue Bluse, dunkle Chino, wieder die derben Wanderstiefel. Hatte sie nicht erzählt, dass sie häufiger solche Reportagen schrieb? Offensichtlich nicht am Meer.

Und wenn sie wirklich aus Hamburg kam, schien sie sich dort die meiste Zeit nur in Gebäuden aufzuhalten, in U-Bahn-Schächten und Fahrzeugen. Sonst wüsste sie, dass man bei diesem Wetter immer auf Regen vorbereitet sein musste hier oben.

»Sie sind da!«, rief er, als er nahe genug heran war.

»Ja!« Sie schien sich ehrlich darüber zu freuen. Er überwand einen Wasserlauf mit einem Hüpfer und stand vor ihr. Sie strich sich die Locken aus dem Gesicht, der Wind meinte es heute - erstaunlich ernst. Aber dem konnte man hier oben nie trauen. Niemals.

»Haben Sie denn eine Kamera gefunden?«

Sie klopfte auf ihre Tasche. »Ist hier drin.«

Wow. Aber das sagte er nicht, sondern ging voran Richtung Bauwagen. Sie trabte hinter ihm her, ein bisschen außer Atem, weil er Tempo machte.

Auf dem Herd kochte hoffentlich schon das Kaffeewasser.

Während er den Kaffee zubereitete und jeweils ein Stück von seinem Kokosstreuselkuchen mit Kirschen auf zwei Teller legte – er lebte zwar am Ende der Welt, aber einen Backofen hatte er, in dem er immerhin gelegentlich Kuchen oder Pizza zubereiten konnte, wenn es genug Sonnenstunden gab –, saß Frieke auf der Stufe und wühlte in ihrer Tasche. Sie holte die verschiedenen Utensilien heraus – eine Kamera, Filme, Objektive, einen

Notizblock nebst Bleistift. Sie fummelte an der Kamera herum, als wüsste sie nicht, wie man einen Film einlegte.

»Kann ich helfen?«

Er reichte ihr Kaffeebecher und Kuchenteller. Sie blickte auf, die Stirn gerunzelt und schon leicht umwölkt wie der Himmel hinter ihrem Rücken.

»Nein, ich kriege das schon hin«, behauptete sie.

Wortlos nahm er ihr die Kamera ab und legte mit wenigen Handgriffen den Film ein. Er spannte den Film, hob die Kamera vors Gesicht, stellte Fokus und Blende ein und löste aus.

»Jetzt müsste es gehen«, sagte er.

Sie nahm die Kamera wieder an sich, ihre Wangen leicht gerötet. »Ich weiß«, behauptete sie, machte es ihm nach, Kamera vors Auge, Fokus und Blende, auslösen. Das leise, mechanische Klicken, das er vorhin hervorgerufen hatte, blieb bei ihr aus, und die kleine Falte zwischen ihren Brauen wurde noch tiefer.

Sanft nahm er ihr die Kamera aus der Hand. Sie seufzte, während er ihr zeigte, wie man den Film weiterspulte. »So«, sagte er.

»Natürlich«, sagte sie. »Das habe ich vergessen.«

»Nicht schlimm.«

»Das sagen Sie …« Wieder dieses Seufzen, als wäre die Welt der Technik vor dreißig Jahren ein Abgrund, in den sie sich gestürzt hatte.

»Das ist gar nicht schwer. Sie gewöhnen sich schnell daran.«

Sie murmelte etwas, das er nicht verstand, doch er vermutete, es sei nicht gerade ein Danke, sondern eher etwas in der Richtung, dass es eine Zumutung sei, was er von ihr verlangte.

Er sah ihre Erschütterung.

Nein, das war das falsche Wort. Sie war … verwirrt vielleicht, allerhöchstens. Denn bei all ihrem Getue um dieses kleine Weltverbindungskästchen, das sie überallhin mit sich schleppte und ständig in der Hand hielt, war sie immer noch Profi genug, um sich auf seine Bedingungen einzulassen.

Okay, vielleicht sprach das auch nicht für ihre Professionalität. Das hätte bestimmt keiner ihrer Kollegen gemacht. Die hätten ihm einen Vogel gezeigt und wären wieder davongerauscht.

Gut so, dachte Bengt. Sie soll ruhig sehen, wie es sich anfühlt, seine Arbeit zu machen. Oder besser gesagt: wie viel Arbeit es machte, wenn man so arbeitete wie er.

Er hatte alles auf diese Karte gesetzt. Warum? Das wusste er selbst nicht so genau. Aber vermutlich würden die Zeitungsverlage nicht aufhören, den komischen Kauz von der kleinen Ostfrieseninsel zu nerven, solange nicht endlich mal jemand Erfolg hatte und einen Bericht über ihn schreiben durfte. Dass sie einfach hier auftauchte, nervte ihn. Wie ihn überhaupt alles an ihr nervte. Aber er war ja auch Profi, deshalb zeigte er das nicht. In seinem Beruf gab es nicht oft Gelegenheit, mit nervigen Leuten umzugehen. Wahrscheinlich war das der Grund, weshalb er das hier möglichst schnell hinter sich bringen wollte.

Nur dass es bei ihr irgendwie anders war. Sie war nervig mit ihrem ständigen Tasten nach dem Smartphone, sobald sie nicht weiterwusste. Zugleich fand er es aber auch rührend, wie sehr sie sich um ihn bemühte.

Gerade spannte sie den Film, starrte durch die Linse, drehte den Kopf dabei hin und her. Sie suchte ihr Motiv mit Bedacht – und er ging jede Wette ein, dass sie mit einer digitalen Kamera nicht so vorgegangen wäre. Da hätte sie wahllos zwei Dutzend Fotos gemacht und am Schluss eins ausgesucht und den Rest gelöscht.

Es machte leise Klick. Zufrieden betätigte sie den Hebel und spulte weiter. Bengt beobachtete sie dabei belustigt. Er glaubte zu sehen, wie sich etwas bei ihr veränderte. Das Hektische fiel ab. Oder er bildete sich das nur ein, weil er sich das für sie wünschte. Ein bisschen wünschte er das auch für sich selbst, weil er damit eine Theorie bestätigt sehen würde. Außerdem, wenn er ehrlich war, wollte er sie bekehren.

»Mhhhh, der Kuchen ist phantastisch! Was können Sie eigentlich nicht?« Frieke verdrehte genüsslich die Augen. Sie balancierte den Teller auf ihren Knien und hatte den Kaffeebecher neben sich auf die Stufe gestellt. Bengt hatte sich auf einem Campingstuhl niedergelassen und beobachtete sie.

»Geduld ist nicht meine Stärke.«

»Oh, ach so.« Sie stellte den Kuchen beiseite und zückte den Notizblock. »Es ist doch okay, wenn ich Notizen mache?«

Er grinste. »Keilschrift verlange ich nicht, falls Sie das befürchten.«

»Ich hätte mich maximal auf Hieroglyphen eingelassen. Aber nur, weil ich die schon immer mal lernen wollte.«

Bengt lachte. »Sütterlin wäre hübsch.«

»Das kann ich sogar lesen«, behauptete sie. »Meine Oma hat die Geburtstagskarten bis zum Schluss in Sütterlin geschrieben.«

»Oho!«

»Ja, sie sagte immer, sie wäre zu alt, um sich da noch umzugewöhnen.«

»Und Sie? Sind Sie auch schon zu alt, sich umzugewöhnen?«

Sie gab darauf keine Antwort, sondern tippte mit dem Bleistift auf die leere Seite ihres Blocks.

»Wie sind Sie auf Ornithologie gekommen?«, fragte sie.

Er zeigte rings um sich. »Die Insel. Ich bin hier aufgewachsen. Die meisten Insulaner bemerken die Vögel schon gar nicht mehr. Aber ich habe sie gesehen, und dann fing ich an, mich für sie zu interessieren. Da war ich so zwölf Jahre alt.«

»Und dann? Direkt nach dem Abitur zum Studium?«

»Ich habe in Flensburg Biologie studiert. Danach habe ich ein paar Jahre an der Uni gearbeitet und dachte auch, ich würde dort länger bleiben. Aber manchmal hat das Leben anderes mit einem vor. Also kam ich zurück.«

Sie brummte etwas, während sie eifrig Notizen machte. Ihre Handschrift erinnerte ihn an die Spuren von Möwen im Watt – wildes Gehüpfe, nichts ging geradeaus. Schon nach wenigen Zeilen rieb sie sich das Handgelenk.

Das kommt davon, dachte er. Man vergisst so vieles, wenn man sich nicht mit diesen Dingen befasst.

»Warum kein Handy? Keinen Computer, nichts Elektronisches?«

Er lachte. Langsam kamen sie zum Kern dessen, was sie neben seiner Arbeit wirklich interessierte. Und er ging jede Wette ein, dass sie persönlich sich von seiner technophoben Seite mehr angezogen fühlte als von seiner Forschung.

»Ich benutze Elektronik«, korrigierte er sie. »Den Kuchen habe ich zum Beispiel nicht über offenem Feuer gebacken. Und der Bauwagen hat Licht. Geheizt wird allerdings mit Gas.«

»Also? Warum nicht all die Annehmlichkeiten nutzen, die uns die Moderne bietet?«

Er zögerte. Sollte er ihr jetzt die Wahrheit sagen? Die ganze Wahrheit? Dann stünde das in wenigen Wochen in einem mehrseitigen Artikel im KOMET, und vermutlich würden dann erst recht die Spinner auf die Insel strömen – einerseits jene, die ihn bekehren wollten, wie gut die Moderne dem Menschen tat, andererseits aber auch die Leute, die glaubten, er wäre ihr Guru, weil er sich einer Sache verschrieben hatte, die nur wenige verstanden.

Er entschied sich für den Mittelweg. Die halbe Wahrheit, keine richtige Lüge.

»Also? Warum nicht all die Annehmlichkeiten nutzen, die uns die Moderne bietet?«

Als die Antwort ausblieb, blickte Frieke auf. Bengt saß entspannt zurückgelehnt auf dem Klappstuhl, die Arme locker verschränkt. Er trug einen dunkelblauen Pullover und dazu eine Jeans, die Stiefel an seinen Füßen waren genauso salzwiesentauglich wie ihre Wanderschuhe. Sie fühlte sich trotzdem etwas overdressed und fror in der Bluse. Dabei hatte der Wetterbericht für heute Wärme vorhergesagt. Den schneidenden Wind hatte er ebenso verschwiegen wie die dunklen Wolken, die sich im Westen zusammenbrauten.

Aber sie saß ja unter dem Dachvorsprung des Bauwagens.

»Als ich auf die Insel zurückkam, hatte ich einen Auftrag«, begann Bengt Gerjets bedächtig. »Ich sollte das Brutverhalten der Brandseeschwalben beobachten und dabei zugleich einen Zensus ihrer Population vornehmen.« Er zeigte auf ihr Handy, das sie neben sich auf die Stufe gelegt hatte. »Früher hatte ich auch so ein Weltverbindungskästchen. Ich habe es ständig benutzt, war immer online. Facebook, Mails, ich bestellte alles online, was ich brauchte. Knipste alles, was ich sah. Nur merkte ich irgendwann, dass ich überhaupt nicht mitbekam, was vor mir passierte. Direkt vor meiner Nase. Dort, wo die Brandseeschwalben brüteten. Sobald ich ein Brutpaar sah, steckte ich die Nase wieder ins Handy und notierte die Beobachtung in einer eigens dafür entwickelten App.«

»Wie praktisch«, murmelte Frieke.

Er grinste. »Praktisch waren vor allem die vielen Tools zur Auswertung. Ich habe mich davon täuschen lassen, dass die das Beste daran seien. Habe reihenweise irgendwelche Statistiken erstellt. Oder besser erstellen lassen, denn den Job übernahm ja das Programm für mich.«

Sie schrieb hastig mit, wusste aber im selben Moment, dass

diese kryptischen Notizen sie nicht weiterbringen würden. Also hob sie den Kopf und sah Bengt ganz bewusst an. Aufmerksam. Denn das war doch gerade das Interessante an diesem Artikel, ging ihr auf. Hier saß einer, der schon mal die ganze Technik um sich geschart hatte, um damit zu arbeiten, und es hatte ihm offenbar so wenig gebracht, dass er daraufhin alles verworfen hatte.

»Wie arbeiten Sie jetzt?«, fragte sie.

»Mit Papier und Stift. Und einem Taschenrechner, denn in der Ornithologie kommt man nicht ohne Rechnerei aus.« Er wirkte sehr zufrieden.

»Und Ihre Berichte schreiben Sie dann auf einer Schreibmaschine und verschicken sie per Brief?«

So langsam verstand sie das Prinzip. Vogelbeobachtung, wie einst Konrad Lorenz sie betrieben haben musste. Obwohl – der ließ sich ja dabei filmen.

»Ich faxe sie zu meiner Forschungsassistentin. Die tippt sie dann ab und schickt mir die korrigierte Fassung per Brief.«

»Nicht Ihr Ernst!« Sie hatte das eigentlich scherzhaft gemeint. Aber ihm schien es mit dem Leben »ohne« wirklich ernst zu sein.

»Man kann das machen.«

»Muss man aber nicht«, entfuhr es ihr.

Bengt lachte. »Sie sind ganz schön von Ihrem Weg überzeugt, kann das sein?«

»Warum auch nicht?«, erwiderte sie spitz. »Es hat sich in den letzten zehn, zwanzig Jahren doch als wirklich praktikabel erwiesen, dass man Computer benutzt, oder nicht?«

»Denken Sie das wirklich? Ich finde, mit Computern ist vor allem eins passiert: Der Mensch verschwindet. Das gefällt Ihnen jetzt vermutlich nicht, aber wir werden alle auf ein Avatar reduziert. Nichts anderes macht man doch in diesen ach so sozialen Medien. Man stellt etwas dar. Aber ist man das auch?

Schreiben Sie da wirklich über das, was Sie denken oder sind? Oder stellen Sie sich nur so dar, wie Sie gerne wären? Wie Sie sich sehen? Sind wir nicht allesamt große Blender, wenn wir uns nur noch auf das verlassen, was wir virtuell darstellen – und nicht auf das, was wir selbst *sind*?«

Er war leidenschaftlich in seinem Plädoyer, und Frieke merkte, wie sehr ihr das gefiel. Trotzdem regte sich bei ihr Widerstand, der sich so plötzlich Bahn brach, dass es sie selbst erstaunte.

»Ich *bin*«, betonte sie. »Und zwar mehr als das, was die Menschen online von mir sehen. Ich wähle bewusst aus, was ich von mir preisgebe, ja. Natürlich mache ich das. Niemanden interessiert doch, wie verwirrt ich bin, weil mein Leben gerade kopfsteht. Oder dass der Besuch bei meinem Vater mich fassungslos macht. Oder dass ich Angst habe, wenn ich nächste Woche nach Boston fliege, weil meine Beziehung sonst den Bach runtergeht. Aber was soll ich davon preisgeben? Alles? Nein, denn es geht niemanden was an. Dann poste ich lieber Fotos vom Teller im Fischrestaurant, wo ich mit Ihnen sitze und mir anhören muss, dass ich ja total bekloppt bin, weil ich ständig dieses ›Weltverbindungskästchen‹ mit mir herumschleppe. Dabei mache ich das, damit ich überhaupt Kontakt mit Menschen habe. Darin bin ich nämlich echt schlecht. Also Kontakt mit Menschen haben. Und im Zweifel vertragen die Leute meine Essensfotos besser als meine Ratlosigkeit, weil mein Vater, den ich seit über dreißig Jahren nicht gesehen habe, an den ich keine Erinnerung habe und dem ich mich trotzdem irgendwie verbunden fühle, in wenigen Wochen am Krebs krepiert. Den ich noch so viel fragen möchte. Fragen, von denen ich bis vor wenigen Tagen nichts gewusst habe. Aber Sie … Sie stellen Ihre hübschen Forderungen, weil es Ihnen halt in den Kram passt. Geschenkt. Wirklich. Können Sie alles gern machen. Aber tun Sie dann nicht so, als wäre das der allein selig machende Weg. Als könnte man nicht verantwortungsbewusst mit den Möglichkeiten umgehen, die einem das Internet, Twitter, Facebook und so weiter bieten. Seien Sie wenigstens so ehrlich.«

Sie atmete tief durch, nahm den Teller von der Stufe und schaufelte sich ein großes Stück Kokosstreuselkuchen in den Mund.

»Wow«, sagte Bengt nur.

»Was denn?« Sie blickte ihn fragend an.

»Das war … viel.«

Und unprofessionell war es auch, fuhr Frieke durch den Kopf. Vermutlich hatte sie ihn jetzt völlig verprellt. Hatte mehr von sich preisgegeben, als für eine Journalistin gut war. Sie wollte *seine* Geschichte erzählen, nicht ihre.

Trotzdem tat es gut, dass sie mal diese ganzen Gedanken ausgesprochen hatte.

»Tut mir leid, wenn ich Sie aufgeregt habe. Frieke.« Er nahm ihre Hand, und sie ließ das zu, obwohl seine Berührung ihr kurz unangenehm war. Genauso schnell zog er die Hand zurück.

»Möchten Sie noch ein Stück Kuchen? Der hilft nämlich bei jeder Art von Kummer.«

Sie lächelte. Und merkte jetzt erst, wie nass ihr Gesicht war von den Tränen, die sie geheult hatte während ihres Ausbruchs. Bengt stand auf und verschwand im Bauwagen. Er kam mit einem weiteren Stück Kuchen und einem überdimensionalen Stofftaschentuch zurück, das er ihr reichte. »Ist frisch gewaschen«, versicherte er ihr.

Frieke schnäuzte sich, und dann aßen sie gemeinsam ein zweites Stück Kuchen, tranken noch einen Becher Kaffee und schauten ins Wetter. Als der Regen einsetzte, der sich mit der dunkelgrauen Wolkenfront schon die ganze Zeit von Westen kommend anschlich, klappte Bengt den Stuhl zusammen und räumte ihn in den Bauwagen. Er quetschte sich neben Frieke auf die obere Stufe, und sie lauschten dem Prasseln, schauten ins Wetter und sagten nicht viel.

»Das geht vorbei«, sagte er, und sie wusste nicht, ob er das Wetter meinte, ihre Tränen oder alles zusammen.

War auch egal, denn sie genoss es gerade sehr, dass sie das nicht so genau wissen musste.

Nach dem Regen machten sie sich auf den Weg, denn Frieke hatte immer noch einen Auftrag zu erfüllen – die Brandseeschwalben! Unterwegs erzählte Bengt ihr mehr von seiner Arbeit. Warum sie so wichtig war. Warum er sich gerade für die Brandseeschwalbe interessierte. Was die recht kleine Brutkolonie hier auf Spiekeroog so besonders machte.

Es gab nur ein paar Dutzend Brutpaare, erfuhr Frieke. Die Vögel bezogen etwa im März ihr Sommerquartier und bauten die Nester in den Dünen in kleinen Mulden. Ab Mai brüteten sie, teils bis Juli. Wenn die kleinen Brandseeschwalben schlüpften, verließen sie schon bald das Nest, doch es dauerte einige Wochen, bis sie flügge wurden.

»Im September verlassen sie die Insel Richtung Süden«, berichtete Bengt. »Danach habe ich bis März nicht viel zu tun. Aber bis dahin …«

»Was macht ein Ornithologe den ganzen Tag?«, fragte Frieke.

Er lachte. »Vor allem zählen.«

Die kleine Kolonie beobachtete er seit drei Jahren. Es sei spannend zu sehen, wie Jungvögel zurückkehrten und ihre eigenen Familien gründeten, berichtete er. »Sie sind sehr an diesen Ort gebunden. Wir wissen nicht genau, wie sie hergekommen sind. Einige sind beringt und stammen aus einer anderen Brutkolonie. Zum Beispiel gibt es eine auf Norderloog, einer Hallig vor Schleswig-Holstein. Aber warum es sie plötzlich hierher verschlagen hat, wissen wir nicht. Das macht die Angelegenheit so spannend.«

»Und warum hat es Sie wieder hierher verschlagen? Sind Sie wie diese Jungvögel?«

Bengt Gerjets lachte verlegen. »Vielleicht«, sagte er. »Wollen Sie nicht noch ein paar Fotos machen? Oder wird das so ein Artikel, der nur aus Bleiwüste besteht?«

Richtig, die Fotos. Nachdem sie sich vorhin so dumm angestellt hatte, schaffte Frieke es jetzt, die nächsten Aufnahmen unfallfrei zu machen. Sie fotografierte Bengt, der gerade an einen Pfosten lehnte, mit dem eine Wiese abgegrenzt war, auf der Schafe grasten.

»Und? Merken Sie schon, dass Ihnen die Arbeit mit einer analogen Kamera gefällt?«

Er grinste, und sie ließ die Kamera sinken. Ihre Finger strichen über das Gehäuse, das nicht so perfekt glatt und makellos war wie die ihrer modernen Canon. Diese Kamera hatte schon einiges erlebt. Wenig Plastik. Das allein war schon sehr ungewohnt. Aber nicht unangenehm. Verglich sie die AE-1 mit ihrer modernen Kamera, fiel ihr auf, dass Letztere irgendwie … gleichförmig war. Es gab Tausende Kameras, die genauso waren. Dieses ältere Modell hatte Kratzer am Gehäuse, es erzählte eine Geschichte. Ob das auf moderne Kameras in vierzig Jahren auch zutreffen würde? Frieke bezweifelte es.

»Es ist anders«, räumte sie ein.

»Werden Sie die Fotos selbst entwickeln?«

Sie dachte an Florian, der ihr angeboten hatte, für sie sein altes Fotolabor zu reaktivieren. Das hatte sie erst abgelehnt, weil sie dachte, das wäre zu viel Mühe.

Aber die Uhren liefen hier oben anders. Man schaffte mehr an einem Tag, und zwar erstaunlich bequem. Die Zeit? Sie war wohl tatsächlich so relativ, wie Einstein behauptete.

»Das könnte ich tatsächlich tun. Wissen Sie was? Darüber könnte ich gleich noch einen zweiten Artikel schreiben – wie ich als Journalistin aus dem früheren Jahrhundert einen Artikel schrieb.«

Er lachte. »Nur echt mit Matritzenabzügen.«

»Die hatten sie früher noch in meiner Grundschule, daran erinnere ich mich.« Frieke grinste. »Haben Sie auch immer am Papier geschnuppert?«

»Der Geruch machte süchtig, war eklig und zugleich unwiderstehlich.« Er nickte.

Wie schön, wenn man ein bisschen die Vergangenheit aufleben lassen konnte. Frieke spürte, wie ihr ganz nostalgisch ums Herz wurde, und bevor sie wusste, was sie tat, erzählte sie von ihrer Oma. Von den Nachmittagen in der Bücherhalle, von den wöchentlichen Mittagessen, von den Büchern, die sie jedes Mal geschenkt bekam. Bengt lauschte aufmerksam, und sie spazierten weiter. Er blieb stehen und zeigte ihr die Brandseeschwalben in den Mulden, die dort hockten und ihre Gelege bebrüteten.

»Können wir näher rangehen?«, fragte Frieke.

»Versuchen Sie mal, was Ihr Zoom-Objektiv kann.«

Sie wühlte in der Messengerbag nach dem richtigen Objektiv. Langsam bekam sie Spaß an der ganzen Sache. Klar, auch für ihre digitale Spiegelreflex hatte sie mehrere Objektive, und sie kannte sich auch mit den verschiedenen Blenden, Verschlusszeiten und ISO-Angaben aus. Bis auf Letzteres konnte sie alles auch mit dieser Kamera durchspielen. Nur die ISO, also die Filmempfindlichkeit, konnte sie hier nicht einstellen, da sie ja nicht für jedes Foto den Film wechseln konnte. Aber da es sich um eine übliche Lichtempfindlichkeit handelte, kam sie damit gut zurecht.

Zumindest hoffte sie das.

Nachdem sie das Objektiv gewechselt hatte, versuchte sie es noch einmal mit den Brutmulden der Brandseeschwalben. Bengt stand hinter ihr und blickte über ihre Schulter, während sie fokussierte.

»Und?«, fragte er.

Sie hob den Blick vom Sucher. »Sie wissen schon, dass man bei analoger Fotografie keinen Ausblick aufs geknipste Bild bekommt?«

Beide lächelten. Frieke machte dieser Nachmittag zunehmend Spaß. Die Gesellschaft von Bengt brachte so vieles in ihr zum Vorschein.

»Schicken Sie mir Abzüge, wenn Sie die Fotos entwickeln?«

»Ich schicke Ihnen den Artikel. Und die Abzüge«, versprach sie.

»Wenn Sie noch mehr brauchen, können Sie gern noch mal zurückkommen.«

»Vielleicht habe ich aber auch nach einem Nachmittag genug von Ihnen und Ihren Marotten.«

Beide lächelten immer noch.

»Das glaube ich nicht«, sagte Bengt, während Frieke wieder die Brandseeschwalben anvisierte. Eine flog gerade hoch, und sie versuchte, den Vogel im Flug zu erwischen. Sie wusste nicht, ob das geklappt hatte, und mehr als einmal konnte sie es auch gar nicht versuchen, bevor er hinter den Dünen Richtung Meer verschwand. »Dafür haben sie viel zu viel Spaß. Genau wie ich.«

Verdammt, dachte Frieke und tat so, als wären die Vögel das Wichtigste auf der Welt. Verdammt, verdammt, verdammt. Damit könnte er sogar recht haben.

Ihr Herz machte das. In einem wilden, aufgeregten Takt.

Verdammt, verdammt, verdammt.

KAPITEL 11

Viertel nach acht stand Frieke vor dem großen Haus mit dem grünen Giebel am Süderloog. Sie blickte zu den Fenstern hoch, durch die Kinderlachen und Sonjas Stimme nach draußen schallten. Dann, schlagartig, Ruhe. Sie hob die Hand und wollte schon klopfen, doch da stand Sonja schon vor ihr in der offenen Haustür. Sie trug Jeans und eine weiße Bluse, die Füße waren nackt, die Zehennägel knallrot lackiert. Ihre blonden Haare trug sie offen und sie war atemlos.

»Hi«, sagte sie. »Kommen Sie rein.«

Frieke trat ein.

»Die Kinder schlafen natürlich noch nicht. Ist ja immer so, wenn man was vorhat. Setzen Sie sich ruhig ins Wohnzimmer, ich komme gleich nach.«

Sie wies Frieke den Weg und sprang wieder die Treppe hoch. »Wer hat noch keine Gutenachtgeschichte gehört?«, hörte Frieke sie fragen, und ein mehrstimmiger Chor aus Kinderstimmen stürmte auf sie ein.

Frieke ging ins Wohnzimmer. Die Einrichtung war gediegen, friesisch. Nicht teuer, eher geprägt von IKEA. Sie stand vor dem Bücherregal, als Sonja zehn Minuten später wieder hereinkam. Ein Bücherregal verriet viel über die Bewohner eines Hauses – so viel wusste sie.

Und dieses hier? Das war nichtssagend. Alte Ausgaben vom Club Bertelsmann (allesamt die Vorschlagsbände, darauf ging Frieke jede Wette ein). In diesem Regal waren seit zwanzig Jahre keine neuen Bücher hinzugekommen. Jemand hatte offenbar seit den Siebzigern dem Club angehört und irgendwann kurz vor der Jahrtausendwende nicht mehr.

»Die Bücher gehörten meiner Mutter.«

Lautlos kam Sonja auf nackten Füßen herein. Sie trug ein Tablett mit lauter Leckereien. »Haben Sie Hunger? Die Kinder essen immer zu früh für mich, ich brauche dann am Abend noch mal was.«

Frieke hatte noch nichts gegessen, darum war ihr das ganz recht. Es gab Foccaccia mit Hummus, dazu Cocktailtomaten auf Mozzarella, Crostini, mit Schinken umwickelte Melone und Erdbeeren. Alles war in kleinen Schüsseln angerichtet, deren Glasur bunt bemalt war, die so gar nicht zu dem kühlen, klaren Einrichtungsstil passten.

»Auch von Ihrer Mutter?«, fragte Frieke.

Sonjas Miene verdüsterte sich schlagartig. »Ja«, sagte sie. »Sie starb vor ein paar Jahren.«

»Das tut mir leid.« Sie meinte es aufrichtig, aber Frieke spürte, dass ihr Mitleid nicht erwünscht war. Sonja holte noch eine Flasche Wein aus der Küche, wohltemperierter Rosé. Sie schenkte zwei Gläser voll und prostete Frieke zu. Erst nachdem sie das halbe Glas mit wenigen Schlucken geleert hatte, lehnte sie sich auf dem Sofa zurück und seufzte.

»Jetzt geht's mir besser«, sagte sie. »Ich sag's Ihnen, dieses Leben mit drei Kindern stresst. Es ist einfach nur schrecklich. Aber hergeben möchte man die Kröten auch nicht mehr.«

Frieke lächelte nachsichtig.

»Sie haben keine Kinder, oder?«

»Nein. Bisher hatte ich auch nicht den Wunsch danach.«

»Seien Sie froh. Und hoffen Sie, dass es so bleibt.« Sie schenkte nach, während Frieke sich an ihrem Glas festhielt. »Wie war Ihr Treffen heute mit Bengt Gerjets?«

»Sie kennen Bengt?«, fragte Frieke überrascht.

Sonja zuckte mit den Schultern. »Hier kennt jeder jeden. Außerdem stammt er von der Insel. Nach dem Abitur verschwand er für einige Jahre. Dass er zurückkam, hat viele überrascht.« Nach kurzem Nachdenken fügte sie hinzu: »Mich nicht. Die Insel lässt so leicht keinen los.«

Das deckte sich mit Friekes Erfahrung, denn die Insel schien sie ja eher noch fester zu umklammern, je mehr sie sich wünschte, endlich fortzukommen.

»Es ist kompliziert«, sagte sie leise. »Ich habe schon länger nicht so gearbeitet. Oder überhaupt noch nie. Kannten Sie ihn früher schon? War er da auch so … technikfeindlich?«

»Gar nicht.« Sonja schüttelte den Kopf. »Er war der Erste mit einem Handy und hat uns ständig genervt, weil man hier keinen ordentlichen Internetanschluss hat. Wundert mich also, dass er da so rigoros ist.«

»Rigoros ist eine vorsichtige Formulierung.« Frieke seufzte. »Irgendwie hat er ja recht. Ich hab heute kaum aufs Handy geschaut, und ich fühle mich irgendwie anders.«

»Wie denn?«

Während sie sprachen, begann Sonja zu essen, und Frieke folgte ihrem Beispiel. Jetzt erst merkte sie, wie ausgehungert sie war. Seit dem Kokosstreuselkuchen hatte sie nichts mehr gegessen, war dafür aber stundenlang hinter Bengt über die Insel gestromert. Und es stimmte, was man sich erzählte – Seeluft macht hungrig.

»Freier«, räumte Frieke nach kurzem Nachdenken ein. »Nicht so gefangen in diesem – wie nennt er es? – Weltverbindungskästchen.«

Und das entsprach so sehr der Wahrheit, dass sie das Handy vorhin am liebsten in der Ferienwohnung liegen gelassen hätte. Nur der Gedanke daran, dass Harald sich melden könnte, hatte sie daran gehindert.

Interessanter Tag auf der Insel. Viel zum Nachdenken und eine Menge über Brutpflege der Brandseeschwalben gelernt.

Das hatte sie zuletzt bei Twitter geschrieben, aber statt durch die Timeline zu scrollen, in der sich all jene zu Wort meldeten, denen sie folgte, hatte sie das Smartphone danach sofort weggesteckt. Im Moment interessierte es sie nicht, was andere schrieben; ihr Kopf war voll genug mit ihren eigenen Gedanken.

Und sie hatte hier Kontakt mit Menschen aufgenommen – sehr viel mehr als daheim in Hamburg. Wobei Hamburg halt nicht mehr lange ihr Zuhause sein würde.

»Das Buch, das Sie mir empfohlen haben …« Sonja schüttelte den Kopf. »Wollen wir uns nicht duzen? Ich finde das so merkwürdig, wir sind gleich alt, und außerdem haben Sie … also …«

»Ja, gerne«, stimmte Frieke erleichtert zu. Ihr war es heute Nachmittag schon schwergefallen, Bengt zu siezen. Irgendwas mussten sie einem hier ins Trinkwasser geben. Sie fühlte sich völlig verändert.

»Also, dieses Buch, das du mir da gestern in die Hand gedrückt hast.«

»›Effi Briest.‹«

»Ja, genau. Ich habe das in der Schule nicht gelesen. Da liest man das doch normalerweise?«

»Schon. Ich habe es gelesen, weil es in der Schule nicht drankam und mich interessierte.«

»Ah, so eine bist du.« Sonja grinste, und bevor Frieke fragen konnte, was denn »so eine« meinte, fuhr sie fort: »Jedenfalls habe ich es gelesen. Gestern Nacht. Wenn ich so fertig aussehe, könnte es daran liegen, dass ich es bin. Das machen nicht die drei Kinder, daran habe ich mich inzwischen gewöhnt. Man wächst da so rein.«

Sie redete ziemlich viel, sie war auch hektischer und trank mehr. So schnell, dass Frieke sich vorbeugte und ihr die Hand auf den Arm legte. »Du musst mir das nicht erzählen, wenn du nicht willst«, sagte sie ruhig.

»Doch, will ich aber.« Sonja reckte trotzig das spitze Kinn. »Weil das wichtig ist, und ich kann es sonst niemandem erzählen.«

»Hast du auch keine Freundinnen?«

Der Satz war Frieke so rausgerutscht, und sie bereute ihn sofort. Sonja hielt einen Moment inne, dann lachte sie, und Frieke stimmte in ihr Lachen ein.

Es war wirklich eine absurde Situation.

Aber eine, die Frieke zum Nachdenken brachte.

»Ich hab Freundinnen. Also diese Mütterfreundinnen, die mit mir auf dem Spielplatz gesessen haben, als die Kinder noch klein waren. Und jetzt … ein paar von denen sind schon geschieden. Mit denen könnte ich bestimmt reden, aber ehrlich gesagt will ich das nicht. Denn wenn ich mit einer rede, kann ich gleich einen Aushang am Gemeindehaus machen, dass mein Mann und ich uns scheiden lassen. Und das … na ja. Mein Vater wäre alles andere als erfreut.«

»Hm«, machte Frieke. »Dein Mann vermutlich auch nicht.«

»Der würde das gar nicht merken«, behauptete Sonja. »Aber das Buch – es hat mir die Augen geöffnet. War ein bisschen so, als hätte ich vorher nicht gesehen, was hier läuft.«

»Was läuft hier denn?«, fragte Frieke in das anschließende Schweigen.

»Meine Ehe. Also nein, die läuft gar nicht. Die geht grad gepflegt den Bach runter. Aber ich bin ja nicht Effi. Ich kann mich befreien, hoffe ich. Zumal ich schon über 29 bin.«

Frieke erinnerte sich; im Roman starb Effi Briest an »gebrochenem Herzen«, weil ihr Ehemann den Nebenbuhler Major von Crampas zum Duell forderte, nachdem er von der Affäre der beiden erfuhr – unabhängig davon, dass diese schon Jahre zurücklag.

»Und einen Lover habe ich auch nicht. Leider.«

»Das wäre meine nächste Frage gewesen.«

Die beiden lächelten einander an. Schön, dachte Frieke. Wenn sich dir jemand anvertraut, weil du ihm unbewusst hast helfen können, ist das ein schönes Gefühl.

»Mama?«

Ein leises Stimmchen aus dem Flur. Sonja stellt ihr Weinglas auf den Kaffeetisch und verlässt das Wohnzimmer.

»Was ist denn los, Rübensüßchen?«, hört Frieke sie fragen.

»Ich kann nicht schlafen, ich habe Durst.«

»Okay. Komm, wir gehen in die Küche.«

»Ist das Klara?«

»Nein, Süße.«

»Wer dann?«

»Eine andere Freundin.«

»Darf ich Hallo sagen?«

Die Stimmen verschwanden hinter der geschlossenen Küchentür, und Frieke holte ihr Smartphone aus der Hosentasche. Keine Anrufe, aber jede Menge Nachrichten bei Twitter. Sie zögerte, doch dann steckt sie das Handy wieder ein.

»Tut mir leid.« Sonja kam zurück. »Raphaela ist unser Nesthäkchen. Die beiden Rabauken kennst du ja schon.«

»Wie alt ist sie?«, fragte Frieke.

»Fünf. Die beiden Großen sind sieben und fast neun.«

»Respekt«, murmelte Frieke. Sie konnte sich das nicht vorstellen, wie ein Leben mit Kindern war. Noch dazu drei, die so dicht beisammen waren.

»Ach Quatsch. Ich bewundere viel mehr dich, du wirkst so frei. Du bist Journalistin, richtig?«

»Ja. Ich arbeite viel für den KOMET.«

»Wow. Also stimmt das, was man über dich erzählt.«

Frieke wusste zwar nicht, was man über sie erzählte, fühlte sich aber trotzdem ein wenig geschmeichelt.

»Bosse wollte immer drei Kinder. Ich hatte mir noch keine Gedanken darüber gemacht. Wir haben früh geheiratet, ich war grad mal zwanzig. Ich glaube, heutzutage machen das die wenigsten. So früh heiraten, meine ich. Mit den Kindern ließ ich mir dann bewusst noch etwas Zeit. Habe bei meinem Vater mitgearbeitet. Er besitzt ein Dutzend Häuser auf der Insel. Ferienwohnungen und so weiter, ein kleines Restaurant. Da ist immer was zu tun.«

»Machst du das auch noch?« Frieke riss die Augen auf. Saß sie Wonderwoman gegenüber? Oder verfügte Sonja über so einen Zeitumkehrer wie Hermine Granger bei Harry Potter?

»Nee, bloß nicht.« Sonja lachte. »Nach der Geburt von Darius habe ich damit aufgehört. Bosse ist dafür eingestiegen.« Sie wirkte nachdenklich. Als sie noch etwas Wein nachschenken wollte, merkte sie, dass die Flasche bereits leer war. »Möchtest du auch noch was?«

»Gerne.«

Während Sonja in der Küche rumorte, schaute sie noch mal kurz aufs Handy. Mit einem Kopfschütteln steckte sie es weg.

»Wir haben zu früh geheiratet«, nahm Sonja unvermittelt den Gesprächsfaden wieder auf. »Wie Effi.« Sie sprach von der Romanfigur, als wäre sie für sie eine alte Bekannte, vielleicht sogar eine Freundin aus Kindertagen.

»Oh. Hätte ich das gewusst …«

»Nein, nein!« Sonja setzte sich wieder aufs Sofa und zog die Füße unter den Hintern. »Das Buch hätte kaum passender sein können. Ich habe seit Wochen, ach was, seit Monaten gegrübelt, was mit mir nicht stimmt. Jetzt weiß ich es. Ich wurde zwar nicht von meiner Mutter zur Ehe überredet, weil sie selbst mal mit Bosse zusammen sein wollte. Aber ein bisschen Druck haben meine Eltern schon ausgeübt. Sie mögen ihn. Das ist Teil des Problems. Ich hatte nie das Gefühl, dass es in dieser Ehe um *mich* ging.«

»Und das ist dir nach der Lektüre klargeworden?«

Sonja nickte.

»Wow. Das ist … wow.« Frieke war ein bisschen sprachlos.

»Ja, ich finde das auch erstaunlich. Aber offensichtlich hast du damit irgendwie etwas in mir berührt.«

Der Gedanke war etwas zu groß, um ihn sofort zu erfassen.

»Und … also, entschuldige, wenn ich so frage, aber – ziehst du daraus Konsequenzen? Dass du zu früh geheiratet hast?«

Sonja überlegte lange. »Drei Kinder«, sagte sie schließlich leise. »Die sind ja da, ob wir uns nun trennen oder nicht. Aber du willst wissen, ob ich die Scheidung *will*, richtig?«

»Ja.«

»Das habe ich noch nicht entschieden. Aber nach dieser Lektüre ist es wahrscheinlicher geworden.«

»Oh.«

Lesen ist gefährlich, dachte Frieke. Das war so ein Spruch, der auch von ihrer Oma stammen könnte, aber sie hatte ihn für sich selbst immer weit von sich gewiesen, weil das so komisch klang. Was konnte an einem guten Buch schon gefährlich sein?

Außer, dass es die Menschen zum Nachdenken anregte. Ja, das war es wohl. Das war das Gefährliche daran.

»Wenn sich das für dich gut anfühlt, tut es mir nicht leid«, sagte Frieke. Und als sie sich über die Ränder ihrer Weingläser anlächelten, einander zuprosteten, sah sie, dass es Sonja besser ging.

Was auch immer ihre Buchempfehlung letztlich bewirkte – sie hatte einen Denkanstoß gegeben, und das fühlte sich erstaunlich gut an.

»Hast du auch keine beste Freundin?«, hatte Sonja sie später gefragt.

Auf dem Heimweg dachte Frieke darüber nach. Ich habe Emma. Florian. Harald ist auch mein bester Freund.

Trotzdem war da tief in ihr, ohne dass sie danach greifen konnte, eine Einsamkeit entstanden, in der ziemlich viel von ihr verschwand. Und die machte sich jetzt bemerkbar, während sie zu Hause auf ihren gepackten Kisten und Koffern saß. Hier noch nicht ganz entwurzelt, dort drüben längst nicht angekommen.

Sie hatte Sehnsucht. Nach Heimat, und weil für sie auch Menschen Heimat waren, wählte sie Haralds Nummer.

»Frieke!« Seine Stimme seltsam schrill.

»Hey«, begrüßte sie ihn leise. »Ich habe dich vermisst.«

»Fuck, wo bist du?«

Sie hielt das Handy kurz vom Ohr weg. Hatte sie auch bestimmt Harald angerufen und nicht irgendeinen Verrückten?

Kein Zweifel. Seine Nummer. Sein Name auf dem Display.

»Alles okay bei dir?«, erkundigte sie sich sanft.

»Scheiße, nein.«

Okay, das hörte sie auch. Fluchen gehörte nämlich nicht zu seinen Kernkompetenzen.

»Ganz ruhig«, sagte sie. »Was ist los?«

»Nichts! Alles! Du bist nicht hier, und ich ...« Im Hintergrund ein Poltern. Seine Stimme weinerlich, irgendwie lallend.

»Harald? Hast du getrunken?« Ihre Besorgnis wuchs. Er trank nicht. Hin und wieder ein Glas Rotwein zum Essen, das war alles. Während sie angespannt lauschte, drangen Laute an ihr Ohr, auf die sie sich keinen Reim machen konnte. Noch mehr Gepolter, dann ein Würgen, ein Keuchen ... »Harald! Ich mach mir Sorgen!«

Dann legte er auf.

Sie versuchte direkt, ihn wieder zu erreichen. Aber sofort wurde ihr Anruf weggedrückt.

»Scheiße«, murmelte sie und wählte Florians Nummer. Er meldete sich nicht.

Und da stand sie plötzlich, mitten in der Nacht unter einer Straßenlaterne im Dorfkern von Spiekeroog, weit weg von ihren Freunden und dem Mann, mit dem sie ihr Leben teilte. Um den sie sich gerade so wahnsinnige Sorgen machte, dass sie keine Luft bekam. Frieke zögerte. Es war schon spät, kurz vor Mitternacht. Aber sie wusste sonst niemanden, den sie anrufen konnte.

»Habe ich dich geweckt?«, fragte sie Emma, sobald diese sich meldete.

»Bist du verrückt? Ich bin hochschwanger. Da schläft man nicht, sondern liegt wach und malt sich die schlimmsten Dinge aus.«

»Gott sei Dank«, murmelte Frieke. »Kannst du deinen Freund zu Harald schicken? Ich habe gerade mit ihm telefoniert, und er … klang nicht gut.«

Kurz schilderte sie das Gespräch. Sie wollte noch etwas hinzufügen, darüber, wie sehr sie sich um ihn ängstigte. Aber Emma unterbrach sie. »Wir kümmern uns drum. Ich melde mich.«

Und dann legte sie auf. Als wäre sie schon auf dem Weg.

Frieke spürte, wie ein Teil der Anspannung von ihr abfiel. Emma kümmerte sich. Das war gut.

Aber was war da los? Ihr Leben geriet aus den Fugen, und sie wusste nicht, was sie davon halten sollte.

Als sie den kleinen Flur hinter dem Buchladen durch die Haustür betrat, sah sie hinter der angelehnten Küchentür noch Licht. Ihr Kommen blieb nicht unbemerkt; ein Stuhl schabte über die Fliesen, dann tauchte die kleine, schmale Gestalt von Ebba in der Tür auf. »Frieke. Haben Sie einen Moment?«

Nein, dachte Frieke. Nicht das auch noch. Sie wollte nach diesem Tag nur noch ins Bett. Vielleicht noch ein Kapitel lesen, aber vermutlich würden ihr schon nach drei Seiten die Augen zufallen. Es war einfach zu viel. Die Begegnung mit ihrem Vater, der Nachmittag draußen bei Bengt und jetzt auch noch der Abend mit Sonja und ihre Sorge um Harald. Es fühlte sich an, als stünde sie im Auge eines emotionalen Sturms, der sie zugleich selber war.

»Was ist denn los?« Ihrer Stimme hörte man die Erschöpfung an.

»Es ist nichts Schlimmes«, beschwichtigte Ebba sie. »Nur ein Gespräch, wenn Sie die Zeit haben.«

Eigentlich hatte Frieke keine Zeit. Und das wollte sie schon sagen, doch Ebba fügte hinzu: »Es geht darum, wie Sie gestern ausgeholfen haben.«

»Das war nicht so berühmt, stimmt's?« Sie lächelte reumütig. »Haben sich noch mehr Kunden beklagt, weil meine Buchempfehlungen ihnen zu nahe gingen?«

»Beklagt hat sich keiner. Aber genau darüber möchte ich gern mit Ihnen reden.«

Frieke zögerte. »Ich bin müde und etwas beschwipst«, gab sie zu.

»Umso besser. Ich habe Kaffee gekocht.«

Sie gab nach. Ebba ging voran in die Küche. Sobald Frieke sich auf die Bank sinken ließ, stand schon ein Becher mit dampfend heißem Kaffee vor ihr auf dem Tisch, und ihr schoss der Gedanke durch den Kopf, dass Ebba vielleicht auf sie gewartet hatte.

»Haben Sie Hunger?«

Trotz Friekes Kopfschütteln stellte sie ein Schälchen mit Keksen auf den Tisch. »Heidesand«, sagte sie nur. »Nach dem Rezept meiner Schwiegermutter.« Sie ließ sich aufatmend auf einen Stuhl sinken, ebenfalls mit einem Kaffee in der Hand. Dabei schob sie die Kataloge beiseite, in denen sie offenbar gerade geschmökert hatte. »Das sind die Herbstprogramme der Verlage«, erklärte sie. »Ich bin noch ganz altmodisch und bestelle einen Großteil der Bücher bei meinen Vertretern.«

»Sie haben einen spannenden Job«, sagte Frieke müde.

»Oh ja.« Ebba strahlte. »Hat Ihnen die Arbeit gefallen?«

Frieke zuckte mit den Schultern. »Ich hoffe nur, ich war auch tatsächlich eine Hilfe.«

»Waren Sie, keine Sorge. Es war schön, Sie bei der Arbeit zu beobachten.« Etwas Zögerliches lag in Ebbas Stimme, sie suchte nach den richtigen Worten. »Könnten Sie sich das auch zukünftig vorstellen?«

»Was? Aushelfen? Ich fahre hoffentlich spätestens Anfang der Woche zurück. Morgen muss ich noch einiges für den Artikel recherchieren.« Und vielleicht ihren Vater besuchen. Aber das sagte Frieke nicht, weil es Ebba nichts anging. Schlimm genug, wie sich ihr Ehemann in Friekes Privatangelegenheiten einmischte.

»Nein«, sagte Ebba. »Im Buchladen arbeiten. Einen besitzen vielleicht sogar.«

Es wurde plötzlich sehr still in der Küche.

»Oh«, rang Frieke sich endlich eine Reaktion ab. »Das ... oh. Nein, tut mir leid. Haben Sie gedacht, ich wäre an Ihrem Laden interessiert? Tut mir leid«, wiederholte sie. »Den Eindruck wollte ich auf keinen Fall vermitteln.«

»Es ist nur eine Frage.« Ebba wühlte in dem Katalogstapel und zog eine kleine Broschüre hervor, die sie Frieke reichte. »Willem und ich, wir sind müde. Und wir haben das Alter. Beide über sechzig. Das Klima hier ist angenehm, aber ich sehne mich nach etwas anderem. Schon lange. Wir brauchen aber eine Nachfolgerin für den Laden.«

»Und da dachten Sie ausgerechnet an mich?«

Allmählich wusste Frieke nicht mehr, wo ihr der Kopf stand. Ich bin zu müde für so ein Gespräch, dachte sie. Ich sollte aufstehen, mich für den Kaffee bedanken und nach oben gehen. Schlafen …

Das Problem war nur, dass sie schon vom Kaffee getrunken hatte, der verflucht lecker war und sie vermutlich die halbe Nacht wach halten würde. Sie spürte bereits, wie ihre Lebensgeister erwachten, und ohne dass sie so genau wusste, wie das passiert war, hatte sich auch ihre Hand einen Weg in das Keksschälchen gesucht und sie mampfte Heidesand. Köstlichen Heidesand, keine Frage.

»Sie sind die Erste, die ich frage. Und wenn Sie ablehnen, vermutlich die Einzige. Bisher gab es keinen geeigneten Kandidaten.«

»Das werden Sie mir erklären müssen.«

»Gerne.« Ebba beugte sich vor. Sie wirkte sehr fokussiert, doch mit jedem ihrer folgenden Sätze fragte Frieke sich zunehmend, ob sie noch ganz bei Trost war. Vielleicht, dachte sie, wurde man ja verrückt, wenn man so lange Bücher verkaufte. So viele Phantasiegeschichten rings um sich konnten ja nicht gut sein. »Sie haben eine Gabe, Frieke. Vielleicht haben Sie das bisher nicht bemerkt, aber ich habe es sofort gesehen. Weil ich sie auch habe. Wir spüren die richtigen Bücher auf. Für jeden Leser finden wir das Buch, das er braucht. So haben Sie es mit Sonja gemacht und mit jedem anderen Kunden, der gestern von Ihnen beraten werden wollte. Und darum will ich Sie als meine Nachfolgerin. Es wäre eine Schande, wenn Ihr Talent verschwendet würde. Sie haben es hier.« Sie klopfte sich auf die Brust.

»Das ist doch Unsinn«, murmelte Frieke.

»Das ist kein Unsinn. Was würden Sie mir empfehlen? In diesem Moment?«

Ebba lehnte sich zurück. Während Frieke angestrengt nachdachte, zeigte sie auf die Tür. »Gehen Sie ruhig in den Buchladen, wenn Ihnen das bei der Entscheidung hilft.«

»Quatsch«, murmelte Frieke. Doch sie stand bereits auf. Ein kleines Stimmchen in ihrem Kopf war aufgewacht und flüsterte aufgeregt wie das Rascheln von Buchseiten.

Sie ging in die Buchhandlung und schaltete das Licht an. Die Bücher, die schon in nächtlicher Ruh beisammengestanden und aneinandergelehnt geschlafen hatten, schienen mit einem Wispern zu erwachen. Aus dem Augenwinkel glaubte Frieke, eine Bewegung zu bemerken. Sie stand wieder vor dem Regal mit den Klassikern. Homers Odyssee fiel ihr in die Hand, und sie wusste, die Suche nach Ebbas Buch war damit rascher beendet als gedacht. Sie blätterte kurz darin, las die ersten Zeilen des ersten Gesangs – »Den Mann nenne mir, Muse, den vielgewandten, der gar viel umgetrieben wurde …«

»Das ist es«, murmelte Frieke, und das Flüstern der Bücher rings um sie war wie eine Bestätigung, das ist es, das ist es.

Sie kehrte zurück in die Küche und legte das Buch auf den Küchentisch, in einer Mischung von Trotz und Neugier. »Da.«

Ebba ließ sie nicht aus den Augen. »Genau«, sagte sie. »Das Buch eines Reisenden, der nach langer Zeit auf seine Heimatinsel zurückkehrt.«

»Aber wenn ich Sie vorhin richtig verstanden habe, wollen Sie von dieser Insel weg?«, wandte Frieke ein. »Sie wollen Ihre Heimatinsel verlassen.«

»Auch Odysseus hat seine Reise irgendwann begonnen. Und er war ein Rastloser, so wie ich. Über dreißig Jahre habe ich es hier ausgehalten. Vielleicht geht es darum. Dass ich endlich aufbreche, so wie er damals aufbrach.«

»Odysseus zog aber in einen Krieg.« Frieke musterte ihr Gegenüber. Ebba sah nicht gerade aus, als wollte sie eine Stadt in Kleinasien belagern.

»Mir geht es um das hier.« Ebba zeigte ihr einen Hochglanzprospekt für ein Cottage. »Irland«, fügte sie hinzu. »Willem hat mir versprochen, dass wir das machen, wenn wir in den Ruhestand gehen.«

»Aber ich kann Ihren Buchladen nicht übernehmen. Ich versteh gar nichts davon.«

»Das kann man lernen.«

»Ich habe kein Geld.«

»Das lassen Sie unsere Sorge sein. Der Laden läuft super, vor allem im Sommer braucht man nicht viel machen, damit die Leute kommen. Viel zu tun ist es natürlich. Sie werden das nicht allein stemmen können. Aber da findet sich bestimmt eine Möglichkeit.«

»Ich habe ...« Frieke seufzte. »Ich habe andere Pläne. Wenn ich den Artikel hier fertig geschrieben habe, fliege ich nach Boston. Dort eröffne ich mit meinem Partner eine Agentur.«

»Oh«, sagte Ebba. »Ja, das wäre natürlich schade.« Sie schob den Homer auf die Verlagsvorschauen und stand auf. »Dann entschuldigen Sie, dass ich davon angefangen habe. Offensichtlich habe ich mich in Ihnen geirrt.«

Sie stellte ihren leeren Kaffeebecher in die Spüle und verließ die Küche.

Frieke blieb verwirrt zurück. Dann stand auch sie auf. Sie ließ alles so stehen und liegen und ging nach oben in die Ferienwohnung. Dort schaltete sie alle Lichter ein.

Sie haben da eine Gabe ...

Du bist nicht hier ...

Ich kümmere mich darum ...

Ihr Handy piepte, und sie fischte es hastig aus der Tasche. Emma schrieb: *War bei Harald, ist alles so weit wieder okay. Er schläft jetzt. Weißt du, wer ihn traumatherapeutisch betreut? Er braucht Hilfe. Dringend.*

Frieke rief Emma an.

»Was soll das heißen – traumatherapeutische Betreuung?«, fragte sie statt einer Begrüßung.

»Moment, Süße. Ich fahre lieber rechts ran.« Einen Moment lang hörte Frieke nur die Geräusche aus dem Innern von Emmas Wagen. Dann erstarb das Motorgeräusch. »Bist du noch dran?«

»Ja.«

Emma holte tief Luft. »Du hast keine Ahnung, wie es um ihn steht, richtig?«

»Ich verstehe die Frage nicht.« Frieke wurde ärgerlich. »Wenn es um seine Sachen geht, die soll er selbst zusammenpacken. Das kann doch nicht so schwer sein.«

»Frieke … Frieke. Scheiße, du …« Es kam selten vor, dass Emma nicht einfach sagte, was sie dachte. Das war schon beängstigend, aber die folgenden Sätze waren für sie wie Ohrfeigen. »Er schläft auf einer Matratze auf dem Boden. Seine Sachen sind in zwei Kartons. Die ganze Wohnung ist leer. Da ist nichts! Er sagt, er hat alles verschenkt, weil er nichts mehr braucht. Und sein Blick … Er braucht dich, Frieke. Und ich weiß nicht, ob Boston wirklich so eine gute Idee für euch ist.«

Es war so still, dass Frieke durch die Leitung das Flappen des Scheibenwischers hörte. Sie ging vom Wohnzimmer ins Schlafzimmer und setzte sich aufs Bett.

»Emma … Es tut mir so leid, dass ich dich da reingezogen habe.« Aber das musste ein Irrtum sein. Als sie zuletzt in Haralds Wohnung gewesen war, hatte sie dort alles zum Besten vorgefunden. Vollständig eingerichtet, sehr minimalistisch, aber schick. Er hatte den Blick für Details, und das bewunderte Frieke an ihm. Sogar die Sofakissen passten perfekt. Umso weniger verstand sie, was da jetzt los war. »Du hast im Moment doch wirklich anderes im Kopf.«

»Ach was. Ich hab nix zu tun, gestern war mein letzter Tag.«

»Den hab ich auch verpasst.« Frieke bedauerte das sehr. Sie hasste Überraschungspartys, aber sie wusste, wie sehr Emma so etwas liebte. »Haben sie dich wenigstens anständig gefeiert?«

»Klar.«

Sie schwiegen.

»Wann bist du wieder hier?«, erkundigte sich Emma schließlich.

Frieke seufzte. »Samstag, hoffe ich.«

»Ich sehe morgen noch mal nach ihm.«

»Das ist nicht nötig.«

»Doch, Liebes. Es geht ihm echt dreckig.«

Sie verabschiedeten sich. Frieke sah auf die Uhr. Es war schon weit nach Mitternacht. An Schlaf war nicht zu denken.

Wie konnte an einem Tag so viel passieren? Ihr Vater, Bengt, Sonja, Ebba – und nun auch noch Harald. Ihr Kopf fühlte sich so schwer und riesig an, aufgebläht, als wollte er jeden Moment platzen. Sie ging ins Bad, putzte die Zähne, wühlte in ihrem Kulturbeutel nach einer Kopfschmerztablette, die sie trocken schluckte. Dann legte sie sich ins Bett und wartete auf den Schlaf.

KAPITEL 12

Sie ließ das Telefon klingeln. Tuuuut, tuuuut, tuuuut. »Dies ist die Mailbox von Harald…« Sie legte auf. Versuchte es noch mal.

Sie hatten sich zum Telefonieren verabredet, und es war untypisch für Harald, dass er dann nicht erreichbar war. Sie machte sich Sorgen.

Endlich, beim vierten oder fünften Versuch, hörte sie seine Stimme durch die Leitung.

»Was denn?«, fragte er gereizt.

»Hey.« Frieke fühlte sich ganz klein, ihre Stimme klang in ihren Ohren piepsig. Aber sie war auch erleichtert. *Ihm ist nichts passiert, puh!* »Ich wollte hören, wie es dir geht.«

»Ich bin gerade erst aufgestanden.«

Sie schwieg, weil das keine Antwort war, die sie zufriedenstellte.

»Besser, glaube ich. Noch etwas müde. Wie spät ist es?«

»Halb zehn.«

Ganz schön spät für seine Verhältnisse. Aber offensichtlich hatte er den Schlaf gebraucht nach der gestrigen Aktion.

»Tut mir leid, wenn du dir Sorgen gemacht hast. Ich war gestern irgendwie schlecht drauf. Vielleicht habe ich auch etwas zu viel getrunken.«

»Das habe ich tatsächlich. Mir Sorgen gemacht.« Frieke stand auf und trat ans Fenster des kleinen Bücherwohnzimmers. Sie schob die Gardine beiseite. Über Nacht hatte es geregnet, und jetzt präsentierte sich die Dorfstraße unten blankgewaschen und im schönsten Sonnenlicht.

»Das musst du nicht. Wäre auch nicht nötig gewesen, mir gleich Emma auf den Hals zu hetzen. Mir geht's gut.«

»Das klang gestern Abend nicht so. Tut mir leid, wenn ich überreagiert habe.«

Sie wusste selbst nicht, ob sie überreagiert oder genau richtig gehandelt hatte. Emmas Worte hallten noch in ihr wider. *Er braucht Hilfe.*

Wem konnte sie vertrauen? Ihrer besten Freundin oder dem Mann, den sie liebte?

»Ist vielleicht gerade stressig. Tut mir leid, dass ich dich angepöbelt habe.«

»Ach, schon gut.« Sie wollte auch nicht ewig drauf herumreiten.

»Ich habe mich wie ein Arschloch verhalten«, fügte er hinzu.

»Emma meinte, du brauchst Hilfe.«

Willem schob unten einen Tisch vor den Buchladen, auf den er ein paar Kisten mit reduzierten Taschenbüchern hievte. Sofort kamen wie von Geisterhand aus allen Richtungen irgendwelche Leute, Inselgäste, die nach Schnäppchen jagten. Sie scharten sich um die Bücherkisten und wühlten darin herum.

»Ja, du meine Güte. Sie wollte wissen, wer mein Therapeut ist. Ob sie nachts bei mir bleiben soll. Ob ich Tabletten nehme.« Frieke hörte ihn lachen, doch es klang recht freudlos. »Als würden Tabletten da helfen.«

»Es gibt aber welche, die es erträglicher machen. Vorübergehend. Leichter. Nicht so schmerzhaft.«

»Geh mir weg, Frieke. Fängst du auch schon damit an. Ich will mich nicht von irgendwelchen Psychopharmaka einlullen lassen. Ich komme schon klar.«

»Okay«, sagte Frieke, der Trubel unter ihr lenkte sie ab. Ein Kunde schleppte einen Stapel Bücher in den Laden, und plötzlich fühlte sie auch das Bedürfnis, hinunterzugehen und sich durch diese Schatzkisten zu wühlen, weshalb sie den nächsten Satz erst gar nicht richtig hörte.

»Wir haben nie über Kinder nachgedacht«, hörte sie ihn sagen.

Die Worte brauchten einen Moment, bis sie bei Frieke ankamen. Und das lag nicht nur daran, dass sich die Bücherkisten so rapide leerten.

Kinder? Das war nicht sein Ernst, oder?

Waren Kinder die Lösung, wenn es einem schlecht ging?

»Bist du noch da?«, fragte er.

»Ja.« Ihre Stimme klang kratzig. »Hör mal, Harald. Morgen komme ich zurück. Können wir dann über alles reden? Auch über die Sache mit den Kindern?«

»Wir können über alles reden«, sagte er.

»Gut.« Sie atmete tief durch. »Ich will das nicht am Telefon machen.«

»Ich auch nicht.«

Als sie auflegte, fiel ihr ein, was sich so komisch anfühlte an diesem Telefonat.

Sie hatte nicht widersprochen, als er ihr erklärte, er habe sich wie ein Arschloch verhalten. Sie hatte das einfach akzeptiert.

Oder es entsprach der Wahrheit.

Da kam sie die Treppe herunter. Ebba lauerte hinter der Küchentür, das Frühstück schon vorbereitet. Nur die Pancakes musste sie noch in der Pfanne ausbacken, aber das war schnell erledigt. Sie band sich die Schürze um und öffnete die angelehnte Küchentür weit.

»Moin!«, begrüßte sie Frieke Wallgren fröhlich. »Ich hoffe, Sie haben gut geschlafen?«

Ihr Gast schaute nur kurz von ihrem Handy auf. »Moin«, murmelte sie, ganz in ihre Gedanken versunken. Sie ging durch die Haustür nach draußen, bevor Ebba sie zum Frühstück einladen konnte. Die Tür knallte zu.

»Hast du das gesehen?«

Sie ging zurück in die Küche und schüttelte den Kopf. Willem brummte etwas hinter seiner Zeitung, *natürlich* hatte er nichts gesehen. Der wollte ja auch nicht von hier weg. Aber Ebba fing langsam an, von diesem Leben anderswo zu träumen. Ein anderes Meer, eine andere Stadt. Überhaupt mal eine Stadt. Nicht tagein, tagaus dieselben paar Hundert Nasen sehen. Nicht einen Ausflug über zwei Tage draus machen müssen, wenn man mal ins Theater wollte oder eine Ausstellung in Bremen ansehen. Hamburg, das Tor zur Welt, hatten sie seit vier Jahren nicht besucht.

Sie schaltete den Herd ein und schimpfte so lange leise vor sich hin, bis Willem mit einem Seufzen hinter seiner Zeitung hervorsah. »Was denn?«, wollte er wissen.

»Ach, nichts.«

»Du hast doch was.«

Sie musste grinsen. Das klang schon fast wie Loriot, wie sie sich inzwischen unterhielten. Sie mochte Loriot.

»Nichts hab ich. Nur Frieke.«

Er verschwand wieder brummelnd hinter seiner Zeitung. Doch dann sagte er: »Gestern war sie beim ollen Hansen. Bei ihrem Vater.«

Ebba horchte auf. »Der ist ihr Vater?«

»Mh«, machte Willem.

»Muss ich dir denn jedes Wort einzeln durch die Nase ziehen?«, schimpfte sie. »Woher weißt du das?«

»Was weiß ich?«

»Dass sie seine Tochter ist.« Herrje.

»Hat er mir erzählt. Dass er sie gesehen hat. Ist ja ein seltener Name, daher wusste ich es.«

»Ja, und?«

»Was und?« Seine Hand kam hinter der Zeitung hervor und fand ohne Hingucken die Kaffeetasse. Jahrelange Übung. »Dachte, das interessiert dich.«

»Es bringt mir nur nichts. In ein paar Wochen ist der nämlich tot«, hörte sie sich sagen.

Sie schlug die Hand vor den Mund. Die Pancakes brutzelten ganz leise und zischten. Willem kam wieder hinter der Zeitung hervor, wie eine uralte Schildkröte hob er seine vom grauen Haarkranz umwachsene Glatze hoch. »Wie man's nimmt«, meinte er. »Soweit ich weiß, hat er sonst niemanden.«

»Nun sag schon, was meinst du damit?« Sie wurde ungeduldig.

»Das alte Kapitänshaus. Das wird er kaum der Gesellschaft zur Rettung Schiffbrüchiger vermachen.«

Zuzutrauen wär's ihm, dachte Ebba. Aber nein, das tat er nicht. Oder doch?

Ihr kam eine Idee.

»Was wird jetzt aus den Pancakes?«, rief Willem ihr nach, als sie aus der Tür huschte. »Und dem Laden?« Das Klingeln der Türglocke unterbrich seine Worte.

»Mach sie selber!«, rief sie fröhlich.

Ebba hatte eine Mission. Und für die war sie bereit, alles in die Waagschale zu werfen. Sie machte sich auf den Weg zum anderen Ende des Inseldorfs.

Frieke wusste nicht, ob Bengt auf sie gewartet hatte, aber die Vorstellung wärmte sie.

Die Verabredung mit ihrem Vater konnte sie jetzt nicht wahrnehmen. Später, dachte sie. Erst musste sie den Artikel fertigbekommen, den Kopf wieder frei. Sie musste schnell heim. Vielleicht blieb am Nachmittag Zeit für Ole. Sie hoffte, er würde es irgendwie verstehen.

Als sie vom gepflasterten Weg abbog und den Pfad nahm, auf dem sie zu dem Bauwagen kam, ohne seine Brandseeschwalben aufzuschrecken, und den er ihr gestern gezeigt hatte, sah sie schon ein Wölkchen aus dem Schornstein aufsteigen. Obwohl Mai war, schlug das Wetter ihnen schon wieder ein Schnippchen. Es regnete wieder Bindfäden, und sie war darauf genauso wenig eingestellt wie auf den beißend kalten Wind, der den Regen fast senkrecht vor sich hertrieb. Sie war völlig durchnässt in ihrer Bluse und der dünnen Strickjacke, die Emma ihr zum Geburtstag gestrickt hatte.

Innerlich war bei ihr auch eher so ein Gefühl von völlig durchgeregnet. Als sie näher kam, tauchte Bengt mit zwei Bechern Kaffee in der Tür seines Domizils auf Rädern auf. Sie seufzte selig. Das war jetzt genau das, wonach sie sich sehnte.

Also der Kaffee.

Nicht der verflixt gut aussehende Ornithologe.

»Moin!«, rief er ihr entgegen. »Kaffee?«

»Moin.« Sie blieb stehen, denn auf etwas mehr Regen kam es jetzt auch nicht mehr an. »Und ja, ich nehme gern einen.«

Er reichte ihr den einen Becher, und sie setzten sich auf die Stufen. Schweigend, aber das war gar nicht schlimm. So tranken sie den Kaffee, schauten ins Wetter und beobachteten, wie gelegentlich ein ganzer Schwarm Brandseeschwalben von der Kolonie aufflog und kurz darauf wieder niederging.

»Was machen sie bei Regen?«, fragte sie unvermittelt.

»Was sollen sie machen?«

»Keine Ahnung. Um ihre Küken zu beschützen. Sagt man Küken?«

Er nickte. »Oder Jungtiere. Aber ich verstehe die Frage nicht.«

»Na ja, der Regen.«

»Die Jungtiere suchen Schutz unter Gras oder anderen Pflanzen. Sie verlassen das Nest sehr früh.«

»Ich bin erst mit achtzehn von zu Hause ausgezogen.«

Er lachte. »Okay, hier machen sie es schon mit zwei bis drei Tagen. Und so richtig flügge sind sie ja nicht. Sie bleiben noch etwa vier bis fünf Wochen bei ihren Eltern, bevor sie selbst das erste Mal aufsteigen.«

»Und der Regen macht ihnen nichts aus?«

Er zuckte mit den Schultern. »Das ist die Natur. Sie tun, was sie schon seit vielen Generationen getan haben.«

»So wie der Mensch«, murmelte sie.

Da war er wieder. Der Gedanke.

Der Gedanke.

Den sie immer vertrieben hatte. Immer, immer, immer.

Und jetzt warf Harald ihn in den Ring, einfach so. Nein, nicht einfach so, denn natürlich bezweckte er damit etwas. Es war seine Form der Ablenkung. Seine Art, ihr mitzuteilen, dass sie keine weiteren Fragen stellen sollte über seinen gestrigen Aussetzer. Über seine Wut, ihre Sorge, Emmas Fragen.

Ein Kind? Eine Agentur in Boston?

Plötzlich war alles, was sie geplant hatten, genauso absurd wie das, was Emma mit ihren Fragen andeutete.

Wäre er ein guter Vater?

Wer war das schon.

Und schon kehrten ihre Gedanken zurück zu Ole Hansen, aber sie dachte auch an Martin Wallgren. Hier der Rastlose, dort der Angekommene. Heute Morgen war sie aufgewacht, und als sie noch im Bett lag, ihren Gedanken nachhing und gerade das Smartphone vom Nachttisch angeln wollte, dachte sie an Ole Hansen als ihren Papa.

Martin Wallgren war ihr Papa.

Ole Hansen ihr biologischer Vater. Mehr nicht.

Biologie aber besaß offenbar eine Macht, die stärker war. Die auch nach über dreißig Jahren mit einem anderen Vater, einem *richtigen* Vater, zu dem sie eine wundervolle Beziehung hatte aufbauen können, einfach mal dazwischenfunkte. Hey, sagte die Biologie. Ich bin auch noch da, und ich habe was zu melden.

Hat sie nicht, redete Frieke sich ein.

»Haben Sie mal über Kinder nachgedacht?«, fragte sie.

»Kinder, puh!« Bengt leerte seinen Becher. »Wollen Sie auch noch einen?«

»Ja, gerne.«

Klar, dass er da auswich. Das machten Männer so. Es war ein Thema, das doch eigentlich eher die Frauen betraf, nicht wahr? Auch wenn man nach Emanzipation rief, wenn man versuchte, sich alles so gut wie möglich und gerecht zu teilen, blieb die unangenehme Wahrheit, dass es eben manchmal besser war, wenn die Frau die Hauptlast trug. Weil der Mann besser verdiente. Oder weil sie stillte. Oder weil sie einfach beim Kind sein wollte. Es gab dafür viele Gründe, und mindestens genauso viele Stimmen, die gleichzeitig dagegen wetterten.

Eine Kollegin von Frieke, die sie nicht Freundin nennen konnte, weil sie sich dafür zu wenig kannten, hatte mal vor Jahren bei einem Feierabendbierchen darüber gemeckert, wie verlogen das doch alles sei.

Frieke hatte nur mit halbem Ohr zugehört. Jetzt wünschte sie, ihr Wissen über das Leben als Familie würde sich nicht nur auf die heile Welt stützen, aus der sie stammte. Sie könnte Emma fragen. Nein, musste sie.

Harald und sie waren seit drei Jahren zusammen. Vielleicht war das der richtige Zeitpunkt. Ein Neuanfang und dazu ein Baby. Vielleicht war es aber auch eine selten dämliche Idee, weil sie bisher auch noch nie darüber nachgedacht hatte, ob sie überhaupt Kinder wollte.

Warum eigentlich nicht?

Weil ich wie mein Vater bin, schoss es ihr durch den Kopf.

Und meinte damit nicht Martin Wallgren.

Bengt drückte ihr den Kaffeebecher wieder in die Hand und ließ sich seufzend auf die oberste Stufe sinken. »Kinder, ja? Meine Schwester hat drei. Zwei Mädels, einen Jungen. Sie besuchen mich jeden Sommer, aber erst nach der Brutzeit der Brandseeschwalben. Ist für alle Beteiligten entspannter.« Er lachte. »Ich liebe diese Rabauken, wirklich. Aber eigene? Hier?« Er zeigte auf den Bauwagen, die Dünen, seine laut krakeelenden Brandseeschwalben. »Schwer vorstellbar, oder?«

»Sie bräuchten ja auch erst mal eine Frau.« Sie grinste.

»Eine Frau, so. Ja.« Er grinste nicht.

Frieke versteckte ihre roten Wangen hinter dem Becher. »Tut mir leid«, murmelte sie.

Überhaupt war der Ornithologe der Falsche für so ein Gespräch. Warum machte sie das überhaupt? Das war wieder so typisch für sie. Florian nannte es gerne »Frieke auf dem Schoß der Interviewpartner«. Vielleicht lag er damit gar nicht so falsch. Wenn sie versuchte, jemanden für eine Reportage besonders gut kennenzulernen, gab sie viel von sich her, sie gab so viel von sich preis, dass sie Dinge erzählte, die sie nicht mal Emma bei einem Cocktailabend anvertrauen würde. Dem brandenburgischen Aussteiger hatte sie zum Beispiel von ihren Problemen beim Klogang erzählt, und daraufhin hatte er zu einem ausgiebigen Exkurs zur richtigen Haltung beim Besuch des stillen Örtchens angesetzt. Diese ausgiebige Beschreibung diente ihr als Aufhänger für die Reportage, die sie dann unter dem Titel »Back to the roots – start with your poo« – zurück zu den Wurzeln, angefangen beim Scheißen – eingereicht hatte. Der Titel war für sie nur vorläufig gewesen, aber Florian fand den natürlich so witzig, dass er es ins Heft schaffte und mehr Leserbriefe provozierte als alles andere an dem Artikel.

Und jetzt saß sie auf dieser verfluchten Insel, musste immer noch Fotos machen und hatte einen ganzen Fragenkatalog an Bengt. Aber sie wollte nicht hier sein, und die erste Frage, die ihr einfiel, war mit Abstand die unpassendste. Und direkt im Anschluss trampelte sie in eines dieser Fettnäpfchen, wie nur sie sie aufspüren konnte.

Sie traute sich auch gar nicht, Bengt anzusehen. Also tranken sie den Kaffee schweigend, richtig ostfriesisch quasi, und danach stand Bengt auf, nahm ihren Becher und brachte ihn in den Bauwagen. Sie hörte ihn dort klappern, lauter als vorher, und sie stellte sich vor, wie er wütend war.

War sie auch, auf sich selbst. Damit waren sie schon zu zweit.

»Wollen wir los?«

Bengt schob sich an ihr vorbei. Er trug bereits die hohen Gummistiefel, mit denen sie ihn mehrfach gesehen hatte. Dazu eine ausgebeulte Cordhose und den dunkelblauen Pullover von gestern, dem man schon ansah, dass er nicht allzu oft eine Waschmaschine von innen sah. Aber wen störte das schon hier draußen. Bengt roch sauber. Angenehm. Das hatte sie vorhin bemerkt, als sie wie die Hühner dicht beisammen auf der Treppe gehockt hatten.

Frieke holte die Kamera aus ihrer Tasche und folgte ihm.

Wenn sie keinen Grund fand, damit sie noch mal zurückkam, wäre dies ihr letztes Treffen mit ihm. Während sie sich vorsichtig der Brutkolonie näherten, überlegte Frieke, ob sie nicht einen weiteren Tag dranhängen sollte. Warum? Sie konnte es nicht mal in Worte fassen. Es war einfach dieses Gefühl, dass sie noch nicht alles wusste.

Oder du trägst dich doch mit dem Gedanken, die Buchhandlung zu übernehmen.

Absurd. Das würde sie auf gar keinen Fall tun.

Er wunderte sich immer mehr über Frieke Wallgren.

Anfangs hatte er gedacht, sie wäre einfach eine dieser Journalistinnen, die einen Artikel nach dem anderen ablieferten, damit sie über die Runden kamen. Mit seinen Forderungen hatte er insgeheim gehofft, er könnte sie vertreiben.

Tja, da hatte er sich wohl geirrt.

Sie war geblieben, und nicht nur das. Sie fotografierte mit der alten Spiegelreflexkamera von Canon, als hätte sie immer schon analog fotografiert. Mal abgesehen von den anfänglichen Schwierigkeiten. Der Notizblock, auf dem sie zunächst hektisch gekritzelt hatte, war bald in der Tasche verschwunden. Okay, das war vielleicht ein Fehler. Aber er ließ es drauf ankommen und hoffte, dass er ihr vertrauen konnte.

Ihre Fragen waren klug. Teilweise naiv, aber trotzdem klug. Und bis jetzt hatte er auch immer eine Antwort gewusst. Gehörte die nach eigenen Kindern zu ihrer Reportage? Oder war sie persönlich motiviert? Und wenn Letzteres der Fall war – was bedeutete das für ihn? War sie doch nur eine von diesen Großstädterinnen, die zu viele von diesen achtsamen Zeitschriften lasen, die inzwischen auch in dem Spiekerooger Frischemarkt das Zeitschriftenregal verstopften? Verliebte sie sich gerade in sein »einfaches, pures, rustikales Leben«, ohne Technik, ohne Kontakt zur Außenwelt?

Ihr Smartphone hatte sie jedenfalls nicht mehr so oft in der Hand. Oder nein, heute Morgen eigentlich noch gar nicht. Er wusste aber nicht, ob ihn das nun beunruhigen sollte oder ob er das begrüßte.

Hatte sie es auf ihn abgesehen? Eine kleine Affäre mit dem Ornithologen ohne Internet?

Bevor dieser Gedanke zu viel Raum einnehmen konnte – denn wenn er ehrlich war, gefiel ihm die Vorstellung, ebenso wie sie ihm Angst machte –, hob er zu einem längeren Vortrag über die Geschichte der Brutkolonie an. Davon hatte er ihr zwar gestern schon ausführlich berichtet, aber sie hatte ja nicht mitgeschrieben. Vielleicht würde sie es sich so besser merken können. gelang es ihr ja auf diese Weise, dass sie nicht alles vergaß, bevor sie den Artikel tippte.

»Bleiben Sie mal stehen«, unterbrach sie ihn, als er gerade versuchte, das charakteristische »kiwitt« der Brandseeschwalbe zu imitieren. »Genau so.«

Er blieb stehen, steif und etwas unbehaglich, während sie durch den Sucher starrte. Eine Weile sprach keiner von ihnen, nur das leise Klicken der Kamera war zu hören, das leise Surren beim Weiterspulen des Films. »Das ist gut«, hörte er sie murmeln.

Er wusste nicht, was gut daran war, wenn er bis zu den Knöcheln in der Salzwiese stand und ihm der Regen ins Gesicht peitschte. Hinter ihm stiegen die Brandseeschwalben wieder mal auf und krakeelten.

»Schade«, hörte er Frieke sagen. »Das jetzt als Videosequenz …«

»Sie haben ja noch Ihr Smartphone.«

Über die Kamera warf sie ihm einen Blick zu, den er nicht

deuten konnte. Wütend? Feindselig? Erschöpft eher. Als hätte man ihr das Gewicht der Welt auf die Schultern geladen, das sie nach unten drückte.

Sie war nicht bei der Sache, fuhr ihm durch den Kopf.

Es fühlte sich plötzlich nicht mehr so richtig und gut an wie noch vorgestern. Da hatte er gedacht, sie wäre die Richtige, damit er endlich wieder Ruhe hatte auf seiner Insel. Eine Reportage über den technikfeindlichen Ornithologen sollte ja reichen. Aber nein. Sie nervte ihn, dabei hatte er sich gefreut, als er sie kommen sah.

»Gehen wir zurück?«, fragte er.

Sie folgte ihm schweigend. Er zeigte auf die Brandseeschwalben, die wieder aufstiegen, Frieke hob die Kamera, klick, surrsurr, klick, surr-surr, klick. Ob die Bilder was wurden?

»Wie kam es zu der Ansiedlung?«, fragte sie.

»Der Brandseeschwalben?«

Sie warf ihm einen Blick zu, als wollte sie sagen: Nein. Die von dir, du Inseltrottel.

Er lachte, weil ihr Blick so streng war, so unnachgiebig. Da musste sie auch grinsen, und er erklärte es ihr. »Irgendwann muss sich hier ein Brutpaar hin verirrt haben. Die Bedingungen sind ideal. Keine Weideflächen weit und breit, sogar Kühe würden sie stören. Das erste Brutpaar zog ein Jungtier auf, das nach der Geschlechtsreife auch hier brütete. Dann haben sich wohl ein paar andere hierher verirrt. Wie das funktioniert hat, erforschen wir in dieser und anderen Kolonien. Ob das im Winterquartier Thema ist unter den Brandseeschwalben? Keine Ahnung. Letztlich ist es einfach Biologie, und der entkommt man nicht. Die meisten Brutpaare finden zu dem Nest zurück, aus dem sie gefallen sind.«

Sie bekam so eine steile Stirnfalte, was sogar niedlich aussah. »Ich bin auch aus dem Nest gefallen, glaube ich.«

»Irgendwann trifft es jeden.«

»Bei mir ist das … schon lange her.«

Sie verfiel wieder in ihr brütendes Schweigen, und er drehte sich mehrmals zu ihr um, während sie zurück zu seinem Bauwagen gingen. »Alles okay?«, fragte er, bekam aber keine Reaktion.

Zurück im Bauwagen legte sie zunächst die Tasche ab, die Kamera legte sie vorsichtig auf den Tisch. Dann sah sie sich um. Er hatte nur selten Gäste hier draußen, und bisher hatte er nie jemanden zu Besuch gehabt, der ihm das Gefühl gab, dass seine spärliche Einrichtung dessen Blicken nicht standhielt.

Außerdem wurde ihm jetzt erst bewusst, wie eng es hier drin war. Auf wenigen Quadratmetern hatte er sich mit Bett, einem an dem Bücherregal montierten Brett, das man als Tisch hochklappen und arretieren konnte, zwei Klappstühlen, der Küchenzeile und diversen Staumöglichkeiten so minimalistisch und zugleich funktional wie möglich eingerichtet. Ihr Blick verriet ihm, dass sie sofort wusste, was fehlte.

»Eine Toilette …?«

Er zuckte mit den Schultern. »Die Salzwiese.«

»Aha.« Sie runzelte die Stirn. »Und Dusche?«

»Ich habe einen Wassertank und wasche mich. Keine Dusche. Das verbraucht zu viel Wasser. Und ich gehe im Meer schwimmen.«

»Auch im Winter?«

Er lachte. »Dann bin ich ja drüben im Dorf oder auf dem Festland.«

»Sie sind also gar nicht der klassische Einsiedler.«

»Enttäuscht Sie das jetzt? Macht das die Reportage kaputt?«

»Sie klingen etwas zu hoffnungsvoll, ehrlich gesagt. Bin ich wirklich so schlimm?«

Nein, war sie nicht. Er bückte sich, zog unter dem Bettgestell eine Kiste hervor und reichte ihr ein sauberes Handtuch, damit sie ihre nassen Locken und das Gesicht abtrocknen konnte. Er nahm sich auch ein frisches und rieb das Gesicht trocken, während er schon an der Küchenzeile stand und alles für den nächsten Kaffee vorbereitete.

»Trinkwasser?«, fragte sie.

»Bekomme ich geliefert, einmal pro Woche. Man kommt mit verdammt wenig aus, wenn man sich anstrengt.«

Sie schaute sich um. Legte vor dem Regal den Kopf schief, in dem neben seinen Fachbüchern und ein paar Romanen auch seine Vorräte in Gläsern lagerten.

»Ich nehme aber an, dass es auf der Insel keinen Unverpackt-Laden gibt, wo Sie einkaufen.«

Er fühlte sich fast ein wenig ertappt. »Es ist nicht möglich, ganz ohne Müll auszukommen. Zumindest nicht hier oben. Aber ich bestelle im Frischemarkt große Gebinde, ich benutze Glasflaschen statt Tetrapaks, die ich recycle, wenn ich sie nicht weiterbenutzen kann. Ich koche viel mit Gemüse der Saison. Manchmal ist das hart, vor allem im Winter.«

Sie verzog das Gesicht. »Kohl.«

»Genau, Kohl.« Er lachte. »Aber man wundert sich, wie abwechslungsreich man kochen kann, wenn man erst anfängt, sich mit heimischen Gemüsesorten zu beschäftigen.«

»Man muss sie eben auch bekommen.«

»Das ist die Schwierigkeit, ich weiß.« Er seufzte. »Auf dem Festland geht das. Wenn ich in Flensburg arbeite, habe ich dort einen Bioladen. Hier draußen? Schwierig. Der einzige Supermarkt auf der Insel ist eher auf die Touristen ausgelegt. Und die wollen sich nicht damit befassen, ob im Mai ihre Äpfel aus Neuseeland kommen. Sie wollen Äpfel.«

Während er Kaffee kochte, redeten sie weiter. Es war ein Gespräch, wie es Bengt viel zu selten hatte – respektvoll, auf Augenhöhe.

Ich könnte mir vorstellen, solche Gespräche häufiger zu führen, dachte er. Mit ihr.

Dieser Gedanke wurde ebenso schnell beiseitegeschoben, weil eine Stimme in seinem Kopf wetterte: Nix reden! Sie ist der Feind! Sie wird eine Reportage schreiben, in der sie völlig falsch und überzogen darstellt, dass du ein komischer Kauz bist, der sich der Moderne verschließt. Du wirst sie danach hassen.

Sie wäre nicht die erste Frau, die ihn verriet.

»Warum haben Sie vorhin nach Kindern gefragt?«

Okay. Der vernünftige Teil von ihm, der Teil, der dafür sorgen sollte, dass er sich nicht länger um Kopf und Kragen redete, hatte eindeutig gerade Urlaub auf dem Festland. Saß vermutlich gerade mit Tante Mette beim Arzt und las die »*Gala*«.

»Ach, es ist nichts.« Sie schüttelte den Kopf. »Kann ich helfen?«

Er gab ihr Teller und Besteck, damit sie den Tisch deckte. Aus dem kleinen Backofen zauberte er eine Donauwelle hervor, die er heute früh vorbereitet hatte.

»Wie passt das zusammen?«, fragte sie. »Da sind ja jetzt viele Zutaten drin, die man hier nicht bekommt. Oder gibt es auf Spiekeroog eine Kakaoplantage?«

Er grinste. »Netter Versuch, mich abzulenken. Ich habe nie behauptet, dass ich ein militanter Vertreter dieser Lebensweise bin. Mir geht es nur darum, dass ich etwas mehr darauf achte, was ich kaufe. Und Kuchen? Da kann ich nie widerstehen.«

Sie grinste ebenfalls, wurde dann aber wieder ernst. »Mein Freund will Kinder.«

Es gab also einen Freund. Okay, das hätte ihn nicht wundern dürfen. Sie war eine tolle Frau. Trotzdem fühlte er sich um eine Antwort verlegen.

»Ich habe darüber noch nie nachgedacht«, sagte sie leise.

»Ob ich welche will. Ich bin dreiunddreißig, und bisher hat sich mir die Frage nicht gestellt.«

»Aber jetzt überlegen Sie schon, ob das etwas wäre.«

»Auch, ja. Und ob er der Richtige dafür wäre. Er ...« Sie verstummte. Die Stirnfalte war zurück, ihre Kiefermuskeln zuckten, und sie blieb lange still.

»Sie müssen mir nichts erzählen.«

»Doch.« Sie blickte hoch. Wie sie da auf dem Klappstuhl hockte, ein bisschen zusammengefaltet, weil sie zu groß war für die Enge seines Bauwagens – die er bisher nicht so empfunden hatte –, und irgendwie elend, dachte er, dass er sie gern küssen würde.

Falsch, falsch, falsch. Allein der Gedanke war fehl am Platz.

»Manchmal ... die Liebe. Das ist am Anfang so leicht. Man lernt sich kennen, man lacht über die Macken des anderen, man erfährt so vieles in der ersten Zeit. Man beschließt, das nächste Stück Weg gemeinsam zu gehen, egal wie lang das sein mag. Man glaubt vielleicht sogar, dass es für immer ist.« Sie gabelte ein Stück Donauwelle auf, bevor sie weitersprach, verdrehte die Augen und seufzte wonnig. »Und dann, irgendwann ... irgendwann ist es nicht mehr so leicht. Im Gegenteil. Es ist ... So hat man sich das nicht vorgestellt, und man weiß nicht, ob man den anderen überhaupt noch kennt, ob man sich das all die Jahre nur eingebildet hat. Oder ob das eben jetzt eins dieser steinigen Wegstücke ist, die man gemeinsam bewältigen muss, damit es besser wird. Näher. Inniger. Das alles weiß ich nicht. Und ich wünsche mir, dass ich es wüsste. Oder dass es einfacher wäre. Aber dann redet der andere plötzlich von Kindern, und ich weiß nicht, ob er das gemacht hat, weil er von seinen Problemen ablenken will oder ob er wirklich Kinder will. Und wenn, ob ich dafür die Richtige bin. Noch nicht einmal das weiß ich.«

»Hm«, machte Bengt. Er probierte auch vom Kuchen. Der war ihm außerordentlich gut gelungen, da musste er sich selbst mal loben.

»Ja genau, hm.«

»Gibt es denn etwas, das Ihnen helfen würde? Jetzt, in diesem Augenblick?«

»Ein Kuss.«

»Ein Kuss«, wiederholte er überrascht.

»Ja. Damit ich wieder weiß, wohin ich gehöre.«

Er beugte sich vor. Der kleine Tisch war kaum im Weg, und als er die Hände auf ihre Wangen legte und ihr tief in die Augen blickte, sah er etwas darin. Keine Zweifel.

»So zum Beispiel?«, fragte er. Seine Lippen berührten ihre. Sie schloss die Augen, und er tat das auch. Er ließ sich fallen. Der Moment hätte ewig dauern können – wenn es nach ihm ging. Aber sie löste sich von ihm. Als hätte sie sich an ihm verbrannt.

KAPITEL 13

»Ebba Froelke. Dass es dich mal hierher verschlägt.«

»Du kommst ja nicht freiwillig in den Buchladen, Ole Hansen.«

Er zuckte mit den Schultern. »Wieso sollte ich? Du kommst ja her. Hab schon auf dich gewartet.«

Ein bisschen sah es tatsächlich danach aus. Er hatte sie in sein Wohnzimmer geführt, wo auf dem Tisch eine Frühstückstafel für zwei gedeckt war.

Ebba blieb unter dem niedrigen Türsturz stehen. Sie sah das feine Sonntagsporzellan – wer hätte gedacht, dass ein alter, knurriger Kerl wie Ole Hansen so etwas besaß? Seine Pranken waren so riesig, dass er problemlos die zarten Teetassen zerkrümeln könnte – sogar mit Zuckerdose, Buttertellerchen und Milchkännchen. Es gab frische Brötchen, einen Teller mit Aufschnitt, einen mit Käse, ein Korb mit frisch gekochten Eiern in den wattierten Polstern wartete. Marmelade. Honig.

»Du hast tatsächlich jemanden erwartet.«

»Ja, aber wohl nicht dich. Wie lange ist das her, Ebba?«

»Ziemlich lange. Darf ich mich setzen oder kommt dein Besuch noch?«

Er schüttelte den Kopf. »Wohl kaum.«

Ob er auf Frieke gewartet hatte?, fuhr es ihr durch den Kopf. Das machte es ihr leichter, das Gespräch zu beginnen.

»Mich hat deine Tochter heute früh auch versetzt. Ist raus zum Vogelkundler gegangen. Ich glaube, sie reist bald wieder ab.«

»Das habe ich mir gedacht.« Ole hustete, er drehte den Oberkörper von ihr weg, aber sie sah, wie sehr es ihn schüttelte. Wie sehr auch sein Körper abgemagert war. Früher hätte man gesagt, er sei ein Bär von einem Mann, aber geblieben war davon nicht viel. Er tat ihr so leid. Sie wünschte, sie könnte mehr tun. Ihm Trost spenden. Mehr als nur ein Buch schicken, von dessen Wirkung sie gerade selbst nicht so überzeugt war. Aber stattdessen erhöhte sie den Druck auf ihn.

»Du musst mit ihr reden.«

Er schüttelte hustend den Kopf, dann hob er ihn, sah sie an. »Ich muss gar nichts«, meinte er.

»Na ja, schon. Sterben irgendwann.«

Ole grinste. »Früher als so manch anderer.«

»Du sagst das, als hättest du schon abgeschlossen mit dem Leben.«

»Das habe ich nicht, und niemand weiß das so gut wie du.«

Sie hatte ihn zufällig getroffen, als er vor acht Monaten an Land gegangen war. Es war ein verregneter, kalter Septembertag gewesen, an dem sie mit dem Handkarren raus zum Fährhafen gelaufen war, weil sie eine große, wichtige Büchersendung erwartete, bei der sie nicht abwarten konnte, bis die Post sie zustellte. Einer dieser Tage, an denen es ihr nicht gefiel, so weit weg von der restlichen Welt zu leben.

Und da stand Ole. Er hatte nur eine Reisetasche bei sich, viel Gepäck hatte er nie gehabt. Sie kannten sich. Er verbrachte nur wenige Wochen im Jahr auf der Insel, aber in der Zeit redete man über ihn. Der olle Hansen ist wieder da. Alt ist er geworden. Hat wieder einiges erzählt in der Wirtschaft. Trinkt wie eh und je, gerät nicht ins Wanken. Alles beim Alten beim ollen Hansen.

Sie sah sofort, dass diesmal nicht alles beim Alten war. Die Wangen schon damals eingefallen, seine Schritte unsicher, als er auf sie zukam.

»Da bin ich also wieder«, sagte er, und sie nahm ihn in die Arme. Ganz behutsam. Es war eine Nähe, für die Ebba genauso wenig bekannt war wie Ole, aber in dem Moment erschien es ihr gerade passend. Er brauchte diesen Halt. Jemanden, der ihn willkommen hieß, der sofort wusste, wie es um ihn stand.

Nicht gut, das hatte sie sofort gesehen. Deshalb packte sie seine Tasche zu ihrem Bücherpaket in den Bollerwagen und ging langsam neben ihm her zum Kapitänshaus. Sie trug die Tasche hinein, zog die Tür hinter sich zu, nachdem sie sich versichert hatte, dass er für den Moment klarkam. Dann lief sie zum Frischemarkt und sagte dort Bescheid, dass sie dem ollen Hansen was bringen sollten, damit er nicht völlig vom Fleische fiel, die Rechnung ging an sie. Und zu Dr. Tossens lief sie auch, schickte ihn zu Ole, obwohl sie fürchtete, der würde sich mit dem Arzt gar nicht abgeben.

Bei Letzterem hatte sie sich geirrt. Ole war einsichtig geworden auf die alten, kranken Tage. Niemand wollte Schmerzen leiden auf dem letzten Weg, zumal der länger zu dauern schien, als alle gedacht hätten.

Er war und blieb ein zäher Hund, dieser Ole Hansen.

In den acht Monaten seit seiner Ankunft hatten sie nicht gesprochen, was ungewöhnlich war, denn die Winter wurden den Insulanern lang, trotz der treuen Wintergäste, die jedes Jahr im Advent und über die Weihnachtstage und den Jahreswechsel kamen. Ab Mitte Januar aber begannen die stillen Wochen, nur kurz unterbrochen von den Karnevalsflüchtlingen, zumeist humorlose Rheinländer oder Westfalen, die es ins Rheinland verschlagen hatte. Es wäre also mehr als genug Zeit gewesen. Aber sie war ihm ferngeblieben. Sie wusste selbst nicht so genau, warum.

»Ich habe ihr den Buchladen angeboten. Sie ist gut darin, die richtigen Bücher auszusuchen.«

Ole lächelte in sich hinein, leise und zufrieden. »So wie du?«, fragte er. »Hat sie diese … Gabe?«

Sie verzog das Gesicht. »Mach dich nur lustig über mich. Ich hole uns Kaffee, soll ich? Sie kommt ja nicht, und du brauchst was zwischen die Zähne.«

»Nur zu.«

Friedfertig war er geworden, und sie wunderte sich lieber nicht darüber. Stattdessen gab sie ihren ruhelosen Händen was zu tun, und während sie in der Küche den Kaffee aufsetzte, lauschte sie auf sein Husten.

»Was sagt der Doktor?«, fragte sie, als sie dann gemeinsam am Tisch saßen und der Kaffeeduft von den zarten Porzellantässchen mit Blumendekor aufstieg.

Ole schüttelte nur den Kopf. »Was soll der schon sagen, außer dass ich nicht mehr lange hab? Er meint, ich soll aufs Festland und dort in einer Klinik noch was probieren lassen. Irgendwelche neumodischen Therapien, die angeblich wunderbar helfen. Aber davon halt ich nichts. Das Meer kommt ja nicht mit, wenn ich mich zum Sterben ins Bett lege.«

Ebba nickte. Neben seinem Teller lag das Buch, das sie ihm geschickt hatte. Ein bisschen ramponiert schaute es aus.

»Du liest es.«

»Darum hast du es mir doch geschenkt.«

Sie lächelten sich an.

»Und wie bekommen wir Frieke dazu, dass sie auf die Insel zieht?«

»Vielleicht will sie das nicht. Sie machte auf mich nicht den Eindruck, als wollte sie sich hier niederlassen. Sie ist getrieben, weiß der Himmel wovon.«

Ebba nahm ein Brötchen aus dem Korb und schnitt es auf. Sie bestrich es dick mit Butter und gab einen großen Klecks Marmelade auf beide Hälften, die sie mit dem Messer verteilte.

Dann tauschte sie ihren Teller mit Oles. »Jeder braucht 'ne Heimat«, sagte sie.

»Vielleicht.«

»Auch deine Tochter. Sie braucht einen Neuanfang. Das sehe ich doch.«

»Siehst du das, weil du es sehen willst? Oder weil dir das die Bücher erzählen?«

»Letzteres«, behauptete Ebba, obwohl sie sich plötzlich nicht mehr so sicher war. Sie hatte Frieke ein paar Bücher rausgelegt, und als sie zwischendurch in der Ferienwohnung sauber machte, hatte sie entdeckt, dass ihr Gast sich etwas anderes ausgesucht hatte. Bücher, die mehr über den Leser verrieten, als Frieke lieb sein durfte. Sie hatte die Gabe, sie wusste, welche Bücher ihr guttaten. Besser, als Ebba es gewusst hatte. »Redest du mit ihr? Bitte?«

Ole gab nach. »Wenn sie zu mir kommt.«

Das genügte Ebba. »Dafür kann ich sorgen«, sagte sie.

»Spinnst du?«

Frieke starrte Bengt wütend an. Ihre Hand fuhr über ihren Mund, sie spürte seine Bartstoppeln noch auf ihren Lippen, seinen Mund auf ihrem. Ihr erster Impuls war, ihn von sich wegzustoßen, weil er das tat, was sie wollte. Er hatte sie geküsst. Gerade noch redeten sie über Liebe. Wie schwierig das manchmal war. Wie sehr sie sich wünschte, dass es einfacher wäre. Und er fragte sie, was es einfacher machen würde.

Warum hatte sie geantwortet »ein Kuss«? Und wieso hatte sie ihn dabei so angesehen, als wäre es sein Kuss, den sie sich wünschte?

»Oh.« Bengt machte zwei Schritte nach hinten, was gar nicht so leicht war in der Enge des Bauwagens, seine Hände fielen herunter. Er wirkte ehrlich verwirrt, und dann drehte er sich von ihr weg. »Tut mir leid«, murmelte er. »Da habe ich wohl die Zeichen falsch gedeutet.«

Nein, dachte sie. Das hatte er nicht. Weil sie genau diese Zeichen ausgesendet hatte. Sie hatte ihm signalisiert: Küss mich. Halt mich fest. Du bist fremd für mich, aber ich brauche gerade das Fremde, damit ich mich überhaupt wiederfinden kann.

Sie hatte das hier heraufbeschworen. Es war nichts, das er ihr aufgedrängt hatte. Nichts, wofür er sich entschuldigen müsste. Ihr tat Bengt leid, der jetzt vor ihr stand wie ein begossener Köter, vom Wind durchgerüttelt und offenbar auch von Gefühlen, von denen sie nicht geahnt hatte, dass er sie für sie empfand.

Aber wusste er das selber?

»Ich muss gehen«, murmelte sie. »*Mir* tut es leid.«

Sie steckte die Kamera in die Messengerbag und drehte sich um. Er hielt sie nicht zurück, und dafür war sie ihm dankbar. Jede Berührung wäre jetzt wohl zu viel gewesen, und dann hätte sie ihn angeschrien und wäre noch ungerechter geworden, als sie ohnehin schon war. Stattdessen ging sie. Schnell, den Kopf gesenkt, während der Regen immer stärker auf ihren Scheitel prasselte. Sie fror erbärmlich. Und sie hatte alles davon verdient, dass es ihr so elend ging, dass ihr Herz raste, dass sie sich nur noch verstecken wollte – alles, was ihr auf dieser verfluchten Insel widerfuhr, war zu viel. Ihr Vater. Dieser Buchladen. Bengt.

Als hätte dieser Haufen Sand im Wattenmeer eine Menge Enterhaken nach ihr ausgeworfen, und jetzt zog er unnachgiebig daran, zupfte und zerrte, damit sie endlich, verdammt noch mal, einsah, dass sie hierher gehörte.

Aber ich gehöre nicht hierher. Heute nicht und auch nicht in einem Jahr.

Trotzdem stand sie zwanzig Minuten später irgendwie vor dem Kapitänshaus. Sie war schnell gegangen, hatte niemanden gegrüßt, obwohl ihr einige unerschütterliche Spaziergänger in Jack-Wolfskin-Jacken im unvermeidlichen Partnerlook entgegengekommen waren und sogar freundlich »moin« riefen – bestimmt Neuankömmlinge, die sie für eine Einheimische hielten, die sich nicht nur auskannte, sondern hierher gehörte.

Nein, verdammt. Sie würde niemals zu dieser Insel gehören.

Ihr Vater öffnete, kaum dass sie geklopft hatte.

»Hast du auf mich gewartet?«, fragte sie anklagend.

»Wusste ich selber nicht, aber hab ich wohl. Mein ganzes Leben lang.«

Biologie entkam man nicht. Abstammung auch nicht. Bengt hatte recht. Irgendwann kehrte jeder in das Nest zurück, aus dem er einst gefallen war.

Ole kochte Tee, keinen Kaffee. Sie wärmte sich an dem Becher die Hände, die vom Regen kaltgefroren waren.

»Hast du an den KOMET geschrieben?«, fragte sie unvermittelt, weil sie das wissen musste.

»Nee. Hätte ich das tun sollen?«

Sie schüttelte den Kopf. Dieses Geheimnis ließ sich also nicht auf die Schnelle lösen. Aber vielleicht konnte ihr Vater ein paar andere Fragen beantworten, die ihr durch den Kopf geisterten. Neue Fragen. Die hatte sie sich bisher jedenfalls nicht so gestellt.

»War das leicht für dich, als du mich aufgegeben hast?«

Ole schüttelte müde den Kopf. »Du machst dir ganz falsche Vorstellungen davon, wie das damals war«, sagte er.

»Wie war das denn?«

Er ging auf ihren aggressiven Unterton nicht ein.

»Ute und ich … Wir hatten uns auseinandergelebt, bevor sie

schwanger wurde. Ich will nicht sagen, dass es ein Unfall war, denn als sie es mir sagte, dass sie's ist, wusste ich, dass ich Verantwortung übernehmen will. Hab ich auch gemacht. Sie hat sich erst gesträubt. Darauf hätte ich hören sollen. Bringt nichts, eine Frau zu heiraten, die das gar nicht will. Hätte uns viel erspart.«

»Sie hat mir erzählt, du wärst immer unterwegs gewesen, und deshalb hat es nicht geklappt.«

»Das ist dasselbe, nur mit ihren Worten. Für sie wollte ich sesshaft werden. Für dich«, fügte er hinzu. »Zumindest versuchen wollte ich es. Aber … Na ja. Ich bin eben nicht so ein Vogel, dem man die Flügel stutzt. Ich habe das nicht gesehen, aber Ute. Deine Mutter hat mich aufs Meer geschickt, weil sie wusste, ich werde nur da draußen glücklich. Auch wenn es für uns das Ende bedeutete.«

Daran hatte sie lange zu kauen, und er beobachtete sie dabei. »Pass auf, dass dein Gesicht nicht so stehen bleibt«, meinte er.

»Was?« Ihr Kopf ruckte hoch.

Ole tippte sich an die Stirn. »Die Falte da. Die ist bei mir irgendwann geblieben, weil ich zu viel nachgedacht habe. Oder zu viel ins Wetter geguckt. Bei 'nem alten Seebären sieht das charismatisch aus. Bei 'ner jungen Frau nicht so.«

»Oh.« Sie betastete ihre Stirn, als wäre ihr das noch nie aufgefallen.

»Weniger sorgen, mehr leben.«

»Klingt wie ein Ratgeber.«

Er lachte bellend, verschluckte sich, der Atem fehlte ihm, er tastete nach einem Taschentuch. »Vielleicht sollte ich einen schreiben. Wird nur ein dünnes Bändchen, und ob das so viel taugt, wenn es von einem Todgeweihten kommt, weiß ich nicht.«

»Du solltest lieber deine Erinnerungen aufschreiben«, sagte sie leise. »So vieles, das ich sonst nie über dich erfahren werde.«

»Warum?« Er zuckte mit den Schultern. »Du bist jetzt hier. Kann dir alles erzählen, wenn du magst.«

Sie schüttelte den Kopf. »Biologie«, meinte sie. Und weil er sie verständnislos ansah, fügte sie hinzu: »Ich bin zu früh aus dem Nest gefallen. Da kann man nicht einfach wieder reinkrabbeln.«

Er verstand. »Du hängst zu viel da draußen mit dem Vogelmensch herum«, war alles, was er dazu sagte.

Der Morgen dämmerte herauf, und Frieke schreckte hoch. Sie lag auf dem Sofa im Wohnzimmer, umgeben von den turmhohen Bücherregalen, auf ihrer Brust der Roman, den sie bis spät in die Nacht gelesen hatte. Ebbas Empfehlung.

Sie tastete nach ihrem Smartphone. Halb fünf. Zeit, aufzustehen. Heute fuhr sie heim.

Eine Stunde später saß sie mit gepackter Tasche auf dem Sofa. Das letzte Kapitel im Buch war gelesen, und nach kurzem Zögern legte sie es wieder auf den Tisch. Denn nein, dieses Buch nahm sie nicht mit nach Hause. Es barg zu viel Sprengstoff.

Sie legte Willems Kamera daneben. Die Schreibmaschine, auf der sie gestern Abend noch den ersten Entwurf ihres Artikels geschrieben hatte, stand auch dort. Alles Dinge, die sie zurückließ. Nichts davon würde ihr fehlen, wenn sie zurück in Hamburg war. Wenn sie mit Harald nach Boston flog. Wenn sie ihr Leben führte, das sie vor diesen wenigen Inseltagen als angenehm perfekt empfunden hatte.

Sie wählte Emmas Nummer, weil sie jemanden brauchte, mit dem sie reden konnte. Wirklich reden.

»Habe ich dich geweckt?«, fragte sie als Erstes.

»Spinnst du? Ich bin schwanger, kein Murmeltier.« Emma klang müde. Also hatte Frieke sie doch geweckt, aber bei aller Müdigkeit wurde sie schnell munter. »Was gibt's?«

»Ich hab den Vogelkundler geküsst.«

»Oh.« Im Hintergrund ein Rascheln. Vermutlich stand sie gerade auf. Seufzen, dann nackte Füße auf Parkett. Eine Tür fiel ins Schloss. »Hat er dich auch geküsst?«

»Nein, doch, eigentlich …« Frieke atmete tief durch. »Ich wünschte mir einen Kuss, und er gab ihn mir. Danach waren wir beide … Ich weiß nicht.«

»Ist der Artikel schon fertig?«

»Ich habe ihn gestern Abend geschrieben.«

»Hast du überhaupt geschlafen heute Nacht?«

Emma kannte sie zu gut. »Nein«, gab Frieke kleinlaut zu. »Oder höchstens eine Stunde.«

»Und jetzt wälzt du Gedanken.«

»Ja.«

»Ob du es Harald sagen sollst.«

»Er will Kinder.«

»Da kommt das vielleicht nicht ganz so gut als Einstieg nach deiner Abwesenheit. Schatz, du willst Kinder? Ich hab einen Ornithologen geknutscht.«

»Nicht *geknutscht*«, sagte Frieke ärgerlich. »Es war nur ein Kuss.«

»Nur ein Kuss, soso.«

Sie hörte die Frage, bevor Emma sie aussprach. »Du meinst, wenn es nur ein Kuss war, wieso mache ich mir dann Gedanken darüber?«

»Das ist jetzt deine Interpretation.«

»Danke, Emma. Damit hast du mir sehr geholfen«, sagte sie leise und legte auf.

Die Fähre ging um zwölf. Frieke hatte also noch Stunden Zeit. Sie hatte gedacht, diese Zeit würde sie irgendwie vertrödeln.

Aber jetzt hatte sie ein Ziel. Nein, sogar mehrere.

Sie musste sich diese Insel austreiben, bevor sie anfing, Wurzeln zu schlagen.

Der Bauwagen war verlassen. Damit hatte Fricke nicht gerechnet, und sie stand etwas verloren auf der Stufe, sie klopfte mehrfach, aber so lange konnte es nicht dauern, bis sich Bengt aus dem Bett quälte. Außerdem war es schon kurz vor sieben, so früh war das nicht für ihn, oder?

Sie drückte die Klinke herunter. Die Tür ging auf und sie zögerte. Doch dann schloss sie die Tür wieder. Nein! Sie würde weder in seinen Sachen schnüffeln noch ihm eine Nachricht hinterlassen, dass sie hier gewesen war. Sie musste mit ihm sprechen.

Also machte sie sich auf den Weg zu seinen Brandseeschwalben. Erst dachte sie, auch dort würde sie keinen Erfolg haben. Aber dann sah sie ihn, er hockte in einer Senke, der Wind riss an seinen Haaren und dem Block auf seinem Schoß. Sie trat hinter ihn.

»Das geht so nicht«, sagte sie.

Er drehte sich langsam um. Sie hockte sich neben ihn und sah ihm über die Schulter. Ob diese hübsche Zeichnung zu seiner Forschung gehörte? Zwei Brandseeschwalben, dazu ein Küken. Eine kleine Familie.

Sie schluckte. Überall, wohin sie auch sah, Familien. Langsam nervte es sie. Aber vermutlich war das einfach Zufall; sie sah nur deshalb überall Familien, weil sie nach Haralds Frage gedanklich nicht von dem Thema lassen konnte.

»Was meinst du?«

»Der Kuss.«

Er klappte den Block zu, stützte die Arme auf ein Knie und kniff die Augen zusammen. »Was genau ging daran nicht in Ordnung?«

»Alles!« Sie warf die Arme in die Luft. »Ich bin mit meinem Freund glücklich. Ich kann nicht einfach irgendeinen fremden Kerl küssen. Das … So bin ich nicht.«

»Ich auch nicht«, erwiderte er ruhig. »Falls du das gedacht haben solltest. Ich habe das falsch gedeutet, das tut mir aufrichtig leid. Können wir das Thema also einfach vergessen?«

Sie war wie vor den Kopf gestoßen. »Hast du eine Freundin?«, fragte sie.

»Nein.« Er schüttelte entschieden den Kopf. »Aber bist du mal auf die Idee gekommen, dass mir der Kuss etwas bedeuten könnte? Dass ich nicht *jede* Frau küsse, nur weil sie mich darum bittet?«

Sein Blick ruhte auf ihr, und sie wusste nicht, was sie darauf antworten sollte.

»Und es ist mir ehrlich gesagt nicht egal, wie du darüber denkst«, fuhr er fort. Er klang jetzt fast ein bisschen wütend. Verschwunden war der ruhige, entspannte Vogelkundler, mit dem sie stundenlang über die Insel wandern konnte. »Mir hat der Kuss was bedeutet, und dir sicher auch. Sonst würdest du jetzt nicht vor mir stehen.«

Der Wind riss an ihren Locken. Sie starrte Bengt mit offenem Mund an. Stimmte das? Bedeutete dieser Kuss mehr für sie? Hatte sie deshalb die ganze Nacht über dem Artikel gesessen, damit sich ihre frischen Eindrücke nicht verflüchtigten?

»Bengt, ich …«

Sie sprach nicht weiter. Er wartete.

»Tja«, sagte er schließlich. »Das ist mir jetzt alles zu blöd.« Er stand auf. Die Brandseeschwalben hinter seinem Rücken flogen ebenfalls auf und beschwerten sich lautstark über die Störung.

»Warte!«, rief sie ihm nach. Sie folgte ihm, doch Bengt legte ein Tempo vor, bei dem sie nicht mithalten konnte. Frieke fluchte, sie beschleunigte ihre Schritte, stolperte und fiel auf die Knie. Sofort rappelte sie sich wieder auf.

»Du Blödmann!«, schrie sie hinter ihm her. »Du Idiot!«

Er fuhr herum. Mit drei Schritten war er wieder bei ihr, eine

Hand packte ihr Handgelenk. Nicht so, dass es weh tat, und sein Blick suchte ihren. Sie *wusste*, er würde sie sofort loslassen, wenn sie auch nur durch irgendein Zucken, ein Zurückweichen zu verstehen gab, dass er eine unsichtbare Linie überschritten hatte.

Aber das hatte er nicht. Sie blickte zu ihm auf.

»Wenn ich dich jetzt bitte, mich zu küssen …«

»Dann küsse ich dich.« Seine Stimme war rau. »Aber dann bedeutet es was, Frieke.«

Seine Hand strich ihr eine Locke aus dem Gesicht.

Sie konnte kaum atmen. *Dann bedeutet es was.*

Ich habe mich geirrt, fuhr ihr durch den Kopf. Das Problem ist nicht, dass ich irgendwann Wurzeln schlagen könnte.

Das ist schon längst passiert.

KAPITEL 14

»Wow, Frieke. Das ist … phantastisch.« Florian ließ die Blätter sinken, die sie ihm vor wenigen Minuten übergeben hatte und die er las, während sie sich in den tiefen Ledersessel lümmelte. Auf dem Tisch hatte sie drei Filmdöschen aufgestellt. Darin die Filme, die sie mit Willems Kamera gemacht hatte. »Wirklich. Das mit Abstand Beste, was ich in den letzten Jahren von dir gelesen habe. Man merkt, wie du mit dem Herzen bei der Sache bist.«

»Danke.«

»Ich gehe nachher noch mal mit dem Rotstift drüber, danach kann das direkt in die Setzerei. Die Fotos? Können wir heute Abend zu Hause in meinem Dunkellabor entwickeln.« Er war sehr zufrieden. »Bist du sicher, dass du nach Boston musst? Kann ich dich nicht mit einem attraktiven Vertragsangebot zum Bleiben überreden?«

»Ja, bin ich mir«, erwiderte sie fest. »Ich habe umgebucht, und Harald ist gestern wie geplant geflogen. Ich bin nur geblieben, damit ich den Artikel auf den Weg bringen kann.«

»So war's ausgemacht. Emmas Nachfolgerin kümmert sich um die zusätzlichen Kosten. Wie geht's deinem Dad?«

Sie zuckte mit den Schultern. Der Themenwechsel überraschte sie nicht, und sie wusste, dass Florian sich nicht nach Martin erkundigte, sondern nach dem ollen Hansen. »Er ist ein knurriger Pensionär, der sich nicht reinreden lässt. Also wie alle Väter, nehme ich an.«

Was nicht stimmte, denn Martin war alles andere als ein knurriger Pensionär.

»Tat vermutlich gut, ihn mal zu sehen.«

»Ja, tat es«, log Frieke. Was brachte es denn, wenn sie Florian jetzt die Ohren vorheulte? Sie war heute Morgen mit nur einem Ziel in die Redaktion gefahren: Den letzten Auftrag erledigen, die Reisekosten abrechnen, und dann war sie raus. Morgen war sie fort.

Keinen Gedanken mehr an die Insel verschwenden, an Brandseeschwalben, an Küsse im Morgengrauen, an fast verpasste Fähren. An die Gischt, die letzte Umarmung. Daran, dass sie niemals zurückkehren durfte, selbst wenn sie wollte oder wenn ihr der Floh von Ebba doch noch im Ohr juckte, dass sie die Buchhandlung übernehmen könnte. Das alles war einfach nicht ihr Leben.

Bengt hatte sie versprochen, dass sie sich melden würde. Aber kaum stand sie auf der Fähre und sah die Insel, die sich rasch entfernte, und hörte die inselwehgeplagten Urlauber, die neben ihr hockten und in Erinnerungen schwelgten, die sich auch schon darauf freuten, nächstes Jahr zurückzukehren, da wusste sie, dass sie sich nicht melden würde. Kein Wort mehr über diesen einen Kuss, dem überraschend viele gefolgt waren. *Dann bedeutet es was.*

Sie würde nicht zurückkehren. Wenn sie das tat, müsste sie zugeben, dass ihr Herz doch nicht so fest an Harald hing, wie sie es wollte, wie es jetzt sein musste.

Das liegt nicht an den Problemen, die wir jetzt haben. Ich laufe nicht bei den ersten Schwierigkeiten davon.

Sie nahm den Kristallaschenbecher vom Schreibtisch, den Florian nur noch als Briefbeschwerer benutzte, denn natürlich herrschte im ganzen Verlagsgebäude seit Jahren Rauchverbot.

»Mein Vater stirbt«, sagte sie. »Lungenkrebs.«

»Das tut mir leid.« Florian war ehrlich betroffen. »Brauchst du mehr Zeit mit ihm?«

Sie schüttelte den Kopf, stellte den Briefbeschwerer zurück. »Selbst wenn«, sagte sie. »Es ist jetzt nicht länger dein Job, mir Zeit zu verschaffen. Das kann ich nur allein. Heute Abend bei dir?«

»Ich freu mich schon drauf.«

Sie wünschte, sie würde sich auch darauf freuen. Noch einmal musste sie sich den magischen Tagen auf der Insel stellen, noch einmal Bengt sehen. Danach wäre es vorbei, danach konnte sie loslassen.

Sie hoffte nur, dass das, was sich in der Theorie so einfach anhörte, praktisch auch umsetzen ließ.

Der Weg zum Buchladen war beschwerlich, obwohl es nur ein paar Hundert Meter waren. Ole machte ein Päuschen, sobald eine Bank oder eine Mauer sich dafür anbot. Seine Pumpe ging etwas schwer, und er haute sich mehrmals auf die Brust, wie man auf die Motorhaube eines störrischen alten Polos haute, damit der wieder ansprang.

»Jetzt nicht«, murmelte er. Zum Sterben war es viel zu früh. Er hatte noch was zu erledigen.

Ebba blickte überrascht auf, als er den Verkaufsraum betrat, aber sie fertigte ihre Kundin rasch ab und kam dann zu ihm. »Mein Gott, Ole. Du siehst aus, als würdest du gleich zusammenklappen. Alles okay? Willst du was trinken?«

Er nickte. »Kaffee«, krächzte er. »Willem.«

»Du willst mit Willem sprechen? Er sitzt im Büro.«

Ole nickte, und sie führte ihn zu einem kleinen Kabuff, das im hinteren Teil der Buchhandlung abgeteilt war und gerade mal Platz bot für Schreibtisch und Stuhl, links und rechts zwei

Regale, die vollgestellt waren mit Ordnern, einem Drucker und … natürlich Büchern.

»Moin, Ole.« Willem war so überrascht wie Ebba, ihn hier zu sehen. Auf ihren Wink hin machte er sofort den Stuhl frei, und Ole war sich nicht zu schade dafür, das Angebot anzunehmen. So schlimm stand es um ihn.

»Moin.«

»Was gibt's?«

So war Willem. Kam direkt zur Sache. Das mochte er so an dem Buchhändler.

»Ich brauch deine Hilfe.« Er zeigte auf den Computer. »So ein Schreibding. Kriege ich das auf dem Festland? Oder hast du irgendwo noch so was stehen?«

»Einen Computer? Oder eine Schreibmaschine?«

»Ist mir egal.«

»Was willste denn damit machen?«

Ebba tauchte so leise auf, wie sie verschwunden war. Sie drückte Ole einen Becher mit schwarzem, dampfend heißem Kaffee in die Hände, dessen Oberfläche ölig glänzte wie Teer. Gut, dachte er. Der könnte stark genug sein für ihn.

»Schreiben«, antwortete er.

»Schreiben«, wiederholte Willem ungläubig. »Was denn?«

Ole zuckte mit den Schultern. »So dies und das. Was ich erlebt habe.« Er tippte sich mit dem Finger an die Schläfe. »Bevor hier alle Lichter ausgehen.«

»Was hoffentlich noch lang dauern wird«, murmelte Willem.

»Da hab ich wenig Hoffnung.« Ole verlagerte das Gewicht. Er hatte wieder Schmerzen, obwohl er am Morgen brav alle Tabletten genommen hatte. War wohl wieder ein Besuch bei Dr. Tossens nötig. Aber er wusste schon, was der sagen würde – viel mehr Schmerzmittel gab es nicht auf Rezept, wenn es zu Ende ging, wäre er in einem Hospiz besser aufgehoben.

Hospiz war was für Leute, die sterben wollten.

So weit war er noch nicht.

»Also, hast du was für mich? Sonst sag mir, wo ich mir das besorgen kann. Geld ist ja nicht das Problem.«

»Ich hab da was. Bringe ich dir heute Nachmittag vorbei.«

»Das ist gut.« Ole trank den Kaffee aus und stemmte sich am Schreibtisch wieder hoch. »Will dich auch gar nicht lange aufhalten. Danke.«

Auf dem Weg nach draußen hielt Ebba ihn auf. »Brauchst du was zu lesen?«, fragte sie.

Ole zögerte. Eigentlich nicht. Er hatte so viel zu sagen, dass er fürchtete, die Zeit werde ihm ohnehin dafür zu knapp. »Gib's deinem Mann mit, der bringt mir heute Nachmittag was vorbei.«

Draußen herrschte auf der Straße ein dichtes Gedränge. Die Fähre war wohl gerade wieder angekommen, und die neuen Urlauber und Tagesgäste versammelten sich im Dorfkern, als hätten sie nur darauf gewartet, ihm im Weg zu stehen.

Ole wartete geduldig. Er hatte nicht mehr viel Zeit, aber das bisschen, das ihm blieb, musste er ja nicht damit verschwenden, dass er sich über die Langsamkeit anderer Leute aufregte.

Heute Nachmittag aber würde er sich daheim einschließen und anfangen zu schreiben. Damit er dann nicht mehr vor die Tür musste, brauchte er vor allem einen vollen Kühlschrank.

Seine Schritte gingen fort vom Buchladen, nicht zurück zum alten Kapitänshaus, sondern Richtung Frischemarkt. Die sollten ihm mal was zu essen liefern, war bestimmt kein Problem.

Danach ging er zum Inselarzt. Er hatte keinen Termin, aber den brauchte er nicht. »Dauert nur fünf Minuten«, sagte er zu Imke, der Sprechstundenhilfe. Sie ermöglichte ihm die fünf Minuten, man wusste ja nie, wie lange der olle Hansen es noch machte, war ja keine gute Werbung, wenn der im Wartezimmer den Löffel abgab.

Dr. Tossens staunte, ihn zu sehen.

»Nanu? Alles in Ordnung?«

»Ja, Doktor. Alles bestens.«

Sie lächelten beide, Ole verkrampft, der Doktor nachsichtig.

»Was kann ich für dich tun?«

»Du hast mal was von einer Brille erzählt, dass ich besser gucken kann. Wie komme ich da dran?«

»Da musst du aufs Festland zum Optiker.«

Ole nickte. »Klar. Schickt der mir dann die Brille? Muss ich nur einmal aufs Festland?«

»Das lässt sich bestimmt einrichten.«

Ole sah die Frage, er konnte sie Dr. Tossens am Gesicht ablesen.

»Weiß schon, was du fragen willst. Letzte Woche wollte ich so ein Ding nicht, weil es nicht mehr lohnt. Aber jetzt brauche ich die. Davon lebe ich nicht länger, kann aber besser gucken bei dem, was ich die letzten Wochen mache.«

»Ich schreibe dir die Adresse eines Optikers in Wittmund auf. Du kannst von Neuharlingersiel aus mit dem Bus oder einem Taxi dorthin fahren.«

Ole nickte. Schwerfällig stand er auf, nahm den Zettel vom Arzt entgegen, der ihm die Hand gab. Der sie fest drückte zum Abschied.

»Alles Gute weiterhin«, wünschte er.

Der olle Hansen hatte eine Mission. Die letzte große Abenteuerfahrt wartete auf ihn.

Frieke fühlte sich heimatlos. Ihre Wohnung leergeräumt und bereits an den Vermieter übergeben. Haralds Wohnung ebenso.

Er war schon in Boston und versuchte, den Jetlag zu bekämpfen, bevor er sich in die Arbeit stürzte. Nach ihrer Rückkehr nach Hamburg hatten sie wenig geredet, und über seine Frage verlor er kein Wort mehr. Vielleicht war das Thema damit wieder vom Tisch.

Emma hatte keine Zeit, sie war völlig absorbiert von den allerletzten Vorbereitungen für die Geburt der Zwillinge. Weil Frieke nicht nur für zwei Stunden wieder raus nach Bergedorf fahren wollte, wo ihre Eltern wohnten und sie bis zu ihrer Abreise in ihrem alten Kinderzimmer schlief, schlenderte sie durch die Stadt und stand plötzlich vor einer großen Buchhandlung.

Sie haben da eine Gabe …

Nach wie vor glaubte Frieke nicht an den Quatsch. Aber etwas zog sie trotzdem in den Laden. So wie früher, als sie mit Oma den Mittwochnachmittag stöbernd zwischen den Regalen verbracht hatte. Also betrat sie die Buchhandlung und schaute sich um.

Zu dieser Tageszeit war nicht viel los. Früher Nachmittag an einem Montag, da hatten nur junge Mütter und Rentner Zeit für ein bisschen Stöbern. Frieke strich ziellos durch die Regalreihen. Sie schaute ein paar Bücher an, las Klappentexte, doch irgendwann merkte sie, dass sie in Wahrheit auf die Menschen lauschte. Ihre Gespräche. Wie sie einander Bücher empfahlen. Wie eine Buchhändlerin einer jungen Frau einen Roman in die Hand legte, »der hat mich sehr beeindruckt«, und Frieke musste an sich halten, damit sie nicht vorstürzte und der jungen Frau das Buch wieder aus der Hand riss, weil sie *wusste*, dass es so gar nicht das richtige war in dieser aktuellen Situation, sondern sie im Gegenteil nur noch tiefer ins Unglück stürzen würde.

Sie folgte der jungen Frau zur Kasse, nahm beiläufig noch ein Buch vom Tisch mit, das einzig richtige, wie sie fand. »Entschuldigen Sie?«

Die junge Frau drehte sich um. Dunkler Long Bob, sorgfältig geschminktes Gesicht. Sie war blass, die Nase wirkte seltsam spitz und ihre weiße Bluse unter dem Blazer war knittrig. Wie bei jemandem, der versucht, auf sich zu achten, damit niemand hinter die Fassade schauen konnte. Und dann doch wieder scheitert.

»Ich glaube, das Buch passt besser zu Ihnen.«

Die Fremde nahm es, schaute drauf. Sie runzelte die Stirn, wollte vielleicht etwas sagen, doch als sie den Blick hob, war Frieke schon fort. Sie hatte sich einfach umgedreht und war gegangen.

Liebeskummergedichte passten sehr viel besser zu diesem dunklen Etwas, das die junge Frau umgab, als ein heiterer Liebesroman mit Happy End. Manchmal brauchte man nämlich kein Happy End.

KAPITEL 15

An diesem Abend lernte Frieke zwei Dinge über ihren Freund Florian.

Erstens: Er hatte im Gästezimmer seiner kleinen Wohnung ein perfekt eingerichtetes Fotolabor.

Zweitens: Sein Weinkühlschrank war genauso perfekt bestückt.

Denn während die Filme nacheinander in der Entwicklerdose ein Bad in der Entwicklerflüssigkeit nahmen, tranken sie einen herrlichen Rotwein und traten immer wieder auf den Balkon hinaus. Der Tag war ideal, um ihn bei Wein und mediterranen Köstlichkeiten auf dem Balkon ausklingen zu lassen; einer dieser seltenen Frühsommerabende, an denen es auch in Hamburg angenehm warm war.

»Ich werde das hier vermissen«, stellte Frieke fest.

»Meine Wohnung? Oder mich?« Florian hatte sein Weinglas beiseitegestellt und arbeitete rasch und effizient.

»Alles.« Sie seufzte. »Harald spricht über Kinder.«

Florian hob den Kopf. »Eigene? Die er schon hat? Oder die er mit dir haben will?«

Beides klang so absurd, dass Frieke nicht wusste, was sie antworten sollte. »Er ist keiner von diesen Männern, richtig?«, murmelte sie. »Die irgendwann doch noch auf den Trichter kommen, dass sie Familie wollen.«

»Ich hätte ihn jedenfalls nicht so eingeschätzt. Aber ich habe auch nicht gedacht, dass er irgendwann nicht mehr da draußen an der Front sein will, sondern lieber in den wohltemperierten

Räumlichkeiten einer Agentur hockt und über Zahlenkolonnen brütet.«

»Das habe ich auch nicht gedacht.«

Sie schwiegen beide ein Weilchen. Schließlich ergriff Frieke das Wort, und sie tat es mit Bedacht, weil sie selbst nicht wusste, was sie sagen würde. »Vielleicht komme ich irgendwann zurück?«

»Hier ist immer Platz für dich. Nicht nur in meiner Wohnung, falls du nicht sofort was findest.« Was ja in Hamburg nicht gerade selbstverständlich war. »Auch beim KOMET werden wir für dich immer was zu tun haben.«

»Es ist ganz schön feige, dass ich so etwas auch nur denke, oder?«, fragte sie leise.

»Es ist … vernünftig. Ein Scheitern ist nie ausgeschlossen.« Florian schaltete das Deckenlicht wieder aus und das rote Licht ein. »Und jetzt wollen wir mal sehen, wie deine Bilder geworden sind. Bereit?«

Sie nickte, obwohl sie sich alles andere als bereit fühlte. Florian machte sich an die Arbeit. Seine Bewegungen waren effizient, er wusste, wo seine ganzen Geräte und Utensilien waren.

Zwanzig Minuten später hingen drei Dutzend Fotos zum Trocknen an einer Wäscheleine. Er verpackte die Negative in einer Box und schaltete das Licht wieder ein. »In der Redaktion werden sie sicher noch mal Abzüge machen und die Fotos digitalisieren.«

Frieke konnte sich ein Grinsen nicht verkneifen, während sie an der Reihe der Fotos entlangschritt. Das wird Bengt nicht gefallen, dachte sie. Aber irgendwie mussten die Fotos ja ins Heft kommen.

Und die Fotos waren … anders.

Nicht schlecht, aber eben tatsächlich ganz anders als das, was sie sonst immer ablieferte.

»Du hast da einiges auf den Punkt gebracht«, murmelte Florian. »So gute Fotos hast du noch nie gemacht. Vielleicht solltest du in Zukunft nur noch analog fotografieren?«

Sie schüttelte den Kopf. Nicht, weil sie anderer Meinung war, sondern weil sie Ruhe brauchte, um die Fotos zu betrachten.

Das erste hatte sie von Willem gemacht, als er ihr morgens die Funktionsweise der Kamera erklärte. Leicht im Gegenlicht, der Haarkranz leuchtete silbrig, die Augen von winzigen Fältchen umkränzt, die ihr gar nicht so aufgefallen waren. Er trug ein kariertes Hemd und darüber eine dunkle Strickweste. Irgendwie haftete ihm etwas sehr Bodenständiges an.

Dann die Salzwiesen und Marschen. In der Ferne, ganz klein noch, der Bauwagen. Der winzige Rauchfaden, der sich aus dem Schlot schlängelte. Auf dem nächsten Foto … Bengt.

Er stand mit Händen in den Hosentaschen mitten auf der Salzwiese, im Hintergrund der Bauwagen. Das Foto war schief aufgenommen, der Horizont in der Ferne neigte sich gefährlich zur Seite. Frieke nahm Florian das Foto aus der Hand.

Sein Lächeln. Etwas blitzte in seinen Augen auf. Gerade so, als wüsste er mehr über sie. Was ja auch irgendwie der Wahrheit entsprach, auch wenn er zum Zeitpunkt der Aufnahme noch nicht wissen konnte, was folgen würde. Der Kuss. Ihre heftige Reaktion. Später dann – wie sie zurückkam. Sie sich erneut küssten, ganz bewusst diesmal. Und wie sie dann fast die Fähre verpasste, weil ein Kuss allein nicht genügte. Sie war danach so verwirrt, dass sie fast vergessen hätte, ihre Reisetasche in der Buchhandlung abzuholen.

»Wow«, sagte Florian neben ihr. »Ich glaube, das vergrößern wir und es wird das Titelbild der Geschichte. Taugt fast als Cover für den KOMET, findest du nicht? In der ersten Augustwoche?«

Sie schüttelte den Kopf.

»Das wird ihm nicht gefallen.«

»Hm«, machte Florian.

Sie wusste, was er dachte. Florian war ganz der Printjournalist geworden, der er nie hatte werden wollen. Er hatte zu viel mit Zahlen zu tun, um sie zu ignorieren, zu wenig mit Buchstaben. Darum handelte er nur nach der Gewinnoptimierungsmaxime, und das tat er so konsequent, dass dabei jegliche Vernunft auf der Strecke blieb.

Und dagegen argumentieren traute sie sich nicht, weil sie fürchtete, damit könnte sie ihm mehr verraten als nur die Tatsache, dass sie ein Stück ihres Herzens auf Spiekeroog verloren hatte.

»Mach, wie du meinst«, sagte sie. »Ich bin aus der Nummer raus.«

Sie spürte seinen Blick und ärgerte sich. Denn ihre Worte klangen so gleichgültig, dass er genau wusste, irgendwas war da im Busch.

Florian fragte nicht. Er legte das Bild beiseite und machte weiter.

Sie hätte es ihm gern erzählt. Aber das war nicht richtig. Genauso wenig, wie es richtig wäre, wenn sie ihm verbot, das Bild für den Titel zu verwenden.

»Vielleicht kommt ja noch was dazwischen«, sagte er leise. »Ein politisches Beben in Berlin oder ein Terroranschlag.«

»Ja.« Sie atmete tief durch. »Vielleicht.«

Aber sie wusste, dass das nicht passieren würde. Bengt würde sie dafür hassen, dass er auf dem Titel des Magazins landete. So gut kannte sie ihn inzwischen.

»Hat man denn hier nie mehr seine Ruhe«, murmelte Bengt. Dienstagmorgen. Der Kaffee auf der Stufe seines Bauwagens schmeckte seltsam bitter und schal. Er beobachtete die blonde Frau, die den Weg zu ihm genau kannte. Eine Insulanerin also, die wusste, wie man sich von den Brandseeschwalben fernhielt. Immerhin nicht schon wieder eine dieser durchgeknallten Städterinnen. Leider.

Er vermisste Frieke.

Seine Besucherin war fast heran, als er Sonja erkannte. Bengt stand auf.

»Moin!«

»Moin Bengt!«

»Das nenne ich mal eine Überraschung«, sagte er leise.

Sonja war mit ihm zur Schule gegangen, Ewigkeiten war das her. Nach dem Abitur blieb sie auf der Insel und half bei ihrem Vater aus; ihre Ausbildung machte sie über einen Fernlehrgang. Sie wurde gebraucht. Er zog weg und hatte sie seitdem selbst bei seinen seltenen Besuchen oder nach seiner Rückkehr kaum noch gesehen. Beim Einkaufen. Bei einer Gemeindeversammlung. Geredet hatten sie nicht so viel.

»Was führt dich her?«, rief er ihr entgegen.

Sonja blieb stehen und strich mit beiden Händen die Haare aus dem Gesicht. »Frieke Hansen«, sagte sie.

»Die heißt Wallgren, nicht Hansen.«

»Das wusste ich nicht.«

»Hier ist sie nicht.«

»Sie ist abgereist, ja.« Sonja kam näher. »Aber weißt du, wo ich sie erreichen kann? Beim KOMET hab ich angerufen, die konnten mir nichts sagen.«

Er zuckte mit den Schultern. Blieb ihm also der Versuch auch schon mal erspart. Das wäre nämlich sein nächster Schritt gewesen. Wenn er das nächste Mal zum Postamt ging. Wenn er genug Kleingeld dabeihatte. Wenn er genug Mut zusammenbekam. Wenn er bis dahin nicht dieses verdammte Gefühl verjagt hatte, das sich von irgendwoher in ihm festgesetzt hatte und leise jammernd in seinem Kopf hockte.

Sie fehlt dir, du alter Trottel, dachte er überrascht. Das war für dich mehr als nur ein Kuss, und du hoffst, dass es für sie auch so war. Du willst, dass sie zu dir zurückkommt, bevor du sie anrufst.

Jetzt stand Sonja vor ihm, in Gummistiefeln und bolleriger Jeans, ein uraltes, verwaschen blaues Sweatshirt mit löchrigen Ärmelbündchen schlabberte um ihren Oberkörper.

»Dünn biste geworden«, sagte er, und sie lächelte traurig, als wäre das kein Kompliment. »Alles okay bei euch zu Hause?«

»Den Kindern geht's gut«, antwortete sie ausweichend.

»Und Bosse?«

Sie zuckte mit den Schultern, als wäre das Antwort genug. »Bosse ist ausgezogen.«

»Scheiße. Tut mir leid.«

Es tat ihm wirklich leid, denn Sonja war eine von den Guten. Er hatte sie immer gemocht, weil man immer vernünftig mit ihr reden konnte. Hätte er irgendein Problem, würde er zuerst zu ihr gehen und er wusste, selbst wenn sie die letzten Jahre nur wenig miteinander zu tun gehabt hatten, hätte sie ihm sofort zugehört und vermutlich sogar einen guten Tipp gehabt, was er unternehmen konnte.

»Deshalb suche ich Frieke. Sie hat mich quasi drauf gebracht, dass er nicht mehr in mein Leben gehört. Hat er übrigens nie.«

»Immerhin habt ihr drei Kinder.«

»Das schon. Aber drei Kinder hätte ich auch mit einem anderen Mann bekommen können.«

Er wies sie nicht darauf hin, dass es dann aber nicht genau diese drei Kinder gewesen wären. Oder dass sie mit einem anderen Mann vielleicht gar keine Kinder bekommen hätte. Manches musste man nicht aussprechen, es war eine Möglichkeit, die man hatte verstreichen lassen.

»Bereust du es?«

Sie lachte etwas atemlos. »Was denn? Die Ehe, die drei Kinder oder dass ich ihn vor die Tür gesetzt habe?«

Er zuckte mit den Schultern, ließ seine Antwort damit offen und Platz für ihre.

»Ich vermisse so vieles. Die Freiheit habe ich vermisst. Die wohl am meisten. Oder dass mein Vater *mich* sieht. Zuletzt sah er nur Bosse, weil Bosse ins Geschäft eingestiegen ist.« Sie kaute auf der Unterlippe. »Da werde ich mir was überlegen müssen. Ob Bosse weiterhin für ihn arbeitet? Keine Ahnung. Er hat mir gesagt, er will weg von der Insel. Vielleicht hat er längst eine Freundin auf dem Festland. Er müsse wieder ›aufs Festland‹, das war in den letzten zwei Jahren sehr häufig der Fall. Häufiger als vorher.«

»Ihr kriegt das schon irgendwie hin.«

Sie zuckte nur mit den Schultern.

»Also weißt du auch nicht, wo ich sie erreichen kann?«

Bengt brauchte einen Moment, bis er wusste, von wem sie sprach.

»Nein.«

»Okay, dann störe ich dich nicht länger.«

Sie drehte sich um und lief zurück Richtung Straße. Bengt sah ihr nach.

Du störst doch nicht. Komm, ich mache Kaffee, ich habe noch Kirschkokosstreuselkuchen.

Das hätte er sagen sollen. Jemanden zum Reden haben war nicht das Schlechteste, wenn dieses dunkle Gefühl von Einsamkeit sich über alles andere legte.

Aber er rief sie nicht zurück. Er sah ihr einfach nach, und

als sie verschwunden war, ging er zurück in den Bauwagen und schloss die Tür hinter sich.

Es gab nur ihn und die Brandseeschwalben.

Willem kannte seine Ebba. Wenn sie sich etwas in den Kopf gesetzt hatte, bekam sie es auch.

Meistens jedenfalls.

Bei der Suche nach der Nachfolgerin hatte sie offenbar nicht so viel Glück gehabt.

Etwas fehlte der Insel, während die Sommermonate langsam kamen. Es wurde voller, die Pensionen, Hotelzimmer und Ferienwohnungen waren ausgebucht, all die Häuser im Ort bis in den letzten Winkel belegt. Ebba und er feierten Wiedersehen mit allen Sommergästen, die wie Zugvögel zurückkehrten, die sich erst auf der Insel ihre Ferienlektüre kauften, weil sie wussten, dass Ebba ihnen das Beste empfahl. Die gern kamen, weil sie gar nicht darüber erzählen mussten, was sich im Laufe eines Jahres bei ihnen zugetragen hatte. Dem jungen Paar, das sich schon lange Kinder wünschte, drückte sie wortlos David Nicholls »Drei auf Reisen« in die Hand, und als eine ältere Dame sich bei ihnen ausruhte, brachte Ebba ihr ein Glas Wasser und ein paar Landhauskrimis. Die Dame bedankte sich für beides, kaufte die Bücher aber erst nach längerem Zögern, weil sie ja »als Studienrätin so etwas nicht« lese. Auch das gehörte dazu – Bücher finden, die der Leser vielleicht nie angefasst hätte.

Und so ging es weiter. Tage kamen, Tage gingen. Sie nahmen das wieder auf, was sie Alltag nannten, und über Irland verlor Ebba kein Wort mehr.

Aber Willem wusste, dass Irland in ihr brannte und loderte. Dafür brauchte er nicht mal auf ihre Bücher schauen, die sich auf dem Nachttisch stapelten. »Dubliner« von James Joyce. Yeats, Shaw, Beckett. Sie war nicht mehr hier.

Ebba war verschwunden. Sie hatte Spiekeroog hinter sich gelassen, und Willem irgendwie auch.

Er hörte das Klappern der Schreibmaschine durch das offene Fenster der Küche. Die Hundsrosen vor dem Haus blühten üppig dieses Jahr, und der kleine, gepflasterte Weg zum Haus war noch mehr überwuchert seit seinem letzten Besuch. Er könnte ja mal jemanden herschicken, dachte Willem. Einen von den Jungs aus dem Internat, die ständig im Buchladen rumlungerten und fragten, ob er nicht einen Job für sie hätte. Hier gab es wohl mehr als genug zu tun.

»Hast du Zeit für einen alten Freund, großer Dichter?«, rief er durchs Fenster.

Das Klappern verstummte. Dann erklang ein Brummen, das unvermeidliche Husten und schließlich Oles Stimme, rau und müde. »Komm rein, Haustür ist offen.«

»Hast du auch einen Kaffee für mich?« Willem betrat die Küche. Er staunte. Bei seinem letzten Besuch war hier alles düster und etwas schmuddelig gewesen. Jetzt glänzte sogar der Herd, und neben der alten Schreibmaschine, die er Ole vor zwei Wochen gebracht hatte, standen ein Glas Wasser und eine Schüssel mit Erdbeeren.

»Kaffee trink ich nicht mehr, der macht mich so müde. Aber ich koch dir einen.«

Ole stand auf. Er warf einen letzten Blick auf das Blatt, das in die Schreibmaschine gespannt war, als wollte er kurz überprüfen, ob der Inhalt so stehen bleiben dürfe, solange jemand anderes im Raum war. Dann machte er sich an der Kaffeemaschine zu schaffen.

»Man sieht nicht mehr viel von dir.«

»Bin beschäftigt.« Er klapperte mit der Kaffeedose.

Willem drehte sich um. Er wird immer dünner, dachte er. Bald ist nichts mehr von ihm da.

»Kommst du zurecht?«

»Ich komme zurecht, ja.« Ole stützte sich mit beiden Händen auf die Arbeitsplatte, mit dem Rücken zu Willem. Seine Stimme war leise, aber irgendwie hatte sie noch die Kraft. »Ich bin noch nicht tot, Willem. Ginge es nach mir, wird das noch 'ne ganze Weile dauern, aber Dr. Tossens will mich in ein Hospiz stecken, weil er meint, ich hätte hier nicht alles, was ich brauche.« Er räusperte sich. »Aber ich hab was gegen die Schmerzen, und wenn's gar nicht geht am Abend, genehmige ich mir einen Grog. Mir ist die meiste Zeit schweinekalt, weil das Haus so zugig ist und ich so klapprig wie ein Skelett. Ja, sagen wir's, wie's ist. Der olle Hansen klammert sich ans Leben, weil er noch was zu sagen hat.«

»Was nicht das Schlechteste ist«, meinte Willem. »Wenn man noch was zu sagen hat.«

Ole lachte rau. »Mir wär's lieber, ich könnte das Leben loslassen. Aber dann hast du mir meine Tochter auf den Hals gehetzt. Und nun sitze ich hier. Sie ist wieder verschwunden, wie sie gekommen ist. Ich weiß nicht, wieso sie aufgetaucht ist. Und wieso sie verschwunden ist, weiß ich genauso wenig. Man muss wohl das Wenige nehmen, was man kriegen kann von den eigenen Kindern.«

»Wenn man Kinder hat.«

Beide schwiegen eine Weile. Alte, knurrige Männer waren sie geworden, beide irgendwie verwaist.

Willem hätte gern Kinder gehabt, aber das sprach er nicht jetzt aus. Stattdessen sagte er: »Ebba will auch, dass sie wiederkommt.«

»Das wird nur nicht passieren, stimmt's?« Schwerfällig sank Ole auf den Stuhl. »Sie ist jetzt in den USA.«

»Ja, das hat sie erzählt. Die Reportage über Bengt Gerjets war ihr letzter Job, bevor sie rübergegangen ist.«

»Ich kann dir also nicht helfen, Willem. Oder Ebba. Sie ist wieder weg, und alles, was mir bleibt, ist das hier.« Ole zeigte auf den Papierstapel neben der Schreibmaschine, von dem Willem vermutete, dass dieser beständig wuchs.

»Kommst du voran?«, fragte er aus reiner Höflichkeit.

»Verdammt, ist das schwer. Das sagt einem vorher keiner, wie schwer es ist, diese klaren Gedanken hier drin«, Ole tippte sich an die Stirn, »in ebenso klare Worte zu fassen. Aber ich kriege es irgendwie schon hin, denke ich.«

»Viel Erfolg weiterhin.« Willem stand auf. »Wenn du was brauchst…«

»Ich melde mich.«

Die beiden Männer sahen sich an. Früher einmal, als sie jünger waren und hitzköpfiger, daran erinnerte Willem sich jetzt, hatte er Ole ein kleines bisschen gehasst. Weil Ole jedes Mal, wenn er von seinen Reisen um die Welt wieder auf die Insel gespült wurde, zuerst in der Buchhandlung stand. Weil Ebba ihn herzte, als wäre er ihr verloren geglaubter Bruder, mindestens. Und weil die beiden dann so zusammengluckten, als gehörten sie zusammen. Oles Geschichten davon, wie es da draußen in der Welt war, hatten Ebbas Sehnsucht danach, von der Insel fortzukommen, so oft aufs Neue entfacht, dass Willem ihr am liebsten den Kontakt mit ihm verboten hätte.

Aber sie waren erwachsene Leute. Er hielt das aus, irgendwie.

KAPITEL 16

Eine völlig neue Welt. Straßenlärm. Tag und Nacht Sirenenheulen. Verlassene Innenstadt, leergefegt, als würde dort niemand wohnen, wenn sie morgens in die Agentur fuhr.

Hohe, riesige Räume, die sie mit Leben füllen sollten. Das Leben folgte schnell; Haralds Vorbereitungen waren hervorragend. Er schlief kaum, sie schlief gar nicht. Was früher mal eine funktionierende Beziehung gewesen war, wurde zu einer Partnerschaft reduziert, in der es nur ein Thema gab – die Arbeit.

Das wird irgendwann besser, redete Frieke sich ein. Irgendwann würden sie sich gemeinsam hinsetzen und über all das reden, was in der Zwischenzeit ungesagt geblieben war. Zum Beispiel die Sache mit Haralds Frage nach Kindern. Sein Ausraster, als sie auf der Insel war. Ihr Kuss mit Bengt …

Nein. Der Kuss hatte nichts zu bedeuten. Darum musste sie ihn auch gar nicht thematisieren; wozu Unruhe in die Beziehung bringen? Warum einer Sache Bedeutung beimessen, die sie schlicht nicht hatte?

Wenn sie mehr als genug gearbeitet hatten, fuhren sie nach Hause. Nach Hause, das war bis auf Weiteres eine kleine, enge Wohnung, zwei Zimmer, eine offene Küchenzeile im Wohnzimmer, ein winziges Bad. Während einer von beiden kochte, redeten sie viel – über die Arbeit. Sie planten die »Abendschicht«, wie sie es nannten. Nach dem Abendessen ging es weiter, manchmal bis nach Mitternacht.

Dass sie so beengt wohnten, hatte vor allem finanzielle Gründe, redete Frieke sich ein. Und auch Harald wurde nicht müde, ihr immer wieder zu bestätigen, dass sie irgendwann, bald schon, etwas Größeres suchen würden. Im Moment aber hatten sie ohnehin kaum Freizeit. Da lohnte es nicht.

Und alles wäre okay. Wenn da nur nicht ihre Gedanken wären, die immer wieder zur Insel zurückkehrten.

Sie wusste, wann die Brandseeschwalben ihre Jungtiere das erste Mal fliegen ließen. Ertappte sich immer wieder dabei, wie sie eine Webcam aufrief, die den Urlaubsstrand mit den Sandburgen, den Strandkörben und Familien zeigte. Sie lebte im Rhythmus von Ebbe und Flut, verinnerlichte diesen Tidenhub, obwohl ein Weltmeer zwischen ihr und diesem Sehnsuchtsort lag.

Nicht nur der Gedanke an Bengt kam immer wieder hoch, so unvermeidlich wie die auflaufende Flut. Auch an ihren Vater dachte sie oft, und das war wie die Ebbe und nahm ihr alle Kraft. Sie wusste, Ole lag im Sterben. Sie wusste, ihre Begegnung vor wenigen Wochen war vermutlich die erste und letzte in ihrem Leben, an die sie sich erinnern würde. Das zerrte an ihr, es machte sie müde.

Zum ersten Mal passierte es eine Woche nach ihrer Ankunft, als sie beide den Jetlag komplett verarbeitet hatten und endlich das Gefühl da war, in der Zeitzone angekommen zu sein. »Kommst du mit ins Bett?«, fragte Frieke ihn, als sie sich selbst gegen elf hinlegen wollte.

»Ja, ja«, sagte Harald zerstreut. Er saß auf dem Sofa, das Gesicht bläulich beleuchtet vom Bildschirm seines Computers.

Sie lächelte. Er ging völlig in der Arbeit auf. Emma machte sich völlig umsonst Gedanken um ihn. Es ging ihm gut.

Sie ging allein schlafen.

Dunkelheit.

»Frieke, bist du wach?«

Frieke fuhr aus dem Schlaf hoch. Sie brauchte einen Moment, bis sie wusste, wo sie war, dann tastete sie nach der Nachttischlampe. Gelbes Licht flutete das Schlafzimmer, das kaum größer war als eine Abstellkammer.

Harald saß neben ihr auf der Bettkante.

»Was ist los?«, fragte sie verschlafen.

»Ich kann nicht schlafen.«

»Oh.« Sie schaute auf ihr Handy. Halb vier. Die schlimmste Zeit, um wach zu sein, wenn man nicht gerade auf Reisen gehen wollte. »Was können wir dagegen tun? Einen Tee kochen?«

Das war immer Mamas Patentrezept gegen Schlaflosigkeit. Tee oder heiße Milch mit Honig. Später auch gern mit einem Schuss Rum. Sie stand auf, und Harald folgte ihr ins Wohnzimmer. Auf dem Sofa hatte er sich mit seinem Bettzeug häuslich eingerichtet.

»Ich wollte dich nicht wecken«, sagte er mit einem entschuldigenden Schulterzucken.

Frieke nahm es so hin, doch sie dachte, dass es irgendwie befremdlich war, dass er einerseits aufs Sofa zog, sie aber dann doch weckte, weil er nicht schlafen konnte.

Sie kochte Tee und gab in die beiden Becher einen ordentlichen Schwung von einem teuren Brandy, den sie zur Einweihung der Agentur geschenkt bekommen hatten. Dann machten sie es sich unter Haralds Bettdecke auf dem Sofa gemütlich.

»Tut mir leid, dass ich dich geweckt habe.«

»Lass das«, sagte sie und lächelte. Sie musste gähnen.

»Was denn?«

»Dich entschuldigen. Ist doch nicht schlimm. Das hat jeder mal.« Weil er darauf nichts antwortete, fragte sie: »Ist es die Agentur? Du grübelst viel deswegen, oder?«

Er brummelte vor sich hin.

»Hey.« Sie stupste seine Schulter an. »Ich passe auf dich auf, okay?«

»Guten Morgen, Schatz.«

Frieke blinzelte. Licht flutete das Schlafzimmer, weil Harald schwungvoll die Vorhänge aufriss.

»Was für ein wundervoller Tag. Die Sonne scheint, und heute dürfen wir wieder die Arbeit machen, die wir so sehr lieben.« Er beugte sich über Frieke und gab ihr einen Kuss auf die Stirn. »Frühstück? Bleib liegen, ich bringe dir was.«

Sie ließ sich wieder in die Kissen sinken, während Harald in der Küche verschwand. Sie hörte das Klappern und sein Pfeifen.

Er pfiff! Fröhlich wie seit Wochen nicht. Das musste sie nicht verstehen, oder?

»Hast du gut geschlafen?«, fragte sie vorsichtig, als sie kurz darauf beide im Bett saßen. Harald hatte Croissants aufgebacken und Milchkaffee gemacht. Ein wirklich luxuriöses Frühstück, wenn man bedachte, dass sie meist unterwegs zur Agentur ihren Kaffee tranken.

»Bestens. Ich habe mir was überlegt.« Er stibitzte etwas von ihrem Croissant. »Wenn wir uns richtig eingelebt haben und die Agentur läuft …«

Sie hielt die Luft an. Bitte nicht, dachte sie. Fang nicht wieder von Kindern an.

»… könnten wir doch heiraten.«

Sie blinzelte. »Äh, was?«

»Heiraten! Ich finde den Gedanken schön. Und es ist doch besser für alle, wenn wir schon verheiratet sind, wenn unser erstes Kind zur Welt kommt.« Er schüttelte den Kopf. »Ich finde nichts schlimmer als diese Pralinenhochzeiten.«

»Pralinenhochzeiten?«, echote Frieke.

Das ging ihr wirklich alles viel zu schnell!

»Na ja, wenn die Braut gefüllt ist«, nuschelte er.

Sie musste lachen, obwohl ihr eher zum Heulen zumute war. Himmel, was war mit Harald los? Wo war der Mann, in den sie sich verliebt hatte? Er hatte immer eine Beziehung gewollt, die ihnen beiden Freiheit ließ und in der sie gleichberechtigte Partner waren. Und jetzt auf einmal stellte er sie vor vollendete Tatsachen? Dabei musste er doch eigentlich wissen, dass sich Frieke alles andere als sicher war, ob sie überhaupt Kinder wollte.

»Wir suchen uns ein Haus«, fuhr er fort. »In einem der Vororte. Und dann kannst du dich um die Kinder kümmern und Bücher schreiben, wenn du möchtest.«

»Kinder.« Mehrzahl. »Bücher schreiben«, echote sie. »Was soll ich denn für Bücher schreiben?«

Er zuckte mit den Schultern. »Irgendwelche. Dir wird schon was einfallen. Wir können auch gemeinsam über meine Zeit als Kriegsreporter schreiben. Das wird vermutlich der Renner. Wenn wir dann mal wieder nach Deutschland fliegen, damit die Kinder nicht den Kontakt zu ihren Großeltern verlieren, können wir in die Talkshows gehen. Interviews geben. Das wird großartig.«

Davon war sie überzeugt. Nur die Idee fand sie irgendwie … falsch. Es war nie ihr Wunsch gewesen, Tausende Kilometer weit weg von allen, die ihr wichtig waren, in ein Vorstadthaus an den Wickeltisch abgeschoben zu werden.

»Willst du mich aus dem Weg schaffen?«, fragte sie.

»Wie bitte?«

»In der Agentur.«

»Nein, nein! Wenn du das nicht willst …«

»Wir haben nie über Kinder gesprochen«, sagte sie leise.

»Darum tun wir es ja jetzt«, gab er zurück. »Ich finde die Idee gut. Du nicht? Wir sind schon lange zusammen, die Agentur ist ja auch irgendwie unser Baby ...«

Sie schüttelte den Kopf. »Das geht nicht.«

»Was geht nicht?« Er war überrascht.

»Das alles. Ein Häuschen finden, heiraten, Kinder bekommen ...«

Harald runzelte die Stirn. »Was ist daran so falsch?«

Sie warf die Hände hoch. »Was bitte schön ist daran richtig? Das bist du nicht, Harald. Du bist kein Mann, der sich für diese häuslichen Dinge interessiert.« Und darum hatte sie sich damals in ihn verliebt. Weil sie immer gleichberechtigte Partner gewesen waren, weil sie bei ihm nicht das Gefühl hatte, er würde sie irgendwann an den Herd drängen.

»Menschen ändern sich.«

Sie rannte bei ihm vor eine Wand, die undurchdringlich war. Frieke seufzte. Das war eine Diskussion, die sie eigentlich nicht führen wollte. Aber sie musste.

»Harald, das alles ist doch nicht mein Traum ...«

Er sprang aus dem Bett, sein Kaffeebecher flog quer durch den Raum und zerschellte an der Wand. Frieke schrie auf. Sie dachte erst, es wäre ein Versehen gewesen, dass ihm der Becher aus der Hand gerutscht war. Aber dann sah sie die Wut in seinen Augen und wusste, dass er es getan hatte, weil er sich anders nicht zu helfen wusste.

»Harald«, flüsterte sie.

»Fuck.« Er starrte sie an, dann die Scherben auf dem Holzfußboden, die Kaffeerinnsale an der hellgrauen Wand. »Fuck, Frieke. Was machst du mit mir?«

Er stürmte aus dem Schlafzimmer. Sie hörte die Wohnungstür knallen und sank zurück in die Kissen.

KAPITEL 17

»Moin.«

»Moin.«

Frans blickte nicht vom Monitor auf, während seine Finger sich langsam suchend über die Tastatur bewegten. Er kniff die Augen zusammen, schob die Halbmondbrille auf der rot geäderten Nase nach oben.

»Momentchen. Bin gleich bei dir.«

»Keine Eile.«

Dass sich hinter Bengt bereits ein paar Urlauber drängten, die unbedingt und schleunigst Briefmarken erwerben wollten, um den Lieben daheim mitzuteilen, wie wunderschön es auf der Insel war, schien Frans weder zu stören noch auch nur ansatzweise nervös zu machen.

Wer drängelte, hatte das Prinzip der Insel einfach noch nicht verinnerlicht. Dem erteilte er eine Lektion.

»So. Bengt. Die Post?«

Nach fünf Minuten, die allerdings den versammelten Rentnern hinter Bengts Rücken ihrem Getuschel nach zu urteilen eher wie fünf Jahre vorkamen, bückte sich Frans langsam – wir sind ja nicht bei der Feuerwehr! – und kramte das Körbchen mit Bengts Post hervor.

»Ist ja nicht viel.« Frans stellte die gelbe Kiste auf den Tresen.

»Ist nie viel«, antwortete Bengt. In der Kiste lag ein halbes Dutzend Umschläge. Ein großer weckte seine Neugier.

»Deine Schwester hat geschrieben.«

»Wie schön.«

Frans wartete. Bengt nahm die Briefe entgegen, machte aber keine Anstalten, sie schon hier zu öffnen. Er wollte lieber keinen Aufstand provozieren.

Auf dem großen Umschlag prangte ein roter KOMET-Aufkleber. Sein Herz schlug etwas schneller, doch dann beruhigte er sich sofort wieder, denn von Frieke konnte der nicht kommen.

Sie war in Amerika. Weit weg vom KOMET, viel weiter weg auch von dieser stillen Insel.

Trotzdem riss er den Umschlag auf, sobald er vor dem Postamt stand, und er zog ein dickes Heft heraus, an das jemand eine Visitenkarte geheftet hatte. *Mit besten Grüßen im Auftrag von Frieke Wallgren* stand darauf ziemlich krakelig. Die Unterschrift konnte Bengt nicht entziffern.

Das Cover des Hefts zeigte in Schwarz-Weiß eine Landschaft, so karg, dass er sie erst kaum erkannte. Im Hintergrund aber war sein Bauwagen, und – das bemerkte er jetzt erst – der Mann, der mit Händen in der Hosentasche und einer Strickmütze tief in die Stirn geschoben im Vordergrund stand ... das war er. Eindeutig.

Darunter stand, ziemlich reißerisch: »Der Vogelflüsterer – wie dieser Ornithologe gänzlich auf die neue Technik verzichtet und trotzdem erfolgreich ist«.

Na, wenn der Artikel in dem Ton gehalten war, brauchte er gar nicht weiterlesen. Aber Bengt blätterte in dem Heft, bis er den Artikel fand.

Und dann fing er an zu lesen.

Man muss schon weite Wege gehen, um bei Bengt Gerjets anzukommen. Von Hamburg kommend ist es eine halbe Tagesreise, dabei ist Spiekeroog Luftlinie nur gut 150 Kilometer entfernt. Aber wenn man sich per Bahn, Bus, Fähre und zu Fuß (in dieser Reihenfolge) zu ihm durchgeschlagen hat, findet man in dieser abgelegenen Ecke der beliebten Ferieninsel vor allem eins: Ruhe.

Denn Ruhe brauchen die Brandseeschwalben, denen das Interesse des Vogelkundlers gilt. Sie sind heikel, die Bedingungen für ihre Brutkolonie müssen perfekt passen, damit sie sich nicht nur ansiedeln, sondern in den Folgejahren zurückkehren.

Das ist auf Spiekeroog gelungen.

In dem Tonfall ging es weiter – Frieke schrieb eindringlich und schlicht, er hätte sich selbst gemocht, wenn er das über einen Fremden gelesen hätte. Sie schlug den Bogen von seinen Vogelbeobachtungen hin zu seinem Verzicht auf Technik und schrieb darüber, dass es doch sicher jedem guttun würde, wenn er mal das Smartphone abschaltete. Keine neuen Gedanken, beileibe nicht. Aber die Art, wie sie sie vorbrachte, machte sogar ihn nachdenklich, ob nicht ein wohldosierter Einsatz der neuen Medien möglich war.

Zum Beispiel, um mit jemandem Kontakt zu halten, der am anderen Ende der Welt lebte.

Bengt ließ das Heft sinken.

Sie hatte ihm zugehört. Sie hatte nicht nur in ihr Handy geschaut, sondern aufmerksam zugehört, und ohne sich Notizen zu machen, hatte sie es offenbar geschafft, einen Artikel zu schreiben, der all das korrekt wiedergab, was er ihr in den drei Tagen erzählt hatte.

Okay, nicht *alles* … Über seine Gefühle würde er wohl nichts in dem Artikel finden.

Aber dafür fand er darin etwas anderes.

Sie schrieb über ihn, als wäre er nicht nur ein Fremder, über den sie nun mal eine Reportage schrieb, weil ihr Chef den Auftrag für sie hatte. Oder weil sie eben so professionell war, dass sie über alles schreiben konnte.

Entweder Frieke war verdammt gut in ihrem Job – was er keine Sekunde lang bezweifelte – oder …

Tja. Oder sie war am anderen Ende des Ozeans und ließ ihn trotzdem nicht los.

Letzteres war etwas, worüber er lieber nicht zu genau nachdachte. Sie lebten völlig unterschiedliche Leben.

Wir sind zu verschieden, dachte er.

Und das war nur eines von vielen Hindernissen, das sich ihnen in den Weg stellte.

»Dein Handy piept.«

Harald stützte den Kopf in die Hände und starrte auf den Bildschirm seines aufgeklappten MacBooks. Frieke saß ihm gegenüber und starrte auf den Bildschirm. Sie tippte eifrig.

Es war ein brüchiger Frieden, den sie geschlossen hatten, nach dem großen Streit vor ein paar Tagen. Auf seinen Antrag hatte er keine Antwort bekommen, und er war zu stolz, um noch einmal darauf zurückzukommen.

»Moment.«

Sie löste den Blick vom Bildschirm, nahm ihr Handy und stand auf. Im Rausgehen ging sie dran, und er hörte noch, wie sie sagte: »Sind die beiden Trödelchen endlich auf der Welt?«, bevor die Tür hinter ihr zuschlug.

Er lehnte sich zurück, verschränkte die Hände hinter dem Kopf und schloss die Augen. Ohne ihr Tippen war die Stille nur schwer zu ertragen.

Sie strahlte, als sie drei Minuten später zurückkam. »Das war Emma«, sagte sie, obwohl er sich das schon gedacht hatte. Sie setzte sich wieder hin.

»Und?«, fragte er.

»Interessiert dich das? Es ist Babygeschwätz.«

»Ja, mich interessiert das.«

»Lars und Timo. Beide gut zwei Kilo schwer und 46 beziehungsweise 47 Zentimeter groß. Wohlauf, hungrig und laut. Sie kommen morgen schon nach Hause.«

»Ist sie glücklich?«

Frieke erlaubte sich ein kurzes Lächeln. »Sie klingt sehr glücklich, ja.«

»Das freut mich«, sagte er leise.

Frieke setzte sich auf ihren Stuhl, dann sprang sie sofort wieder auf. »Ist dir jetzt auch nach Champagner?«

Leichtfüßig lief sie in die Küche, er hörte, wie sie den Kühlschrank aufriss und mit Gläsern klapperte. Den Champagner hatten sie auch zur Eröffnung geschenkt bekommen und seitdem daheim gebunkert, weil beiden nach diesen anstrengenden Wochen nicht nach Feiern zumute war.

»Hier.« Sie stellte ihm ein Glas neben das MacBook. Harald nahm es, sie stießen miteinander an, pling! Er räusperte sich.

Sie trank einen Schluck, hielt einen Moment inne, zehn Sekunden vielleicht, da dachte sie wohl an Emma und die beiden winzigen Babyjungs, die jenseits des Ozeans nun in ihr gemeinsames Leben starteten. Dann gab sie sich einen Ruck, genug gefeiert, sie setzte sich wieder auf ihren Stuhl und stellte das Glas beiseite.

»Frieke …«

Sie blickte nicht auf, sondern tippte wieder irgendwas ein. »Ja?«, fragte sie abwesend.

»Können wir noch mal darüber reden?«

»Über Lars und Timo?«

»Ja. Über Kinder.«

Sie hielt inne. Als sie hochsah, wirkte sie gar nicht mehr so fröhlich, und ihre Augen glänzten. »Muss das jetzt sein?«, fragte sie leise.

»Wann, wenn nicht jetzt?«

Sie klappte ihr MacBook zu, und er machte es ihr nach. »Was möchtest du dazu sagen?«

»Ich möchte, dass wir noch mal darüber nachdenken.«

»Harald, bitte.«

»Was spricht denn dagegen? Nenn mir einen vernünftigen Grund, warum wir kein Kind bekommen sollen.«

Sie atmete tief durch. »Mir ist das gerade zu viel.«

»Das ist alles?« Er starrte sie an.

»Ja, das ist alles. Kannst du das nicht verstehen? Wir sind gerade erst hier angekommen, wir arbeiten bis zum Umfallen, und jetzt soll ich mich von heute auf morgen aufs Brüten einstellen? Und dann neun Monate später ein Kind zur Welt bringen – ja, und was dann? Zu Hause sitzen und Däumchen drehen?«

Er schwieg.

»Harald.« Frieke war auf einmal sehr müde. »Es ist nicht nur, dass ich es mir für mich nicht vorstellen kann.«

»Sondern?«

»Es geht dir nicht gut«, sagte sie.

Er schnaubte und warf die Arme hoch. »Echt jetzt? Das ist dein Argument?«

»Es würde schon helfen, wenn du es dir eingestehst«, erklärte sie leise. »Aber so kann ich nicht mit dir reden.«

Er starrte sie wütend an. Doch Frieke hielt seine Wut aus.

Mit einem Ruck stand er auf, klappte sein MacBook zu und ging zur Tür.

»Wo willst du hin?«, rief sie ihm nach.

»Weg!«

Die Tür knallte hinter ihm ins Schloss, und das klang für sie sehr endgültig.

Wenn Frieke nicht mehr weiterwusste, ging sie zu Emma oder ihren Eltern. Dort gab es Kaffee und Franzbrötchen oder Streuselkuchen. Sie konnte ihr Herz ausschütten. Wurde in den Arm genommen. Getröstet. Danach hatte sie vielleicht für das, was sie bedrückte, keine Lösung. Aber zumindest das Gefühl, nicht gänzlich allein zu sein damit.

Bei Streuselkuchen musste sie an Bengt denken. Mit Kokosstreuseln und Sauerkirschen, so backte er ihn. Für den half Kuchen auch in jeder Lebenslage. Und das brachte sie auf seinen köstlichen Kaffee, den sie vermisste, weil man in Boston zwar an jeder Straßenecke Kaffee im Styroporbecher bekam, aber eben nicht *diese* Art Kaffee.

Der Knall, mit dem Harald die Tür hinter sich ins Schloss warf, war nur der erste von vielen. So war es jetzt immer. Morgens, wenn er vor ihr aus dem Haus ging – rums. Abends, wenn er nach ihr heimkam – rums. Wenn er später noch mal wegging – rums. Sie wusste nicht, wohin er ging oder woher er kam. Er schlief weiter auf dem Sofa. Er verlor kein Wort über ihren Streit. Er fragte nichts, er schwieg. Jeder Versuch von ihr, ein Stück weit Normalität zurückzuerlangen, strafte er mit Missachtung. Und mit jedem ihrer Versuche, den er abschmetterte, verließ Frieke der Mut.

Sie hatte hier niemanden, mit dem sie darüber reden konnte. Sie konnte natürlich mit Emma skypen, aber Emma hatte gerade ganz andere Probleme – die Versorgung von zwei Säuglingen war mehr als genug. Und ihre Eltern? Was hätten die ihr schon raten können, außer dass Frieke Harald Zeit geben müsse.

Vielleicht, redete sie sich ein, lag es an der Umstellung. An all dem Neuen, das auf sie beide einstürzte. Die Arbeit. Die Sprache, die sie zwar beherrschten, deren feine Nuancen sie aber erst jetzt erfassten, da sie sich Tag für Tag in jeder Situation mit ihren Arbeitskollegen, Behördenmitarbeitern und dem Barista der Kaffeebar unten an der Ecke auseinandersetzen mussten. Die beengte Wohnsituation. Überhaupt: Sie hatten in Hamburg nicht zusammengewohnt, und vielleicht erwies sich das gerade als eine ziemlich dumme Idee, dieses Zusammenleben erst jetzt auszuprobieren, da keiner eine Ausweichmöglichkeit hatte.

Solange er nicht mit ihr redete und sie nicht zu ihm durchdrang, wenn sie versuchte, mit ihm zu reden, verlief eine unsichtbare Frontlinie durch die Wohnung. Das Schlafzimmer für Frieke, das Wohnzimmer für Harald. Begegnungen waren unvermeidlich. Das kleine Bad konnten sie sich irgendwie teilen, sogar die Wäsche warfen sie in die Waschmaschine, nur hängte Harald seine dann im Wohnzimmer auf, während Frieke ihre auf dem winzigen Balkon hinter dem Schlafzimmer trocknete. Das Bett war ihre Homebase, Twitter der einzige Raum, in dem sie sich aussprechen konnte. Dort, wo Harald nie hinging. Er fand, ähnlich wie Bengt, dass diese Form der sozialen Interaktion mit Fremden einfach Quatsch sei.

Für sie war dieser Quatsch die einzige Möglichkeit, nicht verrückt zu werden.

KAPITEL 18

»Moin!«

»Moin Bengt. Naaa, biste berühmt, was?«

Tammo lachte. Seine blonden Haare waren verschwitzt, das Gesicht knallrot. Er wuchtete gerade die frisch gelieferte Ware aus dem Container in den Frischemarkt. Frühmorgens um halb sechs, die Touristen schliefen da noch, und er musste leise sein, dass keine Beschwerden von seinen Feriengästen kamen. Aber diese Bemerkung konnte er sich wohl nicht verkneifen.

Bengt schnaubte nur.

Nachdem er das KOMET-Heft letzte Woche von der Post geholt hatte, war er direkt heimgegangen und hoffte einfach, die Aufregung um seine Person werde sich schon legen, wenn er lange genug abtauchte. Aber nun fehlten ihm wichtige Zutaten. Backkakao für einen Marmorkuchen zum Beispiel. Er *musste* also zum Frischemarkt. Aber nichts war so alt wie die Zeitungen der vergangenen Woche, deshalb hoffte er, dass Tammo die KOMET-Ausgabe bereits weggeräumt hatte.

Weit gefehlt. Leider.

»Hab dir ein Ehrenplätzchen eingeräumt, mein Freund.« Tammo folgte ihm in den Laden. Bengt nahm einen Drahtkorb und fing an, ihn mit etwas frischem Gemüse und einem Schälchen Himbeeren zu füllen. Tammo drehte ihn Richtung Zeitschriftenregal, wo Bengt lag, im Stapel.

Ein ziemlich hoher Stapel war das.

»Musste schon zweimal nachbestellen. Alle wollen das KOMET-Heft mit Bengt. Alle. Hab bestimmt über hundert davon verkauft inzwischen. Dürfte bald keinen Haushalt auf der Insel mehr geben, in dem es nicht liegt. Und die Touristinnen?« Tammo pfiff durch die Zähne. »Würde mich nicht wundern, wenn du demnächst mehr Kuchen für hübsche Besucherinnen backen kannst. Die sind ganz wild auf Bengt, den Vogelflüsterer. Ständig wollen sie wissen, wo sie dich finden. Eins muss man deiner Journalistin ja lassen – sie hat nicht alles verraten. Und die Hühner sind so dumm und suchen sonst wo nach dir.«

Bengt biss die Zähne zusammen, damit ihm nicht eine ziemlich unflätige Bemerkung entwischte.

Es war nicht mal die Tatsache, dass das Heft mit seinem Gesicht auf dem Cover immer noch verkauft wurde. Tammo war geschäftstüchtig, er ließ sich nicht mal ein Wochenmagazin entgehen, an dem er nur ein paar Cent verdiente. Auch Tammos Andeutung, jeder wolle den Artikel lesen, störte ihn nicht. Aber wie er über die Feriengäste redete? Immerhin ermöglichten sie ihm ein Auskommen, und kein schlechtes übrigens. Der Frischemarkt war der einzige Supermarkt auf der Insel, viele Touristen wohnten in Ferienwohnungen und versorgten sich selbst. Im Sommer machte er vermutlich ein Vermögen.

Und er war der Sohn des Bürgermeisters. Dem gehörten auch einige Häuser, die Tammos Schwager Bosse verwaltete.

Obwohl. Bosse war nicht mehr da, richtig? Sonja hatte ihn ja vor die Tür gesetzt.

»Wer kümmert sich jetzt eigentlich um die Verwaltung der Ferienwohnungen?«, fragte Bengt.

»Das geht dich wohl nix an.« Tammo starrte wütend. Klar. Das gefiel ihm jetzt nicht, wenn Bengt in der Scheiße *seiner* Familie wühlte.

»Muss deinen Vater ganz schön nerven, dass deine Schwester Bosse rausgeworfen hat.«

»Sie hat ihn nicht rausgeworfen. Er ist gegangen.«

Bengt zog die Augenbrauen hoch. »Ach ja? Hab ich aber was anderes gehört.«

»Von wem?«

»Deiner Schwester. Sie meinte, Bosse hätte jemanden auf dem Festland gehabt.«

Bevor Bengt wusste, wie ihm geschah, stürzte Tammo sich auf ihn. Er spürte die Faust auf seinem Jochbein, bevor er überhaupt kapiert hatte, dass Tammo zuschlug.

Bengt taumelte zwei Schritte nach hinten und knallte in das Zeitschriftenregal. Tammo setzte ihm nach, packte Bengts T-Shirt, riss ihn hoch und schwang die Faust.

»Wage es nicht«, zischte Tammo.

»Was denn?«, erwiderte Bengt und reckte trotzig das Kinn. »Die Wahrheit aussprechen? So seid ihr. Wie die Deichgrafen tut ihr so, als würde euch die Insel gehören. Dass Sonja unglücklich war, hat euch Kerle nicht gestört. Hast du gewusst, dass er 'ne andere hatte? Hast du's deiner Schwester verschwiegen, weil Männer nun mal so sind? Ich hab 'ne Nachricht für dich, Tammo: Wir sind im 21. Jahrhundert angelangt. Da vögelt man nicht mehr rum.«

»Musst du grad sagen. Hast dich da draußen mit der Journalistin im Dünensand gewälzt …«, murmelte Tammo.

Diesmal war Bengt derjenige, der zuschlug. Zufrieden hörte er das Krachen, als seine Faust Tammos Nase zertrümmerte.

»Hey, hey, hey! Auseinander, ihr zwei, aber sofort!«

Der da brüllte, riss an Tammos Schulter, der beiseitetaumelte und sich die blutende Nase hielt, während Bengt das Gleichgewicht verlor und in das Zeitungsregal krachte. Ein Dutzend KOMET-Hefte mit schwarz-weißem Bengt regneten auf ihn nieder, und er rappelte sich auf und wollte sich wieder auf Tammo stürzen, als sich der olle Hansen zwischen die beiden stellte, gar nicht mehr winzig und hager, sondern wieder in seiner alten imposanten Größe.

»Zurück!«, schrie er Bengt an, der gehorchte.

»Du auch!«, bekam Tammo einen ähnlich lauten Befehl zugebrüllt, der aber gar nicht in der Lage gewesen wäre, noch mal anzugreifen, weil er sich die blutende Nase hielt.

»Du hast sie gebrochen!«, jammerte Tammo näselnd.

Seine Frau Ruth kam von der Kasse und brachte eine Rolle Küchenpapier mit, das die beiden Männer gerecht teilten. Bengt befühlte sein Jochbein. Die Haut war aufgeplatzt, das Blut rann warm über seine Wange.

»Das gibt 'ne Narbe.« Der olle Hansen reichte ihm die knorrige Hand, doch Bengt winkte ab und rappelte sich wieder auf. Irgendwo hörte er jemanden rufen: »Ruhe da draußen, wir machen *Urlaub*!«, und fast hätte er darüber gelacht.

Aber nur fast.

»So. Habt ihr euch jetzt genug die Fresse poliert?«

»Was geht dich das an, Hansen. Geh sterben.«

Ruth fuhr Tammo über den Mund. »Das sagt man nicht!«, fauchte sie. »Grad dann nicht, wenn es stimmt. Entschuldige dich gefälligst. Bei beiden!«

Bengt nahm seinen Korb und stapelte nachlässig die KOMET-Hefte auf dem Regal, aus dem ihm aber sofort weitere Zeitschriften entgegensegelten.

»Lass liegen«, rief Ruth ihm zu. Sie kümmerte sich um Tammos Nase, der immer noch auf dem Boden hockte.

Ole Hansen war ein paar Schritte gegangen und sank auf den Boden. Einfach so. Bengt ging zu ihm und reichte ihm die Hand.

»Stimmt das?«, fragte der olle Hansen. »Dass du was mit meiner Tochter hattest?«

»Das stimmt nicht«, sagte Bengt. »Wir haben uns nur geküsst.«

»Nur geküsst, so. Hat es dir was bedeutet?«

Bengt wollte schon den Kopf schütteln, aber was brachte es, wenn er log? Darum nickte er. »Ja.«

»Sie hat einen Freund.«

»Ich weiß.«

»Lebt seit ein paar Monaten in Boston.«

»Das weiß ich auch.«

»Ich habe den Artikel über dich gelesen.«

Bengt sagte dazu nichts, denn Friekes Vater konnte seinetwegen ruhig wissen, dass er Frieke geküsst hatte und dass es ihm etwas bedeutete – mehr als gut für ihn war, wenn er deshalb auf einen Freund einprügelte. Aber der Artikel war etwas, das ging nur Frieke und ihn etwas an.

Dem ollen Hansen ging es um was anderes. »Sie kann gut schreiben, was?«

»Das kann sie«, sagte Bengt.

Und wie sie das kann.

Ruth bestand darauf, dass Tammo und Bengt zum Arzt gingen, damit Dr. Tossens sich ihre Verletzungen anschaute. So saßen die beiden Streithähne eine halbe Stunde später im Wartezimmer, denn Dr. Tossens saß so früh noch beim Kaffee. Bestimmt las er auch den KOMET, dachte Bengt. Er sah sogar das Heft im Wartezimmer liegen, am liebsten hätte er es in den nächsten Mülleimer geworfen.

»Was ist das mit der Journalistin und dir?«, fragte Tammo. Ruth hatte ihm ein paar Streifen Küchenkrepp zusammengerollt und in die Nasenlöcher gestopft, damit er nicht alles vollblutete. Der Nasenrücken war dick geschwollen und hatte einen Höcker. Eindeutig gebrochen.

»Nichts«, sagte Bengt, weil es ja niemanden was anging. Dann aber fügte er hinzu: »Ich vermisse sie.«

»Stimmt das, was Sonja erzählt? Ebba und Willem haben ihr die Buchhandlung angeboten?«

»Die Buchhandlung?« Bengt blinzelte.

»Sie ist die Tochter vom ollen Hansen. Hast du wenigstens das gewusst?«

»Bisher …« Bengt schüttelte den Kopf. Kam daher dieses Gefühl, das ihn seit Friekes Fortgang nicht losließ? Dass sie hierher gehörte, auf die Insel?

Sie hatte Wurzeln geschlagen in den wenigen Tagen, und mit ihrem Weggang waren sie sogleich wieder ausgerissen.

»Ebba und Willem wollen weg. Nach Island oder so. Sie haben wohl genug von der Insel.«

»Davon wusste ich nichts«, gab Bengt zu.

Bevor Tammo noch was sagen konnte, kam Dr. Tossens ins Wartezimmer.

»Na, ihr seid mir ja zwei Kampfhähne. Wer will zuerst?«

Bengt ließ Tammo den Vortritt, der unter starken Schmerzen litt. Während er wartete, betastete er sein Jochbein.

Gebrochen war es nicht, das war schon mal gut. Der Cut über dem Knochen blutete nicht mehr, war aber druckempfindlich, klar.

Das war nichts, das er nicht auch in ein, zwei Stunden noch behandeln lassen konnte.

Er stand auf und verließ die Praxis.

Inzwischen waren die ersten Urlauber wach und auf den Dorfstraßen unterwegs. Sie starrten hinter Bengt her, der den kurzen Weg rüber zur Post nahm. In einem Kabuff, das vom Schalterraum abging, stand ein schwarzer Flachbildschirm nebst Tastatur und Mouse. Er berührte die Mouse, der Bildschirm erwachte zu Leben. Man konnte den Tower neben dem Bildschirm mit Münzen füttern. Zwanzig Minuten Internet kosteten einen Euro.

Bengt steckte eine Euromünze in den Schlitz. Er ging online und rief seine E-Mails ab. Keine Nachricht von Frieke. Aber warum sollte sie ihm auch schreiben?

Sie vermisst dich nicht, du Idiot.

Er gab die Adresse einer Suchmaschine ein. Und dann tippte er in das Suchfeld ihren Namen.

Es gab für diesen Namen ziemlich viele Treffer.

Einer der ersten führte ihn zu der Homepage ihrer neuen Agentur. Ein Foto, auf dem sie jünger wirkte. Vielleicht jünger war. Schwarz-weiß, bedeutungsschwanger, ihr Blick ernst. Die Texte kreisten um sich selbst, bla, bla, bla, Partner für gute Inhalte, zweisprachig und so weiter.

Ihn interessierte nur die Verlinkung auf ihre anderen Onlinepräsenzen. Da, Twitter. Das hatte sie doch immer gemacht, wenn sie ihr Weltverbindungskästchen in die Hand nahm, oder?

Er klickte das hellblaue Vögelchen an. Hübsch, dachte er. Ein Ornithologe bei Twitter, das würde ja passen.

Der Link führte zu ihrem Profil. Man sah in umgekehrt chronologischer Reihenfolge alles, was sie schrieb – die neuesten Einträge standen oben. Der letzte war gerade mal sieben Minuten alt. Ein Foto, das eine zerwühlte Bettdecke zeigte, nackte Füße (ihre etwa?) neben einem aufgeklappten MacBook.

Kann nicht schlafen. Alles wie immer. Guten Morgen euch da drüben auf der anderen Seite der Welt. #schlaflosinboston

Bengt sah auf die Uhr. Viertel nach sieben. Das hieß, es war nach ein Uhr nachts an der Ostküste.

Warum schläfst du nicht, Frieke?

Er scrollte durch ihre Nachrichten. Sie schrieb viel; über vierzigtausend Tweets, seit sie damit angefangen hatte. Himmel! Konnte man die alle abrufen? Und was hatte sie über ihre Zeit auf Spiekeroog geschrieben – bei ihm?

Seine Neugier war geweckt. Doch bevor er sich in die Timeline vertiefen konnte, waren die zwanzig Minuten Internetzeit rum und der Bildschirm wurde blau.

»Scheiße«, murmelte Bengt. Er kramte in seiner Hosentasche nach mehr Kleingeld, fand aber nur ein paar Zwanzigcentmünzen, die er anstarrte und in Internetzeit umrechnete.

War er das wirklich? Ein Onlinestalker?

Nein, beschloss er und stand auf.

Höchste Zeit, seine Wunde versorgen zu lassen.

Und dann?

Dann brauchte er ein internetfähiges Smartphone. Er wollte wissen, wie es Frieke ging.

Weil er sich Sorgen machte, redete er sich ein.

#schlaflosinboston war ihre Form, sich den Kummer von der Seele zu schreiben. Sie gab nicht das ganze Ausmaß dessen preis, was sie bekümmerte. So dumm war sie nicht. Dafür war das Netz auch immer noch zu anonym. Aber sie nutzte es, um ihren Frust rauszulassen.

Die Leute, die ihr folgten, waren mitfühlend. So wie Frieke auch mitfühlend war, wenn sie online von den Schicksalsschlägen derer las, denen sie ihrerseits folgte. Und das war ein kleiner Trost. Etwas, das sie immer bei sich trug. Das perfekte Mittel gegen Heimweh. Denn sosehr sie auch versuchte, dieses nagende Gefühl zu ignorieren, es wurde immer stärker. Sie wollte nicht mehr hier sein. Es lag gar nicht an Boston. Sie fühlte sich einfach fremd mit Harald. Immer häufiger ertappte sie sich dabei, dass ihre Gedanken nach Spiekeroog wanderten, dass sie die Webcam der Insel aufrief, Wetter und Inselnachrichten googelte. Weil dort zwei Männer lebten, die sie nicht mehr aus ihrem Kopf verbannen konnte.

Ihr Schlafzimmer war mittlerweile zu ihrem kleinen Kokon geworden. Ihr persönliches Spiekeroog, nur etwas kleiner. Wo war denn da der Unterschied?

Den Unterschied erkannte sie, als sie eines Abends im Bett hockte, online ging und in der Liste ihrer neuen Follower, die sie regelmäßig kontrollierte, einen Namen fand, der ihr Herz wie verrückt hüpfen ließ: @BengtBrand

@BengtBrand? Wie Bengt, der Brandseeschwalbenbeobachter?

Sie klickte auf sein Profil.

Das Profilfoto war ein Ausschnitt ihres KOMET-Covers. Der Bauwagen in Schwarz-Weiß. Als Beschreibung stand darunter: *Bengt und die Brandseeschwalben. Bekannt aus dem KOMET.*

Friekes erster Gedanke war, es müsse sich dabei um ein Fake handeln. Ganz bestimmt. Bengt und ein Twitteraccount? Er war es doch, der diese Weltverbindungskästchen verteufelte, und jetzt trieb er sich ausgerechnet auf der Social-Media-Plattform herum, auf der sie sich so wohlfühlte? Ihr Herz schlug schneller, und sie stand auf, weil sie vor Nervosität gerade nicht wusste, wohin mit sich. Wenn es tatsächlich Bengt war und kein Fake, dann hieß das … Ja, was hieß das für sie?

Lieber nicht zu genau darüber nachdenken. Es konnte ja auch eine ganz harmlose Erklärung dafür geben.

Frieke ging in die Küche. Sie nahm eine Dose Ginger Ale aus dem Kühlschrank, drückte sie sich gegen die Stirn und die erhitzten Wangen. Ihr Herz konnte sich gar nicht beruhigen. Sie atmete tief durch.

Okay, ganz ruhig. Es gibt bestimmt eine plausible Erklärung dafür, die nichts mit mir zu tun hat.

Sie ging zurück ins Schlafzimmer und klickte auf Bengts Profil und scrollte durch die letzten Nachrichten. Sie entdeckte das Foto von einem Kuchen. Den Teller kannte sie ebenso wie den Untergrund (die Stufe des Bauwagens) und den Emaillebecher mit dem Kaffee.

Entweder es war ein richtig guter Fake oder …

Bengt.

Sie lehnte sich zurück.

»Hallo Bengt«, flüsterte sie. Ihr Herz hämmerte jetzt in ihrer Brust. *Bist du das wirklich?*

Aber das ließ sich ja leicht herausfinden.

Sie antwortete auf seinen Kuchen-Tweet mit: *Hmmm, toller Kuchen! Wo kann man den denn kaufen?*

Sie rechnete nicht so schnell mit einer Antwort. Bengt besaß kein Smartphone, richtig? Vermutlich würde er ihren Tweet erst in einer Woche oder so bemerken, wenn er wieder mal online ging. Dass er das gelegentlich machte, hatte er ihr erzählt.

Aber wie hatte er den Kuchen dann fotografiert?

Es wurde immer mysteriöser.

Als sie kurz vor dem Schlafengehen noch ein letztes Mal ihren Twitteraccount aufrief, traute sie ihren Augen nicht. Sie hatte eine Antwort. Von Bengt.

@FriekeWallgren Du weißt, dass ich selbst backe. Wann essen wir wieder gemeinsam Kuchen auf dieser Stufe? Sag Bescheid!

Sie starrte auf die Buchstaben. Lange. Ihr Herz klopfte wie wild. Plötzlich sah sie wieder sein Gesicht vor sich, die warmen Augen, die strahlten, wenn er lachte. Seine Lippen … Sie zuckte zusammen. Wie hatte es nur so weit kommen können? Statt einer Antwort schrieb sie: *Die Vergangenheit. Sie lässt mich nicht los. #schlaflosinboston*

Dann klappte sie das MacBook zu, löschte das Licht und lauschte dem Rattern des Klimageräts.

Doch sie konnte nicht einschlafen. Es ging einfach nicht. Das ließ sich nicht mehr ignorieren und als Hirngespinst abtun. Bengt war in ihre Welt eingedrungen. Ganz real. Und er hatte dafür einen Weg gewählt, der ihn einige Überwindung gekostet haben musste.

Er ist nicht so ein sturer Kerl, der ewig auf seiner Meinung beharrt.

Hatte er ihretwegen mit Twitter angefangen? Wieder hüpfte ihr Herz. Der Gedanke wärmte sie, und endlich konnte sie einschlafen.

KAPITEL 19

»Wie lange willst du das noch aushalten?«, fragte Emma sie. Es war inzwischen September. Labour Day. Das Wochenende, an dem alle aus der Stadt flohen und die freien Tage genossen. Durchatmen, bevor der Herbst kam.

Inzwischen hatte Frieke es nicht länger ausgehalten und Emma erzählt, wie es um sie stand. Oder nicht stand.

»Er redet nicht mit dir. Du redest nicht mit ihm. Und wenn ich dich richtig verstehe, denkt ihr nicht daran, etwas an diesem Zustand zu ändern.«

»Es funktioniert«, sagte Frieke schwach.

»Das wird es aber nicht ewig tun.« Emma nahm Lars (oder war es Timo?) von der Schulter, wo dieser sich gerade hatte ausruhen dürfen, bis er ein Bäuerchen machte. Als sie ihn Richtung Kamera hielt, sah Frieke seine fest geschlossenen Augen. Niedlich, dachte sie.

Aber es versetzte ihr nicht so einen stromschlagähnlichen Hormonstoß, wie es viele Frauen erlebten, wenn sie sich nichts sehnlicher wünschten als Kinder. Und das müsste sie doch, oder nicht? Wenn sie wirklich gern Kinder haben wollte?

Wollte sie wohl nicht. Oder sie wollte nicht in dieser Situation. Sie kicherte. Mit diesem Mann! Wie wollten sie denn ein Kind zeugen, wenn er nicht mal mit ihr redete?

»Na, wenigstens nimmst du es mit Humor«, bemerkte Emma trocken.

»Was bleibt mir anderes übrig? Sonst habe ich ja nichts.«

»Du hast immer noch Mr Brandseeschwalbe.«

»Sicher nicht.«

»Er twittert! Und mal ehrlich, gar nicht mal so schlecht.«

»Du folgst ihm?« Frieke traute ihren Ohren nicht.

»Na klar. Die Nächte sind lang und die Babys schlafen ständig. Was soll ich denn da machen, wenn ich wach liege, weil mein Körper offenbar auf schlaflos programmiert ist?«

»Du könntest Tolstoi lesen«, schlug Frieke vor.

Emmas strenger Blick reiste einige Tausend Kilometer und kam dennoch genauso an, wie sie ihn meinte. »Sehr witzig. Du weißt, dass ich nichts lese, das länger als ein Zeitungsartikel ist. Darum ist Twitter so schön. Alles in kopfgerechten Häppchen für mich und meine Babydemenz. Und was du so erzählst, also … Frieke, Frieke. Ich muss mich schon sehr wundern.«

»Es ist nicht so, wie du denkst«, nuschelte Frieke. Sie hatte sich einen großen Becher Eis mit ins Bett genommen und löffelte lieber, statt ihrer Freundin ins Gesicht zu sehen.

Es stimmte. Es war alles andere als nichts. Zunächst hatte es ganz harmlos angefangen. Sie schrieb an Bengt, er schrieb zurück. Manchmal ging es hin und her, manchmal kam tagelang nichts von ihm. Oder sie hielt sich tagelang von Twitter fern, weil sie plötzlich Angst bekam, wie wichtig ihr diese kurz Nachrichten wurden. Denn das war ihr größtes Problem. Wie Bengt die richtigen Worte fand.

»Ich denke gar nichts. Ich bin nämlich mit zwei Babys geschlagen, deren Versorgung mein ganzes Hirnschmalz fordert.«

»Ich weiß nicht, was ich tun soll. Du hast schon recht, so geht es nicht weiter. Aber ich kann Harald doch nicht einfach so im Stich lassen. Wir haben beide viel aufgegeben.«

»Ich weiß«, sagte Emma schlicht.

Sie schwiegen kurz. Lars (oder Timo?) seufzte im Schlaf, und Frieke seufzte mit dem kleinen Kerl.

»Niedlich, hm?«, fragte Emma.

Da war er, dieser kleine Funken. Dieser Gedanke.

»Ja, sehr«, sagte Frieke leise.

Sie wünschte, es wäre so leicht. Sie wünschte, in ihrem Leben wäre Platz für ein Kind. Sie wünschte, in ihrem Leben gäbe es den Mann, mit dem sie ein Kind haben wollte.

KAPITEL 20

»Wir müssen mal in die Gänge kommen.«

Ebba sagte das. Den Sommer über hatte sie kein Wort über ihre Pläne verloren, die Insel hinter sich zu lassen. Aber jetzt, an diesem Abend, da der erste Herbststurm erstaunlich früh im Jahr über die Insel pfiff und sie zusammen im Wohnzimmer saßen, ließ sie ihr Buch sinken, nahm die Lesebrille ab, die sie nur trug, wenn ihre Augen müde wurden, und sah ihn lange an, bevor sie die Worte aussprach.

Willem versuchte noch, sie zu ignorieren, er brummelte und vergrub sich in seinem abgewetzten Ledersessel.

»Ich habe mit der Maklerin telefoniert«, fuhr sie fort. »Das Cottage ist immer noch zu haben, und sie wäre auch bereit, mit dem Besitzer zu sprechen, ob er mit dem Preis ein bisschen runtergeht.«

»Es ging dir ja bisher nicht um den Preis fürs Haus.«

»Nein«, erwiderte sie scharf. »Es ging mir darum, dass die Buchhandlung in gute Hände kommt. *Deine* Buchhandlung. Das Erbe deiner Eltern. Aber das interessiert dich ja offensichtlich genauso wenig wie unsere gemeinsame Zukunft.«

Er faltete die Zeitung ruckartig zusammen.

»Ich war gestern beim ollen Hansen«, sagte er.

»Lenk nicht vom Thema ab!«, fauchte Ebba.

»Das ist nicht vom Thema abgelenkt, wenn der Ornithologe nun jeden zweiten Tag beim Kapitän sitzt. Die beiden haben Kummer. Liebeskummer. Bengt Gerjets vermisst die kleine Journalistin genauso sehr wie ihr Vater, der sich übrigens den Schmerz von der Seele schreibt. Vielleicht solltest du mit denen reden und nicht mit mir. Du willst Frieke Wallgren als Nachfolgerin? Dann tu was dafür. Mir ist das egal, ehrlich gesagt.« Er hievte sich aus dem Sessel. Mit dem Herbst war auch die Erkenntnis gekommen, dass seine alten Knochen langsam müde wurden. Dass das ständige Schleppen von Bücherkisten auf Dauer nichts für ihn war. »Ich mach alles mit, was du willst. Aber tu halt was.«

Er ging nach unten in die Küche und machte für Ebba und sich einen Grog. Sie folgte ihm nicht. Er hörte sie oben hin und her gehen, dann Stille.

Lange ging das nicht mehr gut. Sie wurden beide alt. Und was, wenn einer von ihnen krank wurde? Am ollen Hansen konnte er sehen, was so eine Krankheit mit einem menschlichen Körper trieb, wenn sie ihn nicht mehr losließ. Schon im Frühsommer hatte jeder gedacht, er würde es nicht mehr lang machen, aber der alte Kapitän war aus anderem Holz geschnitzt, und das verrottete nicht so schnell.

Er lebte immer noch. Klammerte sich mit letzter Kraft an dieses Leben, aufrechterhalten vielleicht nur noch von den häufigen Besuchen des Ornithologen. Aber er lebte und hämmerte mit den vom Schmerz gekrümmten Fingern auf Willems Schreibmaschine ein. Der Stapel der beschriebenen Seiten wuchs ins Unermessliche. »Hab noch was zu sagen«, war sein Mantra.

Solange man was zu sagen hat und deshalb in der Welt blieb – war das nicht einer der besten Gründe, am Leben zu bleiben?

Aber seinem Schicksal entkam Friekes Vater deshalb nicht. Irgendwann, vielleicht schon sehr bald, würde es mit ihm zu Ende gehen. Willem hoffte, er war dann nicht allein. Er hoffte, Frieke kam zurück. Denn auch wenn er selbst nie Kinder gehabt hatte, wusste er instinktiv, wie wichtig es war, diese Verbindung nicht vollends zu verlieren.

Oder zu den Menschen, die man liebte. Mit denen man alt werden wollte. Ein bisschen Lebensabend genießen. Ebba und er waren noch nicht zu alt, um noch ein paar schöne gemeinsame Jahre zu haben. Die konnten sie genauso gut in die Buchhandlung stecken und sich dort bis zuletzt kaputtarbeiten. Die Arbeit, die ihnen so viel bedeutete, die aber irgendwann auch den leidenschaftlichsten Büchermenschen müde machte.

Er brachte die beiden Teegläser mit Grog nach oben.

Ebba tat so, als wäre sie in ihr Buch vertieft.

Willem stellte ihr Teeglas auf das Tischchen zwischen Sofa und Sessel. Sie blickte auf.

»Ruf die Maklerin an«, sagte er. »Ruf sie an und sag ihr, dass wir bald rüberfliegen und uns das Cottage ansehen. Das möchtest du doch, oder?«

»Und die Buchhandlung?«, fragte Ebba.

Er schwieg lange. Schließlich sagte er: »Du hast mal was gesagt, das ich nie so ganz ernst nehmen konnte. Als ich deine Gabe noch nicht verstand. Als wir jung waren und uns einredeten, wir wären unsterblich.«

Sie lächelte nachsichtig.

»Weißt du noch? Als wir sagten, alles werde schon seine Richtigkeit haben? Manches ist vielleicht nicht richtig. Dass wir nie Kinder bekommen haben zum Beispiel.«

»Willem …« Sie streckte die Hand aus und streichelte seine. »Es tut mir leid, dass das nie geklappt hat.«

Er zuckte mit den Schultern. »Aber jetzt ist es gut, so ohne Kinder. Die hätten uns was erzählt, wenn wir jetzt nach Irland verschwinden. Und du hättest es vermutlich nicht gewollt, denn Kinder ziehen oft auch Enkel nach sich.«

»Willem …«

Er war noch nicht fertig. »Wir haben keine Kinder. Das habe ich lange bedauert, aber so war es nun mal. Und jetzt ist es ja auch gut. Wir haben uns. Und bald ein Cottage in Irland. Wie du immer sagst – das Schicksal geht seine Wege, auch wenn wir erst nicht wissen, wieso. Vielleicht sollte das so kommen. Dass wir kinderlos bleiben. Dass wir keinen Nachfolger finden und den Buchladen zumachen.«

Sie saßen danach ein wenig nebeneinander, jeder hing seinen Gedanken nach.

»Wir könnten eine Anzeige im Börsenblatt schalten«, sagte Ebba schließlich. »Dass wir einen Nachfolger suchen. Vermutlich wird es gar nicht so schwierig.«

»Aber der Nachfolger hätte nicht die Gabe«, wandte Willem ein. Er sagte es ganz schlicht, ohne Betonung auf dem letzten Wort. Ebba und ihre Gabe, das war etwas, das ihm abging, obwohl er aus einer Buchhändlerfamilie stammte.

Sie zuckte mit den Schultern. »Wer weiß? Wir haben es nur noch nicht so versucht.«

»Und wenn wir jemanden finden, der gut zu unserem Buchladen passt, aber nicht die Gabe hat?«

»Lass es uns erst mal so versuchen«, sagte Ebba. »Wer weiß, ob in der Zwischenzeit nicht Frieke wieder auftaucht.«

Frieke. Sie hatte nicht aufgegeben. Genauso wenig wie der olle Hansen und der Ornithologe. Sie alle spielten auf Zeit, jeder auf seine Art.

»Also gut«, sagte Willem, obwohl in seinen Augen nichts daran gut war, wenn man die Hoffnung auf das, was kam, an eine Person hängte, die sich längst abgewendet hatte. »Warten wir ab, was die Anzeige bringt.«

Insgeheim wünschte er sich, sie würde ihnen jemanden bringen, der ihren Preis bezahlte, so dass Ebba gar nichts anderes übrig blieb, als das Angebot anzunehmen. Aber das sprach er nicht aus. Er sah einen Hoffnungsschimmer, und er würde sich daran klammern, wie sich alle auf dieser Insel offenbar an die eine oder andere Hoffnung klammerten.

September. Die Brandseeschwalben hatten ihre Küken aufgezogen. Im Juli waren die Jungtiere das erste Mal abgehoben, und vor wenigen Tagen, kurz vor dem ersten Herbststurm, der unerbittlich über die Insel tobte und am Ostend ein Stück vom Strand mit sich aufs offene Meer riss, hatten sich die Brandseeschwalben ein letztes Mal versammelt. Sie hoben gemeinsam ab, in einem großen Schwarm.

Bengt filmte ihren Abflug mit seinem Smartphone und stellte diese zwanzigsekündige Sequenz bei Twitter ein. Er schrieb dazu: *Siehst du, @FriekeWallgren? Sie ziehen davon. Zeit, mein Lager hier abzubrechen für dieses Jahr.*

Es antworteten ein paar seiner Follower, aber Frieke blieb stumm.

Seit zwei Wochen schrieb sie nichts mehr bei Twitter, und hatte er sich anfangs noch einzureden versucht, dass das schon in Ordnung sei, sie könne schließlich mit ihrem Leben machen, was sie wollte, und wenn sie nicht mehr so oft bei Twitter war, hieß das doch, dass sie ein Leben hatte, oder nicht? Ihn beschlich trotzdem immer wieder ein Gefühl, das einzuordnen er sich lieber nicht zumutete. Natürlich vermisste er sie, aber es war noch mehr. Er vermisste mittlerweile auch, von ihr zu lesen.

Nachdem er das Video gepostet hatte, schaltete er das Telefon aus und fing an, seine Sachen zu packen. So ein Smartphone war ja doch praktisch, auch wenn er es jeden Tag maximal zehn

Minuten einschaltete – mehr Strom gab seine Solaranlage ohnehin nicht her, wenn er nicht auf Kuchen verzichten wollte. Aber man konnte mit den Leuten im Dorf kommunizieren. Bei Tammo bestellen, mit dem er sich inzwischen einigermaßen versöhnt hatte. Sonja bitten, nach dem ollen Hansen zu sehen, weil er es selbst nicht schaffte.

Er packte alles, was er für die Wintermonate brauchen würde, in den Rucksack und auf den Bollerwagen. Dann schloss er den Bauwagen ab, verrammelte die Fenster und machte sich auf den Weg. Tante Mette in Wittmund freute sich schon auf ihn. Sie würde wieder stundenlang mit ihm Tee trinken und dazu Heidesand essen, sie würde sich von ihm zum Arzt chauffieren lassen, und wenn sie ein Schläfchen hielt oder bei ihren Damenkränzchen war, würde er sich der Auswertung seiner Sommersaison auf der Insel widmen.

Eine Frau kam ihm entgegen, als er gerade auf den gepflasterten Weg einbog, der zum Inseldorf führte. Für einen kurzen Moment dachte er, Frieke käme da, die Kapuze des schwarzen Regenmantels tief in die Stirn gezogen, Jeans und Gummistiefel bereits vom schräg fallenden Regen völlig durchnässt. Dann erkannte er den blonden Pony.

»Ich wollte dich abholen.« Sonja blieb vor ihm stehen. Sie schob die Kapuze aus der Stirn.

»Ich komme zurecht.« Er zeigte auf den Bollerwagen.

»Das weiß ich. Aber vielleicht brauchte ich einfach mal ein bisschen Bewegung.« Und dann, als wäre es ihr nachträglich eingefallen, fügte sie hinzu: »Bosse ist wieder da.«

»Oh«, sagte Bengt. »Hat die Neue ihn vor die Tür gesetzt?«

Sie blies die Backen auf und stieß dann die Luft aus. »So in der Art. Er hat für die Kinder Geschenke mitgebracht und ihnen versprochen, dass er jetzt bleibt.«

»Autsch.«

Bengt war nicht der Typ Mann, der Ratschläge in Beziehungsdingen geben konnte. Schon gar nicht in so heiklen. Deshalb hatte er sich doch zu den Brandseeschwalben verzogen. Weil er selbst das mit den Beziehungen nie so richtig hinbekommen hatte.

»Was mache ich denn jetzt?«, fragte Sonja jetzt.

»Erst mal ziehen wir den Karren hier ins Dorf. Und dann schickst du ihn zu Ebba, dass er sich ein Buch kauft.«

Sonja lachte. »Du meinst, das hilft?«

»Dir hat es doch auch geholfen, ihn vor die Tür zu setzen, oder?«

»Aber wenn das ein großer Irrtum war und wir uns wirklich nur ein bisschen mehr Mühe geben müssen?«

Bengt sah sie lange an. Sonja schaute zum Horizont. Regenwolken, nichts als Regenwolken. Dann gab sie sich selbst die Antwort: »Wir haben uns schon genug Mühe gegeben.«

»Er muss dich und die Kinder in Ruhe lassen. Manchmal ist es einfach zu spät.«

So wie für Frieke und ihn. Da war es eindeutig auch zu spät.

KAPITEL 21

»Du bist spät.«

Frieke saß auf dem Sofa und schrieb eine Mail an Florian, als Harald nach Hause kam. Sie trank einen Schluck Wein und blickte ihn herausfordernd an.

Es sollte kein Vorwurf sein, aber Harald hob die Augenbrauen und sah sie an, als wollte er sagen: *Ja? Führen wir unsere Beziehung jetzt so?*

»Das Essen mit dem Kunden. Habe ich dir doch erzählt.«

Und sie hatte es vergessen. Sie lebten immer mehr neben einanderher. Friekes Gedanken machten jetzt keine Ausflüge mehr nach Spiekeroog, sondern kreisten nur noch um diesen einen Satz: Ich möchte ein Kind, aber nicht mit Harald. Sie wusste, dass es so nicht mehr weitergehen konnte. Sie hatte das Gefühl festzustecken wie im Schlick des Wattenmeers bei auflaufender Flut. Unrettbar verloren.

Und Harald spürte das. Nach Wochen des Schweigens wurde die Stimmung zwischen ihnen nun immer gereizter. »Wollen wir darüber reden?«, fragte Frieke plötzlich.

Harald runzelte die Stirn. »Über das Geschäftsessen?«

Sie atmete tief durch. »Nein. Über uns.«

Er kam ins Wohnzimmer, legte den Schlüssel und sein Handy auf den Esstisch und setzte sich zu ihr aufs Sofa.

Frieke klappte das Notebook zu und legte es neben das Weinglas auf den Kaffeetisch.

»Wir sind ganz fern voneinander. Du spürst es doch auch, oder?«, fragte sie.

»Ja«, sagte er.

»Woran liegt das?«

Er zuckte mit den Schultern.

»War das schon vorher so, Harald? Bevor wir nach Boston gezogen sind? Ich meine, versuchen wir gerade etwas am Leben zu erhalten, das nicht mehr funktioniert?«

»Es fühlte sich richtig an«, verteidigte er sich.

»Ja, für mich auch. Aber jetzt nicht mehr, und ich frage mich …«

Der Kuss mit Bengt. Er ging ihr nicht aus dem Kopf. Die Insel ging ihr nicht aus dem Kopf. Zu vieles dort hatte sie nicht vollendet. Sie war weggelaufen, vor der Verantwortung dort. Vor ihrem sterbenden Vater. Vor einem Buchlädchen, das offenbar nur auf sie gewartet hatte.

Vor allem aber vor einem Ornithologen, der den besten Kokosstreuselkuchen von Ostfriesland backen konnte.

»Was fragst du dich?«

»Brauchen wir eine Pause, Harald?«

»Von unserer Beziehung?«

Sie nickte. Der Gedanke drängte sich ihr auf, und sie hatte lange gezögert, bis sie ihn zuließ, weil er zusammen mit dem Gedanken an Bengt gekommen war. Aber sie dachte ja auch viel an ihren Vater. An die Buchhandlung. An die Insel, die ihr fehlte.

»Ich weiß es nicht«, sagte Harald nach längerem Schweigen. »Willst du eine Pause?«

»Ist es nicht zu Ende, wenn man eine Pause macht?«

»Oft, ja.«

Sie saßen beisammen und schwiegen. Schließlich stand Harald auf. »Ich muss hier raus«, murmelte er.

Die Tür schlug hinter ihm zu. Wieder mal.

Frieke seufzte und hangelte nach ihrem Smartphone. Sie öffnete zum ersten Mal seit Längerem die Twitter-App und wurde von den Antworten auf ihre letzten Tweets überrascht.

Und dann war da einer von Bengt. *Siehst du, @FriekeWallgren? Sie ziehen davon. Zeit, mein Lager hier abzubrechen für dieses Jahr.*

Das Video der Brandseeschwalben, die in den Himmel aufstiegen und Kurs auf ihr Winterquartier nahmen, rührte sie zu Tränen.

Jeder zieht irgendwann in wärmere Gefilde. Harald nach Boston, fort von der Front. Bengt sitzt jetzt wieder bei seiner Tante und verbringt den Winter bei Ostfriesentee und Kuchen. Ebba und Willem …

Weiter dachte sie nicht, denn Ebba und Willem würden wohl noch auf der Insel sein, wenn sich kein Nachfolger fand.

Der Gedanke an Ebba brachte auch unweigerlich den Gedanken an Bücher zurück. Frieke startete den Browser und surfte zu einem Onlinebuchhändler. Funktionierte die Suche nach dem richtigen Buch auch mit E-Books? Oder digital? Welches Buch würde sie sich selbst jetzt empfehlen?

Sie klickte hierhin und dorthin, aber keins der Bücher, die sie sah, sprach sie irgendwie an. Mutlos ließ Frieke das Smartphone sinken. Entweder sie hatte die *Gabe* verloren – oder es hatte sie nie gegeben. Die Empfehlung, die sie Sonja gegeben hatte, war ein Zufallstreffer. Sie war keine Buchhändlerin.

Aber das will ich doch auch gar nicht sein. Ich will …

Weglaufen wollte sie. Das Leben in Boston fraß sie auf.

Harald kam zurück. Sie hörte den Schlüssel im Schloss und schob ihr Handy unter das Sofakissen. Er stand vor dem Sofa, in der Hand eine braune Papiertüte, aus der er eine Flasche Wein zog. Er holte zwei Gläser, goss ein und gab ihr eines.

»Worauf trinken wir?«, fragte Frieke überrascht.

Harald zuckte mit den Schultern.

Sie nippten schweigend an ihren Gläsern.

»Dieses Leben«, fing er an. »Boston. Die Agentur. Das war keine gute Idee. Ich habe uns entwurzelt. Das tut mir leid. War nicht meine Absicht.«

»Es klang nach einem guten Plan«, sagte Frieke leise.

»Stimmt. Aber vor allem bin ich weggelaufen. Es war einfach zu viel auf einmal.« Er nahm einen Schluck Wein.

»Wir sollten wirklich eine Pause machen. Aber nicht voneinander, bitte, ich möchte uns noch nicht aufgeben.«

Frieke stiegen die Tränen in die Augen. Vielleicht hatte Harald recht. Vielleicht würde ihnen diese Zeit zu zweit guttun.

»Du meinst Urlaub.«

»Oder Auszeit, wie du es auch nennen willst. Zusammen. Und danach sehen wir weiter, ja? Wir können Nancy sicher bitten, während unserer Abwesenheit mehr Verantwortung zu übernehmen.«

Nancy war ein Glücksfall. Sie hätte selbst eine Agentur aufmachen sollen, fand Frieke – sie war definitiv fähig genug dafür. Eine Vertretung über ein, zwei Wochen sollte sie hinbekommen.

Frieke nickte. »Das klingt gut.«

»Lass uns nach Hause fahren. Du hast doch letztens gesagt, wie sehr es dich belastet, nicht zu wissen, wie es deinem Vater geht. Wir können zu ihm fahren.«

Spiekeroog? Ihr Herz stolperte.

Sie hatte Harald von ihrem Vater erzählt. Von den Begegnungen mit ihm. Auch von Ebba und Willem, ohne deren Angebot allerdings, dass Frieke die Buchhandlung übernehmen könnte. Von Bengt, wobei sie Küsse und Gefühle außen vor ließ. Von Sonja, die sich ihre Freiheit erkämpfte.

Vielleicht hatte sie auch versucht zu erklären, was Ebba in ihr sah. Gelungen war es ihr nicht; Harald und sie lachten schließlich darüber. Jetzt also wollte er mit ihr dorthin fahren, wo sie sich zuletzt gut aufgehoben gefühlt hatte.

Ob Ole noch lebte? Wie hatte sie all die Wochen und Monate mit dieser Ungewissheit leben können?

Sie holte tief Luft. »Ja, lass uns fahren …«

»Also auf die Insel?«, fragte Harald.

Frieke nickte. Ja. Auf die Insel. Zurück an den Ort, wo sie vor knapp vier Monaten ihr Herz verloren hatte – und ein bisschen den Verstand.

»Ob dein Vater noch lebt?«

»Ich weiß es nicht«, sagte sie bedrückt. Sie wusste nicht, was sie hoffen sollte – dass der olle Hansen bereits verschwunden war? Oder dass sie sich ein letztes Mal von ihm verabschieden konnte?

Einer wäre jedenfalls nicht mehr dort. Bengt hatte es ja geschrieben – er brach die Zelte ab, den Winter verbrachte er auf dem Festland bei seiner Tante. Seinetwegen brauchte sie sich keine Gedanken machen.

Und trotzdem machte ihr Herz einen nervösen Hüpfer, als sie daran dachte. Warum wünschte sie sich, nicht nur Ebba und Willem, Sonja und ihren Vater wiederzusehen, sondern auch Bengt?

Dieser verdammte Kuss. Diese verfluchten Umarmungen und Küsse. Diese fast verpasste Fähre, weil sie in Gedanken noch ganz in seinen Armen war … Darum.

Sie fuhr wieder auf die Insel. Aber diesmal tat sie es nicht für einen Artikel, sondern um sich darüber klarzuwerden, wer sie war. Wohin sie gehörte. Und damit Harald wieder zu sich fand.

Das war im Moment das Wichtigste.

KAPITEL 22

»Ganz schön heftiger Wellengang.«

Harald war grün um die Nase, und ungefähr so fühlte sich Frieke auch. Sie saßen im Bauch der Spiekeroog III, während draußen an Deck die Einheimischen oder besonders mutige Urlauber der steifen Brise trotzten, und die Fähre in der Fahrrinne auf und ab schaukelte.

»Da brauchen Sie keine Sorge haben«, sagte ein junger Kerl gegenüber von Frieke, dessen Adamsapfel bei jedem Wort tanzte. Frieke konnte gar nicht daran vorbeisehen, obwohl sie das sehr gern getan hätte. »Sobald es zu heikel wird, stellen sie den Fährbetrieb ein. Dann kommt man nur im Notfall per Hubschrauber von der Insel. Oder wenn Eisgang ist.«

»Eisgang?«

»Wenn's zufriert. Das Meer.«

»Na, das wird uns hoffentlich nicht passieren«, murmelte Frieke.

»Nee, meist erst im Januar oder Februar, wenn überhaupt. So lange wollen Sie wohl nicht bleiben.«

Dabei nickte er auf die kleinen Reisetaschen, die zwischen den Füßen von Frieke und Harald standen.

Eine Woche, länger nicht. So hatten sie es vereinbart. Sie waren vor zwei Tagen nach Hamburg geflogen, und während Frieke noch mit dem Jetlag kämpfte, hatte Harald sich wieder in die Arbeit gestürzt. Es war alles so wie früher, als hätte es die Zeit in Boston und all ihre Probleme nie gegeben.

Zum Glück hatte sie Emma. Die fand deutliche Worte, als

Frieke sich gestern Nachmittag übermüdet zu ihr schleppte, um die Zwillinge kennenzulernen.

»Pass bitte auf dich auf, Liebes«, sagte sie und reichte Frieke Timo (oder Lars?), als wäre sie mit Kindern vertraut. Dabei war dies das erste Baby, das sie überhaupt je in den Armen hielt, und sie hatte ein bisschen das Gefühl, sich sehr dumm anzustellen. Der Kleine knurrte auf ihrem Arm, kuschelte sein Köpfchen in ihre Halsbeuge und ließ einen gewaltigen Furz los.

»Ah, das war's«, murmelte Emma. »Hab mich schon gewundert, warum er heute so eine Kacklaune hatte.«

»Das ist ja das Problem«, sagte Frieke. »Harald hat übrigens keine Kacklaune. Als wäre unser Urlaub für ihn eine Bestätigung, dass wir danach weitermachen können. Aber wenn ich …« Sie verstummte, denn wenn sie ehrlich mit sich war, fühlte es sich eher nach Abschied an, wenn sie mit Harald auf die Insel fuhr. Und zwar nicht von der Insel.

»Gib mir mal den kleinen Stinker, ich kümmere mich darum. Oder willst du bei mir einen Crashkurs Säuglingspflege belegen, damit du auf alles vorbereitet bist, was da noch auf dich zukommen könnte?«

Frieke winkte dankend ab. »Kein Bedarf. Harald ist nicht der Richtige fürs Kinderkriegen, so viel weiß ich inzwischen.«

Statt Timo bekam sie nun Lars in die Arme gelegt (oder doch umgekehrt?), ein Spucktuch über die Schulter drapiert und ein Fläschchen in die Hand gedrückt. Emma trug den anderen Zwilling zum Wickeltisch und begann unter ständigem Gurren und Kitzeln, ihn auszuziehen.

»Wenn er nicht der Richtige fürs Kinderkriegen ist, wer denn dann?«

Das war so eine Frage, über die Frieke lieber nicht zu intensiv nachdenken wollte.

»Er schickt mir über Whatsapp Nachrichten mit Herzchen

und Smileys, wenn wir getrennt sind. Das ist doch komisch, oder?«

»Das ist jedenfalls nicht gerade der Harald, den ich kenne.« Emma zuckte mit den Schultern. »Ich meine ja nur.«

»Das ist nicht hilfreich«, murmelte Frieke.

»Ich kann dich hören! Gib's doch zu, Liebes. Ihr wart schon vor Boston am Ende. Dass du dann Gefühle für einen anderen entwickelst, ist doch nicht verwerflich.«

Gute, pragmatische Emma.

»Mh«, machte Frieke, weil es da nichts hinzuzufügen gab. Sie sah sich in dem Kinderzimmer um. Helle Möbel, geweißte Eichenparkettdielen und graue Vorhänge. Der Traum jeder Instagram-Influencerin, die ihre Babys vermarktete und mit launigen Beiträgen über das Leben mit Zwillingen nebenher Geld verdiente.

Aber das war vermutlich nicht Emmas Stil. Emma liebte ihre Privatsphäre, das unterschied sie von Frieke.

»Er twittert immer noch.«

»Du meinst nicht Harald, nehme ich an.«

Kluge, weitsichtige Emma.

»Er hat ein Video gepostet, wie die Brandseeschwalben nach Süden ziehen. Und er ist jetzt auch nicht mehr auf der Insel. Ausgeflogen über den Winter.«

»Ist das gut oder schlecht?«

Frieke zuckte mit den Schultern. »Keine Ahnung, ehrlich gesagt.«

»Ich meine auch eher: Wäre es dir lieber, er ist noch da?«

Frieke hatte Emma bei einem Glas Wein (auf Friekes Seite des Atlantiks) und einer Flasche stillem Mineralwasser (Emma) von den vielen Küsse am Tag ihrer Abreise erzählt, obwohl sie fand, dass nicht die Menge der Küsse ausschlaggebend war, sondern eher die Tatsache, dass es überhaupt dazu gekommen war.

Vielleicht war das aber auch ein Detail von der Sorte, die man brauchte, um eine Situation richtig einschätzen zu können.

»Vielleicht würde ich ihn gerne wiedersehen, ja.«

»Und dann?«, fragte Emma. »So etwas ist gefährlich. Vor allem, wenn man an den Ort des Sündenfalls zurückkehrt.«

»Sündenfall«, murmelte Frieke abschätzig. Timo (oder Lars?), der bis zu diesem Moment selig das Fläschchen getrunken hatte, ließ den Sauger los und spuckte einen Teil der Milch wieder aus. Auf ihr schwarzes Langarmshirt natürlich.

»Dein Sohn findet das alles auch zum Kotzen, übrigens.«

Emma lachte und rettete Frieke. »Du machst das prima«, behauptete sie.

»Wie gut, dass Babys sich nicht an diese Zeit erinnern.«

»Ja, das ist ein Segen. Aber du erinnerst dich noch sehr deutlich an Bengts Küsse. Ich fürchte, das hat etwas zu bedeuten.«

Emmas Blick hatte ihr noch mehr gesagt. Aber sie hatte es nicht ausgesprochen.

Bring das in Ordnung, hatte ihr Blick gesagt. Es ist besser für euch alle.

Emma hat recht, dachte Frieke. Seit gestern Nachmittag war sie das Gespräch mit ihr immer wieder in Gedanken durchgegangen. Es hatte etwas zu bedeuten. Das dumpfe Dröhnen des Schiffsmotors vibrierte tief in ihrem Bauch, und sie hielt das Buch fest, das sie in Boston am Flughafen gekauft hatte. Es war ganz leicht gewesen, für sie das richtige zu finden, und sie fühlte sich von dem blutigen Thriller angenehm unterhalten und vor allem gut abgelenkt.

Harald sprang auf. »Ich muss hier raus«, sagte er. Inzwischen war er nicht mehr nur grün um die Nase, sondern ganz eindeutig ziemlich bleich.

Frieke ließ das Buch sinken. »Soll ich mitkommen?«, fragte sie.

Er schüttelte nur den Kopf, schob sich zwischen den Bänken zur Tür, die halb offen stand. Ein Insulaner machte ihm Platz und Harald verschwand an Deck.

Er würde schon nicht über Bord fallen, dachte sie. Ihr Blick schweifte durch die Kabine, und sie entdeckte die grau gelockte Oma, die sie schon vor fünf Monaten bei ihrer ersten Ankunft gesehen hatte. Diesmal war sie in einen ihrer Liebesromane vertieft; auf dem Cover war eine blonde Schönheit im Ballkleid und mit nackten Schultern abgebildet, die von einem muskelbepackten Highlander (einziges Kleidungsstück: ein Kilt) in den Armen gehalten wurde.

Warum nicht, dachte Frieke. Lektüre muss nicht immer heilen. Sie kann auch ablenken und unterhalten.

Sobald sie jemanden mit einem Buch sah, versuchte sie abzuschätzen, ob das Buch passte. Manchmal war es so; dann hatte sie das Gefühl, als würde ein Puzzleteil an den richtigen Platz fallen. Aber viel zu oft war es eben nicht so. Und gestern in der S-Bahn auf dem Weg nach Bergedorf hätte Frieke einer jungen Frau am liebsten das Buch aus der Hand gerissen; sie las »Sturmhöhe« von Emily Brontë, das war einfach total falsch. Es würde sie nur noch weiter runterziehen.

Kaum blickte sie von ihren eigenen Problemen auf – und sei es nur für einen kurzen Moment –, sah Frieke wieder überall Bücher und ihre Leser und Bücher mit den falschen Lesern und Nicht-Leser, die dringend ein Buch in die Hand nehmen sollten. Also gab es sie doch noch, diese Gabe. In ihrer ganzen Zeit in Boston hatte sie daran gezweifelt. Nicht ein einziges Mal hatte sie Lust gehabt, in eine Buchhandlung zu gehen, geschweige denn den Versuch unternommen, jemandem ein Buch zu empfehlen und sei es auch nur in Gedanken.

»Ist Ihrem Freund schlecht geworden, Kindchen?« Die Oma hatte sie bemerkt und war erstaunlich sicheren Fußes quer durch die Kabine zu Frieke gekommen und ließ sich mit einem leisen Schnaufen auf den von Haralds Hintern noch warmen Platz sinken.

»Es geht ihm nicht besonders gut. Aber er kommt zurecht, hoffe ich.«

»Kommen Sie wegen der Buchhandlung zurück? Soll er sie sich mal anschauen, ja?«

»Wegen der Buchhandlung?«

»Das weiß doch jeder auf der Insel. Ebba und Willem wollen verkaufen. Sie waren doch im Sommer schon mal hier und haben den Laden angeboten bekommen.«

Für einen kurzen Moment war Frieke überzeugt, dass sie niemals, nie im Leben auf die Insel ziehen konnte, wenn dort das Privatleben offenbar nicht mehr existierte. Alle Geheimdienste der Welt waren nichts gegen eine eingeschworene Dorfgemeinschaft, die alles teilte.

»Also, eigentlich …«

»Ebba war ziemlich traurig, dass es nicht geklappt hat mit Ihnen. Sie wird sich freuen, dass Sie wieder da sind.«

»Wollen wir nur Urlaub machen«, beendete Frieke ihren Satz.

»Ja, das sagen sie alle«, meinte die ältere Dame fröhlich. »Sie sind die Richtige für den Buchladen. Das habe ich sofort gesehen.«

Frieke schwieg.

Dann drehte Frieke sich zu der alten Dame um und fragte sie: »Dass Sie diese Liebesromane lesen – liegt es daran, dass Sie damals sitzengelassen wurden?«

Hätte sie nur den Mund gehalten. Die alte Frau musterte Frieke und sagte erst mal nichts. Dann schlug sie das Buch auf, als würde sie wieder lesen wollen, ließ es dann jedoch wieder sinken und nahm die Brille ab. »Sie machen das auch, was Ebba mit den Büchern macht, richtig?«

»Es tut mir leid«, sagte Frieke hastig. »Ich hätte das nicht sagen dürfen.«

»Ebba hatte recht. Sie sind die Richtige, auch wenn Sie's nicht wahrhaben wollen. Nur darum sind Sie wieder hier. Die Insel lässt Sie nicht los. Das macht sie bei keinem, der einmal hier war. So ist das eben.«

»Ich bin Ihnen zu nahe getreten. Entschuldigen Sie.«

»Wissen Sie, warum er mich verlassen hat? Weil ich dumm war. Ich habe einen unverzeihlichen Fehler gemacht, und ich wünsche Ihnen, dass *Sie* den nicht irgendwann machen, sondern dass Sie mit Ihrem Mann glücklich werden.«

»Das werde ich«, sagte Frieke leise. »Ganz bestimmt.«

Und wieder hatte sie das Gefühl, dass der Mann, mit dem sie glücklich werden würde, nicht draußen an der Reling stand und in die Fahrrinne kotzte.

Frieke war aufgeregt wie ein kleines Kind, als die Fähre anlegte und sie von Bord gehen konnten. Sie trug ihre Reisetasche über der Schulter und schritt schnell aus. Gerade so, als könnte sie es nicht erwarten, das Hotelzimmer zu beziehen.

Sie hatte diesmal keine Ferienwohnung gemietet. »Einmal Familienanschluss reicht mir«, hatte sie gemeint, und Harald widersprach ihr nicht.

Erleichtert stellte er fest, dass das geräumige Hotelzimmer nicht nur über ein Bett, sondern auch ein Sofa verfügte, auf das er, um jeden Widerspruch gleich im Keim zu ersticken, sein Bettzeug drapierte. »Ich schlafe hier«, sagte er. Frieke stimmte nach kurzem Zögern zu.

Nachdem sie ausgepackt hatten, schlug Harald vor, dass sie

ihm die Buchhandlung zeigte, in der sie bei ihrem Aufenthalt ausgeholfen hatte. Frieke wollte erst nicht, aber er nahm sie an die Hand, zog sie auf die Dorfstraße und hielt den nächstbesten Passanten an. »Wo geht es hier zum Buchladen?«, fragte er.

Der Einheimische zeigte wortlos auf ein Haus an der nächsten Ecke. Phantastisch! Harald stürmte voran, Frieke dicht auf seinen Fersen. »Ich halte das für keine so gute … Harald …«

Herrje, was war denn mit ihr los? Er hatte Urlaub. Und nichts zu lesen dabei. So eine Buchhandlung war doch dafür da, dass man dort Bücher kaufte, oder nicht?

KAPITEL 23

Frieke sah das Unglück kommen, und sie konnte es nicht verhindern. Sie hatte Harald nichts von Ebbas Angebot erzählt. Sie wusste selbst nicht warum. Vermutlich war es damit wie mit dem Kuss – sie dachte, es sei nicht wichtig für Harald. Ein Detail ihres Aufenthalts auf Spiekeroog, das er nicht zu wissen brauchte. Es genügte doch, wenn Kuss und Buchhandlung immer noch durch ihren Kopf geisterten und ihr keine Ruhe ließen, oder?

Und Ole. Verdammt, ihr Vater. Wie hatte sie so lange *nicht* an ihn denken können? Warum hatte sie verdrängt, dass er hier auf sie wartete?

Aber jetzt war sie ja hier.

»Warte!«, rief Frieke.

Als Harald die Tür des kleinen Ladens öffnete, blies der Wind Laub mit ihnen ins Innere.

»Moin!«, grüßte Harald fröhlich. Überhaupt: Kaum hatten sie die Insel betreten, war er wie ausgewechselt. Das Grüblerische, das ihn auf dem Weg hierher begleitet hatte, fiel ab wie eine zu klein gewordene Haut.

Ebba hinter dem Kassentisch, braungebrannt wie im Sommer, die Lachfältchen etwas tiefer, die grauen Haare trug sie länger. Ihre Halbmondbrille baumelte an einer goldenen Kette auf dem roten Rollkragenpullover. Sie nickte Harald zu, grüßte ihn freundlich-neutral – und dann entdeckte sie Frieke hinter ihm, und ihr Gesicht leuchtete. Sie gab der Kundin das Rückgeld und die Papiertüte, in der es verheißungsvoll raschelte, umrundete den Kassentisch und fiel Frieke um den Hals. »Du bist wieder da!«, rief sie. »Gott sei Dank, jetzt wird alles gut.«

Frieke machte sich etwas peinlich berührt los. Ihre Wangen brannten, so viel Aufmerksamkeit war sie nicht gewohnt, und vor allem fürchtete sie, Harald könnte Fragen stellen. Er stand schon neben ihr, streckte Ebba die Hand hin und sagte: »Sie müssen die Buchhändlerin mit der tollen Ferienwohnung sein. Hi, ich bin Harald.«

»Mein Freund«, fügte Frieke hinzu, als Ebba von Harald zu ihr und zurück schaute.

»Ach!«, sagte Ebba. »Ich muss Willem Bescheid geben. Du bleibst doch länger? Oder Sie? Ach, ich bin ganz verwirrt. Duzen wir uns?«

Sie flatterte davon, und Harald sah ihr kopfschüttelnd nach. »Du hast mich angelogen«, sagte er zu Frieke.

»Bitte was?«, sagte sie. Ihr Herz machte einen unkontrollierten Satz in der Brust, wie wenn man sich bei einer Lüge ertappt fühlt oder einer Affäre.

Das mit Bengt war nur ein Kuss. Okay, mehrere Küsse. Aber sie bedeuten nichts, und woher soll Harald das auch wissen?

»Du hast behauptet, du hättest hier nichts Besonderes erlebt. Außer dass du deinen Vater getroffen hast.«

»Habe ich auch nicht«, erwiderte Frieke steif, obwohl sie selbst merkte, dass sich diese Geschichte nicht mehr lange aufrechterhalten ließ. Wenn Ebba nur nicht wieder von dem Verkauf anfing, solange Harald danebenstand …

Ebba, die hinter dem Vorhang aus Plastikstreifen verschwunden war, kam mit Willem im Schlepptau zurück. Auch er schien sehr glücklich zu sein, Frieke zu sehen. Sie gaben sich die Hand, was schon mehr Zuneigungsbekundung war, als sie bei ihrem ersten Besuch auf der Insel von ihm bekommen hatte. »Schön, dass Sie wieder hier sind. Brauchen Sie wieder die Kamera?«

Er zwinkerte ihr zu. »Die Schreibmaschine habe ich leider verliehen.«

»Oh«, sagte Frieke. »Aber nein, der Artikel ist ja längst erschienen.«

»Allerdings. Hat ein bisschen Wirbel gegeben hier oben«, mischte Ebba sich ein.

»Warum?«

»Es gab ein paar … nun, Vogelfreundinnen. Sie fühlten sich wohl von dem Porträt angezogen«, berichtete Willem. »Aber keine Sorge, Bengt ist sie losgeworden.«

»Hm«, machte Frieke.

»Aber das soll dich jetzt gar nicht kümmern. Willem und ich freuen uns, dass du da bist. Hast du mit deinem Freund geredet, ja? Übernehmt ihr also hier?«

Frieke wurde heiß und kalt. Sie hätte gern das Thema gewechselt. Bevor sie etwas erwidern konnte, wandte Ebba sich an Harald. »Sie hat diese Gabe«, erklärte sie ihm. »Ihre Freundin. Das hat sie Ihnen doch erzählt, oder? Sie werden bestimmt gut hierher passen.«

Harald lachte, und fast war Frieke versucht, in sein Lachen einzustimmen, auch wenn *ihr* Lachen eher schrill und verzweifelt geklungen hätte. »Wir sind doch nur für eine Urlaubswoche hier. Was sollen wir denn übernehmen? Den Laden hier?«

»Ja, genau«, sagte Ebba schlicht.

Frieke sah ihn von der Seite an. Sie konnte beobachten, wie ihm erst das Lachen im Hals steckenblieb und er dann ganz langsam begriff, dass es kein Scherz war. Kein Witz. Dass es Ebba damit ernst war.

»Das kommt jetzt plötzlich«, sagte er.

»Oh«, sagte Ebba.

»Ist mein Vater noch …«, fragte Frieke in das betretene Schweigen.

»Nein«, sagte Ebba betrübt. »Der olle Hansen ist nicht mehr.«

Und danach sagte erst mal keiner was.

»Du hättest mich warnen können«, sagte Harald. Er war wütend, das spürte Frieke. Er stapfte über den Strandweg, starrte finster jeden Urlauber an, der ihm entgegenkam, und brüllte über die Schulter. Frieke hastete hinter ihm her. Sie wollte gerade einwenden, dass es ja gar nicht ihre Idee gewesen war, sondern die von Ebba. Dass sie nicht im Traum daran gedacht hatte, den Buchladen zu übernehmen.

Aber da erreichten sie den Dünenkamm. Und Harald blieb stehen, so dass Frieke fast in ihn reingerannt wäre.

»Das ist …«

Sie legte die Hand auf seine Schulter und schob sich neben ihn.

»Schön«, vollendete sie leise seinen Satz.

Das Meer war aufgebracht. Es brandete wütend an den Strand, auf dem nur wenige Spaziergänger unterwegs waren und mit Schlagseite gegen den Wind gedrückt liefen oder sich von ihm vor sich hertreiben ließen. Harald neben ihr atmete tief durch.

»Das ist wirklich schön«, murmelte er, und sie spürte, wie er ihre Hand nahm.

Das hatte er lange nicht mehr gemacht, und sie wollte es genießen. Gemeinsam liefen sie zum Strand hinab, wandten sich ostwärts, denn Richtung Osten konnte man am Strand weit laufen, bevor man durch die Dünen auf verschlungenen Wegen zurück zum Dorf wanderte. Es war ein Spaziergang, der viel Zeit ließ, sich den Kopf durchpusten zu lassen, und damit genau das Richtige für Frieke.

Sie ließ Haralds Hand los und schritt aus. Entfernte sich von ihm, der ihr langsamer folgte. Dabei versuchte sie, langsamer zu gehen, aber jedes Mal, wenn sie sich umblickte, wurde er kleiner, und sie hatte das Gefühl, dass es ihm ganz recht war.

Was er wohl dachte? Von der Insel, vom Buchladen, von Ebba und Willem? Was dachte er über *sie*, Frieke? Drei Jahre, und sie hatten doch so viele Pläne gehabt. Aber genügten Pläne, damit man gemeinsam an einem Strand laufen oder in die Zukunft blicken konnte?

Sie ließ das Smartphone in der Tasche, obwohl die auf den Windböen tanzenden Möwen, die teilweise in der Luft standen, ebenso beeindruckend waren wie die Wellen, die sich donnernd am Strand brachen. Dunkle Wolken ballten sich am Horizont zusammen – Regen, irgendwann im Laufe dieses Nachmittags, vermutete Frieke. Harald und sie hatten nicht in weiser Voraussicht ihre Outdoorjacken angezogen, und sie für ihren Teil fröstelte in der dicken Strickjacke. Wenigstens die Wanderstiefel hatte sie gestern noch aus einem der Kartons gezogen, die sie bei ihren Eltern gebunkert hatte.

Als der Regen einsetzte, blieb sie stehen und wartete, bis Harald sie einholte. »Was ist los?«, rief sie, als er fast heran war, doch der Wind riss ihr die Worte vom Mund und trieb sie übers Wasser.

»Was?«, schrie Harald.

Da verstand sie, warum er zurückgeblieben war.

Wir sind nicht mehr in einem Tempo unterwegs. Wir sind nicht mehr … Waren wir denn überhaupt jemals?

Nein, das war Unsinn. Sie konnte nicht drei Jahre wegwerfen oder infrage stellen, weil es zu Ende ging.

»Spürst du das auch?«, fragte sie.

Harald blieb stehen. Er schnaufte, denn das Laufen im nassen Sand war anstrengend.

»Ja«, sagte er und sah sie lange an. »Ja, ich spüre es auch.«

Frieke nickte. Sie brauchten nicht weiter darüber reden. Nicht jetzt.

»Komm«, sagte sie. »Ich zeige dir, wo mein Vater wohnt.«

Den ollen Hansen gibt's nicht mehr, das waren Ebbas Worte gewesen. Darum ging Frieke davon aus, das kleine Kapitänshaus verlassen vorzufinden, als sie in der hereinbrechenden Dunkelheit zurück ins Dorf kamen. Doch hinter den Hundsrosenbüschen, die vollhingen mit den prallen, roten Früchten, brannte in der Küche ein einsames Licht, und hinter der weißen Häkelgardine, die vor der unteren Hälfte des Sprossenfensters hing, sah sie eine gebeugte Gestalt am Küchentisch sitzen, von der sie sofort wusste, dass es der olle Hansen war.

Er ist nicht mehr, dachte sie. Das waren Ebbas Worte gewesen, und sie hatte Friekes Schreck gesehen, die Trauer über einen, den sie ja kaum gekannt hatte. Dem nachzutrauern sie kein Recht hatte. Deshalb hatte Ebba hastig hinzugefügt: »Er mag's nicht, wenn man ihn so nennt. Er will, dass wir ihn Ole nennen. Und er ist noch da. Besuch ihn, wenn du magst. Wird ihn freuen.«

Ein bisschen war er eben doch noch.

Frieke stand auf der Straße und blickte zum Küchenfenster. Sie zögerte. War es so einfach? Bei ihm klopfen, Hallo sagen und alles war, als hätte sie nicht den ganzen Sommer auf der anderen Seite der Welt vertrödelt, während er – pardon, aber so musste das wohl gesagt werden – vor sich hin starb?

»Wollen wir ihn besuchen?«, fragte Harald neben ihr.

»Er wird dich mögen«, sagte sie. Dann entschied sie, ja, das wäre schon richtig, wenn Ole und Harald sich kennenlernten.

Sie ging zur Haustür, sie klopfte und stand da, wartete. Im Innern ein Schlurfen, ein keuchendes Husten, dann machte er die Tür auf und stand vor ihr. Rasiert, gekämmt, müde. In Jogginghose und einem Langarmshirt, einen Schal um den faltigen Hals gewickelt. Er schaute Frieke an, dann Harald, und dann machte sie den Mund auf und hoffte, dass es nicht so blöd klang, wie sie sich fühlte.

»Da bin ich wieder.«

»Das sehe ich.«

»Dürfen wir reinkommen?«

Seine Miene hellte sich auf. »Aber ja. Natürlich dürft ihr reinkommen.«

Er umarmte sie zur Begrüßung, und sie erschrak, weil sie nicht gedacht hätte, dass man sich aufrecht halten konnte, wenn man so *dürr* war. Der olle Hansen – nein, Ole! – schob sie ein bisschen von sich weg, sein Blick suchte etwas in ihrem Gesicht, von dem sie nicht wusste, ob er es fand. Dann gab er Harald die Hand, der sich vorstellte, und ein bisschen fühlte Frieke sich an jenen Sonntag vor drei Jahren erinnert, als sie ihn das erste Mal zu ihren Eltern mitgenommen hatte.

»Freut mich, Sie kennenzulernen«, sagte Harald.

Ole hustete. »Freut mich auch, solange das noch geht.«

Er hatte eine merkwürdige Art Humor entwickelt, aber Frieke beschloss, dass jeder Humor besser war, als dem Tod nicht ins Gesicht zu lachen.

Sie saßen in der Küche, und als Ole sich anschickte, Kaffee zu kochen, sprang Frieke auf. »Das mache ich«, sagte sie und drückte ihn sanft zurück auf den Stuhl. Während sie nach seiner Anweisung die Kaffeemaschine befüllte, fragte sie beiläufig: »Die Schreibmaschine hast du von Willem?«

»Er hat sie mir geliehen.« Das gute Stück, das schon Frieke treue Dienste geleistet hatte, stand mittig auf dem Tisch, daneben ein kleiner Stapel frisches Papier auf der einen Seite, eine prall gefüllte Mappe auf der anderen. »Ich schreibe nur ein paar Gedanken auf, die mir so kommen. Hab ja die Zeit dafür.«

»Darf ich mal lesen?«, fragte sie.

Er zuckte mit den Schultern. »Die Butterkekse«, erinnerte er sie. »Im Schrank oben links.«

Sie holte die blaue Dose aus dem Schrankfach. Zu ihrem Erstaunen waren die Vorräte, anders als bei ihrem letzten Besuch, geordnet und in großer Menge vorhanden. Auch der Blick in den Kühlschrank offenbarte, dass Ole wohl nicht verhungern würde, solange er aß.

»Ich achte ein bisschen auf mich«, meinte er. »Dr. Tossens meint, es sei egal, was ich esse. Je mehr Kalorien, umso besser.« Er grinste, als bereite ihm diese Art des Essens eine ungeahnte Freude.

»Und was sagt er sonst so, dein Arzt?«, fragte Frieke. Sie war froh, weil er von sich aus auf die Gesundheit zu sprechen kam.

»Ich hab jetzt eine Brille. Er hat mir einen Kontakt vermittelt.« Stolz zeigte er ihr das Markenmodell, das auf dem beschriebenen Papierstapel lag. »Die Augen tun gar nicht mehr so oft weh.«

Sie seufzte.

»Aber das willst du gar nicht hören, min Deern. Tja, das andere. Ich huste. Ich schlucke Schmerzmittel und was der Doktor sonst noch aufschreibt. Dein Freund Bengt kommt einmal die Woche auf die Insel und besucht mich. Das tut mir gut. Und auch sonst bin ich nicht mehr so allein. Tammo bringt mir Lebensmittel, ich bestelle einfach telefonisch. Seine Schwester Sonja kennst du? Die schaut auch mal vorbei. Und Ebba. Sie kommt, sooft es geht.«

Es überraschte Frieke, wie viele Menschen sich um ihn kümmerten, doch besänftigte es auch ihr schlechtes Gewissen.

»Ich muss Sonja unbedingt besuchen«, sagte sie.

Harald saß still daneben.

Sie blieben nicht lange. Eine Tasse Kaffee, ein paar Kekse, es war draußen schon dunkel und Ole schickte sie wieder los.

»Ihr könnt morgen wiederkommen. Jetzt brauche ich meinen Schlaf«, verabschiedete er sich.

Sie umarmten sich zum Abschied, und Frieke fragte sich, wie oft sie wohl noch den zerbrechlichen Körper ihres Vaters so halten würde, bevor er nicht mehr war. Aber Ole, der ihren Gedanken wohl so ähnlich auch dachte, flüsterte ihr zu: »Ich bin ein zäher Hund. Weihnachten will ich schon noch erleben.«

Sie lachte und hatte dabei feuchte Augen.

Die Insel und Frieke … Das gab ihm ordentlich zu denken.

Es fing in der Buchhandlung an, wo man sie empfing, als hätte man auf sie gewartet. Dann am Strand, wo sie voranlief, als gehörte sie hierher, während Harald jeden Schritt in den Knochen spürte. Die Insel ließ sie fliegen und hielt ihn auf dem Boden der Tatsachen fest.

Er spürte, was sie aussprach. Sie hatten sich schon vorher voneinander entfernt, vielleicht schon vor ihrem Neuanfang in Boston, aber hier, auf der Insel, war es ihm besonders deutlich geworden. Hier, wo sie offenbar in wenigen Tagen mehr Wurzeln geschlagen hatte als ihr ganzes Leben lang in Hamburg. Mehr Wurzeln, als sie je in Bostoner Erde würde treiben können. In Hamburg hatte sie ihn nie mit zu irgendwelchen Freunden genommen. Gut, er war auch selten in der Stadt gewesen, und die Zeit, die er dort verbrachte, wollte er am liebsten exklusiv mit ihr verbringen. Welches Leben sie geführt hatte, wenn er auf Reisen war, wusste er nicht so genau.

Und dann diese Sache mit ihrem Vater. Dafür, dass die beiden sich kaum kannten und seit ihrem ersten Treffen monatelang keinen Kontakt gehabt hatten – zumindest, soweit Harald wusste, aber was *wusste* er schon über Frieke, fragte er sich –, hatten da viele Gefühle mit ihnen in der kleinen Küche des Kapitänshauses gehockt. Zu viele, dachte Harald. Er vermisste seinen Vater, unbekannterweise, und er neidete Frieke die *beiden* Väter. Das tat erstaunlicherweise weh, und er wollte danach nicht in einem Fischrestaurant sitzen und auf den Knurrhahn warten, während Frieke auf ihn einplapperte und dabei ständig auf ihr Smartphone schaute.

Schließlich steckte sie das Handy ein und sagte leise: »Du hast was.«

»Ja, ich hab was.« Er atmete tief durch. »Du hast es auch gemerkt, oder?«

»Was denn?«

»Du gehörst hierher. Auf die Insel.«

Sie sah ihn lange an, ohne etwas zu sagen.

»Der Buchladen. Was ist das mit dem Buchladen? Erzähl mir davon.«

Frieke zögerte. Das Hauptgericht wurde serviert, und kurz sah es aus, als wollte sie sich aus dem Gespräch ausklinken. Sie probierten, es schmeckte hervorragend.

Stockend begann Frieke zu erzählen, was sie ihm von ihrem Trip auf die Insel verschwiegen hatte. Und das war so viel, dass er sich wunderte, ob sie überhaupt irgendwas erzählt hatte. Oder ob er das wenige, was er wusste, ihrem Artikel entnommen hatte.

»Was würdest du mir empfehlen?«, fragte Harald schließlich, nachdem sie ihm alles erzählt hatte – wobei sie in Ruhe gegessen und einen Nachtisch bestellt hatten, der jetzt vor ihnen stand. Frieke löffelte ihre Rote Grütze und verdrehte verzückt die Augen. »Welches Buch, meine ich.«

»Für dich? Du Reisender mit deiner ganz eigenen Dunkelheit? Dir würde ich das hier in die Hand drücken.« Sie griff nach ihrer Messengerbag und zog ein etwas ramponiertes Taschenbuch hervor.

»River of Smoke?«

»Habe ich in Boston am Flughafen gekauft. Wusste erst selbst nicht so genau, warum. Aber dann habe ich reingelesen. Es ist so wunderschön und langsam erzählt.«

Er las den Klappentext und runzelte die Stirn. »Ein historischer Roman?«

»Nein«, erwiderte sie. »Er ist auch sehr aktuell, irgendwie. Es geht darin um … ach, um erste Globalisierung, was das mit dem Menschen macht.«

»Weil wir nach Boston gegangen sind, verstehe.« Er schien immer noch nicht überzeugt.

»Eigentlich eher, weil es so ein schönes Erzähltempo hat. Ganz langsam«, sagte sie, ohne ihn anzusehen. »Ich bin auf dem Flug mehrfach fast dabei eingeschlafen. Und du weißt ja, dass ich im Flugzeug nie schlafe.«

Er verstand. »Meine Schlaflosigkeit«, meinte er.

»Vielleicht kannst du dann besser wieder einschlafen.«

»Ich werde es versuchen«, versprach er und legte das Buch neben seinen Teller. »Du hast dich verändert.«

Sie lachte nervös. »Du dich auch.«

Wohl wahr. Doch das meinte er gar nicht. »Ich frage mich nur … Wir verändern uns. Wir sind nicht mehr die, die wir vor drei Jahren waren. Mich hat das Leben verändert, und ich glaube, wir sind uns einig, dass es nicht zum Guten war. Ich bin …« Er schüttelte den Kopf, weil es so schwer war, seine Gedanken richtig in Worte zu übersetzen. »Ich will etwas tun, glaube ich.«

»Was denn? Noch mal zum Strand spazieren? Oder im Hotelbett liegen und lesen? Fernsehen?« Sie runzelte die Stirn. »Wir machen, worauf du Lust hast. Ist schließlich Urlaub.«

»Ich meine …« Er holte tief Luft. »Etwas *tun*. Mein Leben ändern.«

Sie wies ihn nicht darauf hin, dass sie das bereits vor ein paar Monaten auf ziemlich radikale Weise gemacht hatten, als sie in Boston neu anfingen. Stattdessen sah sie ihn sehr aufmerksam an und wartete.

»Ich habe so viel gesehen …« Harald schüttelte den Kopf. »Meine Alpträume. Die, von denen ich nur so wenig weiß, die ich aber nun mal habe … Da bin ich wieder irgendwo da draußen an der Front. Egal ob Jemen, Syrien, Tschad, Nigeria … Ich bin dort, wo die Menschen leiden. Wo sie sterben. Und ich will, dass das aufhört, sowohl in meinen Träumen als auch in der Realität.«

»Und was möchtest du dagegen tun?«, fragte sie sanft.

Das Gespräch nahm eine so völlig andere Wendung. Harald wusste gar nicht so genau, was er tun wollte. Er wusste nur, *dass* er etwas unternehmen musste. Dass es nicht mehr so weiterging.

»Boston ist es jedenfalls nicht«, stellte er fest.

Sie lächelte. »Hab ich mir schon fast gedacht. Willst du wieder als Kriegsreporter arbeiten?«

»Nein«, sagte er vehement. Das auf keinen Fall. Dann kam ihm eine Idee. »Ich könnte Friedensreporter werden.«

»Da drohst du aber in die Arbeitslosigkeit abzurutschen«, neckte sie ihn. Aber sie wurde sofort wieder ernst. »Es wäre schön, wenn es die Nachfrage nach den guten Geschichten gäbe.«

»Meinst du nicht, das geht? Nur über die guten Dinge berichten, die es gibt? Vielleicht ist das der Fehler, den der Journalismus oft macht. Sich auf die Krisen und Katastrophen stürzen. Nicht auf das, was gut läuft. Was den Menschen hilft.«

»Ich würde so etwas definitiv gerne lesen.«

»Du schreibst es ja auch schon. Wir könnten das zusammen machen, aber …«

Sie blickte ihn so offen und interessiert an. Harald wusste nicht, wann sie zuletzt so beisammengesessen und geredet hatten. So … ruhig. Ohne dass sich zwischen ihnen dieses unangenehme Schweigen ausbreitete. Oder eine ellenlange Liste mit Dingen, die erledigt werden mussten.

»Aber?«, fragte sie.

Bevor er zu einer Antwort ansetzen konnte, die er sich vorher zurechtgelegt hatte, trat der Kellner an ihren Tisch.

»Frau Wallgren«, sagte er.

»Ja?« Sie blickte erstaunt auf, sah ihn fragend an.

Harald wusste es, bevor sie es wusste. Bevor der Kellner es aussprach.

»Telefon für Sie. Da drüben am Tresen.«

Sie runzelte die Stirn, das kam ihr wohl komisch vor. »Wer will mich denn sprechen?«, fragte sie und machte keine Anstalten aufzustehen.

»Bitte gehen Sie einfach ans Telefon.«

Harald wollte aufspringen und ihr zum Tresen folgen. Aber Frieke war so entspannt und voller Tatendrang, dass sie abwinkte. »Ich kriege das schon hin«, sagte sie.

Was er bezweifelte, denn am Gesicht des Kellners konnte er die Nachricht bereits ablesen.

Jeder kannte jeden im Inseldorf. Frieke war die Tochter von Ole Hansen, und wenn mit dem todkranken Mann etwas los war, würde sich das schnell herumsprechen. Im Hotel hatten sie Bescheid gegeben, wo sie an diesem Abend essen gingen …

Frieke hatte den Hörer in der Hand. Sie lauschte; dann wurde sie blass. Harald stand auf und ging zu ihr.

»Ich bring dich zu ihm«, sagte er, bevor sie etwas sagen konnte.

Sie reichte ihm wortlos den Telefonhörer und verließ das Lokal. Harald gab den Hörer an den Kellner, der irgendwas stammelte, drückte ihm einen Fünfziger in die Hand und hoffte, das würde reichen. Sonst käme er morgen zurück.

Jetzt musste er bei Frieke sein. Sie sollte das nicht allein machen müssen.

Der olle Hansen hatte sich also auf den Weg gemacht. Die letzte Reise in diesem Leben stand nun an.

KAPITEL 24

Sie stand vor dem Kapitänshäuschen wie schon vor ein paar Stunden. Jetzt waren alle Fenster hell erleuchtet, und sie sah Menschen, die sich durch die Räume bewegten. Küche, Wohnzimmer, Flur.

Ihren Vater sah sie nicht unter ihnen.

Frieke nahm all ihren Mut zusammen und schritt auf das Häuschen zu.

Ebba öffnete ihr die Tür. »Du bist gerade rechtzeitig gekommen«, sagte sie, und Frieke wusste nicht, ob sie damit ihren Aufenthalt auf der Insel, diesen Abend oder alles zusammen meinte. Ebba führte sie in das rückwärtige Schlafzimmer, und dort lag ihr Vater in dem alten Ehebett, die dürren Arme auf der Bettdecke, das Gesicht irgendwie *anders*. Rings um Mund und Nase bildete sich auf seinem Gesicht ein weißes Dreieck; erst später würde Dr. Tossens ihr erklären, das sei ein typisches Anzeichen für den bevorstehenden Tod. Sein Atem ging flach, er schien ganz ruhig zu sein.

Frieke setzte sich zu ihm auf die Bettkante und nahm seine Hand. »Was ist passiert?«, flüsterte sie.

Dr. Tossens antwortete. »Er hat mich angerufen. Konnte nicht mehr sprechen, aber ich hörte sein Keuchen und sah die Nummer auf dem Display. Darum bin ich sofort hergekommen und habe auch Ebba Bescheid gesagt.«

»Dann geht es jetzt zu Ende?«, fragte sie.

»Davon gehe ich aus.«

»Und was machen wir? Ich meine …« Sie fühlte sich so hilflos. Warum war sie vorhin nicht länger geblieben? Warum hatte sie es so eilig, zum Abendessen zu kommen?

Hätte sie etwas ändern können, wenn sie geblieben wäre?

Ebba legte ihr eine Hand auf die Schulter. »Er war mit sich im Reinen, Frieke. Er wollte schon lange diesen letzten Weg gehen.«

Sie spürte die Tränen auf ihren Wangen. »Aber …«

»Nichts da. Du weißt doch, wie er war.«

Sie lächelte Frieke aufmunternd an.

Das weiß ich tatsächlich, obwohl uns nur so wenig Zeit blieb.

»Gräm dich nicht. Er war die letzten Monate zufrieden mit seinem Leben. Und er hat dir was hinterlassen.«

Einen Moment wusste Frieke nicht, was Ebba meinte.

»Das Kapitänshaus«, sagte sie. »Das erbst du.«

»Darüber möchte ich jetzt nicht nachdenken«, sagte Frieke. Und sprechen schon gar nicht. Ole war noch nicht mal tot und Ebba sprach schon vom Erbe …

Aber der Gedanke war da. Schlich sich in ihren Kopf, während sie bei Ole sitzen blieb. Harald brachte ihr einen Becher Kaffee, und sie nahm irgendwann Oles Hand und hielt sie. Es war Nacht, Ole atmete schwer. Dr. Tossens schaute noch mal nach ihm, dann verabschiedete er sich und versprach, am nächsten Morgen noch mal nach ihnen zu sehen.

»Was kann ich tun?«, fragte Frieke. »Für Ole?«

»Sie tun schon alles«, sagte der Arzt ernst. »Schmerzen hat er keine, dafür habe ich gesorgt. Und wenn Sie mehr tun wollen, erzählen Sie ihm.«

»Was soll ich ihm denn erzählen?«

»Alles. Er wird es irgendwie mitbekommen.«

Ein merkwürdiger Rat, der erst mit fortschreitender Stunde Sinn ergab. Frieke hatte sich in eine Wolldecke gewickelt und neben ihren Vater auf die freie Bettseite gelegt. Sie schlief nicht;

manchmal döste sie ein und wurde von seinem rasselnden Atem geweckt. Schmerzen hatte Ole offenbar keine, wie Dr. Tossens es ihr versprochen hatte, und das beruhigte sie.

Irgendwann wachte sie auf. Im Haus war alles still. Ole atmete ruhiger. Harald hatte sich im Wohnzimmer aufs Sofa gelegt und ihren Einwand, er solle lieber ins Hotel gehen, mit der Bemerkung gekontert, es sei doch egal, auf welchem Sofa er schlief. Erst später kam ihr der Gedanke, dass er vielleicht in dieser Nacht auch nicht allein sein wollte.

Sie stand auf und lief auf Socken in die Küche, wo sie möglichst leise noch einen Kaffee kochte. Harald lag auf dem Rücken, eine Wolldecke bis zum Kinn hochgezogen. Die Lampe auf dem Beistelltisch brannte, auf seiner Brust lag aufgeschlagen Amitav Ghoshs »River of Smoke«. Er hatte wohl immerhin dreißig Seiten gelesen, bevor er einschlief.

Frieke löschte das Licht und zog die Tür hinter sich zu.

In der Küche lag der Stapel mit getippten Seiten noch neben der Schreibmaschine. Sie zögerte. Ihre Finger strichen über das oberste Blatt, auf das Ole »Mein Leben« getippt hatte. Mehr nicht. Das letzte Kapitel würde sie wohl für ihn schreiben müssen. Sie ließ den Stapel auf dem Küchentisch liegen und ging zurück ins Schlafzimmer.

Warten. Mehr konnte sie nicht tun.

Irgendwann begann sie zu reden. Sie erzählte ihm all die Dinge, die sie nicht mehr mit ihm hatte teilen dürfen, weil die Zeit eben vorbei war. Sie wusste nicht, ob irgendwas davon ihn noch erreichte. Vielleicht spürte er dort, wo er nun war, dass sie bei ihm war. Vielleicht fühlte er sich besser.

Ob er Angst hatte? Sie wusste es nicht. Aber sie hoffte, dass ihre Stimme ihm ein Stück weit die Angst nahm. Ihr half es, sich nicht verrückt machen zu lassen von diesem Gefühl der Hilflosigkeit, das sie in tiefer Nacht überrollen wollte.

Harald saß in der Küche, als sie um kurz nach sieben im Türrahmen lehnte. Sie war müde, und als er ihr wortlos einen Kaffeebecher hinhielt, nahm sie ihn gern. »Hast du gut geschlafen?«, fragte sie.

Er nickte. »Und du?«, fragte er fast ein bisschen scheu.

Frieke lächelte. »Ja, vor zwei Stunden oder so. Da war er dann fort und ich konnte ein wenig schlafen.« *Fort.* Sie konnte es nicht aussprechen, vermutlich würde das noch eine Weile dauern. Immerhin denken konnte sie es schon.

Harald zeigte auf den Papierstapel. »Hast du da schon reingeguckt?«

Sie schüttelte den Kopf. »Ich dachte, das hebe ich mir auf. Jetzt muss ja wohl erst alles organisiert werden.« Sie pustete die Backen auf. Erst mal in Ruhe einen Kaffee trinken.

War das morbid? Dass Harald und sie am Küchentisch saßen und Kaffee tranken, während Ole tot im Bett lag?

Um halb acht stand Dr. Tossens vor der Tür, seine Arzttasche in der Hand. »Moin. Hat er's also geschafft.«

Offenbar konnte er nicht nur den bevorstehenden Tod am Gesicht eines Sterbenden ablesen, sondern auch den bereits geschehenen am Gesicht eines Angehörigen. Frieke fragte sich, ob das auch eine Gabe im Ebba'schen Sinne war.

»Was geschieht jetzt?«, fragte sie.

Dr. Tossens zog aus seiner Arzttasche einen braunen Umschlag. »Ihr Vater hat Vorkehrungen getroffen. Er meinte, wenn er so viel Zeit hat, sich auf alles vorzubereiten, dann will er die auch nutzen. Er wollte den Angehörigen nicht zur Last fallen. Also Ihnen.«

»Will er auf der Insel bestattet werden?«, fragte sie leise.

»Er will eingeäschert werden.« Dr. Tossens drückte ihr den Umschlag in die Hand. »Ich kümmere mich jetzt erst mal um die Details.«

Frieke nahm den Umschlag. Sie war erleichtert. Wenn Ole einen Plan gehabt hatte, brauchte sie nur dafür sorgen, dass dieser ausgeführt wurde. Es fiele ihr schwer, für eine Trauerfeier die richtige Musik auszusuchen oder dem Pastor etwas über ihren Vater zu erzählen, damit er eine angemessene Trauerrede hielt. Vermutlich kannte jeder Insulaner ihn besser als sie.

»Gibt es noch andere Angehörige?«, fragte sie.

Dr. Tossens, der schon fast auf dem Weg nach draußen war, schüttelte den Kopf. »Es gab nur Sie.«

Dann wusste sie, was sie zu tun hatte.

Sie ging nach draußen, setzte sich auf den kleinen Caféhausstuhl unter der Kastanie und wählte die Nummer ihrer Eltern. Sie fröstelte, weil sie ihre Strickjacke im Haus vergessen hatte.

»Mama?« Ihre Stimme klang ganz klein. Doch sie brauchte gar nichts sagen.

»Hat er's geschafft?«, fragte Ute Wallgren.

»Ja.« Frieke hatte Tränen in den Augen. Aber das war nicht nur die Trauer. Es war auch dieses unbeschreibliche Gefühl, das sie in diesem Gärtchen erfasste.

Sie gehörte hierher. Auf die Insel.

Als hätte ein Teil von ihr das schon immer gewusst.

»Nu geh schon ans Telefon, Heinz!«

Tante Mette schimpfte. Sie stemmte sich aus dem Sessel hoch, kaum dass das Telefon einmal klingeln konnte, und gestikulierte wild mit ihrem Stock.

Heinz.

Es war wieder ein Heinz-Tag.

Bengt hatte bei seiner Rückkehr nach Wittmund alles zum

Besten bestellt vorgefunden. Der Haushalt geordnet, die Frisur an ihrem Platz bei seiner Tante ebenso wie die wöchentlichen Tablettenrationen, die sie jeden Sonntagabend pflichtbewusst in die Spender abzählte und auf einer Liste abhakte. Der Kühlschrank war mehr als gut gefüllt, da die alte Dame offensichtlich einen schier unerschöpflichen Appetit entwickelt hatte. Und sie nannte ihn Heinz. Wie ihren verstorbenen Mann.

Bengt hatte sich an diese Tage gewöhnt. Es gab noch mehr Tage, an denen sie ihn erkannte, und es gab viele, viele Tage, an denen sie viel Spaß miteinander hatten. Er hatte sich an ihren Hausarzt gewandt und gefragt, was das sein könnte. Dieser antwortete: »Das Alter. Sie ist über achtzig, da wird man schon mal wunderlich.«

Vielleicht musste er im kommenden Frühjahr darüber nachdenken, sie in einem Heim unterzubringen. Aber bis dahin war er ja hier und passte auf sie auf.

Er ging ans Telefon.

»Bengt Gerjets am Apparat.«

»Bengt? Hier ist Frieke.«

Er hielt die Luft an. *Woher hat sie die Nummer?*

Du weißt, woher sie die Nummer hat.

»Frieke.«

»Bengt, es ist …«

Ja. Er wusste es schon. Sie brauchte es nicht aussprechen.

Mit Ole war er so verblieben, dass seine Telefonnummer auf der allzu kurzen Liste derer stehen durfte, die im Fall seines Todes benachrichtigt wurden. Dass ausgerechnet Frieke ihn anrief, überraschte Bengt dann doch.

»Er hat's geschafft«, sagte er.

»Genau, er hat's geschafft. Kannst du auf die Insel kommen?«

»Sofort?«, fragte er alarmiert.

Klar, irgendwie würde er das schon hinbekommen, wenn

Frieke ihn jetzt brauchte. Tante Mette konnte er zur Not mitnehmen, auch wenn sie dann eine Wohnung im Ort brauchten. Im Bauwagen würde sie sich wohl nicht wohlfühlen …

Aber wenn Frieke ihn jetzt brauchte, war er da. Komisch; das war gar keine Frage. Nichts, worüber er nachdenken musste.

»Es hat ein paar Tage Zeit. Also, wenn du überhaupt kommen möchtest …«

»Natürlich möchte ich kommen. Wird es eine Trauerfeier geben?«

»So was in der Art …«

Er lachte. Das sah Ole Hansen ähnlich. Nicht einfach eine Trauerfeier abhalten, sondern »so was in der Art«.

»Ich komme«, versprach er. Dann nach kurzem Zögern fragte er: »Wie geht es dir damit?«

Sie seufzte. »Gut«, sagte sie dann. »Wirklich. Wir kamen gestern auf die Insel und haben ihn besucht.«

»Mich wundert, dass du da bist.«

»Lange Geschichte«, sagte sie, was er übersetzte mit »das musst du nicht wissen«.

»Tut jedenfalls gut, dass du da bist.«

»Ja. Das glaube ich auch.«

Sie legte auf, und Bengt stand noch einen Moment da, den Hörer in der Hand. Sie klang so gefasst. Nein. Das war das falsche Wort. Sie klang wirklich und wahrhaftig gut gelaunt. Er hätte sie fragen sollen, ob »wir« bedeutete, dass ihr Freund noch da war.

Schlimm, dass ihm nach Monaten ohne sie nichts Besseres einfiel. Dass er immer noch über diese Küsse nachdachte, als wären sie etwas Bedeutungsvolles.

Frieke wusste noch von jener Zeit, als ihre Oma starb, dass die ersten Tage nach dem Tod sich merkwürdig anfühlten. Dass man wie durch einen Nebel watete, dass die Zeit überhaupt nicht verging. Die ersten Tage nach dem Tod hielten die Zeit an.

Nachdem sie die wenigen Anrufe erledigt hatte, die ihre Aufgabe waren, packte sie den großen Papierstoß mit Oles Erinnerungen in eine Mappe, verließ sein Haus und schloss ab. Inzwischen war er abgeholt worden; sie fragte lieber nicht, was mit seiner Leiche geschah. Wurde sie von der Insel gebracht? Etwa mit einer Fähre voller Urlauber? Auch wenn der Tod selbst für sie nichts Gruseliges hatte, stellte sie sich das doch etwas morbid vor; ob man den Sarg neben die Container mit den Koffern stellte, die bei Sturm hin und her rollten? Oder gab es irgendeinen geheimen Laderaum für Särge, Müll und andere Dinge, die einen Urlauber nicht belästigen sollten? Was sie fast noch gruseliger fand – Ole neben blauen Müllsäcken.

Harald und Frieke gingen durch das Dorf zum Hotel. Unterwegs begegneten ihnen ein paar Insulaner, die sie nicht kannten – aber jeder blieb stehen, sprach ihnen sein Beileid aus und wusste eine witzige Geschichte über Ole zu erzählen. Es dauerte eine Dreiviertelstunde, bis sie das Hotel erreichten.

»Du bist hier angekommen«, stellte Harald fest, und Frieke widersprach ihm nicht. Sie plumpste aufs Bett und hielt immer noch Oles Erinnerungen fest umklammert. Dann streifte sie die Schuhe ab, zog Jeans und Langarmshirt aus und einen Pyjama an. Sie kroch unter die Bettdecke und zog die Mappe heran.

Schon die zweite Seite ließ sie lächeln.

»Der olle Hansen und das Meer«, murmelte sie. Das war ein schöner Titel für seine Erinnerungen.

Dann begann sie zu lesen.

Sie verlor sich völlig in seinen Erzählungen. Seite um Seite las sie, was ihr Vater in den letzten Monaten getippt hatte. Es waren wohl an die dreihundert einzeilig getippten Seiten, keine ausgefeilte Prosa, aber *echt*. Es war eine Erzählstimme, nie richtig ausgebildet auf dem Papier, dafür umso kraftvoller.

Harald lag neben ihr und schlief. Sie saß mit dem Rücken ans Kopfteil gelehnt, die Knie angezogen, auf denen der Papierstapel ruhte. Den ganzen restlichen Vormittag las sie so. Mittags überkam sie die Müdigkeit, und auch sie schlief eine Stunde, aber sobald sie aufwachte, las sie weiter. Zwischendurch schaute sie einmal auf ihr Smartphone; viele Nachrichten waren eingegangen, aber sie beantwortete nur die von Emma und Sonja. Offensichtlich funktionierte der Buschfunk nicht nur auf der Insel, sondern auch in Hamburg.

»Kommst du mit spazieren?«, fragte Harald, und Frieke winkte ab, es waren noch etwa achtzig Seiten, sie wollte nicht aufhören zu lesen. Nein, sie *konnte* nicht. Dieses Buch hier, denn nichts anderes war es, auch wenn es nur eine Loseblattsammlung war, dieses Buch war genau das Richtige für sie. Als hätte Ole es nur für sie geschrieben.

Das hat er vermutlich auch.

Harald kam in dem Moment zurück, als sie gerade die letzte Seite las und mit einem zufriedenen Seufzen den Papierstapel wieder in der Mappe verstaute. Er brachte ihr etwas zu essen mit – ein extra großes Stück Sahnetorte aus dem Inselcafé und dazu bestellten sie unten im Hotelrestaurant eine Kanne Friesentee. Frieke war es gar nicht aufgefallen, wie ausgehungert sie war.

»Und?«, fragte Harald. »Bleibst du jetzt hier?«

»Und was machst du dann?«, fragte sie zurück.

»Habe ich dir doch gestern schon gesagt. Ich werde Friedensreporter.«

Sie lachte, aber dann blieb ihr das Lachen im Hals stecken, weil sie merkte, ihm war es ernst damit.

»Das klingt fast zu schön«, sagte sie. »Also dass du Friedensreporter werden möchtest.«

»Ich will einfach die guten Geschichten erzählen. Ein bisschen so wie du früher.«

»Ich hab über die verrückten Aussteiger berichtet«, korrigierte sie ihn und musste an Bengt denken. An seinen Kokosstreuselkuchen mit Sauerkirschen. An die Kamera von Willem, mit der sie so schöne Fotos gemacht hatte. An Kaffee auf den Stufen des Bauwagens, während der Regen auf das Dach prasselte …

»Aber was machen wir mit der Agentur in Boston, wenn du aufhörst?«, fragte Frieke.

»Verkaufen? Viel kriegen wir nicht dafür, aber die Idee war gut, die Kontakte ebenfalls. Nancy könnte Interesse haben. Ich glaube, sie hat immer davon geträumt, auch so etwas Großes zu machen, aber ihr fehlte der letzte Kick.«

Blieb nur die Frage, was aus ihr wurde.

Harald schlug gar nicht vor, dass sie allein zurückgehen und die Agentur führen konnte – sie wussten beide, dass es immer Haralds Projekt gewesen war, nie Friekes.

Fast sah es so aus, als wäre ihr Weg nun vorgezeichnet. Als könnte sie gar nichts anderes machen.

Aber so leicht war Frieke nicht rumzukriegen.

KAPITEL 25

Ebbas Wutausbrüche waren selten, aber deshalb nicht minder gefürchtet von Willem.

Heute war es wieder so weit, das spürte er schon beim Aufstehen. Er merkte es daran, wie sie im Badezimmer das Spiegelschränkchen zuknallte, rums, den Klodeckel zufallen ließ, peng, wie sie die Tür ins Schloss fallen ließ, als sie die Wohnung verließ und nach unten in die Buchhandlung ging. Und er wusste, warum sie so wütend war.

Eine knappe Woche war es nun her, dass Frieke im Buchladen gestanden hatte. Willem hatte gesehen, wie Ebba dachte »Jetzt wird alles gut. Frieke ist hier«.

Aber dann starb der olle Hansen, und aus »Frieke ist hier« wurde nur ein »Frieke ist irgendwo auf der Insel, aber sie ist so sehr mit sich selbst beschäftigt, dass sie gar nicht mehr an uns denkt, was ja verständlich ist, immerhin ist ihr *Vater* gestorben, aber bitte schön, es geht um die Zukunft der Buchhandlung, um unsere Zukunft, ihre Zukunft, es geht um *alles*«.

Natürlich sprach Ebba das nicht aus, aber das war auch nicht nötig. Ihre Wut wuchs. Auf die Umstände (hätte Ole sich nicht noch ein paar Tage Zeit lassen können mit dem Sterben?), auf Frieke (hätte sie nicht sofort sagen können, dass sie den Laden übernimmt? Damals im Mai, beispielsweise?), aber vor allem auf Willem (musste er unbedingt diese Woche schon einen Notartermin mit diesem unsäglichen Schnösel machen, der unsere Buchhandlung seinem Imperium aus über dreißig Filialen einverleiben will und als einziger Interessent übrig geblieben ist?), vielleicht auch ein bisschen auf sich selbst, weil sie zu schnell Ja gesagt hatte.

Willem verstand das alles sehr gut. Aber sie mussten realistisch bleiben. Der Buchladen war ihnen ans Herz gewachsen, er hatte schon seinen Eltern gehört, weshalb er sich dem Geschäft vielleicht mehr verbunden fühlte als Ebba, der es vor allem um Frieke ging. Sie hatte sich in den Kopf gesetzt, dass Frieke in diesen Buchladen gehörte, davon konnte sie niemand mehr abbringen. Aber die Realität war nun mal so, dass auch sie langsam die Veränderungen spürten, die im Buchhandel schon lange Einzug gehalten hatten. Diesen Sommer waren viele der Inselgäste nicht zu ihnen gekommen. Oder nur kurz, um Hallo zu sagen, und als Ebba ihnen sofort einen Stapel mit fünf, sechs Taschenbüchern vorlegte, von denen sie früher mindestens drei gekauft hätten (manchmal sogar alle!), wurden sie etwas verlegen, drucksten herum und erklärten, sie hätten ja jetzt auch einen E-Reader, das sei ja erstaunlich bequem, ein Geschenk von den Kindern zu Weihnachten. Und man hätte sich schon zu Hause ein paar Bücher runtergeladen, nach Empfehlungen im Internet. Sie kauften dann ein Taschenbuch, vielleicht wegen des schlechten Gewissens, der alten Zeiten wegen. Aber es machte sich schon in ihren Umsätzen bemerkbar. Nicht so, dass es besorgniserregend wäre oder dass sie Angst haben mussten, im Winter zu verhungern. Es passierte häufiger, so dass es Ebba dazu bewog, die Verhandlungen mit Thies Wollenbeek zu beschleunigen. Der hatte zwar keine Vision, aber wenigstens genug Ideen, um den Buchladen fortzuführen. Denn Spiekeroog ohne Buchhandlung? Das ging nicht. Und für sie stand ja fest, dass sie fortwollte.

Willem kam nach unten und fand eine immer noch wütende Ebba in der blauen Küche vor. Er setzte sich auf die Eckbank, sie knallte ihm Kaffeebecher und Frühstücksbrettchen vor die

Nase, schnitt geräuschvoll Brot auf, warf Aufschnitt und Käse auf den Tisch.

Willem stand auf. »Bin gleich wieder da«, sagte er und verließ das Haus.

In der Ladentür klebte ein Schild, »wegen privater Termine heute geschlossen«, das nahm er weg und lief das kurze Stück rüber zum Hotel Friesenstern, wo Frieke mit ihrem Freund abgestiegen war. Am Empfangstresen stand Gundel, die gute Seele des Hotels.

»Moin. Ist Frieke Wallgren noch da?«

»Moin Willem. Sie sitzt im Frühstücksraum.«

Er kannte den Weg.

Frieke Wallgren trug einen dunkelgrauen Rollkragenpulli und eine schwarze Hose. Sie war ziemlich blass um die Nase, und als er an den Tisch trat, blickte sie zu ihm auf.

»Mein Beileid«, sagte er.

»Willem.« Sie stand auf, und etwas linkisch nahm er sie in den Arm. Er spürte ihre zarten Schultern unter seinen Händen. Sie lösten sich voneinander, sie lächelte und zeigte auf den freien Stuhl. »Setz dich.«

Wenn sie sich schon umarmten, schien es okay zu sein, dass sie ihn duzte. Er setzte sich.

»Hoffentlich störe ich nicht. Wo ist dein Freund?«

»Harald ist gestern abgereist.«

»Oh«, sagte er überrascht.

»Ich bleibe noch bis zur Trauerfeier.«

Die war in vier Tagen. Willem hatte gestern die Einladungskarte in der Post gesehen. »Und danach?«, fragte er vorsichtig.

»Danach … keine Ahnung. Vielleicht zurück nach Hamburg, zurück zum KOMET. Ein guter Freund und Kollege wollte immer, dass ich mehr als nur freie Mitarbeiterin werde.«

»Du könntest hierbleiben.«

»Das könnte ich, ja. Aber ich will nicht.«

Er schnaufte. »Ist das echt dein letztes Wort in der Sache?«

Sie lächelte bedauernd. »Ich weiß, das ist nicht unbedingt die Antwort, die Ebba und du euch erhofft habt.«

»Mir ist es ehrlich gesagt egal, ob du den Buchladen übernimmst oder so ein geldgeiler Pfeffersack aus Bremen, der schon dreißig Filialen hat und seine Mitarbeiter schindet. Die Zeiten ändern sich nun mal, offensichtlich funktioniert Buchhandel so. Aber Ebba ist es nicht egal. Für Ebba bist du die rechtmäßige Nachfolgerin.«

Ihr Lächeln versteinerte. »Bitte, Willem. Ich kann nicht.«

»Du willst nicht.«

»Ich will auch nicht, richtig. Ich weiß nicht, was ich will.«

Er wurde ärgerlich. »Dann finde es raus, verdammt noch mal. Du hast doch alles. Das Haus deines Vaters, den tollen Kerl und sogar den Buchladen, wenn du nur willst. Ich würde ihn dir schenken, wenn das Ebba glücklich macht.«

»Ich will ihn aber nicht geschenkt«, sagte Frieke entschieden. »Und jetzt entschuldige bitte. Meine Verabredung ist da.«

Er drehte sich um. Sonja stand im Eingang zum Restaurantbereich. Frieke schob sich an ihm vorbei und fiel Sonja um den Hals. Die Umarmung war innig, fast schon verzweifelt.

Willem blieb nichts anderes übrig, als zu gehen. Er hatte wirklich gehofft, er könnte sie überzeugen.

Vor der Buchhandlung hatten sich bereits ein paar Kunden eingefunden, es war kurz nach neun. Er schloss auf, ließ sie herein und schaltete die Lichter an. Als er die Kasse anmeldete und die Geldschublade einlegte, kam Ebba aus der Küche geschossen, sie baute sich vor ihm auf.

»Was machst du da?«, fauchte sie.

Offensichtlich bezog er heute von allen Frauen Prügel. Aber das war Willem inzwischen auch egal. »Ich halte den Laden offen«, erklärte er ihr.

»Wir müssen gleich zur Fähre, das weißt du.«

»Gar nichts müssen wir. Ich rufe beim Notar an, wir kommen nicht. Der Pfeffersack kriegt unseren Buchladen nicht. Wir suchen weiter, bis wir wen finden, der genauso gut passt wie Frieke.«

»Aber wir haben einen Vorvertrag unterschrieben.«

»Na und?« Er zeigte nach draußen. »Bei dem Wetter fährt doch keine Fähre rüber. Soll er doch kommen. Soll er meinetwegen den Notar hierherschleppen, wenn er meint, ich unterschreibe irgendwas. Ich mache nichts, solange *du* nicht überzeugt bist, dass es das Richtige für uns ist.«

»Und unser Ruhestand? Das Haus in Irland?«

Das Haus in Cork hatten sie sich vor zwei Wochen angesehen und eine Anzahlung geleistet, die verfiel, wenn es in den nächsten sechs Monaten nicht zu einem Kaufvertrag kam.

»Das kaufen wir auch«, sagte Willem trotzig. »Ich lass mir von niemandem vorschreiben, was das Richtige für uns ist außer von dir.«

»Willem …« Ebba verstummte. Dann umfasste sie mit beiden Händen sein Gesicht und küsste ihn auf den Mund.

»Na also«, murmelte er, als beide wieder zu Atem kamen. »Das war's wert, nehme ich an.«

»Lass uns Bücher verkaufen«, wisperte Ebba. Sie lächelte ihn glücklich an.

Das Problem, wer ihren Buchladen übernahm, war nicht aus der Welt geschafft. Aber Ebba wusste jetzt, dass er sie nicht zu irgendwas zwingen würde. Denn das hätte er getan, wenn sie heute beim Notar den Kaufvertrag unterschrieben hätten.

Das war's nicht wert, davon war Willem überzeugt. Und

wer weiß, vielleicht kam Frieke Wallgren ja doch noch zur Vernunft.

»Was wäre denn eine vernünftige Alternative?«

Sonja bestand darauf, dass das Frühstück auf sie ging, und nachdem sie bestellt hatten, lehnte sie sich zurück und sah Frieke sehr lange an, bevor sie diese Frage stellte.

Friekes Hände umschlossen die Tasse mit Milchkaffee.

Vernünftig wäre so vieles.

Zurück zu Florian und zum KOMET.

Den Buchladen kaufen oder zumindest pachten und auf der Insel bleiben.

Oles Buch an einen Verlag vermitteln, aber das war nichts, das als Arbeit für die nächsten Jahre taugte. Obwohl sie überzeugt war, dass sich einige Verlage um diese Geschichte reißen würden.

Etwas ganz anderes mit ihrem Leben anfangen.

Sie war dreiunddreißig und stand im Leben wieder an einem Punkt, an dem sie schon vor über zehn Jahren gestanden hatte – direkt nach dem Studium und bevor sie beim KOMET ihre ersten Aufträge annahm.

»Vernünftig wäre wohl eine Festanstellung mit gutem Gehalt und eine kleine Wohnung für mich allein. Das wäre dann der KOMET.«

Florian hatte auch schon angerufen und ihr einen Job angeboten. Als hätte er nur darauf gewartet, dass sie scheiterte.

»Und der Buchladen? Ich bin da eigennützig, mich würde es freuen, wenn du auf der Insel bleibst. Du erbst Oles Haus, Ebba und Willem wollen ja verkaufen. Und im Sommer wäre Bengt auch wieder hier.« Sonja zwinkerte.

»Bengt hat damit gar nichts zu tun«, behauptete Frieke.

»Natürlich hat Bengt nichts damit zu tun.« Sonja nickte.

»Was ist mit Bosse?«, fragte Frieke rasch zur Ablenkung.

Sonjas Miene drückte etwas aus, für das auf die Schnelle keine von beiden Frauen die richtigen Worte fand. »Bosse ist wieder da«, sagte sie nur.

»Und ist das für dich okay?«

Sonja zuckte mit den Schultern. »Wir haben drei Kinder, die ihren Vater vermissen. Solange er auf dem Festland lebt, ist es schwierig, dass sie ihn am Wochenende besuchen. Die Besuchszeiten sind vom Fahrplan abhängig und …«

»Es ist also nicht okay«, stellte Frieke fest.

»Nein. Aber es ist besser als die Alternative.«

Frieke wartete.

»Ich habe es versucht. Ehrlich. Habe meinen Vater gebeten, dass ich meinen alten Job wiederhaben kann. Den Job, den Bosse mit seinem Auszug auch aufgegeben hat. Er hatte sogar schon was Neues in Emden. Und eine Freundin. Aber die hat ihn wohl sitzen gelassen. Oder nein, aus der gemeinsamen Wohnung geworfen, so war's.« Sie lachte, aber es klang etwas gezwungen. »Was sollte ich denn machen? Er hätte auf der Straße gesessen.«

»Er hätte zu deinem Vater ziehen können, wenn die beiden so dicke miteinander sind. Oder ich vermiete ihm das Kapitänshaus.«

»Das lässt du schön bleiben. Das Kapitänshaus gehört dir. Vermieten! Du weißt ja gar nicht, was so ein Häuschen hier wert ist. Das könntest du eher als Ferienhaus anbieten, als irgendeinen Mieter reinzunehmen. Das bringt jedenfalls deutlich mehr Geld.«

»Mir geht's nicht ums Geld«, erklärte Frieke, obwohl das Bostoner Abenteuer fast all ihre Ersparnisse aufgezehrt hatte und sie noch nicht wusste, wann sie wieder Aufträge annehmen konnte.

»Schon gut. Entschuldige. Ich bin nur so …«

»Nervös?«

»Angespannt vielleicht. Du hast nicht zufällig etwas dagegen in deiner literarischen Hausapotheke?«

Frieke wiegte den Kopf. Auf die Schnelle fiel ihr nichts ein, aber wenn sie jetzt im Buchladen stünde …

Was ich nicht tue und vermutlich in den nächsten Jahren nur als Kundin tun werde.

»Leider nicht. Aber ich bräuchte wohl selbst im Moment ein Buch, das mich ein bisschen erdet.«

»Du brauchst kein Buch«, sagte Sonja. »Es ist doch ganz einfach.«

Das war eben ihr Problem, stellte Frieke fest. Es fiel ihr schwer, die ganzen Veränderungen ihres Lebens mit sich selbst in Einklang zu bringen. Boston aufgeben? Okay. Von Harald trennen? Ein wichtiger Schritt. Nach Deutschland zurückkehren? Ja, auch das war notwendig. Einen neuen Job suchen? Schön und gut, da ergab sich schon was.

Aber auf Spiekeroog leben? Den Buchladen übernehmen? Mit Bengt reden, ob ein Kuss nur ein Kuss war oder doch mehr?

Bisschen viel auf einmal, befand sie. Und das sagte sie Sonja auch.

»Manchmal will das Schicksal eben, dass man alles umkrempelt.«

»Hast du Bosse wieder vor die Tür gesetzt, als er zurückkommen wollte?«

Danach sagte Sonja nichts mehr.

Ole hatte einiges für seine Trauerfeier verfügt. Zum Beispiel sollte sie nicht Trauerfeier heißen, sondern einfach »Feier mit Ole«. Humor hatte er, denn als diese Feier vier Tage später in der kleinen Inselkirche stattfand, war die Urne, die vorn vor dem Altar stand und später auf dem Friedhof in Wittmund bestattet werden sollte, leer.

Auch Friekes Platz blieb leer – die erste Bankreihe, die der Bürgermeister ihr für diesen Tag freundlicherweise freigeräumt hatte, nachdem seine Tochter Sonja ihn darum gebeten hatte.

Sonja fehlte ebenso. Einige Gemeindemitglieder wunderten sich, wo Frieke Wallgren wohl steckte, aber während sie in den Kirchbänken die Köpfe zusammensteckten, kamen sie schnell überein, dass sie wohl nach ihrem Vater schlug, der für solche Veranstaltungen auch nie was übrig gehabt hatte. Man war sich allerdings einig, dass der olle Hansen es nicht besser verdient hatte.

Der Pastor hielt eine – so sagten es die Inselfrauen einhellig – ergreifende Rede, es wurde ein bisschen gesungen, ein kleines bisschen gebetet, danach ging es rüber ins Inselcafé, wo es Friesentee und Kaffee, Schnittchen und Platenkuchen gab. Der Schnaps floss in Strömen, es war man gut, dass Spiekeroog eine autofreie Insel war und im Dorf auch das Fahrradfahren untersagt, Dr. Tossens hätte sonst alle Hände voll zu tun gehabt. Auch so musste er bei Tammo eine Vielzahl kleine Schnittverletzungen versorgen, weil er mit besoffenem Kopf auf dem Heimweg in ein Sanddorngebüsch stürzte und erst mal liegen blieb.

Frieke indes stand am Bug eines Krabbenkutters und hielt die Kartusche im Arm, die Oles Asche enthielt. Das war sein letzter Wunsch gewesen. »Bloß nicht in die Erde! Und wenn du mich auf den Kaminsims stellst, aber vermodern will ich nicht unter der Grasnarbe.« So hatte er es in dem Brief formuliert, den er seinen Verfügungen für die Trauerfeier beigefügt hatte. Die Feier, das hatte Frieke sofort erkannt, diente eher dazu, die Insulaner zu beruhigen, dass der olle Hansen auf seine alten Tage doch noch irgendwie zu ihnen gehören wollte.

Den Krabbenkutter hatte Sonja organisiert, weil sie ja jeden kannte auf der Insel. Der knurrige alte Kapitän des kleinen Kahns, der sich neben der Krabbenfischerei auch etwas Geld verdiente, indem er Touristen zu den Seehundbänken karrte und auf dem Rückweg frisch gebrühte Krabben anbot, die sie – ganz stilecht – noch direkt an Bord pulen konnten, während die Möwen kreischend den Kutter umrundeten, hatte von Frieke kein Geld nehmen wollen, als sie ihm erklärte, weshalb sie rausfahren wollte und weshalb es ausgerechnet heute sein musste.

Die Kartusche hatte sie aus der Urne genommen, als sie vom Bestatter auf dem Festland Oles Asche zur Insel überführte. Sie war nur kurz mit der Tasche auf dem Klo verschwunden. Es war ein bisschen makaber und sehr merkwürdig, wie sie auf dem Fliesenboden die Tasche abstellte, die Kartusche aus der Urne nahm und anschließend die Urne wieder verschloss.

Im Spiekerooger Hafen wurde sie bereits vom Pastor und vom Küster erwartet. Letzterer nahm die Urne entgegen und zuckte nicht mit der Wimper, als Frieke erklärte, sie könne jetzt nicht mitkommen, die Trauerfeier müsse ohne sie stattfinden. Und dann lief sie schnurstracks zum Krabbenkutter, der auf sie wartete. Der Kapitän half ihr an Bord, und dann legten sie sofort ab. Frieke stand mit der Tasche zwischen den Füßen an der Reling, der Wind biss, dass ihr die Augen feucht wurden.

Das war also die letzte Reise des Ole Hansen – hinaus aufs Meer, damit seine Asche dort verstreut wurde.

»Pass auf, dass du nicht im Wind stehst«, war die einzige Warnung, die Sonja für sie hatte. Ansonsten machte sie einfach mit, was Frieke wollte. Was Frieke brauchte, war genau das: eine Freundin, die nicht fragte, sondern machte.

»Alles okay bei dir?«

Sie schrak zusammen, als sich Bengts Hand auf ihre Schulter legte. Frieke blickte auf ihre Füße, dann nickte sie leicht.

Er war gekommen. Mit der ersten Fähre heute früh, denn als sie ihm gestern schrieb, Ole wolle sich nicht verscharren lassen, wusste er sofort bescheid. »Aufs Meer mit ihm?«, lautete seine Antwort. Das entlockte Frieke ein Lächeln, weil diese Formulierung Ole gefallen hätte – frech, respektlos und so wahr.

»Alles okay«, antwortete sie jetzt, schniefte und wischte sich mit dem Handrücken die Tränen aus den Augenwinkeln. »Danke, dass du hier bist.«

»Ist doch selbstverständlich«, murmelte er. Sein Arm lag um ihre Schultern, er drückte sie leicht an sich. Der Motor des Kutters heulte auf, dann drehte der Kapitän bei und es wurde ganz still hier draußen zwischen den Inseln.

Frieke seufzte. »Dann mal los«, sagte sie leise.

Sie öffnete die Verplombung der Kartusche ganz behutsam, dann hielt sie ihr Gesicht in den Wind. »Mach's gut, Ole«, sagte sie, und weil es sich irgendwie richtig anfühlte, fügte sie hinzu: »Papa.«

Dann ließ sie die Asche langsam in die graue See rieseln.

Der Kapitän stand im Führerhaus, die Fischermütze hatte er abgenommen für diesen kurzen Moment. Sonja stand neben ihm, die Hände gefaltet vor dem schwarzen Rock. Der Wind frischte auf, die Asche legte sich auf die Wellen und schwebte davon. Sie schwiegen. Nachdem Oles Asche vollständig im Meer versunken war, drehten sie um und fuhren zurück. Zu sagen gab's nichts mehr. Der olle Hansen hatte seine letzte Ruhestätte gefunden, während in der Inselkirche ein letztes Hosianna für ihn gesungen wurde.

»Musst du bald zurück aufs Festland?«, fragte Frieke, als sie von Bord gingen. Bengt hielt sich neben ihr, als fürchtete er, sie könnte ihm abhandenkommen.

»Ja, leider. Meine Tante braucht mich.« Er zögerte. »Ich würde mich gern wieder mit dir hier treffen. Auf der Insel.«

»Ich fahre morgen nach Hamburg zu meinen Eltern …« Sie war noch nicht so weit. Zu viel war passiert, sie wusste ja noch gar nicht, was nun aus ihr wurde.

»Okay, dann …«

Sie standen voreinander und wussten beide nicht, was sie sagen sollten. Bengt nahm sie in den Arm, etwas unbeholfen waren sie und lösten sich rasch wieder voneinander. Peinlich berührt schaute Frieke auf ihre Schuhspitzen. Dann atmete sie tief durch.

»Du kannst dich ja mal melden«, schlug sie vor.

»Das werde ich tun.«

Sie sah ihm nach, als er Richtung Fähre ging. Seine Schultern wirkten müde, aber vielleicht bildete sie sich das nur ein.

Ich hätte es schön gefunden, wenn wir beide noch bleiben könnten.

Doch ihre Eltern warteten auf sie. Und Frieke wusste, dass sie in Hamburg Ruhe fand. Sie musste erst wieder zu sich kommen, bevor sie Entscheidungen traf, die den Rest ihres Lebens beeinflussten.

Ihr fiel der Abschied von der Insel schwer. Sie wusste nicht, ob das ein Zeichen war. Und wenn, ob es ein gutes war.

KAPITEL 26

Frieke war zurück in Hamburg.

»Und nun?«, fragte ihre Mutter, als sie morgens in die Küche trat.

Sie zuckte mit den Schultern, zog sich mit einer blauen Dose dänischen Butterkeksen und einem Stapel Bücher in ihr Mansardenzimmer zurück und schloss die Tür hinter sich.

Nichts und nun. Sie brauchte Zeit. Zum Nachdenken, zum Ankommen, zum Sortieren.

Das Einzige, was sie in dieser ersten Woche in Hamburg unternahm, waren ein paar Telefonate. Dann tippte sie die ersten dreißig Seiten von Oles Manuskript ab, schrieb dazu eine Inhaltsangabe und schickte beides an einige Verlage, die versprachen, seinen Text zu prüfen.

Frieke wusste, die Chancen waren nicht besonders gut, dass sich ein Verlag dafür interessieren würde, was ein alter Seebär sein Leben lang erlebt hatte. Manchmal dachte sie auch, es sei eine Geschichte, die nur für sie interessant sei, und darum wären ihre Versuche, einen Verlag dafür zu finden, nur Teil ihrer Trauerarbeit.

Denn das hatte sie inzwischen begriffen. Sie trauerte um Ole. Mehr, als sie gedacht hätte.

Es gab nur einen, der sie verstand.

Martin stand vor ihrer Zimmertür und klopfte leise. »Kann ich reinkommen? Ich hab Kaffee gekocht.«

Sie wälzte sich von ihrem Bett, auf dem sie seit dem Aufwachen früh am Morgen gelegen und abwechselnd gelesen oder in den blauen Himmel gestarrt hatte, auf dem Wolken von einem Sturm dahingejagt wurden. Als sie die Tür öffnete, lächelte sie. »Papa.«

Es fühlte sich gar nicht komisch an, dass sie das nun zu zwei Männern sagte. Zu dem einen nur in Gedanken, die Chance hatte sie verpasst. Aber das war okay, er hätte es verstanden.

»Hier. Mit einer Prise Salz, wie meine Mutter es immer gemacht hat.«

Ihre Oma. Die mit Frieke immer Bücher kaufen gegangen war, jeden Mittwoch. Auch sie war nicht Friekes leibliche Großmutter, aber das war etwas, worüber sie sich jetzt erst Gedanken machte. Und froh war, weil es nie jemanden in der Familie gestört hatte.

»Deine Mutter schickt mich. Sie meint, es wäre nicht normal, dass du dich so verkriechst.«

»Und was meinst du?«

Martin zögerte. »Ich meine, du machst das schon genau richtig. War die richtige Entscheidung.«

»Was war die richtige Entscheidung?«, fragte Frieke nach einem Schluck Kaffee. Schwarz. Und irgendwie schmeckte er anders als jeder andere Kaffee. Gar nicht mal *salzig*, einfach *anders.*

»Dich zu ihm zu schicken.«

Frieke ließ sich diese Worte durch den Kopf gehen. Dann begriff sie.

»Du hast an die Redaktion vom KOMET geschrieben. Dieser unsägliche Leserbrief kam von dir? Dass mein Vater auf Spiekeroog ist, meine ich.«

Martin hockte auf dem Schreibtischstuhl und starrte auf seine Hände.

»Du wusstest, dass er krank war.«

Er schwieg.

»Dass er sterben würde. Wusste Mama auch davon?«

»Du denkst, sie hat es dir verschwiegen? Nein.« Martin schüttelte den Kopf. »Sie hatte keinen Kontakt mehr mit ihm. Schon seit Jahren nicht. Aber er hat sich hin und wieder bei mir gemeldet. Von Vater zu Vater. Er hat das mit deiner Adoption damals bewundernswert aufgenommen, hat keinen Stress gemacht. Ute wusste, dass wir in Kontakt standen, aber sie meinte, das wäre eine Sache, die wir Männer untereinander ausmachen sollten. Sie hielt sich raus. Ich schrieb ihm damals, schickte Fotos. Das ging so, bis du zum Gymnasium gingst, danach kamen die an ihn adressierten Briefe zurück. Irgendwann gab ich es dann auf. Bis er sich bei mir meldete.«

Frieke starrte in ihren Kaffeebecher. »Das … Puh. Ich hatte ja keine Ahnung.«

»Vor einem Jahr war das. Er wollte nach Hamburg kommen, weil es ihm nicht gut ging. Später meldete er sich noch mal und erzählte, dass es wohl nicht mehr ewig mit ihm gutgehen würde und er die letzten Monate auf Spiekeroog leben wollte.«

»Du hättest mir das einfach erzählen können, Papa.«

»Nein, konnte ich nicht. Deine Mutter hat immer gesagt, sie hält sich raus. Aber nur, wenn ich dich auch raushalte. Sie wollte nicht, dass du dich zwischen zwei Vätern zerrissen fühlst. Wir haben dir das mit der Adoption ja irgendwann gesagt, aber sie hielt es immer für die bessere Lösung, wenn du glaubtest, dass du für Ole nicht mehr von Interesse warst, nachdem er verschwunden war.«

Den Rest der Geschichte kannte Frieke. »Du hast an den KOMET geschrieben und auf Florian gehofft.«

»Sozusagen. Hat funktioniert, nicht wahr? Ist ein guter Kerl, der Florian.«

Sie nickte langsam. Es hatte sogar besser funktioniert als von allen Beteiligten vorhergesehen.

»Dann lasse ich dich mal wieder in Ruhe lesen.« Martin stand auf und stibitzte im Rausgehen noch einen Butterkeks aus der Dose. »Deine Omi hat übrigens auch immer so gelesen«, sagte er.

Frieke blickte an sich herunter. Sie trug eine bequeme Jogginghose, ein Langarmshirt und eine Strickjacke. Dieses Outfit passte so gar nicht zu der Erinnerung an die zarte, feine Dame, mit der sie früher durch die Buchhandlungen gestromert war.

»Glaub's mir ruhig. Sie wäre sehr stolz auf dich.«

Als sie wieder allein war, nahm Frieke ihr Handy vom Nachttisch. Sie hatte es in den letzten Tagen nur selten eingeschaltet und meist direkt im Anschluss wieder ausgeschaltet, weil sie beim Lesen nicht gestört werden wollte. Seit Oles Tod war sie nicht mehr auf Twitter gewesen. Ihr letzter Tweet lautete: *Unterwegs zur Insel, mit Heimweh und vielen Gedanken beladen. Danke für all eure guten Wünsche! Muss mich jetzt sortieren.*

Sie starrte lange auf das, was sie da geschrieben hatte. Nicht mal zwei Wochen war das her, aber es fühlte sich so an, als wäre ein ganzes Leben vergangen. Schließlich lud sie die Seite mit den Antworten auf ihre Tweets und scrollte durch die Liste.

@BengtBrand schrieb: *Ich bin da, wenn du mich brauchst. Immer.*

Und sie hätte ihn wirklich gebraucht in den letzten Tagen. Das merkte sie erst jetzt.

Frieke kuschelte sich in die Bettdecke und starrte Bengts Worte an. *Immer.* Hieß es wirklich das, was sie darin lesen wollte? Oder waren das nur die freundlichen Worte eines Bekannten, vielleicht sogar guten Freunds, die man online ja schnell tippte, ohne sie tatsächlich so zu meinen?

Wollte sie das herausfinden, auch auf die Gefahr hin, dass Letzteres der Fall war?

Die Trennung von Harald hatte keine Lücke hinterlassen, die

Lücke war schon vorher da gewesen. Vielleicht sogar schon, bevor sie nach Boston gingen. Jetzt war es Zeit, sie zu schließen. Einen Neuanfang zu wagen. Hier in Hamburg. Oder woanders.

Sie antwortete auf Bengts Tweet mit einer Direktnachricht: *Wann und wo können wir uns wiedersehen?*

Dann vertiefte sie sich wieder in ihr Buch. Es war ein wundervoller Roman von Sue Monk Kidd, »Die Erfindung der Flügel«, über zwei junge Frauen, die sich im Charleston des frühen 19. Jahrhunderts aus den Zwängen ihrer Zeit zu befreien versuchten – die eine Sklavin, die andere Tochter aus gutem Hause. Nichts davon glich auch nur im Entferntesten Friekes Situation. Sie hatte das Buch bei ihrem letzten Besuch einer Buchhandlung mitgenommen, weil der Klappentext sie einfach ansprach.

Man konnte ja auch lesen, ohne vom Buch von Grund auf verändert zu werden.

Das Mittagessen ließ sie ausfallen, und als ihr Vater sie zum Kaffeetrinken nach unten locken wollte, gab sie nur widerwillig nach. Aber dann wurde es doch ganz nett, sie unterhielten sich über alles Mögliche, ohne dass die Sprache auf Friekes Zukunft kam. Sie war froh darüber, denn ihre Zukunft war etwas, das sie selbst noch nicht so richtig fassen konnte.

Zurück in ihrer Mansarde sah sie das Handy, das auf der Tagesdecke neben dem Buch lag, blinken. In der Zwischenzeit war ein halbes Dutzend Nachrichten eingegangen.

Eine kam von Sonja.

Ich muss ihn wieder vor die Tür setzen. Er hat immer noch diese andere auf dem Festland.

Eine weitere von Emma, die ein kleines Video schickte, wie die Zwillinge auf einer Krabbeldecke lagen, wild strampelten und versuchten, das fuchtelnde Händchen des anderen zu erwischen. Sehr niedlich.

Und dann vier Nachrichten von Bengt.

Er schrieb wenige Minuten nach ihrer Nachricht: *Ich kann gerne zu dir nach Hamburg kommen. Jederzeit.*

Dann, etwa eine halbe Stunde später: *Oder ist dir Spiekeroog lieber?*

Vor zwanzig Minuten dann die letzten beiden Nachrichten: *Spiekeroog. Ich bin ab übermorgen dort. Kommst du?*

Ich vermisse dich, verstehe es aber, wenn du nicht kommst.

Bäm. Da hatte sie es. Er vermisste sie.

KAPITEL 27

Tante Mette ging es wieder gut.

Seit Oles Seebestattung war eine Woche vergangen, in der er einiges organisiert hatte, damit Tante Mette in Zukunft ein gutes Leben hatte. Sie hatte ja ihre klaren Tage, und noch überwogen diese. Aber beide wussten, dass es nicht ewig so bleiben würde.

Er hatte sie nur ungern allein gelassen, aber er wollte unbedingt bei Frieke sein, als sie Oles Asche im Meer verstreute. Als er am Abend zurückkehrte, fand er die alte Dame gut gelaunt am Abendbrottisch, wo sie die ersten Mandarinen des Jahres pellte und ihm erzählte, Heinz sei zwischenzeitlich bei ihr gewesen.

Da setzte Bengt sich zu ihr an den Tisch. Und statt ihr zu erzählen, dass Heinz schon seit Jahren tot sei, hielt er einfach ihre nach Mandarinenschale duftenden Hände und erklärte ihr, dass er nicht mehr lange für sie würde sorgen können.

»Ich habe einen Heimplatz für dich gefunden«, sagte er ganz ruhig.

Sie blickte ihn an, ihre Augen ganz klar. Sie nickte. »Wird auch mal Zeit, mein Junge. Ich kann nicht den ganzen Winter auf dich achten. Wird Zeit, dass dir Flügel wachsen.«

Er hatte gelächelt, als sie das sagte. Ging also doch nicht gänzlich an ihr vorbei, wenn er ihr von seiner Arbeit mit den Brandseeschwalben erzählte. Ein bisschen war sie noch da. Aber er wusste, dass Tante Mette nun immer mehr verschwinden würde, bis sie ihn nicht mehr erkannte.

»Aber eins sag ich dir, ich geh nicht in dieses Heim, solange du mir nicht dein Mädchen vorstellst.«

»Ich habe grad kein Mädchen«, sagte Bengt und musste sich auf die Zunge beißen, damit er nicht grinste, weil dieser Begriff so antiquiert klang.

»Dann suche ich dir eins«, entgegnete Tante Mette. Offensichtlich gedachte sie, damit im Heim anzufangen, denn als er sie dort das erste Mal besuchte, stellte sie ihm Heidi vor. Heidi war mit Ende sechzig noch recht rüstig, auch wenn sie im Rollstuhl saß. Dafür war sie aber im Kopf noch total fit, und bei Kaffee und gedecktem Apfelkuchen im Speisesaal kamen Heidi und Bengt überein, dass sie auf Tante Mette aufpassen würde.

Beim Abschied drückte Tante Mette ihn fest an sich. »Komm nur bald wieder vorbei.«

»Das werde ich«, versprach er. Dabei wussten beide, dass das Leben weiterging. Er würde nicht mehr jede Woche nach ihr sehen können, dafür war die Anreise von der Insel zu umständlich.

Ende Oktober. Zwei Wochen nach Oles Seebestattung kehrte er auf die Insel zurück.

»Nicht deine Jahreszeit, Bengt«, begrüßte ihn dann auch der Kapitän der Fähre, als Bengt nur mit einer Reisetasche in der Hand an Bord ging.

»Wird jetzt jede Jahreszeit meine sein«, gab Bengt zurück.

Er würde auf der Insel Wurzeln schlagen und hoffte, dass er damit nicht allein war.

Obwohl er wusste, dass er vergeblich nach ihr Ausschau hielt, konnte er es nicht lassen; sein Blick ging über die Köpfe der Passagiere hinweg auf der Suche nach einem braunen Lockenkopf. Keine Frieke.

Sie hatte geschrieben, sie bräuchte wohl noch ein paar Tage, bevor sie wieder auf die Insel kam. Dort wollten sie sich dann treffen und ... ja, was? Reden, vermutlich. Erst mal reden. Oder konnten sie dort anknüpfen, wo sie damals aufgehört hatten? Bei den Küssen? Diesmal gab es keine Fähre, die sie nicht verpassen durfte.

Er hatte Frieke die Frage gestellt. Ihre Kommunikation verlief im Moment nur schriftlich, was er als unangenehm empfand. Denn plötzlich war er wie damals als Teenager – gehemmt, ein Welpe mit zu großen Pfoten, ungeschickt und tapsig. Als er vorschlug, sie könnten auch telefonieren, schrieb Frieke zurück: *So ist es gerade leichter für mich. Sorry.*

Das Problem war ja auch, dass man in so ein paar Worte ziemlich viel hineininterpretieren konnte, wenn man Zeit hatte. Da reichten schon die 45 Minuten Überfahrt, dass er anschließend fest davon überzeugt war, Frieke würde gar nicht kommen und ihn mit ihren Nachrichten nur hinhalten.

Wie sie ihn ja seit dem Kennenlernen immer auf Abstand gehalten hatte. Okay, sie führte damals noch eine Beziehung. Und er hatte mit allem Möglichen gerechnet, aber nicht damit, dass eines Tages so eine piekfeine Journalistin vor seinem Bauwagen auftauchen, seine Brandseeschwalben aufschrecken und ihm den Kopf verdrehen würde. Noch dazu so heftig, dass er seitdem in Gedanken immer bei ihr war ...

Oder redete er sich das alles nur ein? Vielleicht waren das Gefühle, die keinen Bestand haben würden, wenn sie sich wieder gegenüberstanden. Fünf Monate waren eine lange Zeit, in der man sich allerhand einreden konnte.

»Dann mal los.«

Er war der Erste auf der Gangway, der Mitarbeiter der Fährgesellschaft, der die Leute von Bord ließ, tippte an seine imaginäre Mütze, während der Wind sein rötlich blondes Haar verwuschelte. Bengt warf seine Reisetasche über die Schulter und lief zum Dorf. Er hatte sich im Vorfeld noch nicht um eine Unterkunft gekümmert. Zur Not musste er die nächsten Nächte im Bauwagen übernachten, der im Winter auf dem Pferdehof im Westen des Dorfs in einer Scheune unterstand.

Auf dem Weg dorthin kam er am Frischemarkt vorbei. Die Saison für Heidekraut war angebrochen, ein ganzer Tisch stand voll damit. Er zögerte, dann betrat er den Laden, kaufte Heidekraut und ein paar Lebensmittel.

Auf dem Weg nach draußen lief ihm Tammo über den Weg. »Scheiße!«, fluchte dieser überraschend heftig.

»Moin erst mal. Was ist los?« Bengt stellte seine Einkaufstasche hin und wollte Tammo die Hand geben, doch sein Kumpel war nicht zum Plauschen aufgelegt.

»Was los ist? Die Hölle ist los. Dieses Arschloch.«

Bengt blickte ihn fragend an.

Schließlich fuhr Tammo mit einer Hand durch seine dichten, blonden Haare und atmete tief durch. »Bosse«, sagte er nur.

»Der Mann deiner Schwester.« Bengt erinnerte sich daran, dass Sonja bei einem ihrer Besuche davon erzählt hatte.

»Hoffentlich bald der Exmann meiner Schwester. Er hat seine Freundin auf die Insel gebracht. Kannst du dir nicht ausdenken. Erst kommt er wieder angekrochen, weil er merkt, dass auf dem Festland keiner auf ihn gewartet hat. Hat ja auch keiner. Die haben ihre eigenen Leute für die Verwaltung ihrer Häuser. Er wollte da was ganz Großes aufziehen, eine Firma gründen. Wahrscheinlich weil er uns allen was beweisen musste. Hat nicht geklappt, also ist er wieder hier. Und nun rate, was passiert ist?«

»Sonja hat ihn wieder aufgenommen.«

»Genau! Und er hat ihr auch gleich den Job wieder streitig gemacht, weil er ja der Hauptverdiener ist. Ich sag's dir, der macht das doch nur, damit er sich dann doch wieder von ihr trennt. Bringt doch alles nix.«

»Hast du Sonja das gesagt?«, erkundigte Bengt sich.

Tammo schnaubte, und das war ein Schnauben, das schwer zu deuten war, denn es konnte alles bedeuten zwischen »Selbstverständlich!« und »Hat doch keinen Sinn«.

»Ich rede mit ihr«, schlug Bengt vor.

»Du solltest lieber mit ihm reden. Ich hätte jedenfalls nicht übel Lust, ihm das mal mit meinen Fäusten zu erklären, was ich davon halte, dass er meine Schwester wie Dreck behandelt.«

»Deine Schwester ist eine erwachsene Frau. Sie haben drei Kinder. Sie wird ihre Gründe haben.«

»Ja, eben. Sie guckt nur, was das Beste für die Kinder ist. Dass Bosse wieder da ist. Weiter schaut sie nicht.«

Bengt war nicht so sicher. Er verabschiedete sich und ging. Auf dem Pferdehof war die Scheune verriegelt, doch er besaß einen Schlüssel für das Schloss. Der Bauwagen stand trocken, das war auch mal ganz angenehm. Draußen regnete es nämlich schon wieder.

Er schrieb Sonja eine Nachricht, dass er wieder da sei und wie's mit einem Stück Kuchen wäre. Sie schlug vor, am späten Nachmittag vorbeizuschauen.

Sie fuhr mit der letzten Fähre an diesem verregneten Tag. Die Nervosität trieb sie; ungeduldig tippte sie auf ihrem Handy herum, in Dauerschleife klickte sie Twitter, Mails, die Nachrichten-App vom KOMET an. Bei Twitter verharrte sie kurz, aber dann, nein. Sie schrieb nichts. Es sollte doch eine Überraschung sein. Für alle.

»Musst du wirklich schon los?«, hatte Mama sie gefragt, und Frieke hatte genickt. Ja, sie musste. Sie *wollte.* Wenn man sich einmal für ein neues Leben entschieden hatte, dann war keine Zeit mehr, sich vom alten zu verabschieden. Außerdem hatte sie das Gefühl, eine Woche im Bett liegen, lesen und Butterkekse mit Zucker futtern sei genug. Sie fühlte sich ein bisschen schlapp von dieser ganzen Trauerarbeit.

Gestern war außerdem ein Brief gekommen, von einem Notar in Aurich. Sie brauchte den Brief nicht lesen, um den Inhalt zu kennen, tat es dann aber doch. »In der Nachlasssache Ole Hansen bitten wir Sie, zwecks Terminabsprache für die Testamentseröffnung mit unserem Büro Rücksprache zu halten …« Auch das musste warten. Sie hatte den Schlüssel zum Kapitänshäuschen bereits und da man beim Notar Rücksicht auf ihre Termine nahm, ging sie davon aus, dass sie die Einzige war, die zu dieser Testamentseröffnung eingeladen wurde. Sie bekam also alles. Aber dafür brauchte sie keinen Notar. Später natürlich für die Formalitäten.

Heute musste sie andere Weichen ihrer Zukunft stellen. Ihre Füße trippelten nervös, während der Motor der Fähre aufheulte, das Schiff beidrehte und anlegte. Frieke stand als eine der Ersten vor der Gangway, sie tänzelte über den Metallsteg, endlich wieder die Insel unter den Füßen. Schon komisch; erst ihr dritter Besuch war es und fühlte sich doch schon an wie eine Heimkehr.

Auf dem Weg ins Dorf wurden ihre Schritte langsamer. Sie ließ sich jetzt Zeit, weil es so schön war. Links und rechts die Feuchtwiesen, da vorne dann, kein so schöner Fleck, die Müllumschlagstation, wo der Müll in Containern gesammelt und vorsortiert wurde, bevor er aufs Festland gefahren wurde. Das Weite zur Linken, das sich bis zum Alten Anleger erstreckte, durchzogen von Schlooten, Entwässerungsgräben. Sie lächelte, denn Bengt hatte ihr erklärt, wie das funktionierte und dass die großen Schloote sogar Namen hatten, aber das meiste hatte sie vergessen, weil sie damals zu sehr damit beschäftigt war, die Einstellungen von Willems Kamera zu verstehen. Das zumindest war ihr gelungen.

Die Erinnerung an diese Arbeit führte sie auch wieder zurück zu Florian, in seine Dunkelkammer in Hamburg. Mit ihm hatte sie gestern auch noch kurz gesprochen; er hatte bereits gehört, was passiert war.

»Mach dir keine Sorgen um einen Job«, hatte Florian gesagt. »Hier gibt es immer einen Schreibtisch für dich.«

»Ich glaube, den werde ich nicht brauchen«, hatte sie erwidert.

Sie war mit großem Gepäck angereist. Zwei große Koffer, die sie im Hafen von Neuharlingersiel aufgegeben hatte und die auf der Insel vom Gepäckservice bis vor die Haustür vom Kapitänshaus gefahren wurden. Als Frieke sich am Terminal des Fährhauses besorgt erkundigte, ob denn niemand die Koffer klauen könnte, hatte man ihr versichert, dass »so etwas« auf der Insel nicht passieren würde.

»Was meinen Sie denn, wo derjenige mit den Koffern hinwill?«

Also hoffte sie einfach, dass sie ihr Gepäck vorfinden würde, wenn sie später nach Hause ging.

Später. Denn vorher musste sie noch etwas erledigen.

Die Glöckchen über der Tür bimmelten und hüpften fröhlich, das warme Licht schien auf das Rondell mit den Bücherstapeln. Nur ein Kunde war im Laden, er hatte sich hinten beim Regal mit den Regionalia verkrochen und blätterte leise murmelnd in einem Bildband von der Insel. Hinter dem Kassentisch war niemand.

»Moin«, rief Frieke in die Stille.

Hinten im Laden regte sich jemand. Willem tauchte aus seinem Verschlag auf und setzte die Brille auf. Als er Frieke erkannte, zeichnete sich ein überraschend breites, geradezu herzliches Lächeln auf seinem Gesicht ab. »Moin!«, rief er fröhlich.

»Ist Ebba da?«

Sein Lächeln schwand so überraschend, wie es gekommen war.

»Ebba ist auf dem Friedhof«, sagte Willem. Er wandte sich ab.

»Auf dem Friedhof? Aber Ole …«

Er drehte sich zu ihr um. »Ole? Nee. Dessen Urne haben sie in Wittmund beigesetzt. Aber du weißt besser, wo er tatsächlich ist.« Er sah sie lange an, bevor er sich einen Ruck gab. »Auf dem Friedhof der alten Inselkirche sitzt sie. Da war er oft die letzten Monate.«

Die Ruhe tat ihr gut.

Die Feriensaison war fast vorbei. Noch waren die Herbstferien, da kamen auch viele Touristen auf die Insel. Aber die letzten würden am kommenden Wochenende ebenso abreisen wie der stete Strom der Tagesgäste vom Festland langsam versickerte. Ab November befand sich die Insel in einer Art Winterruhe, aus der sie nur kurz zwischen den Jahren und zum Karneval aufgeschreckt wurde.

»Ich weiß, was du gemacht hast, alter Zausel«, murmelte Ebba. »Hast dich davongestohlen. Liegst gar nicht in Wittmund auf dem Friedhof, sondern hast deine Asche ins Meer kippen lassen.« Sie seufzte. Hier fühlte sie sich Ole nah, weil sie ihn oft im letzten Frühjahr und Sommer um die Inselkirche gesehen hatte. Dabei hatte Ole es nie so mit dem lieben Gott gehabt.

Und sich Ole nah fühlen war gut. Einerseits trauerte sie um ihn, andererseits war er ihre einzige Verbindung zu Frieke, der sie sich auf ganz andere Art verbunden fühlte. Fast, als wäre sie ein bisschen auch Ebbas Tochter.

Sie saß darum häufig auf dem Friedhof der alten Inselkirche. Einfach an einen Baum gelehnt, ihre alten Knochen waren schon etwas zu morsch dafür, aber andere hatten gar keine Knochen mehr, über deren Schmerzen sie hätten klagen können. Ebba hockte da, sie grub die Finger in die Erde und strich über das verdorrte Gras. Nur wenn es regnete, so wie heute, ging sie in die Kirche, setzte sich in Oles Bank und blickte zum Altar. Jesus litt still vor sich hin und sie dachte nach.

Obwohl es da nicht viel zu denken gab.

Die Insel war leerer ohne Ole Hansen. Sie vermisste ihn, obwohl sie das vorher nicht so empfunden hatte. All die Jahre, in denen er unterwegs gewesen war, hatte er keine große Lücke hinterlassen. Nun kam er nie mehr zurück, und das war etwas Unendliches, das ihr Verstand noch nicht begreifen konnte.

Was sie dafür begriff, war Willems Unmut, weil sie sich aus dem Geschäft weitestgehend zurückgezogen hatte. Aber das musste er verstehen. Sie hatte so sehr gehofft, diesen Winter bereits ihre Kisten packen und nach Irland ziehen zu können. Daraus wurde nun nichts. Was für ein sturer Bock Willem sein konnte! Darin war er ihr sehr ähnlich, weshalb sie es ihm kaum zum Vorwurf machen konnte.

Hinter ihrem Rücken öffnete sich knarrend die Tür.

»Ich geh gleich wieder, Pastor«, sagte Ebba.

»Ich hoffe nicht.« Frieke setzte sich neben sie, rückte ihre Messengerbag zurecht, legte die Hände auf die Knie und sah sie kurz von der Seite an.

»Du.«

Mehr nicht. Ebba hatte sich lange genug den Mund fusselig geredet. Inzwischen glaubte sie nicht mehr daran, dass ein Wunder geschah.

»Ja. Ich bin wieder da. Hallo Ebba.«

»Bist du auf Urlaub mit deinem Freund hier? Oder willst du das Kapitänshaus winterfest machen?«

»An Letzteres habe ich bisher nicht gedacht, aber darum kümmere ich mich gleich morgen. Harald und ich haben uns getrennt.«

Ebba konnte noch nicht mal behaupten, dass ihr das leid tat. »Ist das so.«

»Ja, so ist das.« Frieke schaute zum Altar. »Hier hab ich Ole das erste Mal getroffen. Eher zufällig. Er hat mich sofort erkannt.«

»Bleibst du länger?« Ebba hatte kein Interesse an irgendwelchen Vater-Tochter-Geschichten. Sie hatte überhaupt an wenigem Interesse. Wenn sie es recht überlegte, bestand sie nur noch aus Wut. All ihre Träume waren geplatzt, und irgendwie war daran Frieke schuld. Erst war sie hier aufgetaucht, und Ebba hatte gedacht, Frieke sei die Richtige für den Buchladen. Und dann war sie wieder verschwunden und Willem hatte den Verkauf an *irgendwen* angeleiert, nur um ihn wieder abzublasen, weil *irgendwer* nicht der Richtige für das Vermächtnis seiner Eltern war. Und nun hockten sie weitere Jahre auf der Insel, bis einer von beiden starb und dann …

»… der Buchladen noch zum Verkauf?«

»Bitte was?«

Sie war so vertieft gewesen in ihre wütenden Gedanken, dass sie erst gar nicht verstand, was Frieke da fragte.

»Euer Buchladen. Willem hat erzählt, er hätte den Notartermin abgesagt. Darum habe ich mich gefragt, ob ihr überhaupt noch verkaufen wollt.«

»Das weiß ich nicht. Kommt drauf an.«

»Und wenn eine junge, idealistische Frau daherkommt, die sich nichts Schöneres vorstellen könnte, als eine Buchhandlung zu führen? Die immer weiß, welches Buch gerade für den Menschen das richtige ist? Die sich die Entscheidung für das Leben auf der Insel nicht leichtgemacht hat, weil alles allzu offensichtlich darauf hindeutete, dieses Leben könnte das richtige sein?«

»Hm«, machte Ebba, um sich ihre Freude nicht anmerken zu lassen.

»Wäre das was anderes? Ich sag's dir gleich, ich habe absolut keine Ahnung vom Bücherverkaufen. Und ich vermute, mit so einer Gabe allein wird es nicht getan sein. Darum werde ich dich noch ein bisschen brauchen, um das zu lernen.«

»Wie viel wäre so ein bisschen?«

»Keine Ahnung. Bis zum Frühling? Ein halbes Jahr? Kann man so schnell Buchhändler werden?«

»Das kann man schon«, sagte Ebba. Sie rechnete. Ein halbes Jahr, dann wäre April. Willem und sie könnten schon den kommenden Sommer in ihrem kleinen Häuschen in Cork verbringen.

Der Regen, der aufs Kirchdach trommelte und durch die halb geöffnete Tür wisperte, wusste es schon. Er flüsterte: *Sie macht's. Sie macht's!*

»Woher kommt der Sinneswandel?«, fragte Ebba.

Frieke zuckte mit den Schultern. »Manchmal muss man was riskieren. Mit meinem Freund nach Boston gehen war riskant, es ging schief, die Beziehung ging kaputt, wir haben beide ein bisschen Geld verloren. Aber im Nachhinein betrachtet schafft man das auch irgendwie, ohne verrückt zu werden. Das Leben in Boston war nie mein Traum. Vielleicht habe ich deshalb nicht alles gegeben.« Mit einer Handbewegung schloss sie Ebba, die Inselkirche, das Dorf, die Insel ein. »Das hier ist ein Traum. So schön, dass ich ihn erst nicht zu träumen wagte. Aber manchmal hält das Leben so etwas bereit. Und ehrlich gesagt bin ich auch verrückt darauf, die Bücher billiger zu kriegen«, fügte sie hinzu und lachte. »Ich lese erst seit ein paar Monaten wieder, aber herrje, das geht ins Geld.«

»Das wird nicht besser, wenn du jeden Tag in der Buchhandlung stehst«, bemerkte Ebba.

»Das habe ich befürchtet.« Frieke seufzte und pustete sich eine Strähne aus der Stirn. »Wie auch immer, ich bin dabei. Wenn du mich noch haben willst, heißt das.«

»Das ist keine Frage. Ich will dich als meine Nachfolgerin.«

Sie lächelten einander von der Seite an.

»Welches Buch würdest du *mir* empfehlen?«, fragte Ebba.

Frieke legte den Kopf schief. »Du hast keine Sorgen mehr. Sonst hätte ich vielleicht Hemingway genommen. ›Der alte Mann und das Meer‹. Um deine Wut zu besänftigen. Dafür ist es ruhig genug.«

»Und jetzt? Welches wäre es jetzt?«

Frieke lachte. »Lies doch, worauf du Lust hast. Du bist so heil, wie man nur sein kann.«

Ebba nickte zufrieden, denn dasselbe galt für Frieke.

KAPITEL 28

Mit Ebba ging Frieke anschließend zurück in die Buchhandlung, wo Willem in weiser Voraussicht eine Flasche Champagner kalt gestellt hatte, die sie nun köpften und aus Pappbechern genossen. Alle drei kicherten viel, denn diese Situation erforderte Ausgelassenheit. Sie hatten noch nicht über die Details gesprochen, waren sich aber insofern einig, dass Frieke den Buchladen übernehmen würde. Und das reichte ihnen.

»Möchte noch jemand einen Schluck?«, fragte Frieke und hielt die halb volle Flasche hoch. Ebba und Willem winkten beide dankend ab. Sie tauschten Blicke, die Frieke verrieten, dass sie vom Alkohol und der Euphorie befeuert am liebsten den Laden sofort zugemacht hätten.

»Wir haben genug«, erklärte Ebba dann auch und kicherte.

Wie schön, wenn man auch nach so vielen gemeinsamen Jahren nicht bloß nebeneinanderher lebte, sondern offensichtlich auch miteinander lebte. Und nicht nur *lebte*.

Frieke nahm die Champagnerflasche mit und schlenkerte sie hin und her, während sie durchs Dorf ging. Das hier würde nun bald nicht nur dem Gefühl nach ihre Heimat sein.

Die Entscheidung für den Buchladen war gefallen, nachdem Florian ihr einen Schreibtisch in der KOMET-Redaktion angeboten hatte. Da hatte Frieke gespürt, dass sie das nicht mehr konnte. Weder Geschichten *erzählen* noch durch die Welt reisen. Sie brauchte einen Ort, an den sie gehörte. Wo sie mehr war als eine unter vielen. Wo sie etwas bewirken konnte.

Natürlich hätte sie sich auch eine Auszeit genehmigen und

ein Buch schreiben können, wie es viele Kolleginnen und Kollegen taten, die an diesen Punkt gelangten. Aber sie besaß bereits ein Buch, das sie in die Welt hinausschicken wollte. Und wenn es kein Verlag annahm, würde sie es in Eigenregie auf den Markt bringen, so wie Willem damals seinen Fotoband realisiert hatte. Heutzutage war das etwas leichter und sie traute sich das durchaus zu.

Aber so ein Buch war nichts, womit man seinen Lebensunterhalt dauerhaft verdienen konnte. Entweder man schrieb mehr – was sie für sich ausschloss – oder sorgte anderweitig dafür, dass am Monatsende nicht nur Nudeln mit Ketchup auf dem Speiseplan standen. Sondern auch die eine oder andere Donauwelle oder … Kokosstreuselkuchen mit Sauerkirschen.

Plötzlich schlug ihr Herz schneller. Hoffentlich würde ihr die Überraschung gelingen.

Es wurde langsam dunkel, der Regen hatte zum Glück aufgehört. Im Gehen nahm sie einen kleinen Schluck aus der Flasche und kicherte. Sie fühlte sich ganz leicht. Ein neues Leben, etwas ganz anderes wartete jetzt auf sie.

Sie bog gerade um die Ecke und sah schon die Scheune, das Tor war weit geöffnet und drinnen brannte Licht, als hinter ihr plötzlich ein Sirren zu hören war. Frieke spürte den Luftstrom, als das Fahrrad an ihr vorbeizischte.

»Hey!«, rief sie. Der Radfahrer ignorierte sie, fuhr bis ans Tor heran, sprang ab und lief in die Scheune.

»Gerjets, du Schwein!«, brüllte er.

Da wurde Frieke mal richtig schnell. Sie kannte den Radfahrer nicht, aber wenn der Bengt was Böses wollte, hatte sie immerhin noch die Champagnerflasche und mit etwas Glück auch das Überraschungsmoment auf ihrer Seite.

Sie erreichte das Tor nur wenige Sekunden nach ihm und blieb stehen. Ihr bot sich ein groteskes Bild, weshalb sie erst mal blinzelte, weil sie dachte, ihr angeschickerter Verstand könnte ihr einen Streich spielen.

Bengt stand auf der Stufe seines Bauwagens. Hinter ihm im Innern des Bauwagens sah sie Sonja, die offensichtlich nicht viel mehr trug außer Slip und ein T-Shirt, das zu groß war, um ihr zu gehören. Und der Kerl, der vor dem Bauwagen auf und ab hüpfte wie Rumpelstilzchen auf Speed musste wohl Bosse sein, denn er brüllte gerade: »Was treibst du da mit meiner Frau, Bengt Gerjets?«

»Deine Frau treibt hier gar nichts«, sagte Bengt. Sein Blick ging an Bosse vorbei zu Frieke, die im Scheunentor stand. Er wurde ein bisschen blass. Sie kam langsam näher. »Und ich auch nicht, bevor du fragst.«

»Dir werde ich …« Bosse – denn um Bosse musste es sich zweifellos handeln, schloss Frieke trotz ihres leicht angeduselten Zustands durchaus scharf, wie sie selbst fand – warf das Fahrrad in den Staub und zerrte Bengt am Hemd von der Stufe. Bengt stolperte völlig überrumpelt von dieser Aktion fünf Schritte in die Scheune, wo er sich dann fing und zu Bosse herumfuhr. Seine Augen blitzten gefährlich.

Frieke näherte sich dem Bauwagen, während die beiden Männer einander umkreisten und wüst beschimpften. Sonja hatte sich inzwischen ihren Parka übergeworfen.

»Moin«, begrüßte Frieke sie.

»Moin.«

»Was ist denn hier los?«, erkundigte Frieke sich. Denn dass das los war, wonach es offensichtlich aussah – Sonja spärlich bekleidet, Bengt mit der Rauflust eines Kampfhahns, der sein Revier verteidigte –, schien eher unwahrscheinlich.

»Die kabbeln sich nur. Nichts Außergewöhnliches so weit.«

Frieke musterte Sonja von den nackten Beinen bis zu dem T-Shirt unter dem Parka. »Hat ja den ganzen Tag geregnet.«

»Ich war ziemlich durch, als ich hier ankam, ja. Bengt war ein Gentleman. Hat mir ein Handtuch gegeben und ich hab mich im Bauwagen umgezogen, während er draußen eine geraucht hat.«

Frieke hob beide Brauen.

»Ich wusste auch nicht, dass er raucht«, sagte Sonja.

Wortlos hielt Frieke ihr die Champagnerflasche hin. Sonja genehmigte sich einen ordentlichen Schluck. »Was feiern wir denn?«

»Das Leben. Die Zukunft.« Frieke bekam die Flasche zurück und nahm auch einen Schluck. »Schau sie dir an, wie sie sich umkreisen. Weiß einer von den beiden, was sie da tun?«

»Keine Ahnung. Bei Kneipenschlägereien haben sie sich bisher nicht hervorgetan, glaube ich. Zumindest Bosse nicht.«

»Wird es irgendwas ändern, wenn er mit blutiger Nase und gebrochenem Kiefer vor dir auf die Knie sinkt und dich anfleht, zu ihm zurückzukommen?«

Sonja, die gerade wieder die Flasche an den Mund hob, prustete. Ein feiner Champagnerregen ging auf die beiden Männer nieder. »Im Leben nicht.«

»Dann lass uns von hier verschwinden. Bengt wird Bosse lange genug ablenken.«

Sie hakte sich bei Sonja unter und gemeinsam liefen sie zum hinteren Teil der Scheune. Dort führte eine Leiter auf den Heuboden, der offensichtlich häufiger als Nachtlager diente, denn auf einem Bett aus Heuballen fanden sie auch ein paar zusammengefaltete Pferdedecken. Sonja wickelte sich in zwei Decken ein und lehnte sich an Frieke.

»Als ich dich da unten stehen sah, habe ich ja kurz gefürchtet, du könntest sauer auf mich sein. Halb nackt bei Bengt im Bauwagen und so.«

»Nee, ich bin nicht eine von diesen eifersüchtigen Frauen,

die nicht mal nachfragen, was genau ihre Freundin leicht bekleidet im Bauwagen von dem Mann zu suchen hat, mit dem sie selbst gern was hätte.«

»Das ist gut.« Sonja streckte die Hand nach dem Champagner aus. »Welches Buch würdest du Bosse empfehlen?«

Frieke überlegte. »›Der Sommer ohne Männer‹ von Siri Hustvedt vielleicht?«

Sonja lachte. »Das machen wir. Nächsten Sommer dann.« Doch sie wurde sofort wieder ernst. »Obwohl ich vermutlich nächsten Sommer arbeiten muss.«

»Ich dachte, Bosse will den Job zurück?«

»Was Bosse will, und was Bosse bekommt, sind zum Glück zwei Paar Schuhe. Er will Job und Frau«, dabei zeigte sie mit dem Daumen auf sich, »zurück. Was er bekommt, ist ein winziges Zimmerchen bei Witwe Schilke, das er sich mit seiner Freundin teilen muss. Die übrigens in irgendeinem Café jobbt, während er bei meinem Vater auf der Fußmatte sitzt und wie ein geprügelter Hund winselt, dass er seinen Job zurückhaben will, damit er der Neuen was bieten kann. Also, er behauptet natürlich, er wolle mir und den Kindern was bieten, aber wir wissen doch, wie's läuft.«

»Wer einmal strensen geht, dem glaubt man nicht mehr.«

»Genau so. Das habe ich auch meinem Vater erklärt, als er mich fragte, ob Bosse und ich uns wieder zusammenraufen. Erst dachte ich, jeder hat eine zweite Chance verdient. Aber da wusste ich noch nicht, dass diese Marianne oder wie sie heißt, auch schon hier ist.« Sie schüttelte den Kopf. »Auf keinen Fall. Papa hat's zum Glück gut aufgenommen. Er meinte, ich sei ja schon früher sein bester Mann gewesen, und was spricht dagegen, dass es wieder so sein wird?«

»Genau. Ganz bestimmt wirst du wieder sein bester Mann.« Frieke nickte ernst. Dann brach sie in haltloses Gackern aus.

»Wir Frauen sind doch keine Kerle«, prustete auch Sonja. »Herrje, wann werden die Männer wohl kapieren, dass wir keinen Vergleich scheuen außer den, dass wir wie sie sein sollen?«

Frieke wurde wieder ernst. »Keine Ahnung. Ich habe die Hoffnung aber noch nicht aufgegeben.« Sie stupste Sonja mit dem Ellenbogen in die Rippen. »Hey, ich war vorhin bei Ebba und Willem. Nächste Woche fange ich bei den beiden an. Erst mal als eine Art Lehrling, und ab Frühjahr werde ich dann die Eigentümerin vom Buchladen. Ist das schön, oder ist das schön?«

»Du bleibst dann hier, also ist es schöööön«, sagte Sonja und lehnte den Kopf an Friekes Schulter. So saßen die beiden Frauen einfach ein bisschen beisammen. Der Champagner war ausgetrunken, und Frieke fand es gar nicht so schlimm, dass sie den nicht mit Bengt, sondern mit Sonja geleert hatte.

»Ob die beiden inzwischen fertig sind mit ihrem Gekabbel?«

»Ist ja auch verdächtig ruhig.« Sonja stand auf. Über den Bauwagen hinweg rief sie: »Alles okay da unten?«

Bengts verschwitztes Gesicht tauchte kurz darauf auf der Leiter auf. »Bosse hat sich verzogen«, sagte er. »Hey, Champagner? Was feiern wir?«

»*Wir* feiern, dass Frieke Unternehmerin wird.«

Bengt schwang sich auf den Heuboden und ließ sich neben Frieke auf das provisorische Bett fallen. »Ach, tatsächlich?«

Frieke erzählte ihm von ihrer Vereinbarung mit Ebba und Willem. Sonja hatte es plötzlich eilig; sie brach sich fast den Hals, als sie die Leiter runterkletterte.

»Bosse lässt dich in Ruhe«, versicherte Bengt ihr. »Ich habe ihm erklärt, er solle sich mal langsam entscheiden und dass du dich längst gegen ihn entschieden hast.«

»Hoffen wir, dass die Botschaft bei ihm angekommen ist.«

»Bestimmt. Sonst schick ihn noch mal zu mir.«

»Dein T-Shirt?«

»Kannst du erst mal behalten. Der Regen hat aufgehört.«

»Ich hol nur meine Sachen aus dem Bauwagen, dann habt ihr eure Ruhe.«

Nachdem Sonja die Scheune verlassen hatte, seufzte Frieke.

»So schwer?«

»Was? Ja, ach. Nein. Gar nicht. Warum gibt es immer noch Typen, die sich von Frauen nichts sagen lassen? Bei denen erst ein anderer Mann daherkommen und ihnen den Marsch blasen muss?«

»Du meinst Bosse?«

Frieke nickte. Sie kannte Sonjas baldigen Exmann nicht, und nach allem, was sie bisher erlebt hatte, konnte sie auch gut darauf verzichten, ihn näher kennenzulernen.

»Bosse ist eigentlich kein schlechter Kerl. Ich vermute, das ist das Alter. Er glaubt, er verpasst was, wenn er auf der Insel bleibt.«

»Würdest du das auch glauben? Dass du was verpasst?«

Bengt lehnte sich zurück. Er lag jetzt auf dem Bett aus Heu und Pferdedecken, und es fühlte sich für Frieke ganz selbstverständlich an, dass sie es ihm nachtat. So lagen sie nebeneinander, er starrte ins Gebälk, während sie auf der Seite lag und ihn betrachtete.

»Warum hast du vorhin nicht sofort gedacht, dass Sonja und ich was miteinander haben?«, fragte er.

»Eine Frage mit einer Gegenfrage beantworten, sehr geschickt«, bemerkte Frieke. Nach kurzem Nachdenken erklärte sie: »Das ist das Alter. Ich vermute, ich habe in meinem Leben ein paar ganz gute und ein paar nicht ganz so gute Beziehungen geführt. Es muss nicht ›der Eine‹ sein. Jedenfalls nicht, wenn er mich nicht exklusiv will.«

»Ich kenne da einen, der würde dich exklusiv wollen.«

Frieke richtete sich auf. Inzwischen war es draußen stockfinster, und die Scheune wurde nur vom Elektrolicht im Bauwagen und einer einzelnen Glühbirne an der Leiter zum Heuboden spärlich beleuchtet, weshalb sie Bengts Gesicht nicht so gut erkennen konnte. »So einen kennst du also, hm.«

»Ja. Der hat auch eine Vergangenheit mit diversen Freundinnen.«

»Dann hat er vermutlich auch Macken.«

Er lachte leise neben ihr. Das Stroh raschelte, als er ihre Hand nahm. »Schon«, sagte er leise. »Meine letzte Freundin ist mit dem Zahnarzt durchgebrannt.«

»Urgs«, machte Frieke. »Hat sie sich von ihm anmachen lassen, während er ihr eine Brücke eingesetzt hat?«

»Es war wohl die professionelle Zahnreinigung. Aber ansonsten stimmt die Geschichte.«

»Bist du deshalb auf die Insel geflohen?«, fragte Frieke.

»Bin ich das? Vermutlich. Vorher war ich jedenfalls nicht so ein Einsiedler. Aber als wir uns trennten, flatterte diese Stellenausschreibung auf meinen Schreibtisch. Die Beobachtung und der Schutz der Brandseeschwalbenkolonie auf Spiekeroog. Das klang, als könnte es recht einsam werden. Perfekt für mich. Außerdem hatte Ina bei der Trennung mein Smartphone aus dem Fenster geworfen, weil ich angeblich mit diesem Weltverbindungskästchen zu viel mit anderen Menschen kommuniziert und sie nicht mehr gesehen habe. Unter uns: Sie könnte damals recht gehabt haben. Darum habe ich mir kein neues Handy gekauft, und irgendwie ging es dann auch ohne ganz gut. Als der erste Sommer rum war, hatte ich mich an das einfache Leben gewöhnt und machte aus der Not einen Spleen. Wenn du so willst, habe ich es auch da wieder übertrieben.«

»Und in Zukunft?«, hakte sie nach. »Wirfst du dein Smartphone wieder weg? Oder darf ich dir gelegentlich Nachrichten schreiben?«

»Du darfst mir so viele Nachrichten schreiben, wie du möchtest.« Er beugte sich zu ihr rüber. Ihre Nasen berührten sich, Frieke kicherte und musste vom Heustaub niesen. Bengt zog eine der Pferdedecken heran und deckte sie zu.

»Damit du dich nicht erkältest«, murmelte er.

Frieke kuschelte sich an ihn. Es fühlte sich irgendwie normal an, ganz natürlich. Ihr Herz machte kleine Hüpfer, als wollte es die beiden anfeuern.

»Ich bin müde«, sagte sie leise.

»Das kommt davon. Du hast mehr als die Hälfte von dieser Champagnerflasche getrunken, nehme ich an?«

Sie lachte. »Ja, könnte hinkommen.«

»Macht nichts. Schlaf ruhig, Liebste. Ich passe auf dich auf.«

Bevor sie einschlief, dachte Frieke noch, dass es schon ganz schön verrückt war, was sie hier taten. Statt sich seufzend in die Arme zu sinken, einander ewige Liebe zu schwören und die Nacht zum Tage zu machen, kuschelten sie. Mehr nicht.

Aber für den Rest hatten sie ja noch ihr ganzes Leben vor sich.

EPILOG

»Lars, nicht die Bücher einspeicheln!«

Wieder war Mai in der Inselbuchhandlung, und über das verlängerte Feiertagswochenende kamen viele Kurzurlauber auf die Insel. Unter ihnen waren dieses Mal auch Emma und Torben mit den Zwillingen. Während Lars gerade in der Kinderbuchecke die Speichelfestigkeit der Kullerbücher prüfte, hing Timo an der Jeans seiner Mama und übte Stehen.

»Der hat noch was vor«, bemerkte Emma. »Lars lässt sich da mehr Zeit. Der krabbelt noch nicht mal.«

Thea, eine Abiturientin aus der Inselschule, die sich nach den Prüfungen und bevor sie im Herbst zum Studieren wegging, noch etwas im Laden dazuverdiente, lachte. »Das wird mal ein Leser«, prophezeite sie.

»Ist nicht das Schlechteste«, meinte Emma. »Leser reisen nur in ihren Büchern um die Welt.«

Torben hatte derweil die Bücher vor Lars gerettet, den kleinen Kerl gründlich durchgekitzelt und trug ihn nun durch die Buchhandlung, wo der Kleine auf die Regale zeigte und zufrieden gurrte.

»Büchermensch, sag ich doch«, meinte Thea und widmete sich wieder dem Karton mit Neuerscheinungen, der gestern mit der Fähre gekommen war.

Frieke war auch mehr als zufrieden. Nicht nur, dass für Lesenachwuchs gesorgt war, sondern auch ihr kleiner Buchladen stand auf sicheren, stabilen Füßen. Dafür hatte sie gesorgt.

Den Herbst und den Winter, während nicht so viel los war auf der Insel, hatte sie genutzt. Sie hatte Ebba und Willem zugehört, hatte ihnen über die Schulter geschaut und sich haufenweise Notizen gemacht. Auf Papier übrigens. Das Smartphone steckte oft vergessen in der hinteren Gesäßtasche ihrer Jeans, wenn sie im Buchladen stand. Das Leben mit Büchern war zu spannend, um da noch Zeit für virtuelle Lebenszeichen zu finden.

»Kann ich heute früher Schluss machen?«, fragte Thea.

»Klar, kein Problem. Ich mache hier zu.«

»Wir müssen jetzt auch weiter.« Emma fing Timo ein, der am Rondell stand und mit seinem Windelpopo wackelte. »Danke übrigens für deine Empfehlung. Die Ferienwohnung ist total schön. Ich wusste gar nicht, dass es auf der Insel so toll ist.« Während Torben ihr den Kleinen abnahm und nach draußen trug, wo der Zwillingskinderwagen stand, flüsterte sie Frieke zu: »Torben gefällt es auch. Er meinte gestern, wir können zukünftig all unsere Urlaube hier verbringen.«

Frieke grinste. »Mr Bloß-nicht-auf-eine-Ferieninsel, hm?«

»Du warst selbst mal so«, erinnerte Emma sie.

Das stimmte. Aber seitdem war viel passiert.

Emma und Torben verabschiedeten sich und spazierten zu der Ferienwohnung, die Frieke ihnen vermittelt hatte und die Sonjas Familie gehörte. Thea räumte die letzten Bücher weg und machte sich ebenfalls auf den Weg, nicht ohne sich vorher zu versichern, dass das wirklich in Ordnung ging.

»Ich komme schon klar«, versprach Frieke.

Sie schloss den Laden, machte den Kassensturz und löschte alle Lichter. In der hellblauen Küche räumte sie die Spülmaschine ein und schaute kurz auf ihr Smartphone.

Bengt hatte sich gemeldet.

Alle Brandseeschwalben brüten friedlich. Könnte heute also zu Hause schlafen.

Sie lächelte und schrieb zurück: *Bin unterwegs!*

Als sie die Tür hinter sich zuzog, kamen die Feriengäste um die Ecke, denen sie gerade die Wohnung unterm Dach vermietete. Der Winter hatte auch genug Zeit geboten, um ein paar bauliche Veränderungen vorzunehmen. Die kleine Ferienwohnung hatten sie mit der größeren Wohnung von Ebba und Willem zusammengelegt, so dass sie nun Platz für bis zu sechs Personen bot. Das Bücherzimmer war geblieben.

Frieke packte zwei Bücher in ihren Korb, die heute mit der Post von Verlagen gekommen waren, und schlenderte gemütlich Richtung Kapitänshäuschen. Unterwegs machte sie einen kleinen Umweg und stand vor der Inselkirche.

»Hey, Ole«, murmelte sie.

Natürlich wusste sie, dass Ole nicht auf dem alten Kirchfriedhof bestattet war – immerhin hatte sie selbst seine Asche in das Meer rieseln lassen. Aber jeder Mensch braucht einen Erinnerungsort für seine Trauer. Für sie war es der Kirchhof, weil sie hier ihren Vater nach so vielen Jahren wiedergesehen hatte.

Das Kapitänshäuschen hatte in den letzten Monaten auch eine Wandlung durchmachen dürfen. Ganz behutsam hatte Frieke im Winter begonnen, es zu renovieren. Im Frühling hatte sie sich dann um den Garten gekümmert – der Gehweg war nicht mehr von Unkraut überwuchert, der Rasen unter dem Kirschbaum gemäht, auch wenn es immer noch ein buckliger Acker war und keine englische Gartenlandschaft.

Das Küchenfenster (ohne Häkelgardine!) stand offen, und sie hörte, wie jemand schief zu Radiomusik sang. Es gab ja Dinge, die einen vom ersten Tag an beim eigenen Partner verstörten. Dieses schiefe Gesinge gehörte eindeutig dazu, aber inzwischen war es auch einfach eine Marotte unter vielen. Frieke war sicher, dass Bengt genauso viele aufzählen konnte, die ihn an ihr störten.

Sie betrat den Flur und stellte den Korb auf die Fußbank. Die

Wände waren frisch gestrichen, die alten, dunklen Möbel waren etwas Hellem, Frischerem gewichen. Nur die dunklen Eichenholzdielen waren geblieben, sie hatten sie abschleifen lassen und frisch geölt. Im Flur hingen auch die Familienfotos – Ute und Martin auf einer Bank im Garten ihres Häuschens, Omi in Schwarz-Weiß mit einem Buch in der Hand, Ole mit Zigarette in der Hand, windschief gegen einen Wagen gelehnt, da war er noch nicht ganz fünfundzwanzig und neben ihm stand sein Bruder, der so früh verunglückt war. Die Vergangenheit hatte in ihrem Häuschen einen Platz gefunden.

Die Zukunft auch.

»Da bist du ja.«

Dieses Lächeln, das Frieke vor einem Jahr erst mühsam hatte hervorlocken müssen und das ihr jetzt jeden Morgen beim Aufwachen uneingeschränkt und vorbehaltlos galt, begrüßte sie auch heute Abend.

Sie stellte sich auf die Zehenspitzen und küsste Bengt auf den Mund. »Hallo, schöner Mann. Was zauberst du uns da?«

»Nichts Besonderes. Nur einen Couscoussalat und ein paar Gemüsespieße für den Grill.«

»Wir grillen?«

»Wir grillen. Ich habe schon angefeuert.«

»Perfekt. Ich ziehe mich nur rasch um.« Frieke lief leichtfüßig ins Schlafzimmer. Auch hier war es nun heller. Das Bett, in dem Ole gestorben war, hatten sie gespendet, wie auch all die anderen Möbel, die an ihn erinnerten. Es war ihr nicht schwergefallen, ihr Leben ganz neu einzurichten. Einige Möbel hatte sie aus Hamburg kommen lassen, was schweineteuer gewesen war, »aber immer noch billiger als neu kaufen und herbringen lassen«, hatte Bengt betont.

Bengt. Er war das Leuchtfeuer in ihrem Leben. Ohne ihn hätte sie das alles sicher auch geschafft. Aber nicht so gut.

»Und? Hast du heute wieder Menschen vor fatalen Entscheidungen bewahrt, indem du ihnen die richtigen Bücher in die Hand gedrückt hast?«, fragte er, als sie auf die Terrasse trat. Auf dem Tisch warteten eine gekühlte Flasche Wein und eine Schüssel Salat, auf dem Grill verströmten gefüllte Portobellopilze und die Gemüsespieße einen herrlichen Duft.

»Drei. Mindestens.«

Das mit der »Gabe« war so eine Sache. Frieke hatte sich zuerst nicht damit anfreunden können, aber dann schnell begriffen, dass sie etwas war, wogegen man sich nur wehren konnte, wenn man unglücklich werden wollte. Also nahm sie dieses Geschenk an, begriff es aber eher als Begabung. Sie wusste eben, welches Buch den Menschen guttat, und viele Kunden hatten ihr bereits bestätigt, dass es ja keinen Unterschied mache, ob sie bei Frieke oder bei Ebba einkauften, die Empfehlungen passten immer.

»Was würdest du einem Mann geben, der kreuzunglücklich auf sein Smartphone starrt und nicht auf die Bücher im Regal vor sich?«

»Hm …« Bengt schenkte den Wein in Gläser und prostete Frieke zu. Das mit dem Konsumverzicht nahm er nicht mehr ganz so genau. Sie versuchten beide, bei jeder sich bietenden Gelegenheit Müll zu vermeiden, sie aßen selten Fleisch, es gab nicht immer den neuesten Technikkram, und einige Dinge, die in ihrem gemeinsamen Haushalt fehlten, hatten sie beim Einzug gebraucht gekauft und dafür andere Dinge, die sie zu viel hatten, verkauft. Dogmatismus brachte sie nicht weiter, wohl aber ein bewussterer Umgang mit dem, was sie besaßen und brauchten.

»Ich sag's dir: Irgendwas, das ihn zum Lesen bringt. Das reicht schon. Ebba hat es damals genauso mit mir gemacht.«

»Du meinst, Bücher lösen jedes Problem?«

Frieke grinste. »Mich haben die Bücher jedenfalls vor einem Jahr erst ziemlich durcheinandergebracht.«

»Ich dachte, das war mein verschlossenes, geheimnisumwittertes Wesen, dem du dich nicht entziehen konntest.«

Sie beugte sich über den Tisch und gab ihm einen Klaps. »Spinner«, sagte sie zärtlich.

»Ah, wo du Spinner sagst, fällt mir was ein. Kam heute mit der Post.« Bengt verschwand im Haus und kam kurz darauf mit einem Päckchen zurück. »Von der Druckerei.«

»Spinner«, wiederholte sie, riss ihm aber ungeduldig das Päckchen aus der Hand und riss es auf.

Da war es. Das erste Exemplar von Oles Buch.

Die Suche nach einem Verlag hatte sich als recht schwierig erwiesen. Viele Verlage lehnten ab, weil die Lebensgeschichte eines unbekannten Kapitäns zwar interessant war, aber nicht viel Vermarktungspotenzial bot. Nachdem Frieke eine Absage nach der nächsten kassiert hatte, machte sie sich daran, das Buch auf eigene Kosten zu realisieren. Sie ließ es transkribieren, bezahlte eine Lektorin, ließ den Buchsatz erstellen, ein Cover entwerfen … und nun lag das erste gedruckte Exemplar in ihren Händen.

Sie wusste nicht, ob es ein Bestseller würde. Nein, höchstwahrscheinlich nicht. Sie ging davon aus, dass sie im Laufe der Jahre ein paar Hundert Exemplare im Buchladen verkaufen würde – an Inselgäste, an Insulaner, an Interessierte. Und das war auch in Ordnung, dachte sie. Nicht jedes Buch brauchte ein großes Publikum. Dieses Buch brauchte vor allem Leser, die sich auf Oles Geschichte einließen. Ein Leben wie viele, ein Leben so anders als die meisten.

Jedes Leben hatte Wendepunkte. Für Frieke war das letzte Jahr so ein Wendepunkt gewesen, und wenn sie über den mit Köstlichkeiten beladenen Tisch hinweg Bengt ansah, der neben dem Grill hockte und auf die Portobellos aufpasste, wusste sie, dass sie das Richtige getan hatte.

»Es ist wunderschön geworden«, sagte sie und reichte Bengt das Buch. Er blätterte es durch, las einen Absatz und grinste, weil aus jeder Zeile Oles Stimme zum Leser sprach, und wer Oles Stimme kannte, hörte sie sofort.

Sie aßen und plauderten über den Tag, die Brandseeschwalben, die Buchhandlung und über die Inselgäste. Es war ein lauer Abend, einer der ersten dieses Jahr. Frieke genoss die Ruhe, und als sie nach dem Abendessen aufbrachen, um noch mal zum Strand zu spazieren, nahm sie Bengts Hand, schmiegte sich an ihn und legte den Kopf an seine Schulter.

»Ich hätte es mir nicht so schön vorgestellt«, sagte sie leise.

Stumm drückte Bengt ihre Hand.

»Ich auch nicht«, sagte er.

Und dann schwiegen sie, denn sie erklommen die letzte Düne, der Sand rieselte in die Turnschuhe, das Meer war da und brandete gegen den menschenleeren Strand.

Hier habe ich Wurzeln geschlagen, dachte Frieke. Bei diesem Meer und bei diesem Mann.